美的守望

中国现代文学批评史案研究

文学武 ○ 著

中国出版集团 东方出版中心

图书在版编目(CIP)数据

美的守望：中国现代文学批评史案研究 / 文学武著.
上海 ： 东方出版中心, 2024. 9. -- ISBN 978-7-5473
-2516-2

Ⅰ. I206.09

中国国家版本馆 CIP 数据核字第 20240AV426 号

美的守望： 中国现代文学批评史案研究

著　　者　文学武
组　　稿　张爱民
责任编辑　黄　驰
封面设计　钟　颖

出 版 人　陈义望
出版发行　东方出版中心
地　　址　上海市仙霞路 345 号
邮政编码　200336
电　　话　021－62417400
印 刷 者　山东韵杰文化科技有限公司

开　　本　710mm×1000mm　1/16
印　　张　17.25
字　　数　268 千字
版　　次　2024 年 10 月第 1 版
印　　次　2024 年 10 月第 1 次印刷
定　　价　89.00 元

国家社科基金重大项目

《中国现代文学批评域外思想资源整理与研究(1907—1949)》

(项目号：21&ZD258)阶段性成果

目 录

序　言

　　2009 年至 2015 年 5 月,我在上海交通大学人文学院担任院长兼中文系主任,文学武教授是我的同事,在教学和学科建设中我们有很多交流与合作,结下了深厚的友谊。因此,在他提出要我为他的新著《美的守望:中国现代文学批评史案研究》作序时,我没有犹豫就答应了,虽然我深知自己在中国现代文学批评史方面所知不多,更没有研究。本着作为一次学习和探究的机会的态度,我接受了这一份邀请。

　　从学科史的意义上说,中国现代文学批评史已经是一个得到了广泛而深刻研究的较为成熟的学科。但是,一个显而易见的客观事实是,到目前为止,中国现代文学批评史研究存在着两种不同的话语体系,两者有严重的分歧。因此,在实际的研究中,我们看到存在着不同倾向的表述方式和不同风格的研究成果,彼此之间缺乏交流和对话。《美的守望》将这两种风格的学术研究或者说两种不同的文学批评传统表述为自由主义文学传统和左翼文学传统。这仍然是一种根据政治立场评价和归类文学批评的思想方法。在我看来,这两者从学理上可以表述为形式主义文学批评传统和马克思主义文学传统。从这两种文学理论和美学观念的相互关系的角度观察和思考,19 世纪至 20 世纪中叶,中国的文学批评现象或者说“史案”,似乎是一个具有重大理论意义的问题和论域。形式主义文学批评观念和马克思主义文学批评观念在中国进入现代化以来文学批评的发展过程中是一种什么样的关系? 两者在真理性和合理性上是否有共同点,还是非此即彼的? 是否像许多人所长期认为的那样,形式主义文学批评具有文学性和人性,而马克思主义文学批评则仅仅具有政治性和阶级性,难以真正说明文学作品的审美意义? 历史的真相到底是怎样的? 在关于中国现代文学批评研究的许多著作中,意识形态的因素是否是每一个研究者和论著者都清楚的呢？他们是否都努力厘清文学批评的意识形态幻象性与文学批评史的真理性之间的区别呢？这一系列问题的确只有通过文学批评史的"史案研究"才能真正地澄清，只有在正确的观念和方法的基础上，通过深入的历史性研究才能真正还原中国现代文学批评的历史真实性和真理性。

　　1957年，随着韦勒克《近代文学批评史》的出版，英美新批评理论以形式主义文学观念为核心的现代文学批评理论达到了其学术的巅峰状态，但是，也正是在这一年，加拿大学者弗莱的《批评的剖析》一书的出版，宣告了文学理论向内转的形式主义文学批评唯一正确地位的结束，文学批评开始系统而全面地重新走向社会。早在1978年，英国学者托尼·本尼特就出版了《形式主义与马克思主义》一书，托尼·本尼特论证了一个重要的学术史事实：自19世纪后期俄国形式主义诗学理论兴起之后，以英美新批评理论为核心的形式主义诗学和文学理论得到了广泛而持续的发展。在学术的现象层面，俄国形式主义文论和英美新批评理论是与关于文学的外部研究或者说马克思主义文论和诗学理论相对立甚至互相否定的。但是，托尼·本尼特在研究中发现，这两种似乎对立和相反的文学和诗学话语体系在近一个世纪的持续对立中事实上是不断学习对方并在这种相互学习中实现了不断的发展的。如果没有马克思主义文学批评和诗学理论的强大存在，形式主义文学理论和诗学不可能在20世纪实现不断的发展并且成长为整个文学研究中的主导性学科；另一方面，我们也看到，如果没有形式主义美学和诗学理论的强大存在，马克思主义美学和文学批评也不可能从19世纪中叶马克思和恩格斯的"潜在理论"状态的关于文学和美学的论述，发展到"大理论"时代在整个欧洲学术界成为关键性的理论传统，也不会在"理论之后"的美学和诗学理论的发展中成为当代理论的核心话语之一。在2009年，托尼·本尼特又写了一本重要的著作《文学之外》，分析了文学与社会相互关系在文学研究中的重要性。在当代美学和当代文学研究中，美学和文学研究的社会学转向和人类学转向在当代世界学术研究中已经成为一种重要的现象，影响广泛。

　　在中国，自1904年王国维的《〈红楼梦〉评论》和1907年鲁迅的《摩罗诗力说》开始，中国现代文学批评在中西文化碰撞与交汇的历史格局中逐渐形成与发展，产生出一批重要的文学批评学者或者理论家。文学武教授的《美的守望：中国现代文学批评史案研究》具体分析和讨论了沈从文、李健吾、叶公超、梁宗岱、朱光潜、李长之、唐湜、戴望舒、钱杏邨、冯雪峰、茅盾等文学理论家的主要观点,以及这些观点和理论在中国现代文学史发展过程中的地位与作用。关于中国现代文学批评的研究状况,文学武教授有着清醒的认知和判断,在《美的守望·导论》中,文学武教授写道:

> 中国现代文学批评研究还较为缺乏谱系学理论的自觉观照,不少理论问题没有得到很好解决,研究的开阔性和理论深度有待进一步的拓展和提升。以往的中国现代文学批评研究,重要的文学细节缺乏观照,不少问题被简单化甚至被遮蔽。如对沦陷区文学批评、通俗文学批评、翻译文学批评不够重视就是例证。一些很有个性的文学批评家的成就没有得到系统研究,如蔡元培、丰子恺、郁达夫、胡秋原、韩侍桁、贺玉波、苏雪林、废名、常风、叶公超、唐湜、阿垅、李广田、袁可嘉等,这不可避免地影响到文学批评本身的丰富性和复杂性。这种系统建构的匮乏实质是谱系学理论的缺失所造成的。在研究中国现代文学批评时,既有成果更多地孤立在现代文学的疆域,而对其与中国传统文学批评、西方文学批评等的内在关系注意不够。对中国现代文学批评留下的宝贵经验、深刻教训,总结和反思也不够彻底深入……

文学武教授的认识我认为是准确而深刻的,正是在这种认识和基本判断的基础上,文学武教授以史案研究的方法,具体地分析和讨论了十多位在中国现代文学批评史上具有重要意义的理论家,讨论了形成他们理论和观点的历史条件、文化传统,他们的文学批评观点与同代人的具体而丰富的关系。特别重要的是,文学武教授尝试对中国现代文学批评现象做出一种具有谱系学意义上的理论概括,提出并论证了一种看法:自由主义文学批评传统和左翼文学批评传统的相互关系是整个中国现代文学批评理论的"总体框架",或者说是"谱系学"把握。在这一对矛盾关系中,我们对中国现代文学批评史上的许多学者,可以做出大致准确的历史评价。在我看来,这是十分重要的理论进步,在学术发展的过程中是具有意义的。

关于中国现代文学,包括中国现代文学批评史,李泽厚先生的"'救亡与启蒙'双重变奏,救亡压倒启蒙"的观点曾经具有十分广泛的影响。文学武教授的《美的守望——中国现代文学批评史案研究》告诉我们,在中国现代文学批评的发展过程中,自由主义批评家和文学理论家不仅始终存在,而且在中国现代化的艰苦卓绝的历程中发出了至今仍然具有强大回响的理论声音。当然，由于中国式现代化在文学批评和审美表达机制方面的特殊性，在中国现代文学批评现象的"历史的和美学的"相统一的研究目标方面看，对这十多位文学理论家的研究还可以更具体、更深入，对自由主义和形式主义文学批评传统在与左翼文论传统对话交流中如何互相促进并推动了中国现代文学批评传统的形成和发展还可以再探讨。自然，书中仍然存在的一些历史空白和理论的可商榷之处，对于学术研究而言也是十分正常的。我相信，在文学武教授的下一步学术研究中，这些问题会得到较好的解答。

　　甲辰年是历史年轮的一个新开始。在中国式现代化逐渐发展，把中国社会现代化的情感逻辑和美学机制越来越清晰表达出来的社会条件下，文学理论的研究也必然走向新的深度与广度，我们期待文学武教授有更优秀的理论著作问世，以回应时代之问和历史之问。

　　是为序。

王杰

于浙江大学紫金港

2024 年 2 月 11 日

导　论

　　中国现代文学批评作为中国现代文学的一部分,从其诞生之日起就和后者一样进入现代转型的阶段,由此开始了和世界文学批评的交流与对话。虽然中国现代文学批评的历史不长,但仍然贡献出一批重要的学术成果,引起了研究者的高度关注。围绕中国现代文学批评的研究工作至今也有相当的积淀,而对其取得的成就、经验和教训进行分析、评估也是当下文学批评建设的应有之义。

一

　　晚清以降,由于受到西方文学批评的影响,中国文学批评出现了一些变化,产生了一些重要的成果。1904 年,王国维发表的《〈红楼梦〉评论》中开始出现了一些现代文学批评元素。而鲁迅 1907 年写作的《摩罗诗力说》(载 1908 年《河南》月刊第 2、3 号),是他第一篇系统地介绍欧洲文学流派的批评文章,具有十分重要的意义,在中国现代文学批评史上影响深远。它以世界文学为背景,以现代审美价值观为标准,对中国传统文学批评的审美标准进行强烈的质疑,标志着中国现代文学批评的确立。鲁迅在文章中还提出了"比较既周,爱生自觉"[1]的重要批评方法。随后,由于新文化运动的开展,中国的文学批评进入一个崭新阶段:传统文学批评的封闭格局被打破,批评家大多具有了世界的现代意识和眼光,批评的方法也呈现出自觉的追求,批评的形式乃至语言都发生了重要变化,职业的批评家也开始出现。就在新文学诞生初期,一些作家、批评家开始运用文学批评的工具对文学活动和有关文艺理论问题进行

---

〔1〕　鲁迅:《摩罗诗力说》,《鲁迅全集》(第 1 卷),人民文学出版社,1981 年,第 65 页。

评论,尤其是针对作家作品的评论较多。在这一时期的文学批评中,应该说茅盾、鲁迅、周作人、胡适、成仿吾等的文学批评较有影响,奠定了中国新文学批评的基础。

茅盾的文学批评成就主要在实际评论方面。他的评论视野开阔,对多种文学样式都有涉及,对当时文坛出现的重要作家如鲁迅、郭沫若、郁达夫、叶绍钧、田汉、朱自清、胡适、周作人、冰心等都有具体的评论,把"作家论"的批评文体推向了一个高峰。同时茅盾的评论打破了中国传统印象式的批评方法,致力于对文学现象的深入分析,提升了批评的科学性,尤其是对鲁迅的评论较为充分地显示了他作为评论家的敏锐目光和历史视野,在文学批评史上有重要地位。1923 年茅盾就对鲁迅小说集《呐喊》的文学史意义给予高度的评价:"在中国新文坛上,鲁迅君常常是创造'新形式'的先锋。"[1]这样的评价放在今天来看仍然是相当客观、精当的,此后他又发表了一系列评论鲁迅的文章,奠定了鲁迅在新文学史上的地位。

当时,另一位文学批评家周作人也有重要贡献。周作人在"五四"时期所发表的《人的文学》《平民文学》等理论文章曾经产生重大影响,他对"黑幕小说""鸳鸯蝴蝶派"等的批评中起到了先锋的作用,成为当时最具影响力的批评家之一。同时周作人对新文学运动中涌现出的作家也积极扶持,他对郁达夫《沉沦》进行科学的分析,为作者辩护。此外,周作人对汪静之的诗集《蕙的风》、鲁迅的《阿 Q 正传》等的评论也很有历史和美学眼光,他还在《美文》的文章中确认了文学性散文的独立地位。因此阿英说,周作人的文学批评"确立了中国新文艺批评的础石"。[2]

鲁迅虽然主要的贡献不在于文学批评,但其在中国现代文学批评史中仍然是不可忽视的角色。除了早期的《摩罗诗力说》《文化偏至论》等涉及文学批评外,这一时期他对"鸳鸯蝴蝶派"作品等都曾有具体评论。他还多次就文学批评的任务、性质、社会使命等发表过看法。如他提出"批评家的职务不但是剪除恶草,还得灌溉佳花,——佳花的苗"。[3]对文艺批评的健康发展有重要理论贡献。此外,创造社成员成仿吾、郭沫若、郁达夫等虽然算不上一流的批评家,但他们的文学批评活动在当时亦有不小的影响,有不少地方流露出独到

---

〔1〕 茅盾:《读〈呐喊〉》,《时事新报》副刊 1923 年 10 月 8 日。
〔2〕 阿英:《夜航集·周作人》,见钱理群:《周作人论》,上海人民出版社,1991 年,第 213 页。
〔3〕 鲁迅:《并非闲话(三)》,《语丝》周刊第 56 期,1925 年 12 月 7 日。

的眼光,因此也不应该忽视。

在第二个阶段(1928—1937)中,中国现代文学批评的格局呈现出更加复杂的情形。左翼文学批评、自由主义文学批评、民族主义文学批评等在文学批评界十分活跃、醒目,也产生了一批很有影响力的批评家如朱光潜、梁实秋、梁宗岱、李健吾、李长之、苏雪林、沈从文、冯雪峰、周扬、茅盾、阿英、瞿秋白、胡风等。他们的不少文学批评著作如《诗论》《文艺心理学》《诗与真》《诗与真二集》《咀华集》《咀华二集》《沫沫集》《鲁迅批判》《〈鲁迅杂感选集〉序言》等,堪称中国现代文学批评史上的经典之作,中国现代文学批评逐渐趋于成熟。随着1930年“左联”的成立,中国左翼文学批评开始积极、深入地介入到当时的文学活动中,涌现出的阿英(钱杏邨)、冯雪峰、周扬、瞿秋白等就是其中的代表。阿英早年是“太阳社”成员,他在左翼时期的文学批评活动不可避免地受到拉普、纳普等国外文学理论的消极影响,尤其是较深地刻有日本藏原惟人所谓“新写实主义”的烙印。他对鲁迅、茅盾、丁玲等的批评则集中暴露了这种批评理论的偏颇和谬误。正如瞿秋白所说:“钱杏邨的错误并不在于他提出文艺的政治化,而在于他实际上取消了文艺,放弃了文艺的特殊工具。”[1]虽然左联在后来的文艺实践中对钱杏邨的文学批评模式有所纠正,鲁迅、瞿秋白、冯雪峰等人也都在文学批评中尽力克服这些弊端,对“革命的浪漫蒂克”式的文学创作给予有力的批评。但遗憾的是,由于各种历史条件和批评家自身的局限,这种“唯物辩证法”的批评没有能从根本上得到扭转。尽管“拉普”已经不存在,但清理这种“左”倾教条文学批评的任务远未完成,其反而在一个时期成为左翼文学批评的主流。如当时冯雪峰对丁玲作品《水》的评价中依然带有这种浓厚的气息,冯雪峰一方面对丁玲早期的小说创作进行了激烈的否定,认为其作品中流露的是苦闷、无聊、不健康的心理,认为作者“乃是在思想上领有着坏的倾向的作家”;另一方面则把丁玲刚发表的、艺术相当粗糙的《水》视为“新小说的萌芽”[2]。这些都无可避免地对日后的文学批评实践产生了颇为负面的影响,教训较为惨痛、深刻。这一时期作为左翼文学批评对立面的胡秋原、韩侍桁、戴望舒等人的文学批评中则隐含着一些更为合理的因素。

1928—1937年间,中国自由主义文学批评迎来了黄金时代,一批崇奉西方

〔1〕　易嘉:《文艺的自由和文学家的不自由》,见苏汶编:《文艺自由论辩集》,现代书局,1933年。
〔2〕　冯雪峰:《关于新的小说的诞生》,《北斗》1932年1月21日。

独立、自由政治理念和坚守文学独立、超脱于政治立场的批评家异常活跃。他们当中包括梁实秋、徐志摩、闻一多、叶公超、李健吾、梁宗岱、朱自清、李长之、沈从文等。他们在文学批评中实践自由主义文艺观念，主张维系文学艺术的自足性，要求对现实保持一定的距离，某种程度上带有唯美主义的色彩。同时崇奉静穆幽远的艺术境界和理想，把文学批评的重点放在对作品整体的审美体验和鉴赏上，特别强调风格批评。这些批评活动极大地丰富了中国现代文学批评的美学境界，其巨大的价值正在日渐凸显出来。如梁宗岱在他的《诗与真》《诗与真二集》中借助西方象征主义诗学原则对中国新诗的弊端和路径进行了深入分析，提出了"纯诗""宇宙意识"等文学批评概念，这些批评对于纠正当时批评界存在的偏重社会分析、忽视艺术审美的倾向起到很好的作用，提升了中国新诗的现代性内涵和境界。李健吾在他的批评活动中很好地发挥了印象式批评的特长，在沟通西方文学批评与中国传统批评的交汇、融通，在对作家艺术世界细致入微的评论方面有不菲的成绩，他的文学批评著作《咀华集》《咀华二集》树立了印象主义批评的典范。时隔多年有学者这样评论："他写的每一篇批评，都是精致的美文。"[1]其他如周作人《中国新文学的源流》、朱光潜的《文艺心理学》和《诗论》，李长之的《鲁迅批判》等著作，在学理上的特点比较突出，具有较强的学院派批评特点。此外，贺玉波、苏雪林、沈从文等的作家论也很有影响，像苏雪林的《沈从文论》就是一篇很有特色的文学评论。她评论沈从文在创作上的特点说："句法短峭简练，富有单纯的美。"[2]历史已经证明了苏雪林的艺术眼光。这些批评连同左翼文学批评、民族主义文学等汇聚在一起，呈现出斑斓、丰富的文学批评图景。而在文学批评史料方面，特别值得一提的有阿英编的《中国新文学运动史资料》、李何林所编《中国文艺论战》、现代书店推出的《现代文学讲座》以及赵家璧主编的《中国新文学大系》(1917—1927)等。《中国新文学大系》(1917—1927)规模宏大，史料搜集相当完备，对新文学第一个十年的文学创作和活动进行了总结，这其中鲁迅、胡适、茅盾、周作人、朱自清、郁达夫、郑伯奇、洪深、郑振铎为每一集所写的长篇序言本身就是很有见地的文学批评。

    1937年全面抗战爆发，中国社会出现了重大的政治和社会变动。随后的

---

〔1〕 司马长风：《中国新文学史》(中)，昭明出版社，1976年，第251页。
〔2〕 苏雪林：《沈从文论》，《文学》第3卷第3号，1934年9月1日。

文学版图也一般被划分为国统区文学、沦陷区文学、解放区文学等板块,因此这一时期的文学批评在不同的区域呈现出不同的风貌。在陕甘宁边区,批评家们普遍对民间艺术比较重视,因而在1940年发生了"民族形式"的讨论,周扬、艾思奇、王实味等发表过相关批评理论文章。同时,延安的丁玲、王实味、艾青、萧军等针对延安的某些消极现象,写作了不少作品,强调文学对现实生活的干预,不久就遭到激烈的批评。代表性的批评文章有燎荧的《评丁玲的〈在医院中时〉》、周扬的《王实味的文学观与我们的文艺观》、伯钊的《继〈读野百合花有感〉之后》等;不久还发生了对何其芳诗歌《给 TL 同志》《我想说说种种纯洁的事情》等的批评;对莫耶小说《丽萍的烦恼》的批评等。总的来说,这些文学批评大多态度比较粗暴,延续了审查作家阶级立场、阶级意识、以政治取代人性、以审判取代审美的批评模式。而国统区的文学批评也出现了激烈的争议和交锋,如针对张天翼小说《华威先生》的争论、针对陈铨戏剧《野玫瑰》等的争论、针对茅盾剧本《清明前后》和夏衍剧本《芳草天涯》等的批评。有不少批评也同样留有某些"左"的痕迹,如谷虹当时在评论陈铨的《野玫瑰》时,指责这部作品"无论是在意识方面和写作的技巧上,都有着恶劣的倾向"。"在意识上,它散播汉奸理论。在戏剧艺术方面,它助长了颓废的、伤感的、浪漫蒂克的恶劣倾向。"〔1〕联系到当时抗日民族统一战线的大局,这样的文学批评显然过于苛责,是"左"倾机械论模式在作祟,它几乎没有涉及艺术本体的分析,显然是难以以理服人的。不过在争论之中,这些批评也不同程度地深化了人们对某些文艺理论和现象的认识。在沦陷区,文学批评也并不沉寂,这一时期沦陷区的文学批评产生了一批质量上乘、学术价值较高的文章,如李景慈的《现代散文的发展道路》、杨之华的《穆时英论》、傅雷的《论张爱玲的小说》、冯文炳的《新诗应该是自由诗》等。傅雷评论张爱玲的文章在众多评论文章中堪称经典,他一方面对《金锁记》给予高度肯定,认为"《金锁记》是张女士截止目前为止的最完满之作,颇有《狂人日记》中某些故事的风味。至少也该列入我们文坛最美的收获之一"。〔2〕但他同时又对张爱玲的《连环套》等进行了严肃的批评。这种客观、公正的评论为文学批评树立了典范。

抗战后由于国共两党激烈的政治斗争,不少知识分子卷入其中,政治成为

---

〔1〕 谷虹:《有毒的〈野玫瑰〉》,《现代文艺》第5卷第3期,1942年6月。
〔2〕 迅雨(傅雷):《论张爱玲的小说》,《万象》第3卷第11期,1944年。

时代的主流话题，这或多或少影响到批评家从容的艺术心境。因而相对而言，这一时期文学批评的成就不能和以前相比，许多文学的争论往往演变成政治倾向的冲突，如胡风和乔冠华、邵荃麟、郭沫若等人的争论就是如此。不过这一时期仍然出现了一批有分量的文学批评著作，如钱锺书的《谈艺录》、朱自清的《新诗杂话》《论雅俗共赏》、阿垅的《人和诗》、胡风的《论现实主义的路》、冯雪峰的《论民主革命的文艺运动》等。钱锺书的《谈艺录》虽然主要是阐释中国古典诗学的批评著作，但书中所采用的批评方法以及独到的艺术见解对于现代文学批评却有很强的借鉴意义。该书在序言中所说的"东海西海，心理攸同；南学北学，道术未裂"[1]的观点高度概括了中外文学批评的共性。它立足于打通中外文学批评的疆界和壁垒，时刻注意寻找中西诗学的汇通之处，对不少艺术现象的阐释饶有新意，颇多创见。正因为如此，该书直到今天仍然不失为经典之作，具有很强的学术生命。此外袁可嘉对新诗现代化理论的思考，茅盾、李健吾、李广田、唐湜等所写的文学评论也都各有其价值。

二

中华人民共和国成立后，由于"左"倾观念的盛行再加之文艺界的运动不断，很多文学批评家受到冲击，在这样的情形下，现代文学批评的研究受到冷落也就在情理之中。不少文学史著作干脆都回避了现代文学批评文体，不少文学批评家在现代文学史中消失或被贴上反动文人的标签。如王瑶的《中国新文学史稿》就采用传统的"四分法"，即小说、诗歌、散文、戏剧，几乎没有谈到中国现代文学批评的成就，这和当时中国古典文学批评所受到的重视构成很强的反差。这种情况延续了很多年，直到1976年香港学者司马长风《中国新文学史》的出版才得以改变。司马长风的这部文学史著作一个突出特点就是把中国现代文学批评作为一个门类给以较大篇幅论述。如他在谈到20世纪30年代中国文学的批评成就时说列举了五大批评家：周作人、朱光潜、朱自清、李长之、刘西渭（李健吾），对刘西渭尤为推崇："严格的说，到了刘西渭，中国才有从文学尺度出发的，认真鉴赏同时代作家和作品的批评家。"[2]对于周作人文学批评的贡献，司马长风也肯定说："就纯粹的文学批评来说，在新文学

---

〔1〕　钱锺书：《谈艺录》（补订本），中华书局，1984年，第1页。
〔2〕　司马长风：《中国新文学史》（中），第249页。

的成长期(1922—1928),几乎只有周作人一个人认真在做。"[1]他还提出了茅盾文学批评成就超过其小说的观点,这些也都很有见地。

到了 20 世纪 80 年代,中国现代文学批评的研究才进入真正意义上的学理层面,文学批评史料的搜集也开始迈上正轨。这一时期对中国现代文学批评的研究一开始主要是批评家个案的研究,如对鲁迅、茅盾、胡风、冯雪峰、周作人、瞿秋白、周扬等的研究。与此同时,在文学史上很长时间被冷落的自由主义文学批评也逐渐得到关注。随着研究的逐渐深入和展开,对中国现代文学批评的研究也从个案研究开始向文学史的积累演进。如王永生主编的《中国现代文学理论批评史》(三卷本)、艾晓明的《中国左翼文学思潮探源》、温儒敏的《中国现代文学批评史》、刘锋杰的《中国现代六大批评家》、张大明的《中国现代文学思潮史》、许道明的《中国现代文学批评史》、斯洛伐克学者玛立安·高利克的《中国现代文学批评发生史(1917—1930)》等,都表现出这种学科史的意识。

王永生主编的《中国现代文学理论批评史》规模较大,材料相当翔实,是第一部中国现代文学批评通史。不少地方有独到见解,如对外国文学批评翻译的重视、对胡风等文学批评成就的肯定。缺点是不少地方还有"左"的痕迹,如对自由主义文学批评重视不够等。另外,其相当篇幅涉及文学思潮与文学论争,文学批评本体的探讨反而不多。艾晓明的《中国左翼文学思潮探源》,学术视野开阔,深入剖析了中国左翼文艺思潮与外国文艺思潮的联系,对左翼文学批评有代表性的钱杏邨、瞿秋白、茅盾、胡风的批评模式进行了总结。温儒敏的《中国现代文学批评史》以王国维、成仿吾、茅盾、胡风、冯雪峰、李健吾、梁实秋、朱光潜等十几位批评家为"点",清晰勾勒出中国现代文学批评史的线索。该书有不少独到见解,如提出把中国现代文学批评上限提前到 1904 年王国维《〈红楼梦〉评论》的发表;提出周作人散文理论的独到价值;高度评价周扬对人道主义、异化问题所作的新思考等等,因而在学术界产生了较大反响。但其最重要的特点却是专注于文学批评本身的研究,如作者在序言中所说:"批评史不等同于文学史,也不等同于思想史,虽然彼此有关联,批评史应有自己的视角,它所关注的是对文学的认知活动与历程,是对文学本质、文学发展、文学创

---

[1]　司马长风:《中国新文学史》(中),第 246 页。

作的不断阐解与探讨。"[1]欧洲汉学家玛利安·高利克的《中国现代文学批评发生史(1917—1930)》也有着鲜明的学术追求和较高的学术价值。由于地域和文化的差异，高利克放弃了对中国现代文学批评历史做全景式描绘的企图，而是把重心放在中国现代文学批评的发生期。他更多的是从文学批评的细节上探索中国现代文学批评发生的深层动因，也致力于把西方的哲学思潮、文化思潮呈现在人们面前，以证明中国现代文学批评产生的世界性因素。这一时期文学批评史料的整理也有主要收获，钱理群主编的《中国沦陷区文学大系》则专门把沦陷区的评论收入一卷，保存了许多弥足珍贵的批评史料。刘福春编选的《中国现代诗论》、北京大学中文系主编的《20世纪中国小说理论资料》等则收录了现代文学批评文体中重要的诗歌、小说批评资料。孙尚杨等主编的《学衡派文化论著辑要》、温儒敏和丁晓萍主编的《战国策派文化论著辑要》则关注了"学衡派"及"战国策派"的文学批评，有填补资料空白的学术意义。

进入新世纪，中国现代文学批评研究与20世纪八九十年代比较起来在广度和深度上均有所进展，一些未曾被学界注意的现代文学批评家被陆续纳入研究视野，个案研究方兴未艾，文学批评史的专著也继续探索新的批评史写作模式。这方面较有价值的著作包括黄曼君《中国20世纪文学理论批评史》、周海波《中国现代文学批评史论》、许道明《中国现代文学批评史新编》、王丽丽《在文艺与意识形态之间：胡风研究》、陈太胜《梁宗岱与中国象征主义诗学》、高旭东《梁实秋：在古典与浪漫之间》、张蕴艳《李长之学术心路历程》、赵思运《何其芳人格解码》、陈方竞《鲁迅与中国现代文学批评》等。其中许道明的《新编中国现代文学批评史》带有学科史总结的性质，力图在新的思维模式和坐标中探究中国现代文学批评的图景。该著最引人注目的一点，是把中国现代文学批评史划分为了理性时期(1917—1925)、综合时期(1925—1937)、重塑时期(1937—1949)、一体化时期(1949—1979)等四个阶段，的确比较新颖。另外它也大幅压缩了文化背景的描述，更多地篇幅用来探究批评家的本体，为文学批评史的写作和研究带来新的思考。庄桂成的《中国文学批评现代转型发生论》则认为在晚清时代中国文学已经完成了现代转型，这一时期中国文学批评的主体、对象、文本、功能都发生了改变，和传统文学批评有明显的不同。应该说该著作提出了不少值得深思的理论问题。

---

[1] 温儒敏：《中国现代文学批评史》，北京大学出版社，1993年，第1—2页。

这一时期资料方面比较突出的一点就是不少批评家的文集、全集、年谱、传记等陆续出版。此外中国现代文学期刊史料的编辑和整理工作也出现长足进展,如吴俊、李今、王彬彬等主编的《中国现代文学期刊目录新编》、刘增人等编著的《1872—1949 文学期刊信息总汇》等。这些虽然不属于现代文学批评史料和研究的专门范畴,但却为进一步的学术研究提供了有力的支撑。李今主编的《汉译文学序跋集》,囊括了从晚清到 1961 年间出版的几千种译作的序跋,其中不少涉及中国现代文学批评的内容,对中国现代文学批评而言是十分珍贵的,提供了大量第一手史料。刘晓丽主编的《伪满时期文学资料整理与研究》皇皇 34 册,其中《满洲作家论集》等也收入了不少伪满时期许多有价值的文学批评资料。其他一些学者整理的相关资料也都各有所侧重,史料的整理、研究逐渐成为学界的关注点之一。

三

尽管中国现代文学批评史料搜集和研究在新时期以来的一段时间一直在取得进展,发表的专著和学术论文数量也为数不少。但总体而言,目前的中国现代文学批评研究遭遇到自身的瓶颈问题,亟待以新的思维方式和方法实现更大的突破。在笔者看来,中国现代文学批评史研究存在的主要问题有:

第一,研究的力量相对于其他领域的研究还比较薄弱分散,中国现代文学批评没有得到足够的重视。综观中国现代文学研究格局,人们不难发现存在着明显的不对称和失衡现象。中国现代文学中本应有两翼:一是作家、作品;一是思潮和文学批评。中国现代文学批评在 40 余年取得的成就并不小,但其受重视的程度却远远不及现代作家和作品。一方面,很长一段时间,研究界大部分优秀学者都穷其全力来研究中国现代作家作品,而对于亟待系统整理和研究的中国现代文学批评则没有投入太多的精力。这样的结果导致中国现代作家作品的研究成果丰赡,而中国现代文学批评研究的成果则逊色很多。不仅如此,人们还可以发现,长期以来的文学史著作中,现代文学批评只占很少的分量甚至完全被忽略,即便一些很优秀的现代文学史著作也存在着这样的缺憾。如在学界广有影响的钱理群、温儒敏、吴福辉所主编的《中国现代文学三十年》这部文学史,很大的篇幅都给了小说、诗歌、散文、戏剧等文类,文学批评的篇幅很少,也没有任何一位批评家被列入专章来研究。这些其实都表明,中国现代文学批评在当今的学界还远远没有获得诸如小说、诗歌等文类的地位。

这一点如果拿来和西方文学批评研究或者中国古典文学批评研究相比，差距也很明显。在西方，现代文学批评一直享有独立的位置，和其他的文类的重要性完全并列，其涌现的布鲁克斯、卫姆塞特的《西洋文学批评史》、雷纳·韦勒克的《近代文学批评史》等皇皇巨著就是证明。而中国古典文学批评研究在中国的学术界也取得了骄人的成绩，如罗根泽的《中国文学批评史》、朱东润的《中国文学批评史大纲》、郭绍虞的《中国文学批评史》等堪称经典，中国古典文学批评在学科的设置中很长时间都占据一席之地。由于研究力量的分散、薄弱，中国现代文学批评的历史价值、合理内核无法得到郑重评估，这不仅有失学术公正，而且还直接影响到中国现代文学学科史的建构。

第二，忽略扎实的资料搜集工作，也没有上升到学术史的高度对其进行历史还原和系统的整理。史料工作是进行文学研究的先导，其重要性是毋庸置疑的，无论如何强调都不为过。近些年来，中国现代文学领域中的史料搜集整理工作取得明显进程，许多大的工程也纷纷展开，投入了很大的力量。但是当前学界对中国现代文学批评史料的搜集和整理尚未形成自觉的学术意识，大多处在一种比较凌乱的状态，导致了当前中国现代文学批评史料尚未系统地得到整理和出版。它们有的是作为诗歌批评史料出版，有的是作为小说、散文等批评的史料出版，有的是分散在几个新文学大系之中，却没有一套系统的现代文学批评史料问世，于是不可避免地呈现出碎片化的特点。这都证明当下现代文学批评史料的梳理不够系统。同时，即使在已经挖掘的现代文学批评史料中，也不够完整，有些重要的文献还没有被关注。如关于通俗文艺的文学批评；关于电影、戏剧、美术等艺术种类的文学批评；国外学者特别是日本学者这一时期对中国现代文学的批评；香港、台湾等地出现的文学批评；中国文学批评家这一时期对翻译作品进行的文学批评；书话体文学批评等等。诸多领域的史料等都还有广阔的空间，亟待开拓。

第三，中国现代文学批评研究还较为缺乏谱系学理论的自觉观照，不少理论问题没有得到很好解决，研究的开阔性和理论深度有待进一步的拓展和提升。以往的中国现代文学批评研究，重要的文学细节缺乏观照，不少问题被简单化甚至被遮蔽。如对沦陷区文学批评、通俗文学批评、翻译文学批评不够重视就是例证。一些很有个性的文学批评家的成就没有得到系统研究，如蔡元培、丰子恺、郁达夫、胡秋原、韩侍桁、贺玉波、苏雪林、废名、常风、叶公超、唐湜、阿垅、李广田、袁可嘉等，这不可避免地影响到文学批评本身的丰富性和复杂性。这种系统建构的匮乏实质是谱系学理论的缺失所造成的。在研究中国现代文学批评时，既有成果更多地孤立在现代文学的疆域，而对其与中国传统文学批评、西方文学批评等的内在关系注意不够。对中国现代文学批评留下的宝贵经验、深刻教训，总结和反思也不够彻底深入。此外，中国现代文学批评理论的研究本身也存在诸多问题，例如文学批评概念的界定问题到目前尚没有形成共识。比如王永生主编的《中国现代文学理论批评史》把文化思潮、文学思潮、文学论争等都列入研究对象，甚至有时用相当篇幅来论述。而后来的一些文学批评史著作则倾向于用狭义的文学批评定义，如周海波的《中国现代文学批评史论》则把重点放在批评意识产生和批评文体特色。因此科学界定文学批评的概念、处理好文学批评和文学思潮、文学运动的关系是无法回避的一个理论难题。还有，中国现代文学批评中现代的断代、分期问题也没有得到很好的解决。王永生的《中国现代文学理论批评史》按照通行的现代文学三十年史的划分方法，时间范围从 1917 年到 1949 年。而温儒敏的《中国现代文学批评史》则把中国现代文学批评发生的时间上溯到 1904 年王国维的《〈红楼梦〉评论》的出现。周海波的《中国现代文学批评史论》则进一步上溯到 1897 年，把梁启超发表《变法通议·论幼学》和严复、夏曾佑发表的《国闻报附印说部缘起》当成现代文学批评的起点。许道明的《中国现代文学批评史新编》虽然起点采用了 1917 年，但却把中国现代文学的终点后移到了 1979 年第四次全国文代会的召开。在史和论的关系中，到底是以史代论还是以论代史也时有争论。最后，中国古典文学批评的理论资源、西方文学批评的理论资源还没有得到足够的重视和利用，它们与中国现代文学批评之间的内在逻辑关系也没有得到很好地梳理。研究视野的逼仄和理论探讨不充分的弊端也制约着中国现代文学批评研究走向成熟。

第四，研究的方法比较陈旧，缺乏跨文化、跨学科的视野和研究手段。方法是主体和客体的中介，要想实现学术群的增值，关键就是研究方法的突破。固守某种固定的方法正是惰性思维的特征。中国现代文学批评的研究从方法论来看基本上延续的是传统的单一研究方法，而跨学科的方法较少采用。此外，大数据分析、电子资源库的数据整理和分析等研究方法较为罕见，数字人文的研究意识不强，而人类学、历史学、统计学、传播学、图书馆学、译介学、教育学等相关学科也没有得到应有的重视。另外，中国现代文学批评与西方文学批评有着密切的关系，中国现代文学批评的诞生一定意义上正是西方文学批评冲击下的结果。不少中国现代文学批评史上的大家都曾经有在海外留学的经历，精通多种语言，对国外的文化十分熟悉，他们的文学批评与外国文学批评之间的关联很深。如鲁迅文学批评与日本厨川白村文艺理论的关系；朱光潜文学批评与克罗齐的美学思想关系；梁宗岱文学批评与瓦雷里诗论的关系；钱杏邨文学批评与日本藏原惟人新写实主义理论关系；梁实秋文学批评与美国白璧德新人文主义的关系；周扬文学批评与苏联法捷耶夫、日丹诺夫文学理论的关系等等。研究他们的文学批评必然涉及不同文化的比较、借鉴，而这些都必须在跨文化的视角下才能解决。此外，中国现代文学批评在学科建构方面还缺乏足够的自信，学科的合法性仍然不时遭到质疑。

纵观中国现代文学批评研究的历史不难发现：在几代学人艰苦的努力之下，中国现代文学批评的相关研究持续推进，具有了较为扎实的学科积累，研究的广度和深度都有不同程度的拓展、提升。但同时也应该看到，新的挑战仍然存在：中国现代文学批评作为独立学科的合法性仍时时面临质疑，学术的研究也遭遇到某种困惑或者制约，学科的成就与中国古典文学批评研究相比较还有较大的差距。只有进一步解放思想，拓宽学术视野，更新学术研究方法，把中国现代文学批评置于世界文学批评的坐标上，才能使中国现代文学批评研究获取新的学术增长点，进而增强与当今文学世界对话的能力。

第一章
沈从文文学批评研究

第一节　沈从文文学批评论

　　中国现代文学理论批评肇始于 20 世纪初,在 20 世纪 20 年代声势日隆,并在 20 世纪 30 年代达到一种自觉和成熟,茅盾、胡风、冯雪峰、梁实秋、朱光潜、李健吾、梁宗岱等人的重大理论建树大都完成于本时期。尤其值得注意的是,当时有不少作家身兼了理论家的重任,或为作品写序、跋、题记等,或专注于文学批评和论争,产生了不小的影响,沈从文就是其中的一位。

一

　　沈从文留下的有关文学批评的文字,一部分散见于他为自己或别人的作品写的各种题记、序等,还有一部分集中在他的评论集《沫沫集》中,这些都比较充分地表达了他的文学批评观点和批评个性,代表了他对中国文学批评的理论贡献。

　　沈从文在文学与政治的关系上,一直坚持着文学的独立和自足的审美功能,反对把文学作为政治斗争的附庸和工具,在这一点上他既有真知灼见之处,又流露自己文艺观的局限性。作为自由主义知识分子,沈从文特别重视文学的自身独立,任何把文学纳入政治和商业轨道的做法,都为他所鄙夷。他要求作家应该拥有独立人格和思想:"一切作品都需要个性,都必须渗透作者人格和感情。想达到这个目的,写作时要独断,要彻底地独断。"[1]由于沈从文

　　[1]　沈从文:《从文小说习作选集·代序》,《沈从文全集》第 9 卷,北岳文艺出版社,2002 年,第 2 页。

本能地对政治感到厌恶，他在 30 年代对各种追求文学功利目的的活动进行了坚决的排拒，幻想在社会风云激荡的时局中维系文学的纯正和严肃："我赞同文艺的自由发展，正因为在目前的中国，它要从政府的裁判和另一种'一尊独占'的趋势里解放出来，它才能向各方面滋长、繁荣。拘束越少，可试验的路越多。"〔1〕从文学自身发展的规律来看，沈从文的这种文学批评观自有其不可替代的宝贵价值。

沈从文不仅反对文学的政治化倾向，对文学的商业化同样持强烈的批评态度，在《论海派》一文中，他尖锐地嘲讽了所谓"名士才情"与"商业竞卖"相结合的海派文学。沈从文认为 1927 年后"全国文学运动，便不免失去了它应有的自由独立性，这方面不受'商业支配'，那方面必成为'政治附庸'。"〔2〕对沈从文而言，文学的商业化和政治化一样，都是文学创作的大敌，他对把文学当作游戏和赚钱工具的创作态度极为反感。张资平是当时很红的作家，可沈从文却把他当作"新海派"文人的代表，十分鄙视地说："张资平是会给人趣味不会给人感动的，因为他的小说，差不多全是一些最适宜于安排在一个有美女照片的杂志上面的故事。"〔3〕沈从文继承了中国现代知识分子正直和坦诚的精神品格，他既不赞成新文学被政治看中，也不主张把文学沦为金钱的娼妓，而是自始至终保持文学家的节操和严肃认真的创作态度。沈从文敏锐地觉察到，身处商业活动频频的大都市，如果作家丧失了自己的独立人格，很有可能陷入低级趣味，创作出的"白相文学"对艺术只能是一种堕落，张资平就作了最好的注脚。沈从文主张文学的独立性，使他既对国民党推行的文学运动和左翼文学采取一种否定态度，又对商业化的文学倾向不屑一顾，他的这种不偏不倚的文艺观点构成了中国现代自由主义文艺思想的重要特征，在 20 世纪 30 年代浮躁的文风下，确不失其某些深刻之处。

沈从文强烈排斥文学的政治功能，但这并不表明他追求的是一种纯然的文学价值，其实他对文学与人生的关系也是多有所肯定的。沈从文反对的是一种狭隘的功利主义文艺观，替而代之的是要求文学发挥一种道德的、人性的、超越现实的功用，它对人们的精神世界和理想生活起着潜移默化的改良作用。例如沈从文曾不止一次地声称："这世界上或有想在沙基或水面上建造崇

〔1〕 沈从文：《一封信》，《大公报·文艺》1937 年 2 月 21 日。
〔2〕 沈从文：《短篇小说》，《国文月刊》1942 年第 18 期。
〔3〕 沈从文：《郁达夫张资平及其影响》，《沈从文全集》第 16 卷，第 193 页。

楼杰阁的人,那不是我。我只想造希腊小庙。……这小庙供奉的是人性。"〔1〕
追求的是一种"优美、健康、自然而又不悖乎人性的人生形式"。〔2〕残酷的社
会现实使他无法真的要把文学从人生中移开,"文学家也是个'人',文学决不
能抛开人的问题"。〔3〕这就都表明了沈从文与"为人生"的文学观有其相通之
处。因而他对鲁迅、汪敬熙、叶绍钧、鲁彦、王统照等"为人生"派的作家评价还
是不低的,称他们所有的努力是"较之目前以翻译创作为穿衣吃饭的作家们,
还值得尊敬与感激的"。〔4〕沈从文的这些文学主张无疑含有合理的内核,他
吸取了欧洲启蒙主义的文学精神,要求文学谴责都市社会的虚伪,歌颂普通民
众的善良品质。幻想以个性来构筑心中至善至美的人文理想,确实对人们是
相当有诱惑力的。当年重要的评论家李健吾就称沈从文"热情地崇拜
美。……他所涵有的理想,是人人可以接受,融化在各自的生命里的"。〔5〕

二

更应注意的是,沈从文在文学批评中高度重视文学的审美特征,渴望建立
一种纯正的美学理想和原则,刺激艺术家去做"心灵的探险",这是他文学批评
理论中最精彩、最有价值的部分。沈从文在他的文学批评活动中,提出了几个
重要的美学原则,这实际上也是他衡量作品成就高下的一种尺度,具体而言,
就是他对"和谐""匀称""恰当""技巧"等概念的阐发和运用。

"和谐"是重要的美学范畴,它实际上代表着古典主义的审美理想,而中国
20世纪30年代的一批自由主义知识分子大都受过欧美文化的熏陶,对古典主
义理想有认同感,体现在文学创作中,就是要求作家行文自然,不违背天性,在
作品的有机统一中显出完美。沈从文虽无直接游历欧美的经历,但他同欧美
派自由主义知识分子关系一向极为密切,一般研究者均把他视为其中重要一
员。沈从文要求文学创造出"俨然都各有秩序"〔6〕的境界。例如在评价施蛰
存时,认为他初期的小说《上元灯》"略近于纤细""清白而优美",这关键是作者

〔1〕　沈从文:《从文小说习作选集·代序》,《沈从文全集》第9卷,第2页。
〔2〕　同上,第5页。
〔3〕　沈从文:《新文人与新文学》,《沈从文全集》第17卷,第85页。
〔4〕　沈从文:《论中国创作小说》,《沈从文全集》第16卷,第198页。
〔5〕　李健吾:《咀华集·边城》,《李健吾文学评论选》,宁夏人民出版社,1983年,第52页。
〔6〕　沈从文:《云南看云集·美与爱》,《沈从文全集》第17卷,第359页。

"自然诗人"的天性,而后来施蛰存的作品"写新时代的纠纷,各个人物的矛盾与冲突,野蛮的灵魂,单纯的概念,叫喊。流血……所以失败了"。[1] 这主要是作者破坏了和谐的原则。沈从文在评价冯文炳时,也认为他的小说文白杂糅,"却离了'朴素的美'越远,而同时作品的地方性,因此一来亦完全失去,代替这作者过去优美文体显示一新型的,只是畸形的姿态一事了"。[2] 沈从文对"和谐"原则的重视可见一斑。

与"和谐"原则相适应,沈从文还注意到文学的"匀称""恰当""技巧"等问题,他专门写过理论性较强的文章进行阐释:"就'技巧'一词加以诠释,真正意义应当是'求妥贴',是求'恰当'。"批评了忽视技巧的倾向。但同时又要求作家节制自己的情感而又不滥用技巧,用他的话来说就是"情绪的体操""恰当":"文学要恰当,描写要恰当,分配更要恰当。作品的成功条件就完全从这种'恰当'产生。"[3]他在批评实践中极为推崇那些重技巧、懂节制的作家,新月派的徐志摩、闻一多和朱湘的诗歌因为在审美情趣上符合沈从文的观点,沈从文就称他们代表了新诗的转向,而郭沫若为代表的创造社作家和穆时英等现代派作家却因为感情表达缺乏节制均受到了他的批评。公正地说,沈从文的这些评价还是符合他们的创作实际的,半个多世纪风风雨雨的严峻和无情的检阅已证明了这一点。

三

沈从文是位极富创造性的作家,同时也是一位个性很强的批评家,他以并不太多的理论批评文学奠定了自己的批评个性。"一个真正的批评家,犹如一个真正的艺术家……但是最后决定一切的……而是他自己的存在,一种完整无缺的精神作用。"[4]昭示人们(包括批评家)都应寻求自己的个性和风格。沈从文的理论批评以整体上的审美把握,严肃、真诚的批评态度,充满生命力的批评文体把人们引入一种完美的批评境界。

20世纪30年代活跃在文学批评界的,大都具有自己成熟的批评个性和理论框架,茅盾采用的是社会-历史学的批评模式,气势宏阔;胡风则倾向于"主

---

〔1〕 沈从文:《论施蛰存与罗黑芷》,《沈从文文集》第16卷,第173页。

〔2〕 沈从文:《论冯文炳》,《沈从文文集》第16卷,第148页。

〔3〕 沈从文:《短篇小说》,《沈从文文集》第16卷,第493页。

〔4〕 李健吾:《咀华集·答巴金先生的自白》,《李健吾文学评论选》,第40页。

观的战斗精神",注意剖析作家的精神结构;周扬、冯雪峰采纳的是苏联社会主义现实主义的批评话语;而沈从文和他的京派同人李健吾一样,比较多地借鉴了印象主义的批评原则,侧重于分析、赏鉴作品的艺术魅力和风格,为中国现代文学批评史提供了一个崭新的范例。

西方文论把印象主义批评归纳为三条重要特征,一是以个人的"情操"作为批评的唯一"工具";二是认为批评与创作是同一样事,好的批评家同时应是好的作家;三是批评只为批评家在自我创造中的一种"自我完善"。[1] 沈从文在批评活动中基本上遵循了这些原则,亦借鉴了中国传统文论中的顿悟等概念,因而创见颇多,更切近审美对象。

沈从文在评论时,总是力图概括出作家的创作风格,注重从整体审美活动中归纳出其创作个性,他的《沫沫集》中的作家论一般都开宗明义地勾勒出其总的美学倾向,引人入胜。下面试举几例:

　　(1)从"五四"以来,以清淡朴纳文字,原始的单纯,素描的美支配了一时代一些人的文学趣味,直到现在还有不可动摇的势力;且俨然成为一特殊风格的提倡者与拥护者,是周作人先生。(《论冯文炳》)
　　(2)在中国,以异教特殊民族生活作为创作基本,以佛经中邃智明辨笔墨,显示散文的美与光,色香中不缺少诗,落华生为最本质的使散文发展到一个和谐的境界的作者之一。(论《落华生》)

这种印象式的直观批评,主要是依赖于感觉和印象,因而批评家要善于敏锐地发觉作家的创作特色,然后作出总体的评价。沈从文身兼双重身份,自然会比别人更注意去捕捉作家的独特风格。例如在评价许地山时,他能透过其缥缈、斑驳的异域色彩抓住其精神实质。徐志摩在当时是一位有争议的诗人,沈从文在评价时抛开了其复杂的思想背景,始终注意从作品中去透视诗人的个性,认为他"俨然一个自然诗人的感情,去对于所习惯认识分明的爱,作虔诚的歌唱"。[2] 沈从文这种重总体印象,把握作家风格的有机统一,比那种生搬硬套批评概念、拆解作品的做法更贴近艺术的审美触角。

〔1〕　见温儒敏:《中国现代文学批评史》,第 129 页。
〔2〕　沈从文:《论徐志摩的诗》,《沈从文全集》第 16 卷,第 102 页。

沈从文为了揭示作家的个性，常运用比较的方法，以异中见同，同中显异，给读者展示了更宽广的文学背景。这里面最精彩的是《论冯文炳》一文。冯文炳是早期乡土派文学有代表性的作家，作品大多反映农村朴讷、淳厚的乡风，展现了下层人民的人性美，有不少人便把冯文炳同沈从文并列起来。而沈从文则把冯文炳与自己做了比较，认为两者的文体同样单纯，对农村的观察也相同，但冯文炳"一切与自然谐和，非常宁静缺少冲突"，而自己则"具强烈的爱憎，有悲悯的情感"，从而加深了读者的理解。

其次，沈从文在批评活动中处处渗透着自己的真诚人格，有好说好，有坏说坏，既不夸饰，也不搞卑劣的人身攻击，形成了宽容的批评风度。诚然，沈从文亦有他的不足，他对左翼文学曾多有微词，但在具体的文学批评中，仍能对他们中的某些作家给予肯定。他曾把蒋光慈的《战事集》与自己喜欢的《望舒草》一同视为"五四"以来新诗"新方向的诗歌"。[1] 在一次次与海派文学论战时，仍坚持把鲁迅、郁达夫、丁玲等人与他们区分开，对与自己联系较多的俞平伯、冯文炳、朱湘等也不是一味吹捧。当然，宽容、真诚并不等于无原则的迁让，沈从文对于自己所憎恶的东西绝不留情，他对张资平的无情解剖就是很好的例证，这同样是批评家人格、勇气的真实写照。

最后，沈从文还建立了一种属于自己的批评文体，他文学批评的语言、结构、类型独具一格，时至今日仍有借鉴价值。从文体结构看，沈从文追求的是一种挥洒自如、娓娓而谈的风度，没有固定化的程序，多半比较随意，有时甚至伸展开去，离"题"似乎较远，这样读者看起来很轻松，在不知不觉间被作者带到艺术审美的境地，这一点很像李健吾。沈从文的文论文章大都不太长，一般不喜欢旁征博引，始终把自己的情感浸入审美对象中，读来倍感亲切。

沈从文的《沫沫集》主要采用了"作家论"的批评文体，这是因为这种文体能较全面、清晰地展开一个作家的个性，在 20 世纪 30 年代盛行一时，茅盾、胡风、苏雪林等都写过一些作家论。沈从文的作家论和茅盾的作家论有着明显的分野：茅盾注重社会背景分析，而沈从文着重作家艺术个性；茅盾多对作家进行纵向比较，沈从文则重横向比较；茅盾逻辑性强，沈从文重印象式感悟；茅盾急于作价值判断，沈从文倾向审美判断。这样，沈从文的作家论就弥补了茅盾忽略美学意蕴的缺憾。

---

[1]　沈从文：《我们怎样去读新诗》，《沈从文全集》第 16 卷，第 463 页。

综上所述,我们可以初步得出如下结论:沈从文是一位有见地、有信仰的批评家,他主张艺术精神独立,倡导作家的人格塑造,实践宽容、审美的批评原则,为中国现代文学的批评繁荣尽了自己的一份努力。由于中国复杂思想背景的限制,这些艺术理想没能在中国现代历史文化的逻辑进程中发挥更大的影响,扮演了悲剧的角色,长期受到冷落。但随着当代接受者文化心态的不断调整,沈从文的这份价值将变得更加弥足珍贵。

第二节　中国新诗突围的历史总结 与批评话语建构
——论沈从文的新诗批评

作为一个著名作家,沈从文虽然主要的精力用于文学创作,但同时也在中国现代文学批评领域有所建树,其中就包括新诗批评。沈从文不仅对"五四"时期在中国诗坛有影响的诗人进行评论,也对新诗发展的若干理论问题进行了有深度的思考。但学术界至今对沈从文新诗批评关注不够,近些年出版的一些中国现代文学研究专著如温儒敏《中国现代文学批评史》、许道明的《中国现代文学批评史新编》、吴思敬的《20世纪中国新诗理论史》、曹万生的《中国现代诗学流变史》、季剑青的《北平的大学教育与文学生产:1928—1937》等对沈从文的新诗批评虽然有不同程度的涉及,但总体而言远远不如对朱光潜、梁宗岱、朱自清、闻一多等人的研究深入。沈从文的新诗批评以人性为基点,以审美为主轴,常常在文学史的视野中观察诗人创作,并立足于东方印象式批评话语体系,最终形成了自己鲜明的批评个性。在中国新诗批评的历史中,理所应当应该有沈从文的一席之地。

一

诞生于中国新文化运动中的新诗,虽然其成就不能与小说、散文等文类相比,毕竟也为中国新文学贡献了一些新的文学元素,出现了诸如胡适、刘半农、汪静之、徐志摩、闻一多、朱湘、冯至等诗人,有的甚至产生不小的影响。而沈从文的新诗批评所关涉的对象也大多是新诗发展初期阶段的诗人,和当时已经拉开了一定的时空距离,这就使他更能从新文学发展的路径来探讨诗人的创作成就和特色，进而总结中国新诗的规律和经验，因此文学史的自觉意识就格外强烈。

中国新诗自从"五四"文学运动诞生以来，固然取得了有目共睹的成就，但它本身也蕴含着诸多难以克服的矛盾和困境，它的合法性不断遭到质疑。有学者指出："我国诗人在"五四"时期援引西方自由诗来为新诗运动张目，采用的是'误读'的方式。这种'误读'，一方面使得自由体新诗能够冲破种种旧体束缚而发生，形成了自身基于现代汉语的形式特征，另一方面使得新诗自由体长期不能认同音律的建构。"[1]对于中国新诗积累的种种问题，沈从文当然也看到了。他直言中国新诗正面临着一场前所未有的挑战与危机，新诗批评必须调整重心，尽快对新诗的创作和代表性的诗人给予准确的历史定位，重建信心，以回应这样的挑战。沈从文重点关注的中国现代诗人包括汪静之、徐志摩、闻一多、朱湘、焦菊隐、刘半农，他对这几位诗人都专门进行了评论。此外对于胡适、郭沫若、于赓虞、冰心、周作人、朱自清、俞平伯、李金发、邵洵美、冯至、胡也频、林徽因等也都有不同程度的涉及。

从沈从文的讲义《新诗的发展》可以看出，沈从文对于中国新诗研究投入了很多的精力，他几乎搜集了当时出版的所有现代中国诗集的目录，并且附录了七种新诗发展的参考资料。正是建立在这样扎实的基础之上，沈从文才能较为准确地把握评论对象在中国诗坛的历史地位及其独到贡献。如对于"五四"初期的白话诗人，当时不少人都持激烈指责和否定态度，有的甚至认为胡适是中国新诗最大的罪人。而沈从文的态度有所不同，他把中国新诗划分为三个阶段：尝试期、创作时期、成熟时期。显然，从文学史的角度来衡量，每个阶段所担负的历史的责任并不等同。在尝试期的中国新诗，其首要任务是冲破几千年古典诗歌的束缚，为中国新诗寻觅突围的方向，不可避免地受到传统观念和技巧、形式等影响，因而很多地方保留着旧诗的痕迹。但从另一方面来讲，"白话诗在早期中国新诗由传统向现代的生成转换逻辑中确立下的复合形式体制，确实为随后的中国新诗在取材、想象方式和美学趣味的革命中开拓了道路"。[2]对于这一时期的诗歌，沈从文显然认为要多一点宽容。沈从文说："胡适之是第一个写新诗出新诗集的作家。冰心会写短诗，被称为'女诗人'。

〔1〕　许霆：《中国新诗自由体音律论》，复旦大学出版社，2016年，第11页。
〔2〕　郑成志：《曲折的展开：20世纪30年代自由诗理念研究》，厦门大学出版社，2016年，第30页。

俞平伯、康白情,会写长诗,那些诗当时多被中学校选作国文课,为青年人所熟习。这几个作者,同上述一群新人,可算的是奠定中国新诗基础的功臣,值得我们记忆。"[1]沈从文的这种评价放置在文学史中来看的确是中肯之论,没有因为早期自由诗的幼稚而一笔抹杀。

新诗经历过一段时期的发展后,到了 20 世纪 20 年代末期及 30 年代初期,便呈现出完全不同的面貌,当时诗坛刚刚涌现出的几个艺术倾向鲜明的诗人如孙大雨、林徽因、陈梦家、戴望舒、卞之琳、臧克家、何其芳等为诗坛注入新的活力。对于这样的一群诗人,沈从文也较为敏感地发现他们的诗作与早期的自由诗有着重大的差别,那就是普遍关注诗歌的文字形式以及意境的创造,对于中国新诗有着重大的意义。沈从文评论说:"几个作者是各以个人风格独具的作品,为中国新诗留下一个榜样的。他们作品并不多,比较起来可精得多。这一来,诗的自由俨然受了限制,然而中国新诗,却慢慢地变得有意义有力量起来了。"[2]沈从文对于新诗历史的判断和朱自清的结论大体上吻合,也和韦勒克所反复强调文学史的任务就是"我们要研究某一艺术作品,就必须能够指出该作品在它自己那个时代的和以后历代的价值。一件艺术品既是'永恒的'(即永久保有某种价值),又是'历史的'(即经过有迹可循的发展过程)"[3]观念相呼应。

钱锺书曾经说:"一个艺术家总在某些社会条件下创作,也总在某种文艺风气里创作。这个风气影响到他对题材、体裁、风格的去取,给予他以机会,同时也限制了他的范围。"[4]可见,文学批评如果没有这样宏阔的视野,就必然有一叶障目的现象。沈从文不仅在宏观上有着这种新诗历史的视角,他在评论具体的诗人创作时也是时时将其放置在中国新诗历史的脉络中去理解、观察和判断诗人的文学成就及地位,很少孤立地评论诗人,这正是批评家很难得的文学史自觉意识。"一个伟大的精神能创造伟大的经验,能够在纷然杂陈的现象中洞见到有决定意义的东西。"[5]沈从文在评论汪静之的时候,在文章的开头用了不少篇幅论及"五四"时期诗人在题材上对于男女恋爱问题的回避,

〔1〕 沈从文:《新诗的旧账》,《沈从文全集》,第 17 卷,第 95 页。
〔2〕 同上,第 97 页。
〔3〕 韦勒克、沃伦:《文学理论》,刘象愚等译,北京三联书店,1984 年,第 36 页。
〔4〕 钱锺书:《中国诗与中国画》,《七级集》,北京三联书店,2002 年,第 1 页。
〔5〕 黑格尔:《小逻辑》,贺麟译,商务印书馆,1981 年,第 87 页。

而汪静之的爱情诗恰好在这方面显示了突出的才能。后来汪静之虽然仍然不断创作爱情诗，但在诗坛却再也无法产生这样的影响。在沈从文看来，其主要的原因就在于时代的重点已经发生转变，而就爱情诗而言，徐志摩、冯至等人的成就也已经超越了汪静之，因此汪静之被冷落就在情理之中了。对于闻一多、徐志摩、朱湘这样的重要诗人，沈从文也同样在文学史的链条中去论述其价值。在评论徐志摩的时候，他不厌其烦地交代了中国新诗"五四"以来的背景，特别指出以胡适《尝试集》为代表的新诗在青年人中已经毫无影响力，诗歌要想赢得青年人，就必须进行新的探索和实验，而徐志摩诗歌在音韵和谐、完整方面的探索正好填补了历史的空缺。沈从文说："基于新的要求，徐志摩以他特殊风格的新诗与散文，发表于《小说月报》。同时，使散文与诗，由一个新的手段，作成一种结合，也是这个人。"[1]诗人朱湘虽然创作生涯较为短暂，但在沈从文看来，这仍然是一个在新诗历史上无法回避的诗人，其价值并不仅仅在于形式的完美，而是诗人在一个充斥暴力、斗争的时代，仍然心无旁骛地讴歌人间的和谐、美好。沈从文赞叹说："作者的诗，代表了中国十年来诗歌的一个方向，是自然诗人用农民感情从容歌咏而成的从容方向。"[2]如果一个评论家只是就诗论诗而不具有文学史的意识和视野，就无法准确地把握诗人的位置，甚至产生误判。

当然，文学史视野的获得不是简单的事情，它依赖批评家丰富的知识经验和方法论的掌握。"知识不能单从经验中得出，而只能从理智的发明同观察到的事实两者的比较中得出。"[3]因此比较方法的运用成为文学批评和研究中不可或缺的手段。沈从文新诗批评中所呈现的文学史视野，除了他对新诗历史、现状的深入了解之外，也和比较方法的使用密不可分。沈从文在新诗批评中常常把诗人与同时代的其他诗人比较，以此来判断诗人在新诗发展历史上的角色以及艺术价值的独特之处。在评论徐志摩时，沈从文为了证明徐志摩诗歌在艺术上的特点，他认为只有邵洵美的诗集《花一般的罪恶》与之相似，但成就与徐志摩比较起来却相差甚远。在评论闻一多的时候，沈从文就把他与同时代同属新月派诗人的朱湘进行比较。当然，除了与同时代诗人进行比较，沈从文还常常在历史的坐标上去比较和观察，以更为清晰地揭示出诗人文学

〔1〕　沈从文：《论徐志摩的诗》，《沈从文全集》第16卷，第97页。
〔2〕　沈从文：《论朱湘的诗》，《沈从文全集》第16卷，第130页。
〔3〕　爱因斯坦：《爱因斯坦文集》，许良英等译，第2卷，商务印书馆，1979年，第278页。

史上的价值所在。这种比较无疑大大延伸了沈从文诗歌批评的广度,也较为准确地阐释了文学现象的生成及意义。事实上,要想理解中国新诗某个诗人的意义,也同样需要对其和整个诗坛的诗人比较后才能获得。

二

中国新诗虽然在诞生之后有不俗的表现,但新诗的理论批评和建设却较为滞后,无法适应新诗的发展进程,许多理论问题没有得到深入、科学的阐释。这个问题到了 20 世纪 20 年代末期及 30 年代初期有了明显的改观,批评家对新诗理论问题的讨论也达到前所未有的热度,涉及新诗的方方面面:如新诗的音乐性;诗歌的音节与韵律;诗歌与散文的分界;新诗和古典诗的关系等等。换言之,就是人们新诗的形式意识明显增强了。就如有的学者所说:"后起的新诗认同者,则更加充分认识到建构新诗形式的必要性与迫切性,认识到打破不合理限制的'新诗',必须完成合理的限制,限制就是建立形式美的要素。"[1]相当一部分有影响的诗人和批评家纷纷发表自己的见解,包括朱光潜、梁宗岱、叶公超、孙大雨、林庚、罗念生、废名等。为此,《大公报》文艺副刊特别在 1935 年 11 月又创办了"诗特刊"的专刊。在这种深入的讨论中,人们开始逐渐在诗歌一些重要的理论问题形成共识,这对中国新诗在 20 世纪 30 年代的繁盛局面起到了至关重要的引领作用。

对于中国新诗积累的种种问题,沈从文当然也看到了,他直言中国新诗正面临着一场前所未有的挑战与危机。他说:"就目前状况来说,新诗的命运恰如整个中国的命运,正陷入一个可悲的环境里。想出路,不容易得出路。困难处在背负一个'历史',面前是一条'事实'的河流。"[2]沈从文在这里指出了中国新诗的困境在于如何处理新诗和历史传统的关系问题,假如这个问题不能很好地得到解决,那么中国新诗的合法性也就成了问题。沈从文认为,中国新诗初始阶段彻底抛弃了传统,完全无拘无束,形式上极为自由:"新诗当时侧重推翻旧诗、打倒旧诗、富有'革命'意味,因此在形式上无所谓,在内容上无所谓,只独具一种倾向,否认旧诗是诗……那些诗,名副其实,当真可以说是很自由的。"[3]在这个过程中,新诗的实践出现了某种误区,即诗歌的音韵、辞藻等

〔1〕　吴思敬主编:《20 世纪中国新诗理论史》(上卷),人民文学出版社,2015 年,第 192 页。
〔2〕　沈从文:《新诗的旧账》,《沈从文全集》第 17 卷,第 98 页。
〔3〕　同上,第 94 页。

形式要素被完全抛弃，这就不可避免地造成新诗艺术品位的匮乏，人们失望的情绪日益增加。当时的闻一多、朱光潜、梁宗岱、陈梦家、罗念生等纷纷提出要处理好文字和形式的关系。梁宗岱说："形式是一切艺术品永生的原理，只有形式能够保存精神的经营，因为只有形式能够抵抗时间的侵蚀。"[1]他反对中国新诗跟随西方自由诗的路径。而朱光潜的《替诗的音律辩护》、罗念生的《节律与拍子》、叶公超的《意义与音节》、林庚的《新诗中的轻重与平仄》等都提出了不少有价值的意见。

但与此同时也出现了一些较为极端的做法，有的认为中国新诗之所以受到冷落，在于反叛传统不够，于是独辟蹊径，摸索着新的道路，对新诗来一次彻底的革命。"他们的工作是捕捉眼前的都市光色，与心中一刹那感觉和印象，来写小诗。努力创造意境，属词比事则注重'不落窠臼'。"[2]但在沈从文看来，这种诗人成就终究有限得很，原因在于他们的实验走向了偏斜，是一条'僻'路，算不上什么新的创造。而另外有些诗人看不到新诗的前途，干脆完全后退，甚至于重新拥抱旧体诗。可见，中国新诗的历史进程并不平坦，从最初较为狂热的西化氛围中全面模仿西方诗歌，转而到 20 世纪 30 年代有学者鼓吹全面回归传统，新诗始终处于现代与传统紧张的对立之中，正确处理新诗现代与传统的关系问题已经成为当务之急。对此，沈从文是比较冷静、也比较客观的，他指出中国新诗应该跳出这种简单的现代与传统二元对立的模式，尽量在现代与传统之间寻求一个合适的平衡点。他所谓的"回头"并不是向传统的无条件回归，而是有着特定的前提条件，就像有的研究者所指出的那样："他们'往回看'的前提是带着对西方现代派诗歌的深切了解和体验，是站在新诗发展近 20 年的历史上重新把摸传统的脉搏。"[3]在沈从文的心目中，孙大雨、卞之琳、戴望舒、陈梦家等人的诗作就比较成功，因为他们既比较好地接受了古典文学遗产，又对诗歌的大众化口号保持足够的警觉，始终捍卫新诗的纯正和艺术标尺，在客观上证明了新诗"不是无路可走，可走的路实在很多"。[4]沈从文的这种见解克服了现代与传统断裂的弊端，使得传统与现代的对话与融合成为可能，这样的反思无疑为中国新诗指明了一条较为可行的途径。

---

〔1〕 梁宗岱：《新诗底纷歧路口》，《梁宗岱文集》，第 2 卷，中央编译出版社，2003 年，第 159 页。
〔2〕 沈从文：《新诗的旧账》，《沈从文全集》第 17 卷，第 98 页。
〔3〕 刘淑玲：《〈大公报〉与中国现代文学》，河北教育出版社，2004 年，第 91 页。
〔4〕 沈从文：《新诗的旧账》，《沈从文全集》第 17 卷，第 97 页。

新诗的现代与传统问题事实上是比较复杂的,如从西方引入的朗诵诗这种形式在中国新诗史上也一度有所争议,它实际上也关涉中国新诗如何利用外来思想资源并创造性地转化为自己的有机组成部分,进而拓宽新诗的视野。诵诗在西方是一门专门艺术。中国新诗诞生后,一些诗人和理论家也模仿西方的这种艺术形式,努力推行诗歌的朗诵活动,力图把高度个人化的视觉欣赏转变为多数人听觉的欣赏艺术,各种形式的诗歌诵读集会也不时出现,尤其是新月派的活跃时期。特别是后来涉及新诗音节、节奏等诗歌技术问题的讨论时,诗歌的朗诵问题日益得到关注,显然,这里有其历史的和现实的背景:"新月派格律试验某种程度上的失败,促使人们从中国文字的特质中来探求诗歌的韵律;而在另一方面,鉴于此前对新诗听觉效果的相对忽视,也使得以实际的朗读来检验新诗的韵律成为一种必要。20 世纪 30 年代北平学界更大规模的读诗会的兴起,应该置于此背景下来理解。"[1]人们在读诗会上不仅读新诗、旧诗、外国诗,还围绕新诗诵读的可能性及其成效展开激烈的讨论。

诗歌的朗诵看似简单,但其实蕴含着十分复杂的诗歌理论,涉及语言节奏与音乐节奏、音节与意义、现代诗歌与古典诗歌关系等不少方面,对此朱光潜、梁宗岱、朱自清等都曾经发表过相关的主张。沈从文一方面肯定朗诵诗对于新诗发展的推动作用,通过朗诵,一些诗歌的艺术经受了考验,为后人提供了某种启示。沈从文说:"这个试验既成就了一个原则,因此当时的作品,比较前一时所谓"五四"运动时代的作品,稍稍不同。修正了前期的'自由',那种毫无拘束的自由,给形式留下一点地位。"[2]沈从文在给一个诗歌作者回信时再次强调要用科学的心态看待自由诗和古典诗的关系,很多时候需要反顾传统:"文学革命意义,并非是'全部推翻',大半是'去陈就新'。形式中有些属于音律的,在还没有勇气彻底否认中国旧诗的存在以前,那些东西是你值得注意一下的。"[3]这种所谓的"回头看"就是要纠正新文学运动初期对于传统彻底决绝的倾向,从古典诗歌中吸收合适的成分。沈从文指出,刘梦苇、饶孟侃、朱湘等人的诗歌在朗诵时效果较好,正是因为他们对于古典诗的修养和吸收,有力论证出古典诗歌仍然具有强大的生命力:"新诗写作原则是赖形式和音节传达

〔1〕 季剑青:《北平的大学与文学生产:1928—1937》,北京大学出版社,2011 年,第 129 页。
〔2〕 沈从文:《谈朗诵诗》,《沈从文全集》第 17 卷,第 245 页。
〔3〕 沈从文:《给一个写诗的》,《沈从文全集》第 17 卷,第 184 页。

表现，因此几个人的新诗，都可读可诵。"〔1〕沈从文从朗诵诗所发现的新诗理论问题十分重要，强调了古典诗歌在中国新诗现代化进程中并非可有可无的因素，实则关系重大，如果强行切割，只会造成新诗形式上的苍白，这一点和朱光潜、梁宗岱、废名、叶公超等人有着某种共同之处。的确，不少学者都注意到20世纪30年代中国新诗和晚唐五代时期的诗风的某种关系，也注意到戴望舒、卞之琳等诗人在传统与现代之间所达到的平衡，〔2〕这在很大程度上要归功于沈从文等人从朗诵诗中所发现的规律。正是依赖于这些诸多技术层面的种种探索，人们才在一定程度上发现了中西诗歌之间、新诗与旧诗之间的共性和差异，为中国新诗的再次复活创造出必要的条件。

三

就新诗批评而言，沈从文最大的贡献并不在于他的理论观点而在于他的批评话语建构上。美国形式批评家克林斯·布鲁克斯极度强调语言在文学尤其是诗歌中的重要性，他说："文学的用法之一就是要保持我们语言的鲜活——让血液继续在身体政治的组织中流通。几乎没有比这更重要的功能了。""语言的状态与精神的状态是密不可分的。"〔3〕其实，不仅诗歌如此，诗歌批评同样也应该如此，诗歌批评话语的独特性正是批评家批评个性的表现。与当时不少新诗的批评家比较起来，沈从文依靠中国传统的批评模式建构起独到的话语体系，为新诗批评注入了新的生命和活力，这在20世纪中国文学批评史很长一段时间由启蒙、政治话语所主导的背景中尤为难得。

沈从文从事新诗批评的时代，一方面"五四"启蒙者仍然有着不小的影响力，他们以文学和人生的关系作为衡量文学的标杆和准绳，崇尚力的文学风尚和美学境界。另一方面左翼文学运动兴起，那种以阶级审查作家立场的评论

---

〔1〕 沈从文：《谈朗诵诗》，《沈从文全集》第17卷，第245页。
〔2〕 参见陈太胜：《声音、翻译和新旧之争：中国新诗的现代性之路》，湖南人民出版社，2016年，第266页。曹万生：《中国现代诗歌流变史》，人民出版社，2015年，第287页；罗小凤：《古典诗传统的再发现：1930年代新诗的一种倾向》，《文学评论》2012年第5期；《诗言感觉：20世纪30年代新诗对古典诗传统的再发现》，《文学评论》2013年第6期；孙玉石：《也说林庚诗的"晚唐的美丽"》，《北京大学学报》2007年第4期；《林庚诗学探寻与中国古典诗歌艺术之联系》，《北京大学学报》2010年第4期；张洁宇：《现代派诗人对传统诗学的重释》，《新文学史料》2003年第4期等。
〔3〕 克林斯·布鲁克斯：《精致的瓮：诗歌结构研究》，郭乙瑶等译，上海人民出版社，2008年，第4页。

方式开始登上文坛,时代、阶级等主题在诗歌中的位置越来越突出,他们主张"诗歌是社会的反映,并且是社会的推进物,应有时代的意义的"。[1]换言之,历史与革命的叙事成为时代的遗产和文学的中心,诗歌独立的美学元素空间日益狭窄。然而,在这两方面的夹击之下,沈从文始终秉承自由主义文学理想,有意识地拉开文学和政治的距离,把审美的独立性放在最重要的地位,并在自己的新诗批评中努力付诸实践。可以看到,沈从文的诗歌评论中,人性是一面鲜明的旗帜,是他衡量诗人价值的主要依据。他认为,"五四"时期坚守启蒙主义精神的诗人固然值得钦佩,但是如果只是把人道主义等观念生硬地移植到新诗中,并不能成功。他评论沈玄庐、刘大白、胡适等人的诗作时提到过这一点:"使诗成为翻腾社会的力,是缺少使人承认方便的。这类诗还是模仿,不拘束于格律,却固定在绅士阶级的人道主义的怜悯观念上,在这些诗上,我们找寻得出尸骸复活的证据。"[2]对于后来受到革命文学影响的诗人蒋光慈等,沈从文评价也不高,那是因为蒋光慈的诗歌被政治观念牢牢束缚,诗歌的生命则几乎完全被压抑。而沈从文对于徐志摩、朱湘、闻一多等评价较高,很大的原因是他们呈现出人性的光环,一种超越了现实羁绊,跃动着优美、健康、和谐的世界。沈从文评论徐志摩:"这里是作者为爱所煎熬,略返凝静,所作的低诉。柔软的调子中交织着热情,得到一种近于神奇的完美。使一个爱欲的幻想,容纳到柔和轻盈的节奏中,写成了这样优美的诗,是同时一般诗人所没有的。"[3]而闻一多、朱湘的诗也能够有意识和纷纭、喧嚣的世界保持一定距离,潜心于自己的艺术理想:"爱,流血,皆无冲突,皆在那名词下看到和谐同美。"[4]作为一个批评家,沈从文在当时已经清晰地看到各种功利主义文学批评大行其道,但他顽强地拒斥一切强加在艺术本身之外生硬的思想和观念,卫护着那座神圣而不可侵犯的"希腊小庙"。

在诗歌的众多要素中,沈从文无疑最看重的是诗人在美学元素中的独特创造,尤其是在风格中所展示出的特色,这大概和风格在中国传统美学中所受到特别的重视有关。刘勰在《文心雕龙》中的"体性"篇中有详尽的论述,概括出典雅、精约、壮丽、新奇等八种风格,后来的皎然、司空图等人又进一步深化

[1] 浦风:《"五四"到现在的中国诗坛鸟瞰》,《诗歌季刊》,第1卷第2期,1935年3月25日。
[2] 沈从文:《论汪静之的〈蕙的风〉》,《沈从文全集》第16卷,第85页。
[3] 沈从文:《论徐志摩的诗》,《沈从文全集》第16卷,第100页。
[4] 沈从文:《论朱湘的诗》,《沈从文全集》第16卷,第130页。

了对风格的认知。中国现代批评家中，李健吾、李广田、唐湜等也都把风格放到重要地位，李健吾曾说："我不能说印象主义批评家对于风格是否膜拜。但是，法郎士曾经有一句话留给我们参证：'美丽的感觉引导我们前进。'我可以冒昧其辞的是，风格的感觉未尝不是美丽的感觉的一种。"[1]沈从文本身就是一位风格独特的作家，他在一些文章中也表达出对于作家创作个性的推崇，甚至说："一切作品都需要个性，都必须浸透作者人格和感情。想达到这个目的，写作时要独断，要彻底地独断。"[2]不难想象风格在沈从文批评中的地位。沈从文在评论诗人的时候，往往透过诗人繁复、华丽的诗句外表直接进入最核心的风格层面，表现出较高的审美感悟能力和判断力。他在评论闻一多的时候，敏感发现闻一多诗作在音乐美、绘画美和建筑美上呈现出来的独到风格："作者是画家，使《死水》集中具备刚劲的朴素线条的美丽。同样在画中，必需的色的错综的美，《死水》诗中也不缺少。作者是用一个画家的观察，去注意一切事物的外表，又用一个画家的手腕，在那些俨然具不同颜色的文字上，使诗的生命充溢的。"[3]这应该是一种中肯之论。刘半农是早期的白话诗人，那一时期新诗普遍的风格就是朴素、平实甚至带有散文化的特点，沈从文评论刘半农的诗集《扬鞭集》，就注意到这样的风格特色："这种朴素的诗，是写的不坏的。以一个散文的形式，浸在诗的气息里，平凡的看，平凡的叙述，表现一个平凡的境界，这手法是较之与他同时作者的一切作品为纯熟的。"[4]有时为了强调、凸显诗人的风格，沈从文还会有意识地把评论对象和风格接近或相异的诗人比较，如把徐志摩与闻一多、朱湘等比较；把朱湘与周作人、郭沫若等比较，这样对于风格的把握就更恰当。

由于沈从文没有留学海外的背景，这在一定程度上限制了他对于西方文学批评理论和模式的了解，也或多或少给他的文学批评带来理论性、体系性不足的缺陷；但另一方面，这也使得沈从文很大程度跳出了西方文学批评的模式，而把中国传统文学批评的特长发挥出来。中国传统批评有主情、重鉴赏、重感悟等特点，具有浑然一体的完整性和美感，这在刘勰、司空图、严羽等的批评文章中体现的最为典型。叶维廉曾把中国传统文学批评概括为"点到即止"

〔1〕 李健吾：《自我与风格》，《李健吾文学评论选》，第217页。
〔2〕 沈从文：《从文小说习作选集·代序》，《沈从文全集》第9卷，第2页。
〔3〕 沈从文：《论闻一多的〈死水〉》，《沈从文全集》第16卷，第111页。
〔4〕 沈从文：《论刘半农〈扬鞭集〉》，《沈从文全集》第16卷，第126页。

的批评："'点到即止'的批评常见于《诗话》,《诗话》中的批评是片段式的,在组织上就是非亚里士多德型的,其中既无'始、叙、证、辩、结',更无累积详举的方法,它只求画龙点睛的批评。"[1]中国传统文学批评虽然文字不多,却起到"言简意繁"的效果,也更为接近评论对象的内在生命。钱锺书也认为中国传统文学批评最重要的特点就是把批评对象当作一个完整的生命来看待。然而,20世纪20至30年代,由于外来文化大量涌入,中国文学批评受到西方文学批评模式影响也越来越明显。从抽象理论出发,逻辑性严密的阐发式批评成为批评界的主流,人们对之趋之若鹜,其至印象式的批评被讥笑为一种落伍、垂死的批评方法。就在这样的时代背景下,沈从文却不为所动,仍然尽力发挥中国传统文学批评的优点,不让那种程序化、概念化批评肆意地割裂、分解艺术的完整性、和谐性。可以发现,沈从文的新诗批评也是把一首首新诗或一个个诗人看作浑然一体的生命,用美感、诗性、富有东方特点的批评话语传达批评家的感悟和审美印象。如评论朱湘,沈从文用这样的批评语言:"使诗的风度,显着平湖的微波那种小小的皱纹,然而却因这微皱,更见出寂静,是朱湘的诗歌。"[2]评论徐志摩:"作者的小品,如一粒珠子,一片云,也各有他那完全的生命。"[3]这种寻美、感悟、主情的批评语言既是批评家和批评对象在灵魂上的相遇,也是一种艺术的再创造。这种批评直接契合着审美的对象,摒除了枯燥的批评术语和概念,在20世纪20至30年代普遍照搬西方批评话语的格局中,传达出东方批评话语的灵性和魅力,犹如一股涓涓细流浸润着中国诗歌的美学天地。沈从文和李健吾、梁宗岱、李广田、唐湜等批评家一起共同诠释了中国传统文学批评的古老而又年轻的生命,在20世纪中国文学批评史上写下独异的篇章,特别是放置在后来文学批评模式更趋僵化和单一、人性和审美性几乎完全被放逐的时空来看时,它的价值益发显现出来。

沈从文虽然不以新诗批评引人注目,但他的新诗批评仍然凝结着自己独特的思考及生命体验,有着批评家鲜明的个体意识。当今,中国特色的学术话语、批评话语的体系建立日益得到重视,它在某种程度上关乎着中国学术的国际影响力,关乎民族文化的复兴。如何跳出"移植引介"和"复古返照"话语的二元对立,进而创造出充满生机的当代文学批评话语体系,亦同样是学术界的

[1]　叶维廉:《中国诗学》(增订版),人民文学出版社,2006年,第5页。
[2]　沈从文:《论朱湘的诗》,《沈从文全集》第16卷,第130页。
[3]　沈从文:《论徐志摩的诗》,《沈从文全集》第16卷,第106页。

重大课题。有学者曾说："当代文学批评要构建中国特色话语体系，应以人性话语的体察认知作为批评指向"，"当代文学批评要构建中国特色话语体系，必须着重汲取古代抒情审美文论资源"。[1] 这些方面，沈从文的新诗批评仍然可以为我们所借鉴。

第三节　都市旋涡中的清醒与迷误
——沈从文海派文学批评之反思

众所周知，中国现代文学史上著名的"京派"和"海派"之争是由沈从文在1933 年发表的《文学者的态度》一文所引发的。这次事件前后沈从文都发表过一些涉及海派文学的文章，他的不少文学批评对象也和海派文学有紧密的关系。沈从文的这些文学批评一方面一如既往秉承自由主义文学理想，抨击海派文学的商业化、功利化等倾向，捍卫文学的纯正和严肃，有着积极的意义。但同时，沈从文对海派文学的批评也流露着较为极端的情绪，甚至完全抹杀了海派作家创作的价值，一定程度地暴露出沈从文现代感的缺失和批评态度的偏颇。对沈从文海派文学批评进行客观、公正的评价，进而在都市化、现代化的文化背景中做出反思，对于今天健康的文学批评乃至城市文化精神的建构仍然有着现实的借鉴意义。

一

出于对文学独立、尊严的捍卫，沈从文对于海派作家的创作一直抱有较深的抵触情绪，而他 1933 年 10 月 18 日在《大公报》文艺副刊所发表的《文学者的态度》一文则可以视作这种不满情绪的总爆发。在文章中，沈从文尖锐批评了一些作家以玩票白相的态度来对待文学，尤其指出上海的作家寄生于所谓的书店、报馆、官办的杂志等机构。这深深刺痛了一些上海的作家，继而苏汶（杜衡）在《现代》发表《文人在上海》进行辩解，然后不同立场的文人纷纷卷入，引发了一起轰动文坛的公共事件。人们一般都把沈从文的这篇文章视为"京派"和"海派"之争的导火索，这固然没有问题。但应当指出的是，沈从文对待

---

[1]　金春平：《当代文学批评重在构建中国特色话语体系》，《光明日报》，2018 年 5 月 1 日。

海派文学自始至终有着自己一贯的认知，基本上没有太大变化。他的海派文学批评也是一个相对完整的体系，只有在这样一个完整的批评脉络上，才能较为准确理解沈从文的海派文学批评的总貌和特点。

沈从文之所以数年来一直对海派文学持严厉的批评态度，最根本的原因在于他认为海派作家缺乏对文学的信仰，以游戏的态度来从事文学，把文学当作谋生的工具、手段，从而使文学沾染了浓厚的商业气息。沈从文在自己漫长的文学生涯中，始终对文学充满敬畏之心，把文学视为人类美好精神的寄托、真善美的象征。他在不同的场合曾经多次说过："好的文学作品照例应当具有教育一流政治家的能力。"[1]还希望作家能够追究民族的症结所在，并为改善民族的道德而竭尽全力。沈从文心目中的文学家是应该把创作当作宗教事业来做，需要的是一种殉道精神。而海派文学因为诞生在中国开埠最早的城市上海，无形中沾染了不少商业化的气息，而在这中间，上海的出版物负有不可推卸的责任。虽然上海的刊物众多，但是由于生存的压力，充斥上海大街小巷的多是画报、漫画之类的通俗刊物，即使是文学刊物，由于文学尊严的缺失，常常热衷于传播文坛小道消息，互相攻讦。如沈从文曾经点名批评了上海的《论语》《人间世》《文学》《太白》等刊物，批评它们的互相争斗："一个时代的代表作，结起账来若只是这些精巧的对骂，这文坛，未免太可怜了。"[2]这种媚俗的文化生态和当年作为新文学诞生地的北京有着很大的差别，沈从文曾经提到北京的文学刊物如《沉钟》始终秉持严肃的文学精神："它也有它自己特有的对文学抱忠实殉情的态度。"[3]上海浓重的商业化气息使得聚集在上海的作家为了一味取悦于读者，作品沾染了浓厚的低俗趣味，从而降低了文学品位。在沈从文看来，这无疑是对文学独立精神和尊严的侵蚀，这是沈从文所最不能容忍的，他称之为"海上趣味"。沈从文甚至认为，海派文人这样的创作态度不仅玷污了上海的文坛，对于全国的文学生态也产生了极为消极的影响。沈从文在《论中国创作小说》中曾经谈到，随着中国新文学的重点从北平转到上海，新文学迅速和原先的礼拜六派合流，导致文学精神的堕落。这是沈从文从当时全国整个新文学格局出发所得出的结论。

正是基于对文学生命独立尊严的坚持，沈从文不仅从整体上否定了海派

---

[1]　沈从文：《给一个军人》，《沈从文全集》第17卷，第328页。
[2]　沈从文：《谈谈上海的刊物》，《沈从文全集》第17卷，第92页。
[3]　沈从文：《北京之文艺刊物及作者》，《沈从文全集》第17卷，第18页。

文学，而且具体到海派作家个体的评价上，他的这种价值尺度也是非常明显的。从沈从文海派文学批评所涉及的作家如穆时英、张资平、郁达夫、施蛰存、郭沫若、邵洵美等来看，他在很多场合的激烈批评态度，虽然也涉及艺术层面的批评，但更多的是指向他们的创作精神和态度。如对于创造社的主要作家张资平，沈从文在不少地方都把他视为堕落文人，指责他的文学批评完全屈从于世俗和商业利益，沉溺于官能的宣泄，成为新海派文人最典型的代表人物。他认为张资平一方面继承了"礼拜六派"的低级趣味，一方面又用新的文学手段加以包装，从而迷惑了更多的青年人，影响就更为恶劣。对于新感觉派的小说家穆时英，沈从文也丝毫不掩饰自己的厌恶，认为穆时英的都市题材作品虽然有一定的特色，但因为追逐低俗、过度宣泄情欲，"已无希望可言"。[1]沈从文指责新月派诗人邵洵美的诗集《花一般的罪恶》是"肉感的、颓废的"。[2]同时对于当时一些在上海的作家所流露的政治化倾向，沈从文也十分不满，批评的态度同样严厉，认为他们把政治的理念直接熔铸在创作之中，难免充斥着概念化的印迹："读高尔基，或辛克莱，或其他作品……模仿那粗暴，模仿那愤怒，模仿那表示粗暴与愤怒的言语与动作……这便是革命文学作品所做到的事。"[3]对于这类文学的代表作家郭沫若、蒋光慈等都进行了严厉的批评，沈从文的不满就可以想见了。

可见，沈从文有关海派文学的批评如此严厉甚至不乏苛刻的态度是他所坚守的自由主义文学观的必然结果。他既从宏观上批评海派文学所赖以存在的外部环境，也对海派作家作品所谓不良的症候集中抨击。在他的批评世界中，海派文学几乎成为恶趣的代名词和"礼拜六派"的化身，恰与京派文学的雅正、纯粹形成鲜明对照，这样决绝的批评姿态确乎少见，证明了沈从文在京海之争中扮演的关键角色。

二

从中国现代文学批评史的背景来看，像沈从文这样执着于纯正、严肃文学理想、强烈排斥文学的商业化和政治化的倾向有着自身的批评价值。沈从文对海派文学的批评也正是从启蒙主义的文学精神谱系出发而做出的强烈反

---

〔1〕 沈从文：《论穆时英》，《沈从文全集》第16卷，第234页。

〔2〕 沈从文：《论汪静之的〈蕙的风〉》，《沈从文全集》第16卷，第93页。

〔3〕 沈从文：《现代中国文学的小感想》，《沈从文全集》第17卷，第34页。

应,其独立的、审美的批评世界理所应当受到人们的尊重。但不可否认的是,沈从文对于海派文学的批评也存在着很大的误区,一些偏激的批评观点在很大程度上损害了他的文学批评成就,尤其当今天人们和当时的文学时空拉开距离,可以用更加理性的态度来回看时,这一点就尤为明显。

沈从文激烈排斥海派文学的一大原因是在于海派文学和商业的结盟而导致的商业化气息,他斥之为"商业竞卖",在很大程度上把新海派作家与昔日的"礼拜六派"联系在一块就很能说明这个问题。沈从文对于张资平等海派文人极为不屑,多半也是因为这些作家追求商业利益的行为,沈从文把上海刊物品位的低下也归咎为商业利益的驱动。在沈从文这里,文化、文学和商业利益俨然成了一对天敌,水火不容,一旦它们之间发生了关系,就必然导致义学精神的扭曲。在中国现代批评家中,沈从文对文学商业化的拒绝和批评都是特别突出的。

文学和商业化的结合给文学所带来的消极影响是不容否认的。但问题的另一方面是,从历史来看,商业化在文学的发展进程中对文学的影响是必然的趋势,而且越来越明显。哈贝马斯注意到,随着商品经济的发展,媒介的形态和公众的身份都在发生改变,纯文学刊物的地位也逐渐被大众类刊物替代,比如画报就凭借着广告等商业收入迅速扩大影响,占领了纯文学刊物的空间。这正是市场规律的法则在自发起作用。在反思沈从文海派文学批评时,我们必须首先注意到 19 世纪末以及 20 世纪商品社会所造成文化、文学生产方式出现的新特征。

由于上海在近代中国逐渐成为全国的商业中心城市,在文化市场化及市民阅读口味双重的利益驱动之下,上海最终确立了它作为大众文化刊物和通俗文学大本营的角色,"礼拜六派"之所以能在中国晚清民初的社会中有着如此庞大的读者对象原因也正在于此。与此同时上海的画报如《上海画报》《良友》画报等通俗刊物也逐渐成为市民所追捧的对象,这里面特别值得一提的是《良友》画报,当今不少学者的著述都曾经对这个画报的作用进行了重新地审视和积极评价。《良友》画报诞生于 1926 年 2 月 15 日,一直到 1945 年 10 月才停刊,在中国出版业和市民的日常生活上都有着不小的影响力,阿英曾说:"在现存的画报中,刊行时间最长,而又最富有历史价值的,无过于'良友'。"[1]特别是在马国良接手主编的时期,《良友》堪称进入一个黄金时期,几乎对当时中国庞大的社会市民阶层产生了巨大的辐射力和影响力,成为通俗文化的符号

[1]　阿英:《中国画报发展之经过》,《良友》第 150 期,1940 年 1 月。

象征。李欧梵认为："它不仅标志了现代中国报刊史上意义深远的一章,也在呈现中国现代性本身的进程中迈出了历史性的一步。"[1]吴福辉也强调了《良友》在展示上海都市文化、文学中所起到的特殊作用。由此可见,上海流行的通俗文学刊物、画报等一方面是都市商业化和市民阶层日益庞大所带来的必然趋势。另一方面,这些刊物所建构的文学也并非低俗不堪、毫无文学价值,像当时在《良友》撰稿的作家不乏鲁迅、茅盾、郁达夫、老舍、施蛰存、田汉、丰子恺等文学名家,这就都提高了它的文学品位。即使就算是"礼拜六派"之类被沈从文极度鄙视的通俗文学,往往也能和高雅文学形成互补,从而构成完整的文艺生态链条,最大限度满足不同层次市民消遣、娱乐的文化消费需求,这本身也是文艺功能之一。对于这样的文学生产机制,著名的思想家本雅明在他的名著《机械复制时代的艺术作品》中曾经精辟地分析过。本雅明充分肯定了由印刷、照相、电影等机械技术革命给文学生态带来的天翻地覆的变化,而这种变化使得艺术更好地被广大民众所接受。本雅明说："机械复制在世界历史上第一次把艺术作品从它对仪式的寄生式的依赖中解放了出来。""这是进步的行为,有重要的社会意义。"[2]可惜囿于自己的知识结构,沈从文对于这样的重大变化缺乏必要的敏感性。

不仅上海的通俗文学刊物和杂志构建出丰富多彩的都市生活画卷,散发出强烈的摩登气息,成为中国现代文学无法分割的有机组成部分,而且当时屡屡遭到沈从文批评的海派小品文也同样有其存在的历史地位。20世纪30年代,林语堂创办了《论语》《人间世》等刊物,公开倡导小品文运动,由此也引发了上海文坛的小品文热,一时蔚为壮观。"在《论语》和《人间世》的影响下,30年代出现了不少的小品文刊物,如《太白》《新语林》《文饭小品》《芒种》《西北风》等以刊登小品文为主的刊物纷纷出现……以致有些人称1934年为'小品年'。"[3]虽然林语堂所倡导的以"幽默""闲适"为格调的小品文与当时严峻的环境格格不入,但从文学的角度看并非一无是处。林语堂、陶亢德、徐訏等的小品文均不失为别具一格的艺术创造,在丰富人们知识的同时也适应了都市人们在紧张、快节奏生活中对休闲和消遣的需要。然而出于对海派文学整体的否定姿态,无论是对于上海的通俗文学刊物和杂志还是海派文人的创作,沈

---

〔1〕 李欧梵:《上海摩登:一种新都市文化在中国》,北京大学出版社,2001年,第90页。
〔2〕 本雅明:《机械复制时代的艺术》,李伟等译,重庆出版社,2006年,第8页。
〔3〕 吴晓东:《1930年代沪上文学风景》,北京大学出版社,2018年,第271页。

从文竟然都是简单地用"堕入恶趣"来形容,一笔勾销了它应有的价值,不能不说是一种非理性的思维方式,而这种误判在今天看起来就格外触目惊心。

商品经济的发达和繁荣,在促使文学迅速商业化,带动通俗刊物和通俗文学发达的同时,也必然促使作家经济地位得到保障,作家职业化的趋势更为明显,作家的创作自由度大大提高了。就中国传统知识分子而言,其社会的阶层是固化的,大多只能经过科举然后才能跻身于士绅的阶层,获得稳定的社会地位。但是到了晚清时代,随着科举制度的废除,士绅的社会结构遭到破坏,不少知识分子的身份开始变化,更多的是凭借报纸杂志、新式学校、学会等新的制度性媒介生存。而对于居住在上海的文人来说,稳定的稿费收入不仅使他们的生活得到必要的保证,更重要的是他们最大限度地摆脱了传统知识分子对权力阶层的人身依附关系。具有反讽意味的是,就拿沈从文本人来说,他的诸多文学活动也都是高度依赖于上海的文化市场的,他本人早年从北京到上海的原因之一也是出于对上海文化市场的考虑。沈从文曾说:"中国的南方革命已进展到南京,出版物的盈虚消息显然由北而南。""在上海,则正是一些新书业发轫的时节。"[1]如他的众多作品集《蜜柑》《从文小说集》《入伍后》《阿丽思中国游记》《雨后及其他》《山鬼》《八骏图》《从文小说习作选》《石子船》《沈从文甲集》《沫沫集》《月下小景》《从文自传》等都是由上海的出版机构如现代书局、神州国光社、中华书局、商务印书馆、良友图书印刷公司、文化生活出版社、新月书店等出版,而沈从文还有很多的作品在上海的报纸期刊《新月》《现代》《小说月报》等上面发表。可见,上海众多的媒介资源对于沈从文的生存乃至文学理想的实现起到了关键的作用,但沈从文却在对海派文学的评论中把这些因素一笔抹杀,由此造成了自身文学批评逻辑的断裂和悖论,也在事实上消解、颠覆了其海派文学批评的某种合理性。齐美尔曾经说,即使在今天,金钱对于我们生活方式的意义不仅没有被否定,反而被加强了:"大体说来,金钱在我们生活的某些部分有着最深远的影响。"[2]关键在于人们如何正确运用它来处理好主观文化和客观文化的关系。如果用得恰当,不是用商品拜物教的心态来看待,它就可以使作家生活无虞,使人们的生活方式更加缤纷斑斓。某种意义上来说当年苏汶(杜衡)对沈从文的反击并非毫无道理。沈从文出于本

---

〔1〕　见吴世勇编:《沈从文年谱》,天津人民出版社,2006年,第51页。
〔2〕　齐美尔:《金钱与现代生活方式》,薛毅主编:《西方都市文化研究读本》第2卷,广西师范大学出版社,2008年,第73页。

能对文学商业化的极端排斥，把婴儿连同污水一块泼掉了。

三

沈从文对海派文学评价另一个比较大的误区就是对都市现代性认识的匮乏和偏颇，这就直接影响到他对许多都市现代性特征的激烈批判，进而对具有现代性因素的文学作品也简单否定了，尤其是体现在对某些现代派诗人和新感觉派作家的评价上。这在一定程度上既显示了沈从文现代文明观的缺失，也反映了他的文学批评在审美现代性上的缺失。

不可否认的是，沈从文一直在很多场合都强调自己是一个"乡下人"，也总是用一个乡下人的心态来打量这个复杂的世界，甚至认为："只有一个'乡下人'，才能那么生气勃勃勇敢结实。"[1] 沈从文孜孜迷恋于以农耕文明作为基础所建立的道德世界，对以都市为代表的现代文明形态十分不满，始终以激烈的方式抗拒，这种执着的勇气固然可嘉，但同时又不能不说，沈从文这种把城市与乡村、传统文明与现代文明简单对立的思维方式直接影响了他对都市、都市文学的总体判断，和人类现代文明的进程、文学的进程产生了不协调的音符。在很大程度上，人类文明史也可以说是一部城市发展史，城市的出现是人类自身生活方式的一场革命。随着城市的进展，大城市凭借它出色的对话能力、政治能力、经济能力、文化能力、科技能力等而一跃成为文明的中心，巴黎、伦敦、纽约、东京等大都市的出现无不如此。在城市化的浪潮中，中国的上海在 20 世纪 20 至 30 年代也一跃而成为远东的大都市和时尚元素汇聚的摩登城市。"上海，连同它在近百年来成长发展的格局，一直是现代中国的缩影。就在这个城市里……两种文明走到一起来了。两者接触的结果和中国的反应，首先在上海开始出现，现代中国就在这里诞生。"[2] 在两种文明的碰撞之下，上海也理所当然地成为中国现代感最强的城市。摩天大楼、咖啡馆、电影院、教堂、跑马场、交易所、夜总会、戏院、赌场、舞厅、俱乐部、饭店、银行、舞女等等众多时尚元素充斥这个都市，这里百货公司的时髦商品堪比牛津大道、第五大道和巴黎大道。李欧梵在他的著作中慨叹说："因此在 20 世纪 30 年代，上海已和世界最先进的都市同步了。"[3]

---

〔1〕 沈从文：《萧乾小说集题记》，《沈从文全集》第 16 卷，第 324、325 页。
〔2〕 罗兹·墨菲：《上海：现代中国的钥匙》，上海人民出版社，1986 年，第 5 页。
〔3〕 李欧梵：《上海摩登：一种新都市文化在中国》，北京大学出版社，2001 年，第 7 页。

不用说,上海所闪烁的都市现代性诱惑,自然而然成为创作的好题材。当时的海派作家张若谷就说:"大都会所给与我们的,不消说,便是一个五光十色,像万花筒一样的几何体……'都会的诱惑'已成为近代艺术文学绝好的题材与无上的灵感。"[1]一些现代作家当然投入了巨大的热情和精力,尤其以穆时英、刘呐鸥、施蛰存等为代表的新感觉派和戴望舒、邵洵美等现代派诗人,他们不约而同地在自己的文学世界中纷纷建构上海都市的现代性想象。穆时英早期创作的小说集《南北极》大多用写实的笔法描写上海各个阶层的生活状况,甚至和左翼作家的写实题材类似。但是到了后来的《公墓》《白金的女体塑像》等作品,他的刻画都市的特长就得以允分地展现出来。特别是在他的《上海狐步舞》《夜总会里的五个人》《黑牡丹》《夜》《街景》等作品在快速的节奏中展现了上海现代都市的生活场景,给文学增添了新的时尚元素。因此穆时英的创作犹如上海滩的一股旋风,杜衡认为穆时英的创作真正把握住了都市的精髓。李欧梵认为:"在刘呐鸥之后,他为现代尤物的形象带来了更多的光彩和魅力……穆时英对都市景观的描写是真正的电影技法荟萃:这个城市真正作为声光化电的万象世界而浮现出来。"[2]然而对于穆时英都市文学创作的贡献,沈从文非但没有承认,反而横加指责,认为他的小说是"假艺术",把其小说集《圣处女的感情》当作流俗作品的代表。他还批评穆时英的创作把作品当成游戏和玩物,以至于走向创作的穷途末路,这样严重的误判根源恰来自沈从文对都市现代性的不解和反感。同样,诗人邵洵美的不少诗作也涉及都市男女的肉欲、狂欢,被沈从文当作颓废的享乐主义代表而加以批评。究其原因,就在于沈从文骨子里崇尚田园牧歌式的理想,把都市现代性看成人性堕落的深渊。

从文学批评的范式来看,沈从文的文学批评基本上属于中国传统文学批评,他把和谐、静穆、匀称、恰当等当作审美的最高范畴,要求文学创造出"俨然都各有秩序"[3]的境界。但问题是,随着中国20世纪20至30年代的社会的急剧变化,都市的现代性造成文学的样式也变得越来越复杂,其中带有先锋性的文学作品应运而生。原本熟悉的一切都变得陌生,对于这样的情形,不少作家和批评家都感受到了。这种社会生活的巨变必然带来文学观念和表达方式

〔1〕 张若谷:《异国情调》,上海书局,1929年,第13—14页。
〔2〕 李欧梵:《上海摩登:一种新都市文化在中国》,北京大学出版社,2001年,第224页。
〔3〕 沈从文:《云南看云集》,《沈从文全集》第17卷,第359页。

的变革，传统的文学手段和批评显得捉襟见肘。然而沈从文对于现代社会和文学的变化似乎无动于衷，仍然按照传统的批评方式来解剖批评对象，难免出现偏离。这在他对施蛰存的批评中就明显可以看出来。施蛰存作为新感觉派的重要作家，其作品较多受到弗洛伊德学说的影响，在人物心理分析的深刻性和复杂性方面有着突出的贡献。沈从文曾经写了《论施蛰存与罗黑芷》的文章，在这篇文章中他对施蛰存早期的作品集《上元灯》评价较高，因为这些作品表现的题材和技巧是沈从文熟悉的，和谐、恰当的艺术追求与沈从文推崇的文学批评理想十分接近。沈从文说："略近于纤细的文体，在描写上能尽其笔之所诣，清白而优美……作者的成就，在中国现代短篇作家中似乎还无人可企及。"〔1〕然而对于施蛰存后来更能显示其独特成就的心理分析小说，沈从文在评论中则只字未提，这并非有意地忽略。对于穆时英小说在通感手法的运用、结构上蒙太奇的剪接以及语言上强烈的视觉冲击效果，沈从文只是简单地归为"邪僻文字"而不屑一顾，说明他对世界范围内正在兴起的新感觉艺术形式相当的陌生；对于戴望舒、路易士、徐迟、施蛰存、玲君等一批上海诗人在现代诗方面的探索沈从文也关注很少。这无疑也都显示出作为批评家的沈从文对审美现代性缺乏足够的认识和敏感，和一流的批评家之间还有不小的距离。

在中国现代批评家中，很多人都受过系统的专业训练以及有留学海外的背景，如朱光潜、梁实秋、闻一多、叶公超、梁宗岱、钱锺书等，这一方面拓宽了他们的视野，也使得他们能够对世界文学发展的趋向和潮流有着客观的认知，进而形成多元的认知视角和宽容的批评心理。然而沈从文早年的生活经验局限于偏僻、闭塞的湘西，而缺少海外留学的阅历直接导致了他跨文化交流经验的匮乏，加之他固执的"乡下人"的文化心态以及根深蒂固的古典主义审美观念等等，都强化了他较为偏狭的一元论的认知方式，因此始终对都市现代性文学抱着抵触的心理，这对于沈从文的批评来讲是一个不小的缺憾。

作为京派文学的代表作家，沈从文对于海派文学的批评是相当严厉的，其对海派文学商业化、市场化和某种低俗、恶趣的讨伐都显示了一个批评家的责任感，应当受到尊重而不应该被简单视为一种意气使然的批评。但另一方面我们不得不说，沈从文在海派文学中所激烈否定的金钱、欲望、都市现代性等因素不是洪水猛兽。相反，它们有时扮演着积极的角色："现代人对幸福的巨

---

〔1〕　沈从文：《论施蛰存与罗黑芷》，《沈从文全集》第 16 卷，第 172 页。

大渴望——它在康德和在叔本华那里,在社会民主制度中和在如今正在兴起的美国精神(Americanism)中得到了同样的表达——显然受到了金钱的这种能量和这种结果的滋养。"[1]可惜,对于这样不可逆转的历史进程和文学进程,沈从文的心理世界发生了倾斜,其对海派文学批评留下的瑕疵就不足为奇了。

---

[1]　齐美尔:《金钱与现代生活方式》,薛毅主编:《西方都市文化研究读本》第2卷,第87页。

第二章
李健吾文学批评研究

第一节　从人性审美到政治审美
——李健吾文学批评历程及其反思

李健吾自 20 世纪 30 年代开始其文学批评,其批评活动一直持续到 20 世纪 80 年代初期,时间长达近半个世纪。但客观地说,李健吾的文学批评成就是不平衡的,他的文学批评道路从时间上可以明显地划分为三个时期:20 世纪 30 年代《咀华集》时期、20 世纪 40 年代《咀华二集》时期及新中国成立后。李健吾文学批评这三个时期呈现的面貌和个性有着很大的差异,价值和成就也各不相同,其后期的文学批评更多地带有一种悲剧色彩,某种程度上也寓意了中国现代文学批评的共同命运。但由于各种原因,人们对李健吾的文学批评大多集中在他早期文学批评的观念和成就上,对于其批评历程的演变关注不多,对其后期文学批评及其悲剧成因更缺少分析和反思。笔者所见只有刘锋杰等很少学者的研究涉及这样的命题。这就不能不影响到人们对于这位批评家的完整了解,进而也影响到对于中国现代文学批评进程的把握。

一

李健吾的《咀华集》由上海生活出版社在 1936 年出版,其中收录了李健吾在 20 世纪 30 年代所写的批评文章 10 余篇。这些批评文章可以说是李健吾一生中最精彩、最成熟的文字,集中代表了他的文学批评成就,也由此奠定了李健吾作为中国现代有影响的一流批评家的地位。事实上,后来研究者在研究李健吾的批评时,基本上也都是以《咀华集》时期为参照的。

李健吾早年在清华大学读书,是当时京派文人圈里活跃的知识分子,其文学观念更多地带有自由主义文艺观的色彩,比如反对把文艺视为政治的附庸,而是把人性作为衡量文学的重要标尺,进而高扬文学独立自足的审美特性,强调批评家和作家建构起一种平等、互相尊重的关系。正是在这种批评观念的主导下,他才把文学批评当作自我价值的实现和灵魂的升华,当作一种独立而有尊严的事业,极大地彰显了文学批评的魅力。

李健吾20世纪30年代从事文学批评伊始,正是为人生派的批评大行其道。但这种批评过于急功近利,要求文学直接配合人生,夸大文学的启蒙作用,无形之中忽略了文学的审美性,不可避免地带有某种局限。对这样的批评倾向,李健吾是有所警觉的。虽然李健吾从来没有否定过文学和人生的关系,如他曾说过:"对象是文学作品,他以文学的尺度去衡量;这里的表现属于人生,他批评的根据也是人生。"[1]李健吾对中国明清之际的一些完全脱离现实的所谓"性灵文学"也颇有微词:"纯则纯矣,却只产生了些纤巧游戏的颓废笔墨,所谓'发扬性灵'适足以消铄性灵,所谓'光大人性'适足以锉斧人性。"[2]但另一方面,李健吾认为艺术虽然来自人生,但并不等同于人生,艺术有远比人生更宽泛、更丰富的内涵。因而在评判文学的尺度上,就不能仅仅从现实的角度去理解,因此李健吾引入了人性的标准,他是把人性放在了一个更为重要的位置。李健吾说:"批评之所以成为一种独立的艺术,不在自己具有术语水准一类的零碎,而在具有一个富丽的人性的存在。"[3]"一个批评家,第一先得承认一切人性的存在,接受一切灵性活动的可能,所有人类最可贵的自由,然后才有完成一个批评家使命的机会。"[4]在李健吾的心目中,只有那些真正触及人性的作品才会同时具有了真实性和艺术性,才能具有穿越时空的艺术力量。因而在他的笔下,那些深刻表达出丰富人性的作家和作品得到了很高的评价,这其中最突出的例证就是沈从文及其代表作《边城》。

李健吾对沈从文推崇备至,把他视为一个艺术自觉的小说家,其中一个很大的原因是沈从文表达出了美好、淳朴的人性:"他热情地崇拜美。在他艺术

---

〔1〕 李健吾:《李健吾文学评论选·序一》,《李健吾文学评论选》,第3页。
〔2〕 李健吾:《咀华集·鱼目集——卞之琳先生作》,《李健吾文学评论选》,第90页。
〔3〕 李健吾:《咀华集·爱情三部曲》,《李健吾文学评论选》,第10页。
〔4〕 李健吾:《咀华集·边城》,《李健吾文学评论选》,第50页。

的制作里，他表现一段具体的生命，而这生命是美化了的，经过他的热情再现的。"正是从人性的基点出发，李健吾认为《边城》是一部"证明人性皆善的杰作"。"他颂扬人类的'美丽与智慧'，人类的'幸福'即使是'幻影'，对于他也是一种'德性'，因而'努力'来抓住，用'各种形式'表现出来。"〔1〕众所周知，京派作家的审美理想与为人生派作家有着很大的差异，他们往往更愿意把笔触深入人的本性去探究，对社会性的题材表现出一定程度的疏离和冷漠。在李健吾看来，只有建立在人性基础之上的人生才是真实可信的，因此他这一时期所推崇的评价标准是人性的、艺术的审美标准。这样，诸如废名、何其芳、李广田、林徽因、萧乾、卞之琳、芦焚等倡导和表现人性的作家就得到李健吾较高的评价。即使他在后来面对左翼作家如鲁迅、萧军、叶紫等人的创作时，也没有轻易排斥人性的概念。可以说，正是从人性审美的尺度出发，李健吾早期的文学批评突破了狭隘的文学观念，达到了一个很高的水准，因为他坚信：只有从人性的审美标准出发，才能真正进入作家和作品的心灵深处。

这一时期李健吾文学批评方法是以感悟、印象的批评方式为主，文体和形式上也自由、洒脱，真正把批评本身变成了一种艺术。海外学者司马长风曾对李健吾的批评这样评价："常听到人说，文学批评也应是一种艺术的创作。读了刘西渭的批评文学，才相信确有其事。他写的每一篇批评，都是精致的美文。"〔2〕实际上司马长风的这些评语应该是指李健吾《咀华集》中的批评文字。李健吾本人对于学究式的文学批评十分不满，对于那种不是以感悟和审美而是以概念和理论框架建构起来的现代批评模式也没有兴趣。相反的，他把中国传统文学批评的特长和西方印象主义寻美的批评完美结合在一起。李健吾曾经说："批评者不是硬生生的堤，活活拦住水的去向。堤是需要的，甚至于必要的。然而当着杰作面前，一个批评者与其说是指导的，裁判的，倒不如说是鉴赏的。"〔3〕"他是一个学者，他更是一个创造者，甚至于为了达到理想的完美，他可以牺牲他学究的存在。"〔4〕的确，如果一个批评家只知道生硬地用几条现成的批评理论和方法去解剖和剪裁丰富的文学对象，而不是用感情和细腻的艺术触角去感悟，只会窒息艺术的生命，成为李健吾称之为的"木头

〔1〕 李健吾：《咀华集·篱下集——萧乾先生作》，《李健吾文学评论选》，第64页。

〔2〕 司马长风：《中国新文学史》中卷，第251页。

〔3〕 李健吾：《咀华集·爱情三部曲——巴金先生作》，《李健吾文学评论选》，第10页。

〔4〕 李健吾：《咀华集·答巴金先生的自白》，《李健吾文学评论选》，第42页。

虫"。在他看来,批评是叙述自己和杰作灵魂的奇遇,是感性的、唯美的世界,理应排斥各种先入为主的理性判断和逻辑分析:"我们首先理应自行缴械,把辞句,文法,艺术,文学等武装解除,然后亦手空拳,照准他们的态度迎了上去。"[1]

李健吾还多次引述西方批评家勒梅特、法郎士、王尔德等人对批评的见解,推崇他们把自我作为批评标准的观点。他说:"所以一个批评家,依照勒麦特,不判断,不铺叙,而在了解,在感觉。""犹如王尔德所宣告的,批评本身是一种艺术。"[2]李健吾充分认识到中国传统文论以直觉和鉴赏等感性方式所建立起来的批评方法依然有着顽强的生命,其依托印象和诗性的语言更能切近审美对象的风格,也摆脱了现代批评死板的模式和晦涩、玄妙的语言,因而他的批评在这方面显示出其独有的魅力。如果说沈从文的《边城》是一部充满牧歌情调的抒情杰作,那么李健吾评论《边城》的文字同样也是一篇灵动的诗或者散文更妥当,他完全模糊了批评和美文的界限,把历来被人们视为枯燥无味的批评变成了娓娓而谈、亲切耐读的文学美文。李健吾说:"当我们放下《边城》那样一部证明人性皆善的杰作,我们的情思是否坠着沉重的忧郁?我们不由问自己,何以和朝阳一样明亮温煦的书,偏偏染着夕阳西下的感觉?为什么一切良善的歌颂,最后总埋在一阵凄凉的幽噎……"[3]显然,这样的批评无形中给读者很大的想象空间,更容易引起共鸣。

这种鉴赏和印象式的文学批评更适合于用在对作品风格的描述上,因此李健吾在对诸如废名、何其芳、巴金、沈从文、李广田等这样的作家进行评论时也就格外得心应手。与20世纪30年代众多的批评家如茅盾、周作人、梁实秋、朱光潜等比较起来,李健吾这种批评更能凸显自己的批评个性,显示了中国现代印象主义批评所取得的重要实绩,对后来的现代文学批评形成了不小的影响。诗人唐湜曾经动情地回忆说:"我曾经入迷于他的两卷文学评论《咀华集》,由他的评论而走向沈从文、何其芳、陆蠡、卞之琳、李广田们的丰盈多彩的散文与诗;而且,反过来又以一种抒情的散文的风格学习着写《咀华集》那样的评论。"[4]

---

〔1〕 李健吾:《咀华集·爱情三部曲——巴金先生作》,《李健吾文学评论选》,第12页。
〔2〕 李健吾:《自我和风格》,《李健吾文学评论选》,第214、215页。
〔3〕 李健吾《咀华集·篱下集》,《李健吾文学评论选》,第64页。
〔4〕 唐湜:《读〈李健吾文学评论选〉》,《新意度集》,三联书店,1990年,第211页。

二

《咀华集》出版后,李健吾一方面很大的精力转入到散文和戏剧创作中,但另一方面他仍然关注当时的文坛。在 20 世纪 30 年代后期和 40 年代,李健吾又继续写作了一些文学批评文章,后来收入到《咀华二集》,于 20 世纪 40 年代出版。从李健吾《咀华二集》的文字看,他的批评所关注的重心以及批评的方法、个性与早期的《咀华集》比较起来有了很大的不同。如对京派同人以及风格独特作家的关注少了,而对左翼作家的评论则大大增加;人性作为衡量作家作品的重要性开始淡化,而开始越来越强调作家作品的社会属性。另外,印象式的批评方法也逐渐让位于以逻辑归纳和价值评判为主的方法。

20 世纪 30 年代以及 40 年代,中国的社会和政治发生了剧烈的变动,阶级和时代的主题越来越凸显出来,艺术家的创作心态也明显发生了变化。李健吾敏锐地觉察到这一点。他曾经感叹说:"时代和政治不容我们具有艺术家的公平(不是人的公平)。我们处在一个神人共怒的时代,情感比理智旺,热比冷要容易。我们正义的感觉加强我们的情感,却没有增进一个艺术家所需要的平静的心情。"[1]在这种情势下,中国左翼文学应运而生,所产生的影响越来越大。以鲁迅、茅盾等为代表的左翼文学在这一时期取得了重要的成就,这不能不影响到现代文学批评的格局。李健吾正是在这样的背景下,对左翼文学加大了评论的力度,他在《咀华二集》所涉及的左翼作家包括鲁迅、茅盾、叶紫、萧军、夏衍等。在对这些作家进行观察的时候,李健吾力图从大的社会思潮变动中去把握他们作品所呈现的社会价值和文学价值。他认为严酷的社会现实对作家的艺术理想形成了巨大的挑战,在评论作家的时候就不能不考虑作家所处的环境。

也许认识到以前自己批评仅仅从人性审美出发带来的某种局限,李健吾开始有所纠正,更加关注文学对现实的反映广度和深度。李健吾说:"没有比我们这个时代更需要力的。假如中国新文学有什么高贵所在,假如艺术的价值有什么标志,我们相信力是'五四'运动以来最中心的表征。"[2]因此李健吾在评价鲁迅的时候就说:"鲁迅的小说,有时候凄凉如苣绝境,却比同代中国作

[1] 李健吾:《咀华二集·八月的乡村》,《李健吾文学评论选》,第 147 页。
[2] 同上,第 159 页。

家更其提供力的感觉。他倔强的个性跃出他精炼的文字,为我们画出一个被冷眼观察,被热情摄取的世故现实。"[1]李健吾认为茅盾的文学成就也在于"最切近自然主义者的现实"。并赞扬罗淑的小说表达现实的真切:"这些文字并不闪闪发光,正如巴金兄所说:'并不华丽。'有一种生活本质上反映出来的'真实朴素的美',她不夸张,然而她有感情;她爱人类,然而她不呐喊;她在默默之中写些她生活过的材料。"[2]李健吾还对左翼文学在开拓文学题材尤其是农村题材方面的价值进行了肯定:"自从《春蚕》问世,或者不如说,自从农业崩溃,如火如荼,我们的文学开了一阵绚烂的野花,结了一阵奇异的山果。在这些花果之中,不算戏剧在内,鲜妍有萧红女士的《生死场》,工力有吴组缃先生的《一千八百担》,稍早便有《丰收》的作者叶紫。"[3]此外,李健吾还较多地对这些作家笔下人物的社会性进行分析,以此衡量它们是否客观地反映了社会的现实。如李健吾在评论茅盾的作品时就曾经拿《子夜》时期的吴荪甫和《清明前后》中的林永清进行比较,以此证明茅盾笔下的人物是随着历史的进程而开始觉悟;他在评论夏衍的《上海屋檐下》也对局中的小人物详尽地分析,认为作者在这些芸芸众生的人物身上提出了严重的社会问题。如果把这些批评和《咀华集》时期的批评比较起来,这是一个很大的转变,此前的李健吾所津津乐道的是人性的淳朴和自然,如他当年在评价《边城》时曾说:"请问,能有一个坏人吗? 在这光明的性格,请问,能留一丝阴影吗?"[4]而此时他则把文学能否反映现实作为重要的评价标准。但事实证明,由于李健吾放弃了自己所擅长的以人性和风格切入的批评个性,他对这些左翼作家的评价在深度和影响上就不如冯雪峰、胡风等人。

当然,李健吾这一时期的批评仍然存在矛盾的纠结,或者说《咀华集》时期的那个李健吾的影子仍时隐时现存在着。虽然李健吾偏重文学对社会现实的揭示,但与那种直接把文学视为政治工具和手段的左翼批评仍然保持相当的距离,比如他曾经对政治压抑文学的倾向表达过担忧:"我们现代前进的作家,直接间接,几乎人人在为这个理想工作。一种政治的要求和解释开始压倒艺

---

〔1〕 李健吾:《咀华二集·八月的乡村》,《李健吾文学评论选》,第159、160页。
〔2〕 李健吾:《记罗淑》,《李健吾文学评论选》,第257页。
〔3〕 李健吾:《咀华二集·叶紫的小说》,《李健吾文学评论选》,第161、162页。
〔4〕 李健吾:《咀华集·边城——沈从文先生作》,《李健吾文学评论选》,第53页。

术的内涵。"〔1〕也许这样的变化在当时的历史背景中有一定的必然性,但李健吾坚持认为一个作家如果处理不好文学和政治之间的关系,让自己的倾向过于直白地流露出来,必定会对文学的世界产生负面的作用。他曾经把鲁迅和茅盾进行过比较,认为正是由于茅盾对文学和政治的关系理解得过于狭窄和片面,导致了茅盾的小说在艺术上的成就不如鲁迅:"鲁迅的小说是一般的,含蓄的,暗示的。临到茅盾先生,暗示还嫌不够,剑拔弩张的指示随篇可见⋯⋯感情然而公式化。"李健吾批评茅盾:"坏时候,他的小说起人报章小说的感觉。"〔2〕显然,对于作家来说,单单有了理性的认识是远远不够的,只有把其熔铸在自己的艺术生命中才会结出不凋的果实。从总体来看,李健吾对于夏衍、萧军、茅盾等人的评价是不如他对沈从文、何其芳、李广田等人高,其中很大的原因在于李健吾并不完全认同这些左翼作家把文学等同于复制现实的观念,他认为现实主义有着极为丰富的内涵,不能够狭隘地甚至断章取义地理解。李健吾曾说:"现实主义的观察不是一架照相机,一下子平平地摄入所有的现象⋯⋯能够这样有层次地,有凹凸地,在现实之上建立艺术的,无论是浪漫主义,自然主义,统统属于最好的现实主义传统。"〔3〕这种对现实主义的理解显示了李健吾的较为深邃的洞察力,显然他没有因为政治的尺度就完全放宽了对艺术的苛求,这也保证了他的《咀华二集》中的多数评论还是达到了一定水准,虽然总体而言已经远远逊色于《咀华集》的文章了。

与此同时,李健吾《咀华二集》时期的文学批评在批评的方法上,虽然有不少仍然具有印象主义的批评特点,文体上也依然继承了任意而谈、随笔体的自由方式。但越到后来,现代批评所遵循的归纳、逻辑和判断的特点就越明显,那种充满灵性和诗意的文字也越来越罕见,一个印象主义的批评家终于逐渐淡出了人们的视野。李健吾在《咀华二集》早期的几篇评论如《里门拾记——卢焚先生作》《八月的乡村——萧军先生作》《叶紫的小说》等中,他还是相当重视对作家风格的评论,因而使用印象式的批评较多,如他评论萧军:"萧军先生的血泪渐渐倒流进去,灌成一片忧郁的田地。他平静了。走出《八月的乡村》,来到此后他长短的写作,我们好像沿着一道冲出夹谷的急湍,忽然当着潆洄的

---

〔1〕 李健吾:《咀华二集·叶紫的小说》,《李健吾文学评论选》,第 160 页。
〔2〕 同上,第 161 页。
〔3〕 李健吾:《咀华二集·三个中篇》,《李健吾文学评论选》,第 183—184 页。

河流。"〔1〕这些评论基本上还是建立在顿悟和形象的语言上。而到了 20 世纪
40 年代,李健吾的批评方法就较多借助于现代批评常常使用的比较和综合的
方式,而那种经由逻辑归纳和综合所形成的判断和结论式的批评也随处可见。
应当说,无论比较还是综合都是充满理性的思维活动,也是评论文学所不可或
缺的。但遗憾的是,由于这种批评方法未必和李健吾的文学批评个性相符,直
接导致了他在《咀华二集》时期的批评缺少了早期的华美、飘逸和神韵,始终未
能写出像评论《边城》《画梦录》之类的经典文章,其影响和成就都难以和早期
的《咀华集》相提并论。

二

　　1949 年新中国成立后,整个国家的政治文化形态发生了剧烈的变化,文学
以及文学批评理所当然地被纳入执政党和国家意识之中。周扬早在延安时期
就曾经说:"自文艺座谈会以后,艺术活动的一个显著特点是它与当前各种实
际政策的开始结合,这是文艺新方向的重要标志之一。"〔2〕随着文学与现实、
政治等关系的空前强化,在文学理论和文学批评领域,以马克思主义文艺观和
方法论为主导的社会学批评开始占据中心位置,批评家更多关注的是作品的
阶级性、人民性和民族性等因素。艺术的自足性和审美性因素不仅被淡化,甚
至可能被视为资产阶级文学观念而遭到批评和整肃。

　　在这种情形下,相当一部分批评家尤其是那些长期生活在国统区的批评
家很不适应,甚至停止了相关的文学评论活动。李健吾这一时期研究的重点
转向了法国古典文学,对中国的现当代作家作品关注得不多。谈到这种原因,
他自己解释说:"解放以后,我没有时间'高谈阔论'了,一则,我用它来长期改
造自己,这是一种乐趣,尽管有人把改造看成苦趣,二则,时间大多被本职业务
所拘束,一点不是对新中国的文学不感兴趣,实在是由于搞法国古典文学多
了,没有空余另开一个是非之地。"〔3〕对于李健吾来说,这种所谓的"自我改
造"就是要把以前注重对文学本体审美的感悟让位于阶级分析和价值判断,从
而达到与整个时代大环境的合拍。正是这种"改造",使李健吾在新中国成立

〔1〕　李健吾:《咀华二集·八月的乡村——萧军先生作》,《李健吾文学评论选》,第 151 页。
〔2〕　周扬:《关于政策和艺术》,《周扬文集》第 1 卷,人民文学出版社,1984 年,第 475 页。
〔3〕　李健吾:《李健吾文学评论选·后记》,《李健吾文学评论选》,第 334 页。

后所发表的文学批评见解与以前充满了矛盾，实际上否定了自己在《咀华集》和《咀华二集》所持的观念。如李健吾早年在评论沈从文的时候，恰恰是从人性的角度切入，认为《边城》是一部"人性皆善的杰作""具有浪漫主义的气质，同时拥有广大的同情和认识"，在称赞沈从文的时候还联系到法国女作家乔治·桑，"特别当她晚年，她把女性的品德扩展成人类的泛爱（唯其是女子，尤为难得）"。[1] 可见李健吾是把沈从文和乔治·桑都视为值得赞扬的作家，因为他们的作品中都变现了丰富的人性。然而到了1958年，人性论的思想受到严厉的指责，在这种政治情形下，李健吾的态度就完全转变了。李健吾这时在评价乔治·桑时，就完全从阶级立场出发，对乔治·桑进行了严苛的批评："她的'理想社会'，只是在实施资产阶级大革命初期提出来的'自由、平等、博爱'口号下的一种宗教与伦理社会。""然而她的理想是不切实际的。她的调和思想对阶级斗争起了粉饰的作用。她的阶级观点是通过恋爱来表现的……一个以改良主义为指导思想的作者，是绝对不能'忠实地反映社会现实'的。"[2] 这种激烈指责的态度和语气在李健吾早期的评论中是很少出现的，也几乎完全推翻了他早年对乔治·桑的看法。

可以想见的是，在时代压力以及作者自我精神萎缩和放逐之下，即使在李健吾于新中国成立后所发表的不多的针对中国新文学的批评中，他也不再对那种流露人性意识的作家保有兴趣了，也不再对充满现代意识的作品保有兴趣了，而是更多地把重点放在配合以及图解当下政治之中。这一时期李健吾针对中国新文学的批评文章主要有《论〈上海屋檐下〉——与友人书》（1957年）、《读〈茶馆〉》（1958年）、《读〈三块钱国币〉》（1959年）、《于伶的剧作并及〈七月流火〉》（1962年）、《独幕剧——〈时代的尖兵〉》（1963年）、《风景这边独好——谈话剧〈英雄工兵〉》（1963年）等。这里面的不少文章都流露出强烈的政治倾向，如在评论夏衍的剧作《上海屋檐下》时，李健吾多次强调剧本的爱国主义精神和政治意识："戏里没有正面写蒋介石反动政府，但是通过具体生活，处处写了它的罪行。戏里没有正面写号召抗战的中国共产党，但是通过匡复的活动乃至小先生的活动，我们明白是谁支持这种存在。"[3] 与此相对应的

---

[1] 李健吾：《咀华集·篱下集》，《李健吾文学评论选》，第66页。
[2] 李健吾：《一篇不确切的后记》，《李健吾文学评论选》，第319、320页。
[3] 李健吾：《论〈上海屋檐下〉——与友人书》，《李健吾戏剧评论选》，中国戏剧出版社，1982年，第161页。

是，当年《咀华集》中飘荡着灵性和诗情的文字也消失了，取而代之的是干巴巴的、塞满了政治标语式的语言。如李健吾评论丁西林的剧作《三块钱国币》："剧作者通过吴太太的造型，谴责品质恶劣已极的资产阶级，又通过警察的唯唯诺诺，说明他是统治阶级的驯服工具……"[1]像这样的语言正是当时流行的套语，与以审美为特征的印象批评毫不相干。如果把李健吾早年和后期批评的文章加以对照，其反差之大让人瞠目，那个曾经富有个性的批评家就这样消失在历史的长河之中。

其实，李健吾在文学批评上呈现出的悲剧并非偶然，甚至也不是个案，很大程度上是批评家或者现代知识分子自我迷失的结果。与那些来自解放区的作家或批评家比较起来，类似李健吾这样的知识分子总有低人一头的感觉，延安文艺整风时期所开启的知识分子自我忏悔、自我贬损的思想改造模式不能不对其产生巨大的影响。李健吾1950年发表了自我检讨，对自己严格解剖："个人主义，自由主义，小资产阶级意识，再加上唯文学观和不健康身体，活活把我弄成了一个不尴不尬的知识分子。"[2]几乎在这同时，沈从文、朱光潜等一批知识分子也都连篇累牍地发表了此类的文章。沈从文在《我的学习》一文中责备自己"始终用的是一个旧知识分子的自由主义观点立场，认为文学从属于政治为不可能，不必要，不应该"。[3]朱光潜则批评自己"脱离了中国现实时代"。"我的过去教育把我养成一个个人主义者，一个脱离现实的见解偏狭而意志不坚定的知识分子。"[4]在强大的政治压力下，本应扮演独立思想和独立人格角色的、被葛兰西称为"有机知识分子"的人物逐渐分化和退场。不言而喻，这必然造成批评家热情的减退和思想的僵化、停滞，于是李健吾那曾经妙笔生花、个性飞扬的文思也渐渐萎缩乃至枯竭。

从早年《咀华集》时期的批评家刘西渭到后期的批评家李健吾，从人性审美到政治甚至阶级审美，从艺术自觉到服务现实，其批评呈现出完全不同的风貌和世界，前后所形成的反差更让人感叹不已，一个本应有着更大成就的批评家终于以悲剧结束。就像有学者指出的："李健吾的批评构成了批评史的永恒

---

[1]　李健吾：《读〈三块钱国币〉》，《李健吾戏剧评论选》，第218页。
[2]　李健吾：《我学习自我批评》，《光明日报》1950年5月31日。
[3]　沈从文：《沈从文全集》第12卷，第361页。
[4]　朱光潜：《自我检讨》，《朱光潜全集》第9卷，安徽教育出版社，1993年，第537页。

绝唱，却未构成批评史上震荡千古的黄钟大吕。"[1]这不仅是批评家个人的损失，也是中国现代文学批评史的损失。李健吾的文学批评历程及其悲剧折射出了20世纪中国文化和知识分子自身的复杂和诡异，即使在今天我们反思这段历史的时候，仍分外感受到这个话题的沉重。

第二节　李健吾文学批评视野中的左翼文学

在大多数人的印象中，李健吾是一位带有独立批评意识的自由主义批评家。的确，李健吾在20世纪30年代的文学批评活动中，其批评追求独立和自足的审美理想，批评的对象多半是和自己艺术理想相似的自由主义作家，如沈从文、何其芳、卞之琳、李广田、林徽因、芦焚、萧乾、曹禺等。但同时应该看到，李健吾从事文学批评的时代，正是中国左翼文学运动方兴未艾、产生重大影响的时代，这不可避免地影响到批评家的选择。实际上，作为批评家的李健吾对左翼文学和左翼作家是十分关注的，他的批评涉及的左翼作家就有鲁迅、茅盾、萧军、叶紫、罗淑、夏衍、张天翼等多人。李健吾一方面充分肯定了左翼文学在题材开拓、现实描写等方面的成就，同时也对左翼文学概念化等倾向提出了批评，其左翼文学批评所蕴含的历史价值和某些缺陷都值得我们认真总结和反思。

一

中国左翼文学诞生在一个异常险恶的政治环境之中，承受着重重外在的巨大压力，然而它仍然以坚韧的艺术理想和较为开阔的艺术视野呈现出不可忽视的生命力。鲁迅、茅盾、萧军、萧红等一批左翼作家以及大量有影响的艺术作品出现就证明了这一点。因此，任何一个不抱政治和艺术偏见的艺术家和批评家都无法漠视左翼文学的存在，虽然他们彼此的见解未必一致甚至大相径庭。

李健吾早年文学批评关注较多的是和自己同属京派阵营的作家，也由此奠定了他的文学批评地位。但随着左翼文学声势的日益壮大，李健吾批评的

---

〔1〕 刘锋杰：《中国现代六大批评家》，北京大学出版社，2007年，第255页。

重心开始转向左翼文学。李健吾在他的这些批评中,对左翼作家进行了热情、积极的肯定,从而为中国左翼文学进行了有力的辩护。李健吾虽然推崇如沈从文这样远离现实、沉浸在原始风情和淳朴人性中的作家,但另一方面,他也深深明白,这样的艺术天地和中国当时社会的现实有着巨大的隔阂,李健吾曾经说过:"我们如今站在一个漩涡里。时代和政治不容我们具有艺术家的公平(不是人的公平)。我们处在一个神人共怒的时代,情感比理智旺,热比冷要容易。""在我们这样一个狂风暴雨的时代,艺术的完美和心理的深致就难以存身。"[1]在李健吾看来,左翼文学着力强化了文学和现实的关系,拓展了文学表现的题材,这种贡献是无法否认的。如他在评价萧军时就认为,虽然萧军的小说存在很多艺术上的弊端,但在一个狂风暴雨的时代,这样的缺陷有时又是难以避免的,毕竟萧军为文学贡献了新鲜的东西:"《八月的乡村》来得正是时候,这里题旨的庄严和作者心情的严肃喝退我们的淫逸。它的野心(一种向上的意志)提高它的身份和地位。"[2]作为一个现实主义作家,萧军严格按照现实本来的面貌加以描写,纠正了早期普罗文学中存在的严重脱离现实的浪漫蒂克倾向,这一点深为李健吾所欣赏:"他搜索他经验的角落,把他耳染目濡的各个片段,沉重地,本色地,铺陈在我们面前……尤其难能可贵的是,他不硬拿希望和贴膏药一样贴在小说的结尾。"[3]他同样称赞了萧军作品中所流露的阶级斗争意识和民族抗战精神。其他如叶紫、罗淑等都是当时刚刚崭露头角的左翼青年作家,影响还不太大,很少被评论家关注,但李健吾却独具慧眼地揭示了他们的价值。李健吾热情赞颂了叶紫对于家乡的热爱,尤其是对农民苦难生活的同情:"他依恋风景,并不感伤……说实话,只有一类人为叶紫活着,他活着也就是为了他们,那被压迫者,那哀哀苦告的农夫,那苦苦在人间挣扎的工作者。"[4]而对于罗淑这位早逝的女性作家,李健吾则极为惋惜,虽然罗淑只留下薄薄的几篇文字,李健吾却认为这些文字已经显示了这位女作家的才能,在文学史上有其应有的地位:"她以她留下来不多的几篇文字活在人心……这些文字并不闪闪发光,正如巴金兄所说:'并不华丽,有一种生活本质

〔1〕　李健吾:《咀华集·八月的乡村》,《李健吾文学评论选》,第147、150页。

〔2〕　同上,第150页。

〔3〕　同上,第151页。

〔4〕　李健吾:《咀华集·叶紫的小说》,《李健吾文学评论选》,第157页。

上反映出来的真实朴素的美'。"〔1〕

对于鲁迅、茅盾、叶紫、罗淑等左翼作家在现实描写上的广度和深度,李健吾也给予了积极的评价。李健吾敏锐地注意到,左翼作家在反映中国农村社会变动的描写上呈现出前所未有的视野,极大地拓宽了文学的表现领域,全面展示了中国左翼作家的创作实绩:"自从《春蚕》问世,或者不如说,自从农业崩溃,如火如荼,我们的文学开了一阵绚烂的野花,结了一阵奇异的山果。在这些山果中,不算戏剧在内,鲜妍有萧红女士的《生死场》、工力有吴组缃先生的《一千八百担》,稍早便有《丰收》的作者叶紫。"〔2〕很显然,这样的评价是符合历史实际的,与那些拼命诋毁、贬低左翼文学创作的评论有着天壤之别。

在李健吾的眼中,左翼文学不仅在拓展文学表现范围、剖析社会现实等方面取得了重要的成就,其在艺术的审美风格以及创作个性上的突破也同样值得肯定。中国现代文学的审美风格告别了传统文学温柔敦厚的审美风尚,呈现出完全不同的景象,李健吾把其概括为"力"的美学。他说:"没有比我们这个时代更其需要力的。假如中国新文学有什么高贵所在,假如艺术的价值有什么标志,我们相信力是"五四"运动以来最中心的表征……它以种种面目出现,反抗是他们共同的特点。"〔3〕李健吾早年受到过为人生派艺术的影响,关注文学对现实人生的表达,他曾经对中国明清之际出现的纤巧、柔美的所谓性灵文学提出过批评,认为其表现的是一种不健康的审美心态。相反,李健吾认为那种充满凌厉、反抗精神的"力"的美学则反映了时代的要求,更值得倡导。而这种"力"的美学风格在左翼文学作品中表现得非常明显。李健吾在评论鲁迅时就特别注意到了这一点,他说:"鲁迅的小说,有时候凄凉如莅绝境,却比同时代中国作家更其提供力的感觉。他倔强的个性跃出他精粹的文字,为我们画出一个被冷眼观察,被热情摄取的世故现实。"〔4〕对于茅盾,李健吾也说:"他明白现代物质文明的繁复的机构。他作品的力并不来自艺术的提炼,而是由于凡俗的浩瀚的接识。"〔5〕哪怕有些左翼作家在艺术上还比较稚嫩,只要他们的作品具有"力"的审美特征,一样得到了李健吾的赞赏。李健吾评价叶紫

〔1〕 李健吾:《记罗淑》,《李健吾文学评论选》,第 257 页。
〔2〕 李健吾:《咀华集·叶紫的小说》,《李健吾文学评论选》,第 162 页。
〔3〕 同上,第 159 页。
〔4〕 同上,第 160 页。
〔5〕 同上,第 161 页。

时就重点谈到叶紫在这方面的突出之处:"叶紫的小说始终仿佛一棵烧焦了的幼树,没有《生死场》行文的情致,没有《一千八百担》语言的生动,不见任何丰盈的姿态,然而挺立在大野,露出棱棱的骨干,那给人苗壮的感觉,那不幸而遭电殛的暮春的幼树⋯⋯我们说这是力,赤裸裸的力,一种坚韧的生之力。"[1]作为一个崇奉自由主义文艺观念的批评家,不言而喻,李健吾和左翼作家在政治和文学观念上都有不小的距离,他能如此客观地评价左翼文学是很不容易的。

同样,李健吾认为,左翼文学并非都是有些人所认为的那种主题先行、缺少艺术感染力的文学,有些左翼作家在艺术上也都达到了很高的水准,这在鲁迅身上尤为具有代表性。李健吾是一位对批评标准要求较为严苛的批评家,即使是对巴金这样的好朋友也都曾提出过批评,但他却始终对于鲁迅充满了敬意,没有任何否定性的评价。李健吾认为鲁迅对于中国文学史的意义是重大的,他在很多方面为中国文学贡献了独特的成就。李健吾说:"我们现代文学出了一位讽刺的巨匠,无论热嘲,无论冷骂,都是他的本色。不用说,这是《阿Q正传》的鲁迅。"[2]"不停留在琐细的枝叶,然而效果如宋画的宫苑,鲁迅的艺术是古典的,因为他的现实是提炼的,精粹的,以少胜多,把力用到最经济也最宏大的程度。"[3]李健吾甚至把鲁迅作为衡量很多作家艺术高低的标杆,他在评价茅盾、萧军、叶紫、夏衍等时,都会自觉地把他们与鲁迅进行比较,以此发现他们的某些不足。李健吾是一个和鲁迅并无渊源、艺术观念也有较大差异的批评家,却能超越文学门户和流俗的偏见,如此客观、公正地看待其创作的成就,充分表现了批评家的宽容大度以及艺术眼光。夏衍的《上海屋檐下》虽然取材于平凡的现实生活,没有太多的戏剧冲突,然而李健吾却认为它在艺术上是成功的:"《上海屋檐下》的尝试是成功的⋯⋯如今一位作家自然而又艺术地把平凡琐碎的淤水聚成一股强烈的情感的主流。情调是单纯的,忧郁的,《上海屋檐下》的地方色彩却把色调渲染得十分斑驳。"[4]他也称赞茅盾是现代中国的小说巨匠:"他为自己也为文学征服了万千读众,为同代也为后人开辟了若干道路。""我们必须承认茅盾先生是一位天生的小说家。"[5]李健

---

[1] 李健吾:《咀华集·叶紫的小说》,《李健吾文学评论选》,第162页。
[2] 李健吾:《咀华集·里门拾记》,《李健吾文学评论选》,第136页。
[3] 李健吾:《咀华集·叶紫的小说》,《李健吾文学评论选》,第160页。
[4] 李健吾:《咀华二集·上海屋檐下》,《咀华集·咀华二集》,复旦大学出版社,2005年,第148页。
[5] 李健吾:《咀华集·叶紫的小说》,《李健吾文学评论选》,第161页。

吾这种观察左翼作家的独到眼光已经被文学史所证明，类似夏志清、司马长风等动辄把左翼文学视为一种"宣传习作"的说法至少是不客观的。

二

应该看到，中国左翼文学在 20 世纪 30 年代为人们贡献出斑斓文学图景的同时，也不可避免地留下了不少缺憾，就像有学者指出的那样："普罗文学流派的作品，是一种激情的文字，它把激情意识化和社会化了。它追求宣传上的力度，追求暴风骤雨式的粗犷，也可以说是力的文学，不过它往往不顾及审美领域'力'的规律，未免总带着以力伤美的艺术缺陷。"[1]对于左翼文学存在的这些问题，李健吾都曾经以一个批评家的直率甚至严厉的口吻指出过，显示出其批评一贯追求的独立和公正。

左翼文学固然着力强化了文学和现实的关系，固然这种强化在当时有其合理的成分。但李健吾认为，如果这种距离过近，可能在无形中造成文学对于现实乃至政治的依附，进而也使文学失去了它完美自足的艺术魅力，而后者正是李健吾多年所坚持的艺术信仰。他曾经说："一件艺术品——真正的艺术品——本身便该做成一种自足的存在。它不需要外力的撑持，一部杰作必须内涵到了可以自为阐明。"[2]正是从这样的文学见解出发，李健吾把诸如沈从文、何其芳、卞之琳、萧乾等人的创作视为完美无缺的典范，并时时以他们的作品来和左翼作家进行比较。针对左翼文学把刻画现实环境和典型人物作为最高艺术准则，甚至把反映当下政治和社会生活作为文学的主题，李健吾不止一次地表达过他的忧虑："我们现代前进的作家，直接间接，几乎人人在为这个理想工作。一种政治的要求和解释开始压倒艺术的内涵。"[3]李健吾在对现实的理解上和左翼作家的见解有着不小的距离，显示了自己独到的批评观念。比如，他反对对现实做狭义和肤浅的理解，认为现实是非常丰富的，它深刻反映了时代的精神，并非是作者眼中所看到的任何景象都属于现实的范畴。如果只是简单地、浮光掠影描摹这些景象，它并不能把握生活和艺术的真实性，只能停留在浅层，注定没有长久的生命。只有把现实的素材经过心灵的过滤和熔铸，提炼出精髓，方能成为艺术精品。为此李健吾特别把"现实"和"现时"

〔1〕 杨义：《中国现代小说史》第 2 卷，人民文学出版社，1988 年，第 53 页。
〔2〕 李健吾：《咀华集·〈神·鬼·人〉》，《李健吾文学评论选》，第 47 页。
〔3〕 李健吾：《咀华集·叶紫的小说》，《李健吾文学评论选》，第 160 页。

两个概念进行了区分。他说:"现时和现实不是一个东西,虽说具有同一本质。现时属于现象,属于时间,属于历史,唯有现实属于艺术……现实即是真实。只要现实——那最高的现实存在,一部艺术作品便不愁缺乏时代的精神。"〔1〕

因此,尽管李健吾理解左翼作家在题材上过于贴近"现时"的做法,理解那种纯粹艺术在当时中国难以找到安身的空间,但他仍然坚持维系文学的维度,对于左翼文学的粗糙和弊病给予了必要的批评。对于萧军《八月的乡村》,李健吾认为虽然它受到《毁灭》的影响,但因为萧军缺少艺术的自觉,缺少冷静地处理,导致整部作品充满了感情的宣泄和泛滥,艺术成就大打折扣,根本难以达到《毁灭》的高度。李健吾批评说:"他的情感火一般炽着。把每一句话都烧成火花一样飞跃着,呐喊着。他努力追求艺术的效果,然而他在不知不觉之中,热情添给句子一种难以胜任的力量。"李健吾认为,萧军的失败在于他没能处理好艺术和现实的关系,而是把观念化的东西强加在文学作品中,让文学负载了它无法承受的政治重任,导致了艺术世界的分裂:"他要他的人物如此,不是他的人物实际如此……我们在这里可以清清楚楚发见作者的两种人格:一个是不由自主的政治家,一个是不由自主的字句画家。他们不能合作,不能并成一个艺术家。"〔2〕也就是说,萧军没有把政治和艺术在自己作品中和谐地呈现出来。而李健吾推崇的沈从文则是把"光"与"影"和谐地统一在一起,让人丝毫看不出雕琢的痕迹,这样的差距是异常明显的。李健吾虽然对叶紫有较多的肯定,但同样对于他艺术上的不成熟给予了批评。李健吾认为叶紫在创作上没有与描写对象保持适度的距离,结果导致他很多时候替代作品中的主人公在发言,也即把自己的倾向明白地宣泄出来,这当然难以达到完美的境地。李健吾说:"这里是盛怒,沉郁;这里是不饶恕。他不能够平静。他的回忆在沸腾。一切是力,然而一切是速写……我们在艺术领会中,不时听见作者枯哑的呼喊。"〔3〕至于其他左翼作家如夏衍、茅盾等在这些方面的问题,李健吾也都恰如其分地进行了批评。

由于李健吾对印象主义批评情有独钟,他特别重视文学作品中所呈现的富有灵动的艺术生命,特别重视作品中作家自我个性的流露,即作家的风格。早年李健吾曾经在一篇《自我与风格》的文章中曾经把"风格"比喻成"礁石":

---

〔1〕 李健吾:《咀华二集·关于现实》,《李健吾文学评论选》,第173页。

〔2〕 李健吾:《咀华集·八月的乡村》,《李健吾文学评论选》,第148页。

〔3〕 李健吾:《咀华集·叶紫的小说》,《李健吾文学评论选》,第165页。

"这座礁石那样美好，那样动目，有些人用尽平生的气力爬不上去，有些人一登就登在这珊瑚色的礁石的极峰。这就是我们通常所谓的风格，或者文笔。"〔1〕李健吾认为，作家所重视的应该不是被表现的东西，而是怎样来表现。换言之，正是风格把一个作家和另一个作家区别开来，风格就是自我的旗帜。"我不能说印象主义批评家对于风格是否膜拜。但是，法郎士曾经有这样一句话留给我们参证：'美丽的感觉引导我们前进。'我可以冒昧其辞的是，风格的感觉未尝不是美丽的感觉的一种。"〔2〕显然，李健吾把风格提到了至高的艺术地位，按照这样的标尺，他认为除了鲁迅，绝大多数的左翼作家在创作上都受到当时流行创作模式的影响，公式化、概念化的倾向较为严重，尚未形成自己的创作风格。他批评夏衍的剧作时说："我们必须遣责作者，他缺乏语言与动作完成他情节上巧妙的布置。语言是抽象的，动作是细微的，这三个主要人物——特别是那对旧夫妇——永远感情用事地自相表白……于是，缺乏自己的语言，人物沦为情节的傀儡，不复属于真实的血肉，因而也失却他们的轮廓。"〔3〕可见，夏衍剧作存在着先入为主的观念，没能够立体呈现出主人公的丰满性格。即使是对于茅盾这样影响巨大的作家，李健吾也时常批评他的模式化缺点："临到茅盾先生，暗示还嫌不够，剑拔弩张的指示随篇可见：或者是积极的人物，有力然而简单，例如多多头之群，或者是热烈的词句，感情然而公式化。""坏时候，他的小说起人报章小说的感觉。"〔4〕李健吾的这些批评意见可以说既尖锐又中肯，恰恰是左翼文学问题的症结所在。

三

　　中国左翼文学是中国现代文学的一种特殊现象，它有着既不同于"五四"时期文学也不同于抗战时期文学的形态。左翼文学高扬文学的政治意识和社会意识，在反映生活的广度、深度以及人物的塑造上有着自己的突出贡献。但另一方面，它的问题也带有典型性，特别是在左翼文学的早期阶段，由于倡导者理论上的稚嫩和偏激、片面，实际上造成了左翼文学非常浓重的政治和社会功利色彩。其在创作实践上过于强调重大现实题材的选择，强调理想人物的

〔1〕　李健吾：《自我与风格》，《李健吾文学评论选》，第 216 页。
〔2〕　同上，第 217 页。
〔3〕　李健吾：《咀华二集·上海屋檐下》，《咀华集·咀华二集》，第 150 页。
〔4〕　李健吾：《咀华集·叶紫的小说》，《李健吾文学评论选》，第 160、161 页。

塑造，直接导致了公式化、概念化的创作模式。左翼文学呈现出的这种复杂的情形，当时已经到了刻不容缓需要在批评实践上给以回答的时候。

对于左翼文学的种种成就和不足，不同立场和文学观念的批评家有着各自的见解。但不少人在看待左翼文学的时候，往往被自己的情绪所左右，因此不免有失公正。李健吾的独到就在于，他跳出了诸如阶级、政治、流派等种种因素的束缚，始终能够以一个批评家的独立、自由身份对左翼文学发表意见。李健吾把批评的尊严看得高于一切："一个批评者有他的自由。他不是一个清客，伺候东家的脸色。"[1]他对左翼文学的评论非常完美地体现了这一点。对于左翼文学很多方面的贡献，李健吾很多时候都是热情地赞颂，人们在他对萧军、叶紫、鲁迅、茅盾等的评价中都能看到。他既肯定左翼文学在题材、主题等领域的开拓，也肯定其在艺术手法表现上的特点。但同时，对于左翼文学观念化、模式化的缺点，他也毫不客气地指出，在这一点上，李健吾的见解更具有文学史的意义。李健吾虽然同情左翼作家所处的风云激荡的时代，同情他们的政治诉求，但在他看来，政治上的合理性未必是文学的合理性。对于文学，必须尊重它的艺术规律，作家必须有沉潜和平静的心态。在这个时候，他提得更多的仍然是文学的完美自足和作家的艺术自觉。李健吾以沈从文举例说："沈从文先生，不像卢骚，不像乔治桑，在他的忧郁和同情之外，具有精湛的艺术自觉，犹如唐代传奇的作者，用故事的本身来感动，而自己从不出头露面。"[2]毫无疑问，这也是左翼文学所应该达到的高度。李健吾深深明白，最终决定一个作家在文学史地位的，仍然是其能否创造出完美和谐的艺术境地。而他所评论的不少左翼作家在这方面都有较大的差距，如叶紫、萧军、茅盾、夏衍等都因为在艺术上没有精雕细刻，导致作品具有瑕疵。平心而论，当时的左翼文学普遍存在着这些问题，如果不对这些经验、教训进行及时的总结，势必影响左翼文学的健康发展。就在李健吾发表这些见解的时候，左翼作家内部也开始意识到这些问题的严重性，如当时华汉（阳翰笙）的小说《地泉》出版后，瞿秋白、郑伯奇、茅盾等在为该作品写序时，都批评过它以及早期左翼文学流露的概念化趋势。茅盾批评华汉《地泉》的缺点"不是单独的，个人的"，《地泉》作者"缺乏了对于社会现象全部的而非片面的认识，而只是'脸谱主义'地去描写人物，

---

〔1〕　李健吾：《李健吾文学评论选·序一》，《李健吾文学评论选》，第3页。
〔2〕　李健吾：《咀华集·篱下集》，《李健吾文学评论选》，第67页。

而只是'方程式'地去布置故事"。〔1〕李健吾对于左翼文学的意见和茅盾等人的这些见解有着异曲同工之处，具有明显的纠偏作用，促使左翼作家反思：在追求宏大社会题材的同时，也能够超越时代成为一个自觉的艺术家。

李健吾在文学评论中十分注意对名气不大的作家乃至不知名作家进行扶植，他认为这样也许更有价值。李健吾曾经说过："批评者注意大作家，假如他有不为人所了然者在；他更注意无名，唯恐他们遭受社会埋没，永世不得翻身。"〔2〕在评论左翼文学时，他依然也是如此。李健吾所评论的左翼作家中，只有鲁迅和茅盾算是知名作家，其他如萧军、叶紫、罗淑、张天翼、路翎等在当时都还名气不大，有的甚至还默默无名。然而李健吾却对他们热情地加以评论，如他称赞过张天翼的讽刺才能，称赞过萧军的本色，称赞过罗淑的朴实等，促进了这些左翼青年作家的成长。

毋庸讳言，李健吾的左翼文学批评也存在一些值得反思的地方。比如他对左翼文学的批评在大多数时候只停留在风格、技巧等层面，从思想和社会价值方面介入的地方不多，这样对左翼文学的巨大意义揭示就不够充分。鲁迅作为中国现代最有影响的作家，很多评论家都注意到其作品深刻的思想价值，这从茅盾、胡风、冯雪峰、瞿秋白等人的评论中看得很清楚，茅盾曾经深刻揭示出鲁迅作品的典型意义："这些'老中国的儿女'的灵魂上，负着几千年的传统的重担子，他们的面目是可憎的，他们的生活是可以咒诅的，然而你不能不承认他们的存在，并且不能不懍懍地反省自己的灵魂究竟已否完全脱卸了几千年传统的重担。"〔3〕而李健吾对鲁迅的不少评价虽然很高，但仅仅涉及鲁迅的讽刺艺术和描写手法，这样无形中降低了鲁迅作品的价值，无法完整揭示出鲁迅作品巨大的思想价值和现实意义。即使是同为京派批评家的李长之在对鲁迅的认识上也比李健吾要全面，他曾经说："鲁迅文艺创作之出，意义是大而且多的，从此白话文的表现能力，得到一种信赖；从此反封建的奋战，得到一种号召；从此新文学史上开始有了真正的创作。"〔4〕对李健吾而言，这不能不说是一个遗憾。

---

〔1〕 茅盾：《〈地泉〉读后感》，《中国新文学大系》(1927—1937)第 1 集，上海文艺出版社，1987 年，第873 页。
〔2〕 李健吾：《李健吾文学评论选·序一》，《李健吾文学评论选》，第 4 页。
〔3〕 茅盾：《鲁迅论》，原载《小说月报》，第 18 卷第 11 期，1927 年 11 月。
〔4〕 李长之：《鲁迅批判》，北京出版社，2003 年，第 158 页。

此外,从批评的文体和风格来看,李健吾的左翼文学批评没有能够体现出其印象主义的特点,总体上要比他的其他文学评论要逊色。众所周知,李健吾的批评以审美、鉴赏的批评为主,往往以顿悟和直觉的语言来描述批评对象,文体洒脱,不拘一格,把文学批评完全变成了独立的艺术,这是最为人们所称道的地方,他本人也被视为中国现代印象主义批评的代表。但是李健吾的左翼文学评论中则很少出现这些特点,大多数时候他是借助于逻辑的归纳和判断,虽然这样的批评不失为一种现代批评的精神,但毕竟和评论家早年建立的那种印象批评风格有着很大的距离。因此,尽管李健吾写了不少左翼文学的评论,但却始终没有出现类似评论《边城》《画梦录》那样华美、充满神韵的文字,影响也就难以相提并论。

作为一个有影响的批评家,李健吾能在左翼文学批评领域投入较多的精力,一方面固然是由于左翼文学在当时所产生的广泛影响,另一方面也和批评家独到的批评见解分不开。李健吾在一个特定的历史时空中,对左翼文学的种种成就和不足进行了较为公正的评价,客观上推动了中国左翼文学的发展,这是批评家热情、才能和勇气的显现,他为自己也为中国的左翼文学批评赢得了尊重。

第三节　审美现代性视野下的文学批评
——以李健吾的文学批评为中心

晚清以降,伴随着中国自身文化的衰微和危机,西方的现代文化观念长驱直入进入中国,一种现代性的意识开始在中国出现。关于现代性意识,有学者把其理解为一种追寻西方的新奇和前瞻意识,其在文学上突出表现为西方大量的现代主义文学思潮和作品被介绍到中国。中国学者对西方现代主义介绍的侧重点并非局限于技巧的层面,更深的用意是一种现代意识的引入,这种现代性意识不仅对作家而且对批评家也产生了重大的影响。就20世纪20至30年代的批评家而言,如周作人、穆木天、茅盾、梁宗岱、叶公超、朱光潜等的批评在很多方面都有这样的自觉意识,就连一直被认为和中国传统批评渊源较深的李健吾其实在他的批评中也同样如此。李健吾一方面在批评中引入了象征主义、纯诗、意识流等核心的现代批评概念,另一方面也在批评的方法以及对现代主义文学倾向作家的批评实践中努力体现出这种特征，这使得他的批评在审美现代性的视野中获得了一种前所未有的生命。

一

象征主义文学缘起法国，由于其突出的反叛意识、全新的美学观念而和传统文学极大地拉开了距离，随即在 19 世纪末、20 世纪初的世界许多地区产生了广泛、深远的影响，成为一种真正意义上的文学革命。同样，象征主义在"五四"时期被大量介绍到中国，周作人等曾经撰文进行了诠释，中国早期的现代诗人李金发、穆木天等更是在新诗的创作中体现出象征主义的一些特点。显然，象征主义作为一种异质、全新的文学思潮，对于长期处在一种相对封闭环境中的批评家来说构成了全新的挑战，甚至可以说，能否敏锐地感觉到这种新的思潮和美学原则，是判断其是否具有开放和现代性审美意识的重要尺度。

李健吾曾经在象征主义的发源地法国学习，虽然他主要的精力在于研究法国传统的文学，但他对于象征主义仍然有相当的了解。李健吾曾经正确地把象征主义与所谓的古典主义、浪漫主义乃至巴那斯诗派等进行了区分，比如他认为象征主义的着眼点在暗示，以简洁的文字烘托悠远的意境，也即以有限追求无限，形式上追求严谨等。李健吾说："象征主义从巴尔纳斯派衍出，同样否认热情……然而它不和巴尔纳斯派相同，唯其它不甘愿直接指出事物的名目。这就是说，诗是灵魂神秘作用的征象，而事物的名目，本身缺乏境界，多半落在朦胧的形象之外。"[1]虽然李健吾没有像穆木天、梁宗岱、朱光潜等批评家专门系统论述象征主义的理论文字，但从其在批评中流露的这些观点来看，他同样掌握了象征主义最核心的精神。李健吾不仅指出李金发等早期象征诗人的诗具有意象的联结和晦涩、含蓄等特点，他对于 20 世纪 30 年代出现的诸如戴望舒、卞之琳、何其芳等一些受到后期象征主义影响的诗人更是怀有很大的兴趣，对他们给予了充分的理解和支持。

李健吾认为，随着时代的变化，文学的形式等也必然地发生某些改变，在一个纷繁复杂的现代社会，就需要同样繁复多样的形式来表达。就中国新诗的发展而言，不能仅仅停留在胡适、郭沫若甚至李金发的阶段，因为他们的诗作已经无法完全表达出一个繁复、现代的社会，已经大大落后于时代精神。他

---

[1] 李健吾：《咀华集·答鱼目集作者》，《咀华集·咀华二集》，第 76 页。

预感到 20 世纪 30 年代以卞之琳、何其芳等为代表的现代派诗人的创作精神更富于现代气息,在某种程度上预示着中国诗歌未来的方向。李健吾说:"真正的诗已然离开传统的酬唱,用它新的形式,去感觉体味糅合它所需要的和人生一致的真醇;或者悲壮,成为时代的讴歌;或者深邃,成为灵魂的震颤。在它所要求之中,对于少数诗人……不是前期浪子式的情感的挥霍,而是诗的本身。"[1]对于这群年轻诗人而言,他们给诗歌注入的是全新的艺术生命,一个独具异彩、充满了暗示的世界:"内在的繁复要求繁复的表现,而这内在,类似梦的进行,无声,有色;无形,朦胧;不可触摸,可以意会;是深致,是含蓄,不是流放,不是一泄无余。"[2]可见,李健吾这里观察到的诸如注重诗歌形式实践、强调诗意的朦胧、意象的繁复,甚至抛弃所谓的音乐性正是后期象征主义的典型特征,不仅与中国传统的审美思维有着巨大的差异,就是与以波德莱尔、马拉美、魏尔伦等为代表的早期象征主义亦迥然不同。显然,只有具备了现代性的审美眼光和鉴赏能力才能对这群年轻人的诗歌做出恰当的回答,这对于习惯于传统审美心理的批评家来说并非易事,因此在当时大多数批评家对于这些诗作无力进行评判,有的甚至全盘否定。由于李健吾对于象征主义诗学概念和实质的理解,他对于卞之琳、何其芳等的现代诗则比较理性,体现出宽容的文化心态,积极肯定他们为中国诗坛带来的新鲜、现代性的元素。他认为卞之琳的《鱼目集》象征着诗歌的一次巨大转折,那就是抛弃了诗歌肤浅的元素,也把诗歌从各种教化功能和情感宣泄中解放出来,进而把诗歌还原为一种纯粹的艺术样式。李健吾评论说:"这里的文字那样单纯,情感那样凝练……他感觉的形式也是回环复杂,让我们徘徊在他联想的边缘。"[3]他进而概括出这群诗人创作上共有的趋向,比如注重繁复的意象,注重诗中微妙和瞬间的感受,语言含蓄、清丽等。即使从今天的观点来看,李健吾对卞之琳、何其芳、李广田等的评价依然有着积极的意义,可以说抓住了 20 世纪 30 年代中国现代主义诗作最为核心的精髓,对人们正确对待和理解这种新的文学潮流无疑起到了很好的推动作用。

李健吾不仅观察到中国新诗中的象征主义因素,而且他还从西方纯诗的概念出发进一步明确这些诗作的现代性。虽然在西方有不少诗人、学者都曾

[1]　李健吾:《咀华集·鱼目集》,《咀华集·咀华二集》,第 62 页。
[2]　同上,第 60 页。
[3]　同上,第 69 页。

经涉及纯诗的概念，但一般都认为纯诗作为一种明晰的理论，其概念和诗学范畴是瓦雷里首先提出和定义的。瓦雷里认为诗以语言为形式，表现的是一个和现实世界没有任何联系的、如水晶般纯粹的世界："但是严格地称为'诗'的东西，其要点是使用语言作为手段……它倾向于使我们感觉到一个世界的幻象，或一种幻象……他们互相共鸣，仿佛与我们自己的感觉是合拍的。这样解释以后，诗的世界就与梦境相似，至少与某些梦所产生的境界很相似。"〔1〕可见，瓦雷里把纯诗视为梦境般的世界，这无疑代表了艺术创作的最高境界，代表了人类艺术至纯至美的理想。瓦雷里的纯诗理论于 20 世纪 20 年代被介绍到中国，梁宗岱、戴望舒、曹葆华等人都试图以瓦雷里纯诗作为中国诗歌的理想和标杆，以此纠正"五四"以来新诗存在的说教和情感泛滥的倾向。而 20 世纪 30 年代的中国现代派诗人普遍对艺术的功利化倾向不满，他们在创作中也力求表现出这样纯粹的诗境。对于他们在艺术上的这种追求，李健吾也恰恰从纯诗的理论去解释和评论，肯定他们诗歌探索给新诗带来的巨大变化。在李健吾看来，这样的艺术倾向代表着中国新诗发展的一次巨大转折和契机，他们给新诗带来了前所未有的生命力。比如对于卞之琳等的诗作，李健吾发现其纯粹的艺术精神和"五四"以来很多诗人的创作有很大的不同，认为他们所追求的只是纯粹的"诗"，其他如诗歌的形式、内容等等都不再是他们关心的话题。"他们的生命具有火热的情绪，他们的灵魂具有清醒的理智；而想象做成诗的纯粹。"〔2〕李健吾还引用瓦雷里"一行美丽的诗，由它的灰烬，无限制地重生出来"这句话来比喻卞之琳等追求纯诗境界给现代诗歌带来的多重意义。李健吾对纯诗理论的推崇以及评价无形之中提升了中国现代诗歌深邃的艺术境界，为实现中国新诗向艺术本体的真正回归做出了自己的努力。

对于现代批评家来说，意识流文学同样是一个充满挑战性的美学话题，也仍然只有放置在现代性的审美视野中才能发觉和评判其蕴含的价值，否则就会对这种复杂的文学现象束手无策甚至简单化地加以否定。沈从文在 20 世纪 30 年代的文学批评活动中，对于诸如穆时英、施蛰存、废名等人的具有现代性倾向的小说都评价甚低甚至全盘否定，究其原因，一个很大的因素就在于沈从文现代批评理论的缺失。他对当时在世界范围内兴起的现代性批评理论几

---

〔1〕 瓦雷里：《纯诗》，见伍蠡甫，林骧华编：《现代西方文论选》，上海译文出版社，1983 年，第 27 页。

〔2〕 李健吾：《咀华集·鱼目集》，《咀华集·咀华二集》，第 63 页。

乎毫无兴趣,完全凭借直觉的艺术感性出发,从而大大限制了其批评的视野。而李健吾留学海外的经历、宏阔的中西文化背景和敏锐的现代意识使得他能较为宽容地对待这些所谓带有异端反叛特性的创作,并从现代意识和现代技巧等方面为他们辩护。

　　意识流小说的出现也是现代文学史上的重大事件。"第一次世界大战之后不久,一种新的文艺技巧受到了人们的极大欢迎。它几乎完全阻止了作家自己在作品中插手,使得模拟内心活动的片段在文学上成为可能,并且毋须加以解说。这种技巧曾恰当地被称作'内心独白'或者'意识流'"。[1]因此对于意识流小说中的新奇的技巧,不仅要有艺术上的包容,更要有艺术的眼光。这是那种囿于单一文化意识的中国传统批评家无力揭示的,而李健吾在对林徽因、废名、萧乾等具有意识流特点的小说的分析、评论就表现出自己批评的先锋性。像林徽因的小说《九十九度中》,由于作者运用了意识流的手法,当时很多读者无法理解,甚至指责其根本不是一部小说。然而李健吾正是从意识流小说的现代性角度为其辩护,肯定作者独具匠心的艺术创造。

二

　　除了这种审美现代性的观念之外,是否具备和运用现代批评方法也是判断一个批评家现代性意识的标准。黑格尔说:"我们可以用种种不同的方式去认识真理,而每一种认识的方式,只可认作一种思想的形式……认识真理最完善的方式,就是思维的纯粹形式。人采取纯思维方式时,也就最为自由。"[2]这种方法论上的自觉意识在现代文学批评中同样扮演着重要角色。由于独特的历史文化环境,中国传统批评形成了偏重内省、主情等特点,几乎一直停留在只可意会不可言传的阶段。朱光潜曾说:"中国向来只有诗话而无诗学。"[3]这样的判断是十分科学的。中国传统批评这种缺乏知性的审美方法同样也缺乏逻辑判断的要求,它的缺陷在现代也越来越显现出来。到了晚清尤其是"五四"时期,西方现代批评方法大量涌入中国,这不可避免地对中国现代批评形成了强力的冲击。一般学者都认为,李健吾的批评方法更多地接近

---

〔1〕　梅尔文·弗拉德曼:《意识流导论》,伍蠡甫、胡经之主编:《西方文艺理论名著选》(下),北京大学出版社,1987年,第121页。
〔2〕　黑格尔:《小逻辑》,第87页。
〔3〕　朱光潜:《诗论·抗战版序》,《朱光潜全集》第3卷,安徽教育出版社,1987年,第3页。

中国传统的文学批评，他那种诗性、印象、顿悟式的批评把中国这种传统的批评特点发挥到极致，这当然很有道理。当年欧阳文辅曾经把李健吾视作印象主义批评的代表人物加以指责，认为印象主义是"垂毙""腐败"的理论，李健吾是这种理论的"宣讲师"。但另一方面我们也应该看到，李健吾的批评仍然在不少地方具有客观、科学的现代批评方式，如他对"比较""综合"这种理性思维方法的运用就是典型的例证，在此基础上，其批评世界构成了一个相对自足、完整的体系。

比较作为方法论的运用，黑格尔曾经深刻地阐释过其哲学意义。其实它在文学研究中也有着不可替代的位置，它超越了研究层面的初始和混沌的状态，对研究者的理性思维能力提出了很高的要求。对于这种研究方法的重要性，李健吾本人有着深刻的认识："然而，物以类聚，有时提到这个作家，这部作品，或者这个时代和地域，我们不由想到另一作家，另一作品，或者另一时代和地域。"[1]而钱锺书则解释过这种现象的原因："心之同然，本乎理之当然，而理之当然，本乎物之必然，亦即合乎物之本然也。"[2]李健吾则从事文学批评时，有着很强的"比较"方法论意识，他很少单一、直线式的评论作家，而总是把其放置在一张时代、社会的大网之中，去寻找其和其他作家的相同或相异之处。他既从文学史和文化背景的线索中比较不同作家的创作，也从文学的审美风格、语言等美学层面来比较；既有不同的中国作家之间的比较，也有中西作家之间的比较；从比较的范式看，既有影响比较也有平行的比较等。如他在评论何其芳作品的风格时便是在和李广田的比较中得出的："这正是他和何其芳先生不同的地方，素朴和绚丽，何其芳先生要的是颜色，凸凹，深致，隽美。然而有一点，李广田先生却更其抓住读者的心弦：亲切之感。"[3]这样的比较就把两位作家的风格展现得十分清晰。尤其是当两位作家风格有着某些相似的时候，只有通过比较的方法才能正确地揭示出来。如一般读者都容易把废名和沈从文联系在一起，因为他们的创作都带有田园牧歌的情调，都注重抒情的效果。然而李健吾却在细腻的比较中发现了他们作品在艺术精神上有很大的不同。比较方法的运用，极大地拓展了李健吾文学批评的空间，使其在纵横交错的文学时空中发现研究对象之间的连接点。

---

〔1〕 李健吾：《咀华集·〈画梦录〉》，《咀华集·咀华二集》，第83页。

〔2〕 钱锺书：《管锥编》第1册，中华书局，1978年，第50页。

〔3〕 李健吾：《咀华集·画廊集》，《咀华集·咀华二集》，第82页。

当年欧阳文辅在激烈批评李健吾时,也承认李健吾在批评上能用比较和综合的研究方法,从而对作品的理解达到了有机统一,避免了支离破碎的弊端。而这些方法正代表了现代科学的精神。文学研究虽然有它的特殊性,但如同其他的科学研究一样,是一种从具体到抽象再回到具体对象的研究,它不能仅仅停留在感性的阶段,而必须经由感性、知性再到理性的过程,它必须借助于一系列的分析、归纳和综合才能完成。反之,如果离开了思维层面理性方法的统帅,人们在研究中就会处在一种盲人摸象的境地。

与其他同时代的批评家比较起来,李健吾感性的、顿悟式的描述、鉴赏确实多一些,严谨的逻辑论证相对较少,但无可否认的是,事实上李健吾在从事文学批评时也愈来愈感觉到理性思维的重要性,并没有排斥综合分析以及逻辑方法的作用。他认为批评家批评的过程实际上就是由开始朦胧的印象而到后来越来越形成理性的判断,而一切批评都应遵循规则。李健吾说:"他不仅仅是印象的,因为他解释的根据,是用自我的存在印证别人一个更深更大的存在。"[1]李健吾在不少地方都谈道:批评其实就是一种去芜取精、从感性进入理性的过程,并非完全都是个人天马行空般的自由驰骋。以其最具有印象批评特点的一篇文章《边城》为例,在这篇文章的一开头作者就明确表示他不太相信批评是一种判断,但随着文章的展开,作者以巴尔扎克和福楼拜作为例证把小说家分为人的小说家和艺术家的小说家,进而得出了沈从文是逐渐走向艺术成熟的小说家这样的一个观点。作者并没有停留于此,而是把沈从文和中外众多著名作家等一一进行比较,概括出沈从文作品"抒情的、更是诗的"以及"可爱"这两大特征。在李健吾评论巴金的《爱情三部曲》这篇评论文章中,虽然的确有巴金所批评的结构松散、游离主题的缺陷,但仔细分析可以发现,他的一些用感性包裹的语言仍然具有分析、归纳、综合的倾向。因此,在李健吾的文学批评和中国传统的印象批评之间不应该简单地画上等号,李健吾依赖印象式的批评语言仍然有一种理论框架的追求,在批评过程中仍时时可见理性思维的主导因素。

三

李健吾所处的时代,恰逢中国现代主义文学出现的热潮和高峰,相当一批小说家、诗人也都在这时的创作中表露出这样的特征。因此如何来正确看待、

---

[1]　李健吾:《咀华集·边城》,《咀华集·咀华二集》,第24页。

评价这些作家的具体文学实践,也是判断其是否具有审美现代性的标准之一。李健吾的文学批评不是那种纯粹书斋式、学究式的批评,他时刻关注当时文坛出现的新情况、新问题,对于中国现代主义倾向的文学给予了应有的关注,在一定程度上促进了这些作家、作品的健康发展。

20世纪30年代,以卞之琳、何其芳、李广田、林庚、金克木、戴望舒等为代表的一群诗人,他们在创作上突破了李金发等人对于法国前期象征主义诗人的模仿,而是把目光放大到瓦雷里、古尔蒙、耶麦、艾吕雅甚至19世纪末和20世纪初的西班牙现代派身上,在创作上多半追求繁复的意象、"纯粹的诗"和朦胧的美。这和中国传统的审美心理形成了巨大的反差,因此许多人指责、抱怨它们晦涩、难懂。对于这种现象,李健吾并不是消极地回避和排斥,而是尽可能把它们纳入现代性的语境中去分析和阐释,他也在对这些作家作品的分析中形成了一套自己独有的现代解诗学的方法。卞之琳是这群现代派诗人中很有代表性的一位,李健吾对他的诗集《鱼目集》给予了较高的评价:"从《尝试集》到现在,例如《鱼目集》,不过短短的年月,然而竟有一个绝然的距离……但是,这群年轻人站住了,立稳了,承受以往过去的事业,潜心于感觉酝酿和制作……他们的生命具有火热的情绪,他们的灵魂具有清醒的理智;而想象做成诗的纯粹。""胡适先生推崇的'言近而旨远',未尝不可以引来作为印象的一个注脚,那样浅,那样淡,却那样厚,那样淳,你几乎不得不相信诗人已经钻进言语,把握它那永久的部分。"[1]这些评价准确抓住了卞之琳诗歌意象多重、富于暗示和象征的特征。对于卞之琳那些很容易让人产生歧义的,也为大多数评论家所无法认同的诗作,如《新秋》《海愁》《圆宝盒》《断章》,李健吾也尽量做出自己的理解,为这些诗作进行辩护。对于李健吾这样对诗意的解释,卞之琳并不认同,为此他和李健吾展开了激烈的争论,然而李健吾并不轻易认同诗人本人的见解,他说:"一首诗唤起的经验是繁复的,所以在认识上,便是最明白清楚的诗,也容易把读者引入殊途。""我的解释并不妨害我首肯作者的自白。作者的自白也绝不妨害我的解释。与其看成冲突,不如说做有相成之美。"[2]这些恰恰是象征主义带来的魅力。

不独对于现代诗,即使对待带有现代主义气息的小说、散文等文学体裁,

〔1〕 李健吾:《咀华集·鱼目集》,《咀华集·咀华二集》,第62、64页。
〔2〕 李健吾:《咀华集·答鱼目集作者》,《咀华集·咀华二集》,第76、77页。

李健吾也总是站在世界现代性审美的浪潮中作出自己的判断,很少人云亦云。林徽因曾经写了一篇《九十九度中》的小说,这篇小说不仅在观念上具有现代意识,表达了都市人的生存困境,其艺术手法也带有很强的先锋性。它和中国传统文学强调叙事的结构完全不同,而是对若干片段进行剪接、组合,很像电影中的蒙太奇手法,十分新鲜。显然,对于这样极具现代感的作品,只有那些具有敏锐现代审美触角的批评家方能见出它的价值。李健吾就是这样的一位批评家,他为林徽因进行了辩护,认为这篇小说的价值恰恰就在于它的现代性:"在我们好些男子不能控制自己热情奔放的时代,却有这样一位女作家,用最快利的明净的镜头(理智),摄来人生的一个断片,而且缩在这样短小的纸张(篇幅)上。"[1]李健吾还独具匠心地发现了它受到西方意识流小说的影响。废名是中国现代作家的一个异数,也是最受争议的作家之一,沈从文曾经批评废名作品中所谓不健康的文体,将其视为病态的、失败的文学。在这里,沈从文仍固执于传统的批评模式,因而把废名在小说文体上大胆、新奇的创造都归于失败的实验。李健吾对废名的看法和沈从文有着很大的不同,虽然他没有将废名作为独立的作家专门论述过,但他在许多批评文章中都提到了废名。尽管李健吾也没有完全认同废名,但对于废名作品中的独特个性他却是赞赏有加的。他更多的是从现代性的角度入手,为废名进行辩护。李健吾说:"无论如何,一般人视为隐晦的,有时正相反,却是少数人的星光。""若如风格可以永生,废名先生的文字将是后学者一种有趣的探险。"[2]显然,读懂废名需要另一种文化维度即审美现代性的维度。此外,李健吾在对何其芳、李广田等人的散文评价中也都没有固执地沿用传统的批评模式,而是着力发掘它们蕴含的现代价值和艺术的创造性,彰显了其批评对现代性精神的追寻。

吉登斯在其《现代性的后果》中曾经谈到,现代性所导致的变迁的绝对速度,其激烈程度是以前的变迁无可比拟的。对于 20 世纪 20 至 30 年代的文坛而言,这种现代性的变迁造成的影响同样巨大。作为一个能敏锐感受世界现代审美思潮的批评家,李健吾为自己的艺术思维大胆地赋予了现代性的审美意识,从而使其批评世界呈现出包容、开放的气魄,为中国文学批评的现代性转换提供了很好的范例。

---

〔1〕　李健吾:《咀华集·九十九度中》,《咀华集·咀华二集》,第 35 页。
〔2〕　李健吾:《咀华集·画梦录》,《咀华集·咀华二集》,第 85 页。

第三章
叶公超文学批评研究

第一节　叶公超与中国现代文学批评

　　20世纪30年代，是中国现代批评趋向成熟的时期，许多重要的文学批评家如瞿秋白、冯雪峰、茅盾、胡风、朱光潜、梁实秋、李健吾、梁宗岱、李长之等人大都活跃于当时的文坛，产生了一批重要的文学批评著作。同样，在这些人中，叶公超也是一个值得提及的名字，虽然他作为学者的时间不长，也没有发表系统的理论著述，但仍然对中国现代文学的批评做过有价值的贡献。与同时代的批评家比较起来，叶公超的特点比较明显，他的批评更多带有西方现代批评的特征和现代性的视野，他独具慧眼地向中国批评界介绍引入了艾略特、瑞恰慈、伍尔芙等具有浓郁现代主义色彩的作家及其文学理论；另一方面叶公超也时刻关注中国现代文学的状况，对中国新诗的形式、格律等问题提出了自己的见解。此外，叶公超在对许多现代作家的评价上也有值得重视的地方。作为一个自由主义批评家，即使在对待如鲁迅这样的左翼作家时也能持有客观、公正的态度，这些都在无形中凸显了他作为一个批评家的历史价值。

一

　　正如西方学者吉登斯所指出的："现代性的出现并非像许多社会理论所解释的那样，是历史随着某一既定的发展线索内部自身演进的结果，相反，非延续性或者说断裂性是现代性的基本特征。现代性带来的生活形态以前所未有的方式,把我们抛离了所有可知的社会秩序的轨道。"〔1〕同样,中国文学批评的现代性意识也是在晚清以降西方大量文学思潮涌入中国后而出现的,当时的王国维和鲁迅堪称这方面的代表人物。到了 20 世纪 20 至 30 年代,中国文学批评的这种趋势更加明显。因为越来越多的批评家认识到,囿于传统的文学观念和方法已经完全无法解释剧烈变动的文学现象。茅盾曾经说:"中国一向没有正式的什么文学批评论;有的几部古书如《诗品》《文心雕龙》之类,其实不是文学批评论,只是诗赋、词赞等等文体的主观的定义罢了。所以我们现在讲文学批评,无非是把西洋人的学说搬过来,向民众宣传。"〔2〕在这一时期中国文学批评寻求现代性的历史进程中,人们往往较多关注的是周作人、穆木天、朱光潜、梁宗岱、戴望舒等的理论主张,事实上叶公超的贡献也是不应被忽略的。

　　叶公超虽然出生在一个具有传统文化背景的家庭,但他从中学时代起就远赴美国学习,后来他的大学时代也是在美国、英国等地度过的,这些都决定了他对西方文化的认知和熟悉程度。叶公超在美国时跟随美国大诗人佛洛斯特学习,特别值得提及的是,叶公超后来到英国学习时认识了当时的大诗人及批评家艾略特(T. S. Eliot)。他后来曾经回忆说:"我在英国时,常和他见面,跟他很熟。大概第一个介绍艾氏的诗与诗论给中国的,就是我。关于艾略特的文章,我多半发表于《新月》杂志……我那时很受艾略特的影响,很希望自己也能写出一首像《荒原》(The Waste Land)这样的诗,可以表现出我国从诗经时代到现在的生活,但始终没写成功。"〔3〕换言之,叶公超在西方接受的长期系统的文化教育一方面使得他能较为直接清晰地接触西方的现代文学尤其是先锋的文学思潮,另一方面使得他能够突破单一文化模式的限制,进而借助西方的异质文化对中国的文学走向进行深刻的观察和反思。海外比较文学学者李达二曾说:"人的思维习惯必须是'关联'的。一种对孤立概念的思维习惯是不够的……简而言之,我们不应再闭关自守、囿于己见;相反地,应该具有文学无国境的胸怀,开辟知识的新途径。"〔4〕叶公超从事现代文学批评的时候正是

〔1〕 引自黄平:《解读现代性》,《读书》1996 年第 6 期。
〔2〕 沈雁冰(茅盾):《"文学批评"管见一》,《小说月报》第 13 卷 8 号,1922 年 8 月 10 日。
〔3〕 叶公超:《文学·艺术·永不退休》,陈子善编《叶公超批评文集》,珠海出版社,1998 年,第 266 页。
〔4〕 李达三:《比较文学研究之新方向》,台湾联经出版事业公司,1986 年,第 173 页。

世界文坛出现剧烈变动、现代主义文学浪潮席卷欧美大地之时，他敏锐地觉察到中国现代文学与世界现代文学的距离，因而不遗余力地把西方现代主义的作家及其批评理论引入到中国，以促进中国文学的现代化进程。正是基于这样的观念，艾略特、瑞恰慈、拉法格、庞德、爱伦·坡、伍尔芙、叶芝等一大批西方现代主义浪潮中的代表人物进入了叶公超的视野，大大开拓了中国文学新的境界。

在当时流行的各种文学思潮中，叶公超的确对现代主义的文学及其批评理论情有独钟。这很大的原因在于对于中国的批评家而言，西方的现代主义是时代的最新反映，是最有生命力的文学，代表了未来文学发展的趋势。茅盾早在 1920 年就说，中国新文学的出路就是新浪漫主义。"能帮助新思潮的文学应该是新浪漫派的文学，能引我们到真确人生观的文学该是新浪漫派的文学，不是自然主义的文学，所以今后的新文学运动应该是新浪漫主义的文学。"[1]茅盾在这里所说的新浪漫派其实就是现代主义文学。稍后汤鹤逸的《新浪漫主义文学之勃兴》（载 1924 年《晨报六周年纪念增刊》）也对新浪漫主义文艺运动持全盘肯定的态度。叶公超对当时现代主义的特殊敏感使得他成为 20 世纪 30 年代最热心译介英美现代主义的批评家之一，比如他对艾略特、庞德、伍尔芙、瑞恰慈等的介绍和评论最能体现他的理论自觉，这一点和相对传统、保守的梁实秋就有很大的差别。

艾略特是 20 世纪初期西方现代主义的代表诗人和批评家，其创作和理论集中体现了现代主义的精神特征，其对世界文学的影响力很少有人能够与之匹敌。叶公超 1926 年在英国剑桥学习时认识了这位大诗人，后来他回到国内，在很多场合都对这位大诗人推崇备至。虽然早在 1923 年茅盾的《几个消息》以及 1927 年朱自清翻译的 R. D. Jameson 的《纯粹的诗》曾经提及过艾略特，但真正从学理的层面系统而深入地介绍、评价这位诗人的首推叶公超。诗人辛笛回忆说："在叶公超的'英美当代诗'课上我接触到艾略特、叶芝、霍普金斯等人的诗作。叶公超旁征博引，侃侃而谈，我们听得忘了下课的铃声。"[2]叶公超本人亲自撰写了评论艾略特的《艾略特的诗》（载 1934 年 4 月《清华学报》第 9 卷第 2 期）、《再论艾略特的诗》（载 1937 年 4 月《北平晨报·文艺》第

〔1〕 沈雁冰：《为新文学研究进一解》，《改造》第 3 卷第 1 号，1920 年 9 月 15 日。
〔2〕 辛笛：《我与西方诗歌的因缘》，《外国文学评论》第 3 期，1995 年。

13 期,后来作为赵萝蕤译艾略特《荒原》的序言)。不仅如此,叶公超指导学生卞之琳翻译了艾略特的极为重要的诗学理论文章《传统与个人的才能》,发表在叶公超主编的《学文》杂志创刊号上。卞之琳回忆说:"后来他特嘱我为《学文》创刊号专译托·斯·艾略特著名论文《传统与个人的才能》,亲自为我校订,为我译出文前一句拉丁文 motto,这不仅多少影响了我自己在 30 年代的诗风,而且大致对三四十年代一部分能经得起时间考验的新诗篇的产生起过一定的作用。"〔1〕他的另一位学生赵萝蕤稍后也翻译了艾略特的代表作《荒原》。

　　在叶公超眼中,艾略特文学最大的成就正在于他表现出的现代人的焦虑、精神的困惑以及他在艺术上的大胆反叛、创新意识。"这些诗的后面却都闪着一副庄严沉默的面孔,它给我们的印象不像个冷讥热嘲的俏皮青年,更不像个倨傲轻世的古典者,乃是一个受着现代社会的酷刑的、清醒的、虔诚的自白者。""他在技术上的特色全在他所用的 metaphor 的象征功效。他不但能充分的运用 metaphor 的衬托的力量,而且能从 metaphor 的意象中去暗示自己的态度与意境。""他的重要正在他不屑拟摹一家或一时期的作风,而要造成一个古今错综的意识。"〔2〕尤其难得的是,由于叶公超所具有的中西文化不同的背景,他在艾略特的诗歌和理论中却独具慧心地发现了它和中国传统文化的某种内在联系。他说:"艾略特之主张用事和中国宋人夺胎换骨之说颇有相似之点……'一个高明的诗人往往会从悠远的,另一文字的,或兴趣不同的作家们借取',这几句话假使译成诗话式的文言很可以冒充北宋人的论调。唐宋人的诗有用古人句律而不用其原句意义者……荒原第三部《火训》中亦有同样的例子。"〔3〕叶公超的这些看法远远超出了同时代人对这位复杂诗人的了解和认识,一定程度上代表了当时中国学界对艾略特研究的最高水准。

　　叶公超不仅对于艾略特表现出浓厚的兴趣,他的视野也放大到艾略特同时代其他重要的现代主义的作家和文学批评家。他本人曾经翻译过意识流文学代表人物弗吉尼亚·伍尔芙的名作《墙上一点痕迹》(The Mark on the Wall),并亲自撰写"译者识"的评介文章。叶公超敏感地发现正是由于伍尔芙在观念和创作的技法上都颠覆了传统文学,因而她在西方世界成了极受争议的人物,相当一部分人按照传统的观念无法读懂伍尔芙的作品,因而对作者简

〔1〕　卞之琳:《赤子心与自我戏剧化:追念叶公超》,《地图在动》,珠海出版社,1997 年,第 287 页。
〔2〕　叶公超:《艾略特的诗》,《清华学报》第 9 卷第 2 期,1934 年 4 月。
〔3〕　叶公超:《再论艾略特的诗》,《北平晨报·文艺》第 13 期,1937 年 4 月 5 日。

单否定。叶公超却看出了伍尔芙的独到之处正是采用了意识流的方法："她所注意的不是感情的争斗，也不是社会人生问题，乃是极渺茫、极抽象、极灵敏的感觉，就是心理分析学所谓下意识的活动……这种幻影的回想未必有逻辑的连贯，每段也未必都能完全，竟可以随到随止，转入与激动幻想的原物似乎毫无关系的途径。伍尔芙的技术完全是根据这种事实来的。"对于伍尔芙的这种意识流创作方法，叶公超虽然认为不必作为所有小说创作的方法，但它体现出了作家的创作个性，应当给予肯定："伍尔芙的技术是绝对有价值的。"[1]

此外，对于当时刚刚在欧美兴起的"新批评"理论，叶公超也抱有浓厚的兴趣。瑞恰慈是"新批评派"理论的代表人物之一，曹葆华曾经翻译了他的理论代表作《科学与诗》，为此叶公超为这本译作写了序言。他认为瑞恰慈批评的重要性在于瑞恰慈看到了许多细微的问题，"无处不反映着现代智识的演进"。在叶公超看来，中国国内急需的就是这种带有现代意识的理论："我相信国内现在最缺乏的，不是浪漫主义，不是写实主义，不是象征主义，而是这种分析文学作品的理论。"[2]他还尝试运用新批评的读者反应理论对中国古典诗歌进行分析。叶公超在中国的文化语境中孜孜不倦地译介和诠释西方现代主义文学，不仅拓展了中国学者和读者的视野，而且也为中国 20 世纪 30 年代现代诗的兴盛起到了推波助澜的作用，这从后来西南联大诗人充满感激的回忆中就能看出来。西南联大的诗人们在接触到艾略特、瑞恰慈、燕卜荪等后，几乎是在很短的时间就将兴趣从传统的文学转移到现代主义的文学上。周珏良说："记得我们两人（另一人指穆旦——引者）都喜欢叶芝的诗，他当时的创作很受叶芝的影响。我也记得我们从燕卜荪先生处借到威尔逊（Edmund Wilson）的《爱克斯尔的城堡》和艾略特的文集《圣木》（The Sacred Wood），才知道什么叫现代派，大开眼界，时常一起谈论。他特别对艾略特著名文章《传统和个人才能》有兴趣，很推崇里面表现的思想。当时他的诗创作已表现出现代派的影响。"[3]凡此种种，都证明了叶公超艺术思维的前瞻性和现代意识，在中国文学亟待引进西方的现代主义来实现其自身变革的关键时刻，他扮演着盗火者的角色。

---

〔1〕 叶公超：《〈墙上一点痕迹〉译者识》，原载《新月》第 4 卷第 1 期，1932 年 1 月。

〔2〕 叶公超：《曹葆华译〈科学与诗〉序》，陈子善编：《叶公超批评文集》，第 148 页。

〔3〕 周珏良：《穆旦的诗和译诗》，《一个民族已经起来》，江苏人民出版社，1987 年，第 20 页。

二

与大多数同时代的文学批评家一样,叶公超对西方现代主义的执着和钟情并非只是一种纯粹的学究式的研究,其根本的出发点和终极目标仍然是为中国的新文学寻找新的参照体系,以此来促进和丰富中国文学以及批评的内涵。为此,叶公超对中国的新诗理论以及当时颇为流行的写实主义文学理论都作出了较为深入的思考。

中国新诗自从诞生之日起就一直被各种各样的争执所困扰。胡适等主张采用自由诗体的方式,要在新诗的形式上来一个彻底的大解放,这虽然在白话诗刚出现的时期有一定的合理性,但随着时间的推移其弊端就越来越显现出来,这种实践不可避免地带来了新诗的直白浅露、感情的宣泄和泛滥、缺乏艺术的锤炼和感染力量等。因此到了 20 世纪 30 年代越来越多的理论家对新诗倾注了较多的精力,在学理上进行了严肃的思考。比如梁宗岱就以西方象征主义诗学理论对胡适的主张给予批评,他说:"新诗的发动和当时的理论或口号,——所谓'建设明了的通俗的社会文学',所谓'有什么话说什么话',——不仅是反旧诗的,简直是反诗的;不仅是对于旧诗和旧诗体的流弊和革除,简直把一切纯粹永久的诗的真元全盘误解与抹煞了。"〔1〕他更多地主张用纯诗来作为中国新诗的理想。另一位理论家朱光潜对胡适的主张也不以为然,他坚持维护诗歌的情趣、节奏和韵律,在朱光潜看来,如果取消了这些,所谓的诗也就不存在了。朱光潜说:"诗和音乐一样,生命全在节奏(rhythm)。""中文诗用韵以显出节奏,是中国文字的特殊构造所使然。""就一般诗来说,韵的最大功用在把涣散的声音联络贯串起来,成为一个完整的曲调。它好比贯珠的串子,在中国诗里这串子尤不可少。"〔2〕此外如闻一多、陈梦家等都主张诗歌要重视格律等要素,20 世纪 30 年代人们对新诗理论形态的关注达到了前所未有的程度。

叶公超和梁宗岱、朱光潜、陈梦家等人在新诗的看法上有着较为相近的地方,他在《论新诗》《音节与意义》等文章中也对新诗与旧诗的关系、新诗的格律、音节等问题发表了自己的看法。当时不少人都为新诗所遭受的境遇而感

---

〔1〕　梁宗岱:《诗与真二集·新诗底纷歧路口》,《梁宗岱文集》第 2 卷,第 156 页。
〔2〕　朱光潜:《诗论》,分别见《朱光潜全集》第 3 卷,第 236、238、189 页。

到彷徨无助，他们认为由于中国传统诗歌历史过于悠久、艺术过于纯熟，因而在探索新诗时都背上了沉重的历史包袱。一批新涌现的诗人高喊着要从旧诗的镣铐里解放出来。叶公超却认为新诗完全可以借鉴旧诗的要素，根本不用完全割裂。"旧诗的情景，咏物寄托，甚至于唱和赠答，都可以变态的重现于诗里。"[1]叶公超特别强调，尽管新诗是自由诗，但它必须接受格律的约束，格律对于诗歌至关重要，为了证明自己的观点，叶公超充分发挥了他汇通中西诗学的特长，把目光转到了美国的意象派诗歌。他以意象派代表诗人庞德为例说，即使在西方的现代诗中，仍然有一种内在的形式要求，它们甚至比传统的形式更加严格。"西洋诗的一切技巧，无论是音节方面的，语词方面的（如某种材料最适合于某种节拍等等），在中国诗词里都有类似的例子。"[2]叶公超在论证格律重要性的同时，还深入到新诗的节奏、音节、韵步、对偶等许多技术的层面，从中西方的诗歌历史中寻找了大量的例证进行反复的比较和归纳，从而使自己的结论建立在扎实和实证的科学分析上，避免了泛泛之论，这些都是很多人无力达到的。在《音节和意义》的文章中，他细致分析了汉语的声音和意义的关系以及汉语音色的特点，他指出："一个字的声音与意义在充分传达的时候，是不能分开的，不能各自独立，它们似乎有一种彼此象征的关系。"汉语的这些特点决定了其独特的节奏和韵律，进而形成了诗歌和谐的音乐美。他特别以徐志摩成功的诗歌作为例证，再次阐明了形式美对艺术自身的独立价值。叶公超引用西方诗人劳伦斯·比尼恩（Lawrence Binyon）的话说："节律在一个好诗人手中是无穷变化的根据，在一个低能的作者身上，不用他告诉我们，却是一副冷铁的镣铐。"[3]因此卞之琳把叶公超的《论新诗》称为其一生最重要的著述，"而且应视为中国新诗史论的经典之作"。[4]

叶公超不仅对新诗倾注了较多的精力，对于当时在文坛风起云涌的社会写实主义文学运动也提出了自己的看法，他在《写实小说的命运》一文中详尽考察了写实主义文学的历史渊源及特征。叶公超认为写实主义文学缘起于西方的写实主义小说，其主要受到现代自然科学和社会科学的影响。"写实小说对于生活的态度也是客观的、普及的、同情的；它所用的材料是'性'的，新奇

---

〔1〕　叶公超：《论新诗》，《文学杂志》创刊号，1937 年 5 月。
〔2〕　同上。
〔3〕　叶公超：《音节与意义》，天津《大公报·文艺》，1936 年 4 月 17 日、5 月 15 日。
〔4〕　卞之琳：《纪念叶公超老师》，叶崇德主编《回忆叶公超》，上海学林出版社，1993 年，第 22 页。

的,反常的;它表现的方法是生物学的、心理的。"〔1〕但有人把这种客观的生活态度视为一种绝对的客观,完全否定主观性,对此叶公超不以为然,他认为天下没有绝对客观而写实的文学,实际上无不渗透着作者主观的情感。他说:"无论哪种的艺术都与生活是有密切关系的;因此艺术,而尤其小说的材料,都是生活中的现象。作家的意感也是观察了某种现象而来的……因为生活是个无穷尽的东西;一个艺术创作家所选择出来描写的不过是极微小的一部分。这一部分只可以算是他个人见到的生活……所以其实没有一本好的写实小说在见解方面不是主观的,无意中不是间接着批评生活的。"〔2〕这样的见解对于那些标榜态度客观、超脱,否认文学以及文学家阶级属性的人来说也是一针见血的批评。

作为自由主义批评家,叶公超虽然对左翼文学有抵触情绪,但他更多的是从文学的属性出发来批评,他特别反感把文学作为训世和道德教化的工具。他说:"小说根本没有负着改造社会的责任。社会就是可以改进的也用不着一般小说作家故意的来作弄。小说著作是一种创作的文艺,并不是什么道德伦理的记载。"〔3〕从叶公超所持的态度来看,他一方面对当时左翼文学过于强化文学的社会批判属性不满,因为在不少激进的左翼作家那里,文学几乎成了留声机的代名词,他们有的公开宣称:"一切的文学,都是宣传。"〔4〕"当一个留声机器——这是文艺青年们最好的信条。"〔5〕同样叶公超的这种观念和梁实秋等主张用文学来促进人性和道德的净化也有相当的出入,梁实秋多次主张:"一部作品必须是描写人性的,必须是描写人类基本情感如喜怒哀乐之类,然后才称得起伟大。"〔6〕"批评文学不仅是说音节如何美,意境如何妙,是还要判断作者的意识是否正确,态度是否健全,描写是否真切……凡是伟大的文学必是美的,而同时也必是道德的。"〔7〕叶公超的诗学理想更多专注于文学内在的因素,这恰和新批评派理论有着某种契合。

〔1〕　叶公超:《写实小说的命运》,《新月》创刊号,1928 年 3 月。
〔2〕　同上。
〔3〕　同上。
〔4〕　李初梨:《怎样地建设革命文学》,《文化批判》1928 年第 2 号。
〔5〕　麦克昂:《英雄树》,《创造月刊》第 1 卷第 8 期,1928 年。
〔6〕　梁实秋:《诗与伟大的诗》,《梁实秋文集》第 1 卷,鹭江出版社,2002 年,第 477 页。
〔7〕　梁实秋:《文学的美》,《梁实秋文集》第 1 卷,第 510 页。

三

在叶公超的批评世界中，对西方现代主义文学理论和批评的介绍、阐释无疑占了很大的比重，这也是他文学批评最有特色和成就的地方。但在对于中国现代文学作家的评价以及文学现象的看法上，叶公超也有自己独立的判断，其观点和当时许多流行的看法并不一样，自由主义批评的属性使得他的批评往往超越了阶级意识的分野，显得相对客观和公正。

叶公超认为，在文学体裁中，由于诗歌涉及许多复杂的技术层面的问题，因此对于"五四"以来新诗的创作就构成了很大的挑战，诗歌的成就相对较小。而散文就不一样了，白话散文可以从传统散文中借鉴很多有用的东西，因此起点高得多。他说："新文学运动以来，散文的成绩，在量与质方面，似乎都比诗的成绩较为丰富。"[1]正是从这样的观点出发，他认为徐志摩、废名、俞平伯等人的散文比起他们创作的其他文体就更值得重视。徐志摩是叶公超的密友，两人一块创办文学刊物，组织文学沙龙等，对于这位以新诗出名的诗人，叶公超固然承认他的诗歌成就，但却认为徐志摩的散文成就在其诗歌之上。"他散文里最好的地方好像也是得力于颜色的领略，和音节的谐和。"[2]叶公超特别称赞梁遇春这位在现代文学史上并不为人们所熟知的作家，认为其散文很有特点，不应该被遗漏："假如'小品文'就是翻译的英文 Essay 的话，那我就敢坚持梁著的《春醪集》确乎是小品文，而梁先生确乎是小品文作家……梁先生的散文便应该认作是小品文的正宗，因为他的作品，很明显的是英国 Essay 的风格。"[3]对于其他作家的特点，叶公超往往也能用点睛之笔勾勒出来，比如他评沈从文："我们仍可以说他是一个中国现代第一流的小说家。他能把他自己对作品中人物的关爱传渡给我们。此外，他又是一个'文体家'。"[4]废名也是一个在文学史上颇有争议的作家，沈从文等人在对他评论的时候往往否定的成分较多，然而叶公超却注意到其独到的地方："废名是一个极其特殊的作家，他的人物，往往是在他观察过社会、人生之后，以他自己对人生，对文化的感

---

〔1〕　叶公超：《谈白话散文》，重庆《中央日报·平明》，1939 年 8 月 15 日。

〔2〕　叶公超：《志摩的风趣》，天津《大公报·文学副刊》第 202 期，1931 年 11 月 30 日。

〔3〕　叶公超：《小品文研究》，《新月》第 4 卷第 3 期，1932 年 10 月。

〔4〕　叶公超：《〈新月小说选〉》，陈子善编：《叶公超批评文集》，第 251 页。

受,综合塑造出来的……废名也是一个文体家,他的散文与诗都别具一格。"[1]他的这个观点和当时周作人对废名的评价都有着相合之处。此外,他对徐志摩、凌叔华、林徽因等也都有到位的评价。

当然,更能体现叶公超这种客观、独立批评精神的在于他对鲁迅的评价上。鲁迅作为中国现代文学史上的一个最重要作家的存在,是任何批评家所无法忽略和回避的,不同阶级、不同派别的批评家对他的评论分歧尤为明显。叶公超在政治上和文学思想上当然属于自由主义的范畴,这从他积极参与组织新月社团、创办《新月》和《学文》杂志等等活动中都能看出,他和胡适、梁实秋、徐志摩、陈西滢等自由主义知识分子也保持着最紧密的关系。然而,在如何对待鲁迅义学地位的问题上他却和胡适、梁实秋、陈西滢等人有着很大的差别,他并没有因为和鲁迅思想的歧见而影响对其义学成就的认可。叶公超写有两篇评论鲁迅的专文即《非战士的鲁迅》和《鲁迅》,他认为鲁迅虽然离世,但其仍有值得人们纪念的地方,那就是他在文学上独特的贡献。

在《关于非战士的鲁迅》中,叶公超把鲁迅的贡献归纳为三个方面,一是鲁迅《中国小说史略》《小说旧闻钞》在学术上的地位,"不但在当时是开导的著作,而且截至今日大概还是最好的参考书";二是鲁迅的小说;三是鲁迅的文字。"他的文字似乎有一种特殊的刚性是属于他自己的(有点像 Swift 的文笔),华丽、柔媚是他没有的东西,虽然他是极力的提倡着欧化文字,他自己的文字的美却是完全脱胎于文言的。"[2]假如把叶公超的这些言论和陈西滢拼命攻击鲁迅《中国小说史略》的所谓"抄袭"的观点比较起来,不啻天壤之别。在另一篇《鲁迅》中,叶公超对鲁迅的思想及创作进行了更为充分的论述。叶公超开篇就把鲁迅视为"五四"以后最受青年欢迎的作家,认为鲁迅不同凡响之处在于"他不但能怒,能骂,能嘲笑,能感慨,而且还能忏悔,自责,当众无隐讳地暴露自己"。叶公超还比较了鲁迅和英国讽刺小说家斯威大特的异同,认为鲁迅的小说和杂感中有一种抒情的文字是斯威夫特所缺少的。叶公超还对鲁迅的抒情小说大加赞赏,"鲁迅的抒情的短篇小说比较他的讽刺的成功"。这种评鉴的眼光是很精当的。特别应该提出的是,与梁实秋、徐志摩、陈西滢等极力贬斥、否定鲁迅杂文的做法相反,叶公超对鲁迅的杂文则相当肯定,他

---

[1] 《〈新月小说选〉》,陈子善编:《叶公超批评文集》,第 252 页。
[2] 叶公超:《关于非战士的鲁迅》,天津《益世报》增刊,1936 年 11 月 1 日。

说："鲁迅最成功的还是他的杂感文……他的情感的真挚，性情的倔强，智识的广博都在他的杂感中表现的最明显。""在这些杂感里，我们一面能看出他的心境的苦闷与空虚，一面却不能不感觉他的正面的热情。他的思想里时而闪烁着伟大的希望，时而凝固着韧性的反抗，在梦与怒之间是他文字最美满的境界。"[1]他甚至还说出了"骂他的人和被他骂的人实在没有一个在任何方面是与他同等的"之类的话，可见其对鲁迅的人格评价也是很高的。后来的胡适、梁实秋等人对叶公超给予鲁迅的这种评价大为不满，这恰验证了叶公超批评的独立和超脱之处，正如他曾经说过的那样："在文艺里，独裁是根本不可能的事，因为文艺是一种自由发展的东西……所以，对于文艺，我们只可以批评它的意识不够广大，灵感不够丰富，而不能加以任何的限制，统制自然更谈不到。"[2]叶公超在对鲁迅等的批评上最典型体现了他宽容的绅士风度。

"水木清华地，文章新月篇。"这是后人在叶公超去世后悼念他的一句挽联，恰如其分地概括了他的文学生涯。叶公超从事文学活动的时间虽然较短，但贡献不小，诸如创办同人刊物、培养文学新人、翻译西方文学作品等，当然这中间最有价值的地方仍然是他的文学批评。在中西文化交汇的关键时刻，叶公超和不少同时代的批评家努力打破中国传统唯我独尊的中心文化论思想，"就我们所了解的社会和文化变迁而言，这种反崇拜偶像要求彻底摧毁过去一切的思想，在很多方面都是一种空前的历史现象"。[3]正是在这样一种反叛意识的主导下，叶公超以前瞻性的姿态努力把西方最具现代性的批评精神和方法引入中国，从而为中国现代文学开创了一个全新的、流动的空间。对于今天的人们而言，这仍是一笔值得珍视和认真总结的文学遗产。

第二节　重识叶公超在中国现代
文学史上的地位

"水木清华地，文章新月篇。"这句悼念叶公超的挽诗，在一定程度上揭示了叶公超短暂而又富有建树的文学生涯。作为曾经在清华大学、北京大学、西

---

[1]　叶公超：《鲁迅》，原载《北平晨报·文艺》，1937年1月25日。
[2]　叶公超：《文艺与经验》，原载《今日评论》第1卷第1期，1939年。
[3]　林毓生：《中国意识的危机》，增订再版本，贵州人民出版社，1988年，第6页。

南联合大学等校执教的学者,叶公超一度活跃在中国现代文坛,为世人所瞩目。叶公超在中国现代文学批评尤其是诗歌理论上提出了自己独特的见解,丰富了新诗的理论形态;他孜孜不倦地翻译和介绍西方的文学著作和批评理论,为中国文学现代性的转换做出了重要的贡献;他执着追求自己的文学理想,创办文学刊物,扶植和培养了大批青年作家和学者……这其中任何一方面的成就都足以让人称羡。然而,由于各种原因,叶公超文学的命运却是十分寂寞的,大陆公开出版的各种文学史中都很少提及他的文学贡献。因此,重识叶公超在中国现代文学史上的地位是一个无可回避的问题,也是我们反思和重绘文学史的应有之义。

一

叶公超早年在美国和欧洲留学多年,醉心于西方的现代文学,对西方各种文学理论和思潮都有较为广泛的涉猎,这种宏阔的知识视野也促使他能认真思考中国现代文学的理论问题。这其中他思考最多、贡献也最为突出的是他在中国新诗理论上的若干见解。

中国新诗虽然是伴随着"五四"文学革命而出现的,也涌现出了一批优秀之作,但与其他文体如小说、散文等比较起来,其发展的道路更为曲折,成就也离人们的期待有相当的距离。到了 20 世纪 30 年代,关于中国新诗的走向问题更成为人们注意和争论的焦点,甚至可以说,如果不对诗歌的形式、自由诗和格律诗、新诗和旧诗的关系等许多问题进行一番梳理,势必影响到新诗的健康发展。不少有识之士都已经意识到诗歌面临问题的严重性,如梁宗岱认为新诗已经到了"一个分歧的路口","新诗底造就和前途将先决于我们底选择和去就"。[1] 沈从文则对新诗彷徨在十字路口的倾向表示了极大的悲观,他说:"就目前状况说,新诗的命运恰如整个中国的命运,正陷入一个可悲的环境里。想出路,不容易得出路。困难处在背负一个'历史',面前是一条'事实'的河流。"[2]在对新诗的反思中,闻一多、陈梦家、梁宗岱、朱光潜、李健吾、罗念生等人都提出了不少有价值的见解,而叶公超的观点也同样具有前瞻和科学的眼光。针对当时出现的主张以自由诗为发展目标、否定诗歌格律化,甚至把格

[1]　梁宗岱:《新诗的纷歧路口》,《梁宗岱文集》第 2 卷,第 160 页。
[2]　沈从文:《新诗的旧账》,天津《大公报·文艺》第 40 期,1935 年 11 月 10 日。

律视为守旧、传统的观点，叶公超明确反对，他认为新诗同样应有自己的格律。叶公超说："格律是任何诗的必需条件，惟有在适合的格律里我们的情绪才能得到一种最有力量的传达形式；没有格律，我们的情绪只是散漫的、单调的、无组织的，所以格律根本不是束缚情绪的东西，而是根据诗人内在的要求形成的……只有格律能给我们自由。"[1]

　　叶公超把格律视为新诗的必备要素并非突发奇想，而是来自他对中西诗歌传统的比较。叶公超以美国意象派诗歌举例，尽管意象派诗人口口声声宣称不追求格律，但在实际上根本无法做到这一点，其代表人物庞德仍然认为格律这种内在的形式是必要的，只有严格的形式才能切近现代人的情绪。为此叶公超说："一种文字要产生伟大的诗，非先经过一个严格的格律时期不可。""对于诗人自己，格律是变化的起点，也是变化的归宿。惟有根据一种格律的观念来组织我们的情绪和印象，我们才可以给'我们的情绪的性质'一个充分表现的机会。"[2]叶公超当时所处的诗歌环境，正是"现代派"的代表鼓吹去格律化、写不受束缚的自由诗的时段，不少曾经写作过格律诗的如后期新月派的诗人林徽因、卞之琳、陈梦家、孙大雨等也趋向选择自由诗。"他们的总的趋向，是对字句整齐的规律诗的怀疑。"[3]对此，朱光潜曾经从中西诗歌的历史演变中揭示了音律存在的合理性："诗的情思是特殊的，所以诗的语言也是特殊的。每一种情思都只有一种语言可以表现。""做诗却不然，它要有情趣，要有'一唱三叹之音'，低徊往复，缠绵不尽。"[4]不过朱光潜着眼点更多地放在中国古典诗歌，对于新诗的格律没有过多提及。梁宗岱更多地以西方象征主义诗歌作为参照对象，强调格律的意义："我很赞成努力新诗的人，尽可以自制许多规律，把诗行截得齐齐整整也好，把脚韵列得像意大利或莎士比亚式的十四行也好。"[5]"没有一首自由诗，无论本身怎样完美，能够和一首同样完美的有规律的诗在我们心灵里唤起同样宏伟的观感，同样强烈的反应的。"[6]这些严肃的思考，对丰富中国现代诗歌理论无疑起到了有益的作用。

　　叶公超不仅把格律视为诗歌创作的普遍规律，而且对于新诗格律所涉及

〔1〕　叶公超：《论新诗》，《文学杂志》创刊号，1937 年 5 月。
〔2〕　同上。
〔3〕　石灵：《新月诗派》，《文学》第 8 卷第 1 期，1937 年 1 月。
〔4〕　朱光潜：《替诗的音律辩护》，《朱光潜全集》第 3 卷，第 233、229 页。
〔5〕　梁宗岱：《论诗》，《梁宗岱文集》第 2 卷，第 35 页。
〔6〕　梁宗岱：《新诗的纷歧路口》，《梁宗岱文集》第 2 卷，第 159 页。

的许多技术性问题都进行了认真的辨析。如他主张用音组取代音步,这主要是由于中国语言的特点。由于中国语言缺乏铿锵有力的重音和高音,因而无法产生希腊式或者英德式的音步,因而中国新诗如果引入音步的概念不仅费力且效果不佳。叶公超说:"音步的观念不容易实行于新诗里。我们只有大致相等的音组和音组上下的停逗做我们新诗的节奏基础。停逗在新诗里占有很重要的地位……有时音组的字数不必相等,而其影响或效力仍可以相同。"〔1〕实践证明,用音组取代音步,无论对于创作新诗还是翻译英美的格律诗,都不失为一种有效的方法。当时与叶公超持相似观点的还有孙大雨和罗念生等,他们也都注意到音组对于新诗写作的意义,但叶公超的影响却最大。卞之琳曾说:"现在读公超 1937 年发表在孟实主编的《文学杂志》创刊号上的《论新诗》一文,发现更多深获我心的见解。例如新诗建行单位不应计单字数而计语言'音组',比孙大雨先生通过长期实践到三十年代开始译莎士比亚才提出'音组'的说法似还早一步。"〔2〕

此外,对于当时人们普遍关注的诗歌音乐性问题,叶公超也有自己的看法。他不太认同象征派将诗和音乐混为一谈的说法,认为在文字形、声、义三要素中,意义仍然是最重要的,不应该为了迁就音乐而牺牲意义。他说:"脱离了意义(包括情感、语气、态度和直指的事务等等),除了前段所说的状声字之外,字音只能算是空虚的,无本质的。""诗与音乐的性质根本不同,所以我们不能把字音看作曲谱上的音符。象征派的错误似乎就是从这种错觉上来的。"〔3〕在叶公超看来,虽然音乐是一种最理想的艺术,但诗歌毕竟不等同于音乐,单纯为了追求所谓诗歌的音乐性,音节的成分运用过多就可能造成诗情的泛滥。他特别举出西方的一些诗歌作为例证,认为毛病不是音节上有什么缺点,而是音节太好,太过于悦耳,甚至到了损害意义的地步。因此,"音节不显著的诗竟可以不使我们不注意它的音节,就是音节美的诗也只能使我们站在意义上接受音节的和谐"。"音节适合的诗我们往往反不觉得音节在。"〔4〕这也是他不同于梁宗岱、闻一多等人的地方。

新诗和旧诗的关系问题,也是当时非常让人困惑的一个问题。叶公超非

---

〔1〕 叶公超:《论新诗》,《文学杂志》创刊号,1937 年 5 月。
〔2〕 卞之琳:《纪念叶公超先生》,叶崇德主编:《回忆叶公超》,第 21 页。
〔3〕 叶公超:《音节和意义》,陈子善编:《叶公超批评文集》,第 66 页。
〔4〕 同上,第 67、70 页。

常看重中国古典诗歌的历史和当代价值，他坚决反对那种把新诗和旧诗对立起来的做法。他说："新诗和旧诗并无争端，实际上很可以并行不悖……新诗是用最美、最有力量的语言写的，旧诗是用最美、最有力量的文言写的，也可以说是用一种惯例化的意象文字写的。"[1]叶公超把中国几千年的古典诗歌传统视为巨大的文化宝藏，这里面孕育的瑰宝是取之不尽的，为新诗的写作提供了很好的范例。叶公超以20世纪30年代诗人金克木和徐志摩的诗为例，论证了中国旧诗传统的生命力。"中国文字里有一种极有效力的对偶和均衡的技巧，在旧诗里用得很多，但在新诗里，它们仍是很有用处。"[2]叶公超的这种论调并不是自我中心主义，而是在对中西诗歌的宏观比较中得出的，他发现即使被视为最具艺术反叛精神的艾略特，也常常强调"传统"和"历史意义"。实际上，中国新诗的出现更多的是受到了西方文学的影响，特别是20世纪20年代以李金发、冯乃超等为代表的象征派诗人，基本上是采取移植西方的现代派诗歌的方法，但实践证明：这些完全脱离了中国土壤的诗歌并不能长成参天大树。到了20世纪30年代，不少有识之士开始反思这个问题，叶公超、梁宗岱、朱光潜等人都充分肯定了中国古典诗歌对于新诗的借鉴意义。正是在他们的倡导下，30年代诗坛出现的现代派诗人如林庚、金克木、废名、卞之琳、戴望舒等的创作明显加强了和中国古典诗歌的联系，不少诗作深受晚唐诗风的影响，其成就和影响也远远超越了李金发等人。废名曾经这样评论林庚的诗："在新诗当中，林庚的分量或者比任何人要重些，因为他完全与西洋文学不相干，而在新诗很自然地，同时也是突然地，来一份晚唐的美丽了。"[3]他评论卞之琳的《灯虫》："以极浓的一幅画，用了极空的一支笔，是《花间集》的颜色，南宋人的辞藻了。"[4]其实废名本人的诗也是飘荡着温庭筠、李商隐诗词的神韵。显然，这种局面的出现和叶公超等人的努力是分不开的。虽然叶公超在诗歌理论上并没有太多的著述，但由于其目光的敏锐和独到，依然受到人们的推崇。卞之琳说："《论新诗》一文不仅是叶先生最杰出的遗著，而且应视为中国新诗史论的经典之作，虽然也还有不少可商榷处。"[5]这是十分客观的

---

[1] 叶公超：《论新诗》，《文学杂志》，创刊号，1937年5月。
[2] 同上。
[3] 废名：《谈新诗·林庚同朱英诞的诗》，《废名集》第4卷，北京大学出版社，2009年，第1789页。
[4] 废名：《谈新诗·十年诗草》，《废名集》第4卷，第1771页。
[5] 卞之琳：《纪念叶公超先生》，叶崇德主编：《回忆叶公超》，上海学林出版社，1993年，第22页。

评价。

二

叶公超所处的时代,正是国门大开,各种外国文学思潮和作品潮水般涌入中国的时代。这种情形是任何一个清醒之士必须面对的。作为长期在海外留学的学者,叶公超对当时世界文学的潮流和发展趋势自然十分熟悉。他曾经在美国追随著名诗人弗罗斯特(Robert Frost),在英国和当时现代派的大诗人艾略特交往甚多,这种得天独厚的条件使叶公超成为翻译和介绍西方文学作品和理论最有力的学者之一。

在西方各式各样的文学潮流和作品中,叶公超无疑最为醉心西方现代主义文学思潮和作品,他在介绍和翻译西方现代主义作品和理论方面的成就也格外突出,这种选择充分表明了叶公超文学嗅觉的敏感。在当时世界文坛的格局中,现代主义早已取代了浪漫主义、巴那斯派及现实主义等文学的潮流,成为最有吸引力的文学。在叶公超看来,如果能引入这种带有先锋性的世界文学潮流,对于正在寻找现代性的中国文学来说自然有着特殊的意义。正是立足于这样的观点,他孜孜以求地把当时最有影响力的现代主义诗人艾略特的作品和文学理论引入到中国。叶公超一方面为赵萝蕤翻译艾略特的代表作《荒原》写序进行推介,并推荐卞之琳翻译艾略特的文学批评论文《传统与个人的才能》;另一方面,他亲自撰写了评述艾略特的重要学术论文。他所写的《艾略特的诗》和《再论艾略特的诗》这两篇文章是中国最早系统论述艾略特的文章,有着重要的文学史价值,为人们理解这位现代主义大师提供了很好的线索。叶公超本人对于这一点也并不回避,他后来说:"大概第一个介绍艾氏的诗与诗论给中国的,就是我。"[1]众所周知,艾略特的诗相当晦涩难懂,至于他的诗学体系则更加庞杂甚至含混,对于 20 世纪 30 年代的普通读者的阅读经验构成了很大的挑战。然而,叶公超却能够深入浅出地抓住其要点,进行精当的概括。如叶公超说:"《荒原》是他成熟的伟作,这时他已彻底地看穿了自己,同时也领悟到人类的苦痛,简单的说,他已得着相当的题目了,这题目就是'死'与'复活'。"这里对《荒原》主题的概括是十分准确的。叶公超认为艾略特

---

[1]　叶公超:《文学·艺术·永不退休》,陈子善编:《叶公超批评文集》,珠海出版社,1998 年,第266 页。

诗作技术上有独到之处："他在技术上的特色全在他所用的 metaphor 的象征功效。他不但能充分的运用 metaphor 的衬托的力量，而且能从 metaphor 的意象中去暗示自己的态度与意境。要彻底的解释艾略特的诗，非分析他的 metaphor 不可，因为这才是他的独到之处。"〔1〕叶公超非常欣赏艾略特诗歌的风格，因为他的诗从根本上颠覆了传统诗歌的方式，以全新的表现手段赋予诗歌一种宽广、深邃的历史意识。"他主张用典，用事，以古代的事和眼前的事错杂着，对较着……诗的文字是隐喻的（metaphorical）、紧张的（intensified），不是平铺直叙的、解释的，所以它必然要凝缩，要格外的锋利。"〔2〕应当说，在介绍和准确把握艾略特的诗作和理论上，叶公超都有着别人难以相比的视野，因为他始终是在中西文化汇通的视角下来审视艾略特对于中国诗学的借鉴意义。叶公超发现，艾略特对于用典和用旧句的主张竟然与中国宋朝诗人主张的"脱胎换骨"的观点暗合，这实际上也激活了新诗的历史意识。

在叶公超的大力推动下，20 世纪 30 年代不仅出现了译介艾略特的第一个热潮，而且更重要的意义在于直接引发了 20 世纪 30 年代中国现代诗风的转变。在当时的诗坛上，以卞之琳、戴望舒、林庚、孙毓堂、金克木、曹葆华、杜南星、徐迟等为代表的诗人大胆采用西方现代派这种以隐喻、暗示的手段，直接消解了传统诗作抒情和叙事等特征。它以客观来象征主观，以有限来追求无限，以简洁追求丰富，进而赋予诗作多重的意义。这是中国新诗的一个巨大转变，如果拿卞之琳的《距离的组织》《白螺壳》《鱼化石》等诗作来和胡适的《尝试集》甚至徐志摩《再别康桥》等比较，不难看出中国新诗短短的几年间所发生的颠覆性的变化。就像李健吾所说的那样："从《尝试集》到现在，例如《鱼目集》，不过短短的岁月，然而竟有一个绝然的距离。彼此的来源不同，彼此的见解不尽同，而彼此感觉的样式更不相同……《鱼目集》正好征象这样一个转变的肇始。"〔3〕对于叶公超译介艾略特对于中国新诗发挥的作用，作为当事人之一的卞之琳曾经说："这些不仅多少影响了我自己在三十年代的诗风，而且大致对三四十年代一部分较能经得起时间考验的新诗篇的产生起过一定的作用。"〔4〕这完全是符合历史事实的中肯之论。

〔1〕 叶公超：《艾略特的诗》，《清华学报》第 9 卷第 2 期，1934 年 4 月。
〔2〕 叶公超：《再论艾略特的诗》，《新月》第 4 卷第 1 期，1932 年 1 月。
〔3〕 李健吾：《咀华集·鱼目集》，《李健吾文学评论选》，第 88、89 页。
〔4〕 卞之琳：《纪念叶公超先生》，叶崇德主编：《回忆叶公超》，学林出版社，1993 年，第 21 页。

　　叶公超除了致力于把艾略特引入中国外,他对西方现代派的介绍还涉及到许多作家和批评家。这其中就包括法国象征派诗人朱尔·拉法格、美国意象派诗人庞德、英国象征主义诗人叶芝、英国意识流小说家弗吉尼亚·伍尔芙、新批评派代表人物瑞恰慈、燕卜荪等。弗吉尼亚·伍尔芙是当时在英国引起轰动的著名意识流小说家,叶公超不仅亲自翻译了她的小说《墙上的一点痕迹》,而且还写了精当的评论文字。伍尔芙当时的创作由于充满了大胆的艺术反叛精神而遭到不少人的误解,甚至有人完全否认她的创作价值。然而叶公超却肯定了伍尔芙的创造性:"如画家中的马梯斯(今通译马蒂斯),她的作品往往超过一般读者的想象力。"叶公超敏锐地发现伍尔芙的小说与传统小说的巨大差异:"她所注意的不是感情的争斗,也不是社会人生的问题,乃是极渺茫、极抽象、极灵敏的感觉,就是心理分析学所谓下意识的活动。""在描写个性方面,她可以说别开生面。"[1]这样的概括其实正好抓住了意识流小说的特点。叶公超翻译的这篇小说以及介绍文字也无疑为中国读者打开了一扇眺望世界现代文学的窗口,刺激着中国作家的艺术触觉。这实际上也是中国最早介绍伍尔芙作品的一篇文章,先于卞之琳在天津《大公报》文艺版上发表的《伍尔芙论俄国小说》这篇译文,其后伍尔芙这位天才的女作家逐渐为中国读者所熟知。

　　正是站在文学波动的浪尖,叶公超总是尽量在第一时间把西方最新的文学潮流和理论及时输入中国。当时西方刚刚兴起新批评理论,而瑞恰慈就是其中的代表人物。叶公超认为对于中国文坛而言,其所缺乏的并不是所谓写实主义、浪漫主义、象征主义等作品,而是分析这些作品的理论。瑞恰慈的文学理论吸收了现代心理学、语言学等知识,注重读者的反应以及这种反应的价值。因此,叶公超不仅亲自为曹葆华翻译的瑞恰慈《科学与诗》这本文学理论著作写序,而且还撰写了《谈读者的反应》一文,结合中国古典作品对这种理论进行了阐释。

　　当然,叶公超除了对西方现代主义文学和理论情有独钟之外,对于西方传统的文学也并不忽视。他在编辑《新月》杂志时,长期主持"海外出版界"的专栏,写了不少介绍西方文学的短文,使读者及时了解世界文坛的状况。叶公超介绍过的作家有英国戏剧家辛额、高尔士华绥、小说家哈代、女作家曼殊菲儿、小品文作家蒲利斯特利、讽刺小说家赫胥黎等;也有美国诗人爱伦坡、小说家

---

〔1〕　叶公超:《〈墙上一点痕迹〉译者识》,《新月》第4卷第1期,1932年1月。

刘易斯等。他在介绍中总能够简略而又准确概括出作家的创作特色，这一点实际上并不容易，批评家需要丰富的艺术经验和独到眼光。值得指出的是，对于那些不合口味的作家和作品，叶公超也能保持相对公正的态度进行客观介绍，并不存有偏见。如他对美国现实主义作家刘易斯并不喜欢，但在评论刘易斯时他却说："他可以说完全是一个社会讽刺家；他的好处是在他能够从极平常、极无声色的生活中表现出来一个阶级的共同思想、习惯、野心、满足和失望。""我虽然不是十分爱读刘易斯小说的人，我却承认以上三部小说至少在现代美国小说史上都有相当的价值。"[1]此外，叶公超为新月书店编选了《近代英美短篇散文选》，共四辑，收录了近百篇英美杂感、散文作品；他还和闻一多共同主编《近代英美诗选》两册，每篇后面都附有诗人的传略和短评，这些对于扩大中国读者的视野都起到了很好的作用。叶公超致力西方文学作品的翻译和介绍，使得他和周作人、朱光潜、梁宗岱等人一样，成为沟通中西文学汇通的关键人物之一。

三

叶公超是现代意义上的知识分子，他活跃在中国现代社会的重要转折期。这一时期的不少知识分子纷纷告别了传统意义上的知识分子身份，不再仅仅满足书斋式学者的单一角色，而是更多地以公共知识分子的身份参与社会实践。他们或创办学校、书局、刊物，或举办文化沙龙，越来越频繁地进入公共领域和公共空间，在社会中扮演着多重角色。"转型时代的知识分子，在社会上他们是游离无根，在政治上他们是边缘人物，在文化上，他们却是影响极大的精英阶层。"[2]卡尔·曼海姆也说："知识分子从'上流社会'中解放出来，发展成为或多或少与其他阶层相分离的阶层……导致了自由的智力和文化生活的惊人繁荣。"[3]叶公超身兼学者、编辑、文化沙龙的活跃分子及大学行政领导等多种角色，特别是在创办刊物、维系文学社团、发现文学新人等方面起了无可替代的作用。

叶公超曾经亲自参与编辑和创办的刊物有《新月》和《学文》。《新月》1928年创办于上海，以文艺为主，兼及政治，高举"健康"和"尊严"的旗号，成为 20

〔1〕 叶公超：《多池威士》，《新月》第 2 卷第 2 期，1929 年 4 月。
〔2〕 张灏：《中国近代思想史的转型时代》，《时代的探索》，台北联经出版公司，2004 年，第 43 页。
〔3〕 卡尔·曼海姆：《重建时代的人与社会：现代社会结构的研究》，三联书店，2002 年，第 83 页。

世纪 30 年代很有影响的一份刊物,也是"新月社"的重要阵地。《新月》杂志前期的编辑工作主要由徐志摩、饶孟侃、闻一多负责,发表的文章以文艺类作品及评论为主。叶公超在《新月》第 1 卷第 1 期发表了文学评论《写实小说的命运》,其后发表的文章还有《论翻译文字的改造》《牛津字典的贡献》《墙上的一点痕迹》等。从《新月》第 2 卷第 2 期开始,叶公超也加入了《新月》的编辑工作,他与梁实秋、潘光旦、饶孟侃、徐志摩五人共同主编了《新月》第 2 卷第 2 期至第 5 期。这时的《新月》在他的坚持下创办了"海外出版界"的专栏,"用简略的文字介绍海外新出的名著","使读者随时知道一点世界文坛的现状"。[1]主要的文字都是由叶公超所撰写。特别应该提及的是,自从徐志摩 1931 年去世后,"新月派"失去了灵魂,《新月》杂志的出版也受到一定的影响,甚至到了时断时续的艰难时刻。《新月》一度在出版了第 4 卷第 1 期"志摩纪念号"后停刊达半年之久。叶公超此时挺身而出,独立主编了《新月》第 4 卷第 2、3 期的工作,取代了罗隆基的主编职务。在后期《新月》的编辑工作中,叶公超起到了至关重要的作用。他回忆说:"最有趣的事,是《新月》停刊前最后三四期,除少数几位朋友投稿外,所有文章几乎全由我一人执笔。"[2]这充分说明叶公超在后期《新月》的编辑和出版工作中扮演着核心的角色,他开始有意识按照自己的理念来编辑该杂志。《新月》在罗隆基主编的一段时间,曾经刊发了大量政论性的文章,文学的分量很少。在叶公超负责后期《新月》时,对这种倾向进行了改变,重新回到了以刊发文学作品和评论为主的局面。如沈从文的《阿丽思中国游记》、梁实秋的《文学与革命》、欧阳予倩的《潘金莲》、徐志摩与陆小曼的《卞昆冈》、凌叔华的《疯了的诗人》等都是在他手中刊发的。而且他的文学视野更加开阔,已经不再满足于前期新月派较为正统的风格,而是容纳了更具先锋色彩的作品;不少文学新人如孙大雨、钱锺书、杨季康、常风、曹葆华、李长之、孙毓棠等也成为此时《新月》杂志的作者,他们成了后期"新月派"的核心成员,杨季康的第一篇译作就是在叶公超的鼓励下发表在《新月》杂志的第 4 卷第 7 期。在叶公超等的鼎力坚守下,新月派依托《新月》杂志,在中国现代文学流派史中写下了浓重色彩的一笔。

叶公超北上北平后,迅速成为京派文人圈里的活跃人物,频繁出入于当时

〔1〕 叶公超:《新月·编辑余话》,载《新月》第 1 卷第 1 期。
〔2〕 叶公超:《我与〈学文〉》,载台北《联合报》副刊,1977 年 10 月 16 日。

的文化沙龙之中，如朱光潜家"慈慧殿三号"的读诗会。朱光潜从英国回到北平后，经常邀请一些诗歌的爱好者到他家参加朗诵诗会。关于朗诵诗会的情景，沈从文的一段回忆文字记载是很详尽的："这个集会在北平后门朱光潜先生家按时举行，参加的人实在不少。计北大梁宗岱、冯至、孙大雨、罗念生、周作人、叶公超、废名、卞之琳、何其芳、徐芳……"〔1〕可见叶公超也是其中重要的成员。在这个朗诵诗会中，叶公超参与新诗的理论探讨之中。此时《新月》风流云散，大批文人纷纷北上，北平聚集了大量的文人、学者，这时叶公超感到很有必要办一个刊物，把当年《新月》时期的朋友聚集起来，这就是《学文》的由来。该刊由叶公超担任主编，余上沅任发行人。因此，从某种意义上说，《学文》是《新月》的延续，也是新月社和京派的成功融合。如《学文》的主要撰稿人饶孟侃、陈梦家、林徽因、沈从文、卞之琳、陈西滢、胡适、孙大雨、孙毓棠、钱锺书、曹葆华等都是当时活跃在平津地区的学院派知识分子，相当一部分成员也曾经是《新月》的主要作者。因而《学文》的创办不仅繁荣了平津地区的文化氛围，也使得《新月》的自由主义文学精神得以延续。《学文》于 1934 年 5 月创刊，到 8 月就停刊，只延续了 4 期。虽然时间极为短暂，但这份刊物却成为维系北平学院知识分子的重要舆论场，是京派文人的同人刊物。叶公超担任《学文》杂志主编，也得以使他的文学理想贯穿刊物始终，他说："有人说《新月》最大的成就是诗；《学文》对诗的重视也不亚于《新月》。诗的篇幅多不说，每期将诗排在最前面，诗之后再有理论、小说、戏剧和散文，已成为《学文》特色之一。理由很简单，因为我们认为诗是文中最重要一部分。"〔2〕在叶公超的推动下，《学文》刊发了大量诗作，卞之琳、废名、林徽因、何其芳、孙毓棠、陈江帆等人的名字频频出现。一些带有现代主义倾向的诗篇和其他文学作品，如林徽因当时引起巨大争议的小说《九十九度中》也发表在该刊。林徽因这篇小说消解了传统小说的情节和人物，以横断式的方式组合若干场面，带有很强的现代主义特征，与此相类似的还有废名的小说《桥》。同时，叶公超也把介绍西方文学作品和理论当作《学文》的重要担当，他在亲自为《学文》撰写的编辑后记中明白宣告："本刊决定将最近欧美文艺批评的理论，择其比较重要的，翻译出来。"《学文》发表的这类译文有艾略特的《传统与个人的才能》（卞之琳译）、阿尔弗

〔1〕　沈从文：《论朗诵诗》，《沈从文全集》第 17 卷，第 247 页。
〔2〕　叶公超：《我与〈学文〉》，台北《联合报》副刊，1977 年 10 月 16 日。

雷德·豪斯曼(A. E. Housman)的《诗的名与质》(赵萝蕤译)、埃德蒙·威尔逊的《诗的法典》(曹葆华译)。这些西方诗学理论对于当时极度匮乏文学理论资源的中国是很有价值的。

叶公超在清华大学、北京大学以及西南联合大学执教多年,他慧眼识才,把发现和培养青年才俊视为己任。这些人当中不少后来成为知名作家和学者,如卞之琳、赵萝蕤、曹葆华、李广田、钱锺书、杨绛、王辛笛、季羡林、李赋宁等,在现代文学、外国文学、比较文学、翻译学等领域产生了深远的影响。卞之琳当时在北京大学读书,叶公超为其上英美新诗的课程,鼓励卞之琳从事翻译工作,亲自发表了卞之琳的译诗《恶之花拾零》及译作《魏尔伦与象征主义》。特别让卞之琳感动的是,叶公超具体指导他翻译了艾略特非常重要然又十分艰涩难懂的诗学理论文章。卞之琳说:"后来他特嘱我为《学文》创刊号专译托·斯·艾略特著名论文《传统与个人的才能》,亲自为我校订,为我译出前一句拉丁文 motto。"[1]赵萝蕤当时翻译了艾略特的长诗《荒原》,该书出版时,叶公超亲自撰写了序言,即《再论艾略特的诗》,对这本译著的价值给以充分肯定。即使在条件十分艰苦的西南联合大学时期,叶公超当时担任西南联合大学外文系主任,仍然千方百计延揽、培养人才,为民族保留了十分宝贵的文化命脉。

抗战时期,叶公超脱离学术转而投身到政治活动之中,从而也结束了自己的学者生涯,最终宦海沉浮,客死台湾。这是时代的错位,也是一种无奈的选择,多年后叶公超对于这样的选择颇有后悔之意。但就其一生短暂的文学活动来看,叶公超的贡献是无法忽视的,我们应该在现代文学史中公正记下他的名字,给予恰当的评价。

---

[1] 卞之琳:《回忆叶公超》,叶崇德主编《回忆叶公超》,上海学林出版社,1993年,第 21 页。

第四章
梁宗岱文学批评研究

第一节　突　破　与　超　越
——梁宗岱与中国现代诗学体系的现代性

　　梁宗岱是在中国现代诗学发展进程中有着突出成就的文学批评家,近年来他的独特贡献和历史地位正越来越多地受到人们的关注和肯定。梁宗岱的诗学理论主要体现在他的《诗与真》《诗与真二集》中,尽管数量不多,但可以说是字字珠玑。梁宗岱有意识地把中国现代诗学纳入世界现代诗学的范畴中,以其特有的敏感和智慧促进了中国现代文学批评的自觉,对促进中国传统诗学理论向现代性的转换、提升中国现代诗学的品味方面具有极大的独创性作用,其世界意识的批评眼光使中国现代诗学在中西汇通的文化背景中获得了鲜活的生命力。他本人也成为在 20 世纪中国诗学体系建构中继王国维、鲁迅、周作人、茅盾、朱光潜等人后又一位出色的批评家。本文从其诗学体系思维方式和观念的自觉、批评方法的现代性及其独特的审美范畴等方面来论述其对中国诗学现代化所提供的独到思考和探索。

一

　　中国传统诗学在长期的历史进程中由于其自身独特的精神因素,形成了一套富有东方民族思维特征的诗学体系。叶维廉先生曾把其概括为:"中国传统的批评是属于'点、悟'式的批评,以不破坏诗的'机心'为理想,在结构上,用

'言简意繁'及'点到而止'去激起读者意识中诗的活动,是一种近乎诗的结构。"[1]平心而论,这套批评方式有其自身的优越性和合理价值,但它的缺陷也是十分明显的,那就是缺乏理论性、系统性和思辨性,特别是在异质文化冲击下它同样面临着巨大的挑战和寻求自身变革的紧迫性。其缺少理论系统性及逻辑思辨的特征和诗学现代性的趋势越来越不适应,必然导致了和世界先进文化理论对话可能性的丧失。而由于自身思维方式的局限,中国传统诗学要想依靠自身实现现代性的转变是几乎不可能的事情,它必须借助外来文化的冲击。晚清以降,西学大规模地输入中国,也强烈冲击着中国旧有的学术思想和思维模式,中国迎来了又一个外来文化输入的高潮,而这种文化的输入恰恰会带来人们思维方式的巨大变革。王国维曾评述说:"外界之势力之影响于学术,岂不大哉……自汉以后……儒家唯以抱残守缺为事……自宋以后以至本朝,思想之停滞略同于两汉,至今日而第二之佛教又见告矣,西洋之思想是也。"[2]正是意识到了这样的危机,不少有识之士开始了向西方全面的学习。"十年以前,西洋学术之输入,限于形而下学之方面,故虽有新字新语,于文学上尚未有显著之影响也。数年以来,形而上之学渐入于中国……处今日而讲学,已有不能不增新语之势。"[3]无疑王国维是引领这种时代风骚的代表人物,他在推进中国诗学的现代演进中具有开拓之功。"然而静安先生虽有着此种觉醒与原则,可是在批评的实践上,他自己却也并不是一个完全成功的人物。这当然主要乃是因为他写作的时代过早,在当时中国的学术界还未曾达到能够把西方思想理论完全融入中国传统的成熟的时机,所以他也便只能以他的敏锐的觉醒,作为这一条途径上的一位先驱者而已。"[4]叶嘉莹的见解是十分精辟的,况且王国维文学批评的对象主要针对中国古典文学,显然,要彻底完成这种诗学现代性的转化并将其成功地运用到现代文学批评实践中还有待后来者来完成。

　　而梁宗岱就具备了这种条件。他自幼受到中国传统文化的良好教育和熏陶,更在青年时代赴欧洲留学,当时正值法国后期象征主义的勃兴期,他有幸

―――――――――

〔1〕　叶维廉:《中国诗学》,第 8 页。
〔2〕　王国维:《论近年之学术界》,周锡山编:《王国维集》第 2 册,中国社会科学出版社,2008 年,第 301 页。
〔3〕　王国维:《论新学语之输入》,周锡山编:《王国维集》第 2 册,第 306 页。
〔4〕　叶嘉莹:《王国维及其文学批评》,河北教育出版社,1997 年,第 126 页。

跟随著名的象征主义大师瓦雷里学习。在思维方式上，梁宗岱既有诗人的敏感和直觉，又有着哲学家的沉思和内倾，也就是说"知"与"情"兼而有之，因此在气质上他非常接近瓦雷里，也深得瓦雷里的青睐。这段欧洲游学经历对于梁宗岱来说是十分重要的，因为此时的法国可以说是世界文化的中心，也是各种新潮思想的重要策源地，比如现代性就是那时人们探讨最热的话题之一。在这样的现代语境中，梁宗岱把西方的象征主义当作了现代性的文学运动给以了充分的肯定。

一般都认为象征主义发端于波德莱尔的《恶之花》，而后经过了马拉美、维尔伦、兰波等人的努力而在 19 世纪 80 年代达到鼎盛。作为对文坛浪漫主义和巴那斯派的反动，追求新奇和创造构成了象征主义的主要特征："象征主义诗歌作为'教诲、朗读技巧，不真实的感受力和客观描述'的敌人，它所探索的是：赋予思想一种敏感的形式，但这形式又并非是探索的目的，它既有助于表达思想，又从属于思想。同时，就思想而言，决不能将它和与其外表雷同的华丽长袍剥离开来。"[1]正是这样的现代性追求导致了相当多的人把其视作晦涩难懂的代名词。梁宗岱却不是这样，梁宗岱处在这样全球化趋势的文化背景中，深刻认识到中国文学与世界文学的差距，不是技术层面的差距，而是观念上的差距。世界文学已经步入现代主义的时代，中国的新诗人还在醉心于自由诗的写作和提倡，这样的文学当然是没有什么出路的，因为它和世界诗潮的发展趋向几乎是相逆的。虽然梁宗岱也认为早期自由诗出现了像郭沫若的《湘累》、刘延陵的《水手》及宗白华的《流云》等极少数的诗作达到了比较高的艺术水准，但总体上他对自由诗的评价不高。比如梁宗岱屡屡嘲笑过胡适白话诗的浅薄、直露、嘲笑他的所谓诗歌主张，感慨中国新诗成就的低下："所以新诗底发动和当时底理论或口号，——所谓'建设明了通俗的社会文学'，所谓'有什么话说什么话'，——不仅是反旧诗的，简直是反诗的；不仅是对于旧诗和旧诗体底流弊之洗刷和革除，简直是把一切纯粹永久的诗底真元全盘误解与抹煞了。"[2]"最明显的理由，就是我们底白话太贫乏了，太简陋了，和文学意境底繁复与缜密适成反比例。"[3]很清楚，单靠在技巧上的花样翻新已经无

[1] 莫雷亚斯：《象征主义宣言》，黄晋凯等主编：《象征主义·意象派》，中国人民大学出版社，1989 年，第 46 页。
[2] 梁宗岱：《新诗底纷岐路口》，《梁宗岱文集》第 2 卷，第 156 页。
[3] 梁宗岱：《文坛往哪里去》，《梁宗岱文集》第 2 卷，第 52 页。

济于事,必须对中国文学的观念来一次彻底地扭转。因此我们在梁宗岱的批评话语中经常看到的是比如"象征主义""宇宙意识""契合""感应""纯诗"这样的理论范畴及波德莱尔、马拉美、兰波、维尔伦、瓦雷里等先锋诗人的名字。这种现象不是偶然的,是他对中西诗歌考察后所开出的诊断疗方,他殷切期待中国的文学融入现代的诗学元素。

在梁宗岱看来,象征主义是当时世界诗歌最具现代性的思潮,也代表了文学的最高境界,具有强大的艺术生命力和发展前途。如果要在根本上改变中国新诗苍白、贫乏的面貌,就必须全面引入西方的象征主义,与世界涌动的文学新潮接轨。他早就断言如果中国的新诗紧跟在近代欧美自由诗的后面一味模仿是毫无前途的,必须跨越自由诗的阶段而直接进入象征主义诗学体系。在梁宗岱之前,中国学者对象征主义已经有所介绍,如周作人、田汉、茅盾、王独清、穆木天等,但他们的这些介绍并不准确和完整,仅仅停留在某些背景知识层面的探讨,缺乏对象征主义诗学体系的完整理解,也缺乏鲜明的针对性。而梁宗岱对象征主义的理解是站在全球文化现代性的角度来思考的,他是在观念论的层次上整体引入了象征主义的概念,应当说他是中国学者中对象征主义体悟最透彻的。梁宗岱认为是否引进象征主义诗学的理念直接关系到中国新诗的发展趋向和水平高下,因此他反对像朱光潜那样只把其理解为一种使用的具体手段。他说:"我可以毫不过分地说,一切最上乘的文艺品,无论是一首小诗或高耸入云的殿宇,都是象征到一个极高的程度的。"[1]梁宗岱把诗歌的层次分成三种:第一种是"纸花",第二种是"瓶花",第三种是"一株元气浑全的生花,所谓'出水芙蓉',我们只看见它底枝叶在风中招展,它底颜色在太阳中辉耀,而看不出栽者的心机与手迹。这是艺术底最高境界,也是第一流的诗所必达的"。[2]只有第三种境界的诗歌才是应当致力追求的,他开出的名单大都是波德莱尔、马拉美、瓦雷里这些象征主义诗人的杰作。今天来看,梁宗岱的判断是比较科学的,象征主义作为一种现代思潮几乎在其后席卷全球,对世界文学的格局产生了极为广泛深刻的影响,难怪有的学者惊呼:"也许这是历史上头一次,一个文学方面的运动竟然发展到遍及整个现代世界的地步。这个从 19 世纪欧洲的崇高愿望中诞生的象征主义,演化成为 20 世纪的

〔1〕　梁宗岱:《象征主义》,《梁宗岱文集》第 2 卷,第 60 页。
〔2〕　梁宗岱:《论诗》,《梁宗岱文集》第 2 卷,第 26 页。

文学界和美学界的世界性的憧憬。"〔1〕而梁宗岱极力倡导的现代派文学在 20世纪 30 年代的中国土地上也终于结下了硕果，戴望舒、卞之琳、废名、曹葆华、林庚、冯至等人的诗歌创作保持了和世界现代性文学的对话，对早期自由诗的超越几乎是全方位的。

从批评模式看，梁宗岱是在一种观念和方法论的层次上全面引入了西方的现代批评话语模式，这是一种高度自觉的思维意识，与中国传统文论的模式和套数不可同日而语。如果仅仅从外在的形态去探讨梁宗岱的批评方法，人们很容易把它和中国传统文论混淆起来。不错，梁宗岱习惯于用诗人灵性的笔触来描述研究的对象，有时甚至达到了诗意盎然、斑斓璀璨的地步，本身就可以当作一篇优美的散文。如他在比较马拉美和瓦雷里的风格时说："可是马拉美底模糊，恍惚，昼梦一般的迷离，正是梵乐希（即瓦雷里，笔者注）底分明，玲珑，静夜底钟声一般的清澈。前者底银浪起伏，雪花乱溅，正是后者底安平静谧的清流，没有耀眼的闪烁，只有泄激的绉纹。前者底是霜月下的雪景，雪景上的天鹅底一片素白空明，后者底空明中细认去却有些生物飞腾，虽然这些生物也素白得和背景几不能分辨……"〔2〕他在描述瓦雷里的诗说："我们读他底诗时，我们应该准备我们底想像和情绪，由音响，由回声，由诗韵底浮沉，一句话说罢，由音乐与色彩底波澜吹送我们如一苇白帆在青山绿水中徐徐地前进，引导我们深入宇宙底隐秘，使我们感到我与宇宙间底脉搏之跳动——一种严静，深密，停匀的跳动。"〔3〕这样的批评方式如果不假思索很容易把它归纳到中国传统文论感悟式的批评或西方印象主义的批评框架。这当然是一种皮相之谈，考察梁宗岱的批评，我们就会发现其在表面不乏华丽、细腻的文字中所蕴含的严密逻辑体系。如他的长文《象征主义》就纵横捭阖、汪洋恣肆，却又充满了内在的严密逻辑和理论色彩。他先是举例说明文学的最上乘的作品都是象征，接着通过辨析论证了到底何谓象征主义，它和人们经常使用的象征手法有何不同，然后概括出象征主义的特征，最后探讨了达到象征主义境界的方法。整个的论证过程十分严谨，是中国传统感悟式的批评方式所无力胜任的。与这种情况相同的还有他的《屈原》《试论直觉与表现》等文章，这几篇文章的

---

〔1〕 法国 1978 年版《拉罗斯百科全书》，《象征主义·意象派》，第 725 页。
〔2〕 梁宗岱：《保罗·梵乐希先生》，《梁宗岱文集》第 2 卷，第 21 页。
〔3〕 同上，第 22 页。

篇幅都很长,有的长达几万字,在潇洒的文字下不乏体系的缜密。假如用"金字塔"来表示,那么塔底可以用象征主义来概括,因为这是梁宗岱诗学体系的基础,那么"纯诗""契合""格律""崇高""宇宙意识"等则可以看作是塔顶上的部分,其中最流光溢彩的是他的"纯诗"理论,这些诗学要素之间彼此互相连接,完整凸显了梁宗岱诗学的体系。

二

不独梁宗岱的思维方式和观念充满了现代性,他在具体文学批评方法的选择上也显示出了其开阔的批评视野和现代意识。梁宗岱在中西文化交汇、融合的大背景下有意识地采用了当时人们还很少使用的比较文学方法,并成功地付诸文学批评实践,对中西诗学进行了卓有成就的比较归纳,从而使其文学批评打开了一番广阔的天地。

比较文学是 20 世纪的一门显学,正是它使我们同异域异地异代的文化有了对话的可能。叶维廉曾在他的论文《东西比较文学中模子的应用》中谈到,由于受到自己"模子"的局限而无法获得对于外界事物的准确判断。因此他要求人们放弃死守一个"模子"的固执:"我们必须从两个'模子'同时进行,而且必须寻根探固,必须从其本身的文化立场去看,然后加以比较加以对比,始可得两者的面貌。"[1]而比较文学的生命就在于:"比较文学是人文科学中最解放的一种,所以它颇能把我们从个人的心智型式与传统的思想模式中解放出来。比较的思维习惯使我们的心智更有弹性,它伸展了我们的才能,拓宽了我们的视界,使我们能超越自己狭窄的地平线(文学及其他的)看到其他的关系。"[2]在 20 世纪初叶出现的王国维的《〈红楼梦〉评论》和鲁迅的《摩罗诗力说》都采用了比较文学的方法,尤其值得注意的是,他们都是在方法论的层次上自觉使用的,鲁迅曾说:"意在欲扬宗邦之大,首在审己,亦必知人,比较既周,爰生自觉。"[3]

如果说王国维、鲁迅是 20 世纪中国比较文学的最初的倡导者和实践者,那么梁宗岱则在前人的基础上更加成熟地使用了比较文学的方法,使之日趋

〔1〕　叶维廉:《叶维廉文集》第 1 卷,安徽教育出版社,2002 年,第 39 页。

〔2〕　李达三:《比较文学研究之新方向》,见陈鸣树:《文艺学方法论》,复旦大学出版社,2004 年,第 112 页。

〔3〕　鲁迅:《摩罗诗力说》,《鲁迅全集》第 1 卷,人民文学出版社,1981 年,第 65 页。

成熟和完善，对中西诗学的沟通贡献极大，这是和他较为完备的知识结构密不可分的。梁宗岱既对中国传统文化谙熟于心，又精通英、法、德、意等数种语言，在国外生活的时间较长，因此他能跳出一个"模子"的局限，从而在大量中西文学例证中寻找出它们的共通和相异之处。再加上梁宗岱敏锐的感悟力和理解力，他的比较就不是通常人们见到的那种事实的罗列和泛泛而论，而是具有了美学和哲学的本体意义。多数学者都意识到，只有走向诗学的比较研究，才能把比较文学推向高峰，只有它才能达到一种理论的形态和揭示出事物的内在本质，从这个角度上讲，梁宗岱的贡献是无可替代的。

梁宗岱当然理解中西诗学精神的差异，这种差异是文学多样性和丰富性的呈现，也为文学的比较提供了可能。但中西方诗学绝非只有差异而没有任何相通之处，事实上这种"英雄所见略同"的情景倒是大量出现，而这种相合之处实际上是一种精神上的契合，有时恰是我们追寻的意义所在。一个人假如没有高度自觉的中西诗学比较意识，恐怕对于大量的中外文学例证也会熟视无睹。梁宗岱却不是这样，他通过了解东方的诗歌去发现西方，通过西方的诗歌又反过来观照东方，这样双重的文化身份使得他能从比较诗学的视野中寻找文学相通的规律。他说："我们泛览中外诗的时候，常常从某个中国诗人联想到某个外国诗人，或从某个外国诗人联想到某个中国诗人，因而在我们心中起了种种的比较——时代、地位、生活，或思想与风格。这比较或许全是主观的，但同时也出于自然而然。屈原与但丁，杜甫与嚣俄（雨果），姜白石与马拉美……歌德底《浮士德》与曹雪芹底《红楼梦》……他们底关系似乎都不止出于一时偶然的幻想。"[1]"节奏分明，音韵铿锵的短促的诗句蕴藏着深刻的情感或强烈的理想——这特征恐怕不是希腊和歌德抒情诗所专有，我国旧诗不甘让美的必定不在少数。"[2]像这样有意识地把中西两种不同文化形态体系进行比较从而寻找出"共相"的例证在梁宗岱的文章中比比皆是。他从屈原与但丁的作品中，发现了这两位在东方和西方深有影响的大作家竟有许多惊人的相似，不仅是在生活、遭遇、历史地位上，还表现在其艺术作品的各个方面："从艺术造诣底范畴而言，如果在欧洲莎士比亚给我们以人类热情底最大宽度，但丁给我们这热情底最高与最深；在中国则表现最广博的人性是杜甫，把我们底

〔1〕 梁宗岱：《李白与歌德》，《梁宗岱文集》第 2 卷，第 101 页。

〔2〕 同上，第 103 页。

灵魂境域提到最高又掘到最深的却是屈原。"〔1〕他在《诗经》中找到了象征主义精神,他在中国古代诗人陈子昂、李白等的诗中发现了其与歌德诗里同样存在的"宇宙意识";在陶渊明的诗中发现了其与瓦雷里作品中一样的沉思和哲理……梁宗岱从这种平行比较中印证了跨文化诗学汇通的可能。换句话说,假如梁宗岱只受限于一种文化模子去寻找,那就无法进入更深层的文化交融的领域,同样也无法赋予中国传统诗学的现代形态。

梁宗岱在阐释其诗学理念的时候常常用到"宇宙意识""纯诗""象征主义""契合"等这些概念,而对这些概念的阐发都是通过中西诗学的比较来完成的。这些概念看起来好像是从西方照搬来的名词,其实不然,梁宗岱落脚点是借助比较诗学对这些概念进行深刻的阐释,证明文学艺术精神在最高的境界上是息息相通的。如梁宗岱从瓦雷里那里引入了"纯诗"的概念,并对其给以了很高的评价。在阐释"纯诗"概念的时候,梁宗岱充分发挥了他的中西诗学比较的特长。他一方面在瓦雷里、马拉美、歌德等西方文学大师那里找到了他心中最高的艺术理想,另一方面又从我国古典作家陶渊明、姜白石等身上发现了这种诗学精神:"这纯诗运动,其实就是象征主义底后身,滥觞于法国底波特莱尔,奠基于马拉美,到梵乐希而造极。我国旧诗词中纯诗并不少(因为这是诗底最高境,是一般大诗人所必到的,无论有意与无意);姜白石底词可算是最代表中的一个。不信,试问还有比《暗香》,《疏影》,'燕雁无心','五湖旧约'等更能引我们进一个冰清玉洁的世界,更能度给我们一种无名的美底颤栗的么?"〔2〕在关于"宇宙意识""契合"等艺术理论的阐发中,梁宗岱都能进行这种中西诗学的横向比较,新见迭出,达到了很高的思维水平。他从波德莱尔等象征主义诗人笔下发现了"契合"蕴藏的"生存不过是一片大和谐"的哲学思想,而这样的哲学精神在东方的历史中也早就存在了:"一种超越了灵与肉,梦与醒,生与死,过去与未来的同情韵律在中间充沛流动着。我们内在的真与外界底真协调了,混合了。我们消失,但是与万化冥合了。我们在宇宙里,宇宙也在我们里:宇宙和我们底自我只合成一体,反映着同一的荫影和反应着同一回声。"〔3〕只要对中国哲学有所了解的人都知道,这段语言其实正是以庄子为

---

〔1〕 梁宗岱:《屈原》,《梁宗岱文集》第 2 卷,第 212 页。
〔2〕 同上,第 88 页。
〔3〕 梁宗岱:《象征主义》,《梁宗岱文集》第 2 卷,第 72 页。

代表的"诗化精神自身"中国艺术精神的写照。如果我们拿庄子的"独与天地精神往来，而不敖倪于万物"的话或"庄周梦蝶"的典故来对照，两者在审美的艺术态度和追求上明显具有相似之处，他们都泯灭了物我的界限而融化为一体，梁宗岱就这样从西方的诗学中发现了东方诗学价值的现代性。

但梁宗岱又不是那种只沉醉于纯学理研究的文学批评家。在他看来，比较文学不是为了比较而比较，他进行中西诗学比较的时候还怀抱着更大的理想和野心，那就是借鉴西方诗学的成功经验来提升中国现代诗歌的贫血和不足，从而建构一个富有东方特色的而又能和西方进行平等对话的文学世界。中国新诗是在"五四"时代的浪潮中诞生的，也取得了一些成就，但梁宗岱对此却极为冷静和清醒，他自觉把中国的新诗纳入西方的诗学体系去衡量。他在《论诗》中列举出新月派诗人孙大雨的诗作，来和西方的诗作进行比较，尤其是从最高的艺术境界来衡量，一下子就看到了中国诗人与西方诗人的差距。在梁宗岱看来，虽然孙大雨的诗作不乏艺术的手腕和节奏，但它却无法引起读者心灵的震动，远远达不到歌德、雪莱、魏尔伦等人的成就，主要原因是没有营造出一个无我的境界。为此梁宗岱不仅热情地向人们灌输西方诗学的精神，诸如"纯诗""宇宙意识"等，还在艺术形式上按照西方现代诗歌的标准向中国新诗提出了极为严格甚至不乏几分苛刻的要求。他的目的当然不是让中国新诗成为西方诗歌的翻版，而在于改变中国新诗毫无生气的局面。梁宗岱认为中国新诗当然有其存在的理由，但必须向西方的现代文学形式靠拢，抛弃那种轻率、自由、诗情泛滥、放纵的做法，因此他几乎与闻一多同时提出了"格律诗"的主张。但细加区分，闻一多的"三美"主张几乎完全是纯艺术形式的探讨，梁宗岱的见解则比闻一多高了一筹，那就是他认识到完美的艺术在内容和形式上是无法绝对分开的："在创作最高度的火候里，内容和形式是像光和热般不能分辨的。"[1]而这样的判断不是轻率得出的，是他对瓦雷里、歌德、波德莱尔、马拉美等诗人作品现代性考察后的结论。由于梁宗岱的诗学体系是建立在中西比较的背景上，他对中国新诗发展开出的药方必然带有某种前瞻性，也需要一个比较长的时间才能显现出其应有的地位。后来钱锺书在《谈艺录》所提出的"凡所考论，颇采'二西'之书，以供三隅之反"的主张实际上是对梁宗岱中西诗学比较的继承和拓展。

---

[1]　梁宗岱：《谈诗》，《梁宗岱文集》第 2 卷，第 85 页。

三

在中国现代诗学体系中,梁宗岱的价值还在于他很有创见地提出了诸如"纯诗""契合""宇宙意识"等审美范畴并进行了辨析和整合,给中国传统诗学增添了新的元素和活力。

单纯的文化背景上的比较还不足以概括梁宗岱的诗学成就,还必须通过诗学范畴的角度来验证。诗学范畴作为诗学体系这张大网上的纽结,更能彰显梁宗岱诗学的独到之处。梁宗岱所提出的这些范畴在当时的文化背景中无疑更多地具有西方的现代属性,对大多数中国人而言还是比较陌生的。如在梁宗岱诗学体系中占据核心位置的"纯诗"概念,是他从自己的老师瓦雷里那里移植过来的,但经过了自己独具匠心的改造。瓦雷里作为法国后期象征主义大师的成就是多方面的,他在自己的诗歌理论中曾不遗余力地倡导"纯诗"的理念。他认为"纯诗"是一种最理想的诗,独立于一切主题和感情之外:"我说的'纯'与物理学家说的纯水的'纯'是一个意思。我想说,我们要解决的问题是我们能否创作一部完全排除非诗情成分的作品。"[1]瓦雷里为此要求诗人重视精神过程的纯粹性,并把诗歌的音乐性和哲理性都提到一个前所未有的高度。事实上,瓦雷里也认为这样绝对纯粹的诗是找不到的,"我过去一直认为,并且现在也仍然认为这个目标是达不到的,任何诗歌只是一种企图接近这一纯理想境界的尝试"。"纯诗的思想,是一种不可思议的典范的思想,是诗人的趋向、努力和希望的绝对境界的思想……"[2]梁宗岱深知"纯诗"的难度,但他并不认为是无法达到的境界,事实上中国古典诗歌如姜白石、陶渊明等诗中都有这样的作品,而这样的诗歌境界正是中国新诗应该努力追求和学习的。为此他对"纯诗"进行了富有东方艺术灵性的阐发:"所谓纯诗,便是摒除了一切客观的写景,叙事,说理以至感伤的情调,而纯粹凭借那构成它底形体的元素——音乐和色彩——产生一种符咒似的暗示力,以唤起我们感官与想象底感应,而超度我们底灵魂到一种神游物表的光明极乐的境域。像音乐一样,它自己成为一个绝对独立,绝对自由,比现世更纯粹,更不朽的宇宙;它底本身底音韵和色彩底密切混合便是它底固有的存在理由。"[3]如果不了解中国新诗

---

〔1〕　瓦雷里:《纯诗》,《象征主义·意象派》,第67页。

〔2〕　同上,第67、73页。

〔3〕　梁宗岱:《谈诗》,《梁宗岱文集》第2卷,第87页。

发展的背景，人们便无法理解梁宗岱为何以拳拳之心来苦心营造、倡导他的纯诗理论。中国新诗是在与中国传统诗歌话语的断裂中诞生的，在匆忙之中无形也忽略了许多诗歌本身的东西，如梁宗岱所列举出的"写景""说理""叙事""感伤"等情形几乎都大量存在，它的流弊很明显，把诗歌当成了工具价值的东西而混淆了诗歌与其他文体的界限，实质上也取消了诗。这种情况在小说、散文等文体中也存在，突出表现为要么把文学当作宣传的直白工具，要么堕入情感的宣泄放纵。中国新诗的散漫、自由的状况让梁宗岱忧心如焚，他在中国现代文学史上较早用"纯诗"的美学范畴来纠正当时创作的流弊具有了特殊的意义。这是对中国作家的当头棒喝，使他们从平庸和浮夸中超脱出来，而把文学当作生命中最严肃的事情来追求，时时把他们的创作放置在中外优秀文学作品的纵横轴上去衡量，发现差距。

　　"契合"在梁宗岱的诗学体系中也是一个重要的范畴，更是理解他的象征主义诗学的关键。为了让人们理解这个概念，他在《象征主义》一文中把波德莱尔的诗作《契合》全文译出。一般认为，"契合"是波德莱尔提出的主要诗学概念。他说："一切的形式、运动、数字、色彩、香味，不管是在精神状态中还是在自然状态中，都是有意义的，相互关联、互相纠结的，具有契合性。"[1]其后在很多场合波德莱尔都阐释了他的"契合"理论。由于"契合"说本身的复杂，甚至不少理论家的理解也有差异，在一定程度上带有神秘的成分，这一切恰好说明了"契合"的现代性，它已经超出了人们传统的诗学观念范畴，即使在西方世界它也未必都能使人们接受。梁宗岱却对波德莱尔的"契合"表现出了浓厚的兴趣，他认为"契合"实际上是一种"象征之道"，既关乎创作，也关乎欣赏，既是一种诗学的范畴，更具有哲学的本体意义，它和莱布尼茨的"生存不过是一片大和谐"的哲学基础一脉相承。如果把这种诗学的范畴引入中国，对提升中国现代诗的纯粹性、音乐性，超越那种平庸的诗风都有很大的启示，所以他用了很多的篇幅来描述、介绍这种对大多数中国诗人还相当陌生的概念。梁宗岱说："对于一颗感觉敏锐，想象丰富而且修养有素的灵魂，醉、梦或出神——其实只是各种不同的缘因所引起的同一的精神状态——往往带我们到那形神两忘的无我的境界……我们开始放弃了动作，放弃了认识，而渐渐沉入一种恍惚非意识，近于空虚的境界，在那里我们底心灵是这般宁静，连我们自身底存

_____

〔1〕 转引自董强：《梁宗岱：穿越象征主义》，文津出版社，2005年，第99页。

在也不自觉了。"〔1〕从梁宗岱所阐释的观念看,他的"契合"范畴虽然也有东方哲学和诗学的影响,但其本质上是属于一种现代的诗学范畴。当他用了这样的范畴来审视歌德、勃莱克、瓦雷里、波德莱尔以及中国的《诗经》和陶渊明、林和靖等人的诗作后,立即获得了一种全新的艺术视角。如他描述林和靖的名句"疏影横斜水清浅,暗香浮动月黄昏"时说:"便是诗人陶醉在自然底怀里时,心灵与自然底脉搏息息相通,融会无间地交织出来的仙境:一片迷茫澄澈中,隔绝了尘嚣与凡迹,只闻色,静,香,影底荡漾与萦回。"〔2〕在这种解读的语言中,人们不难发现它的理论痕迹。

作为一个诗人,梁宗岱清楚明白中国新诗与西方现代诗相比较,还缺乏一种沉思和哲理的境界,也缺乏对现实的精神超越,所以梁宗岱又引入了"宇宙意识"的范畴。他在《保罗·梵乐希》《李白与歌德》《谈诗》等文章中都提及了"宇宙意识",在他眼中李白与歌德这两个东西方的大诗人之所以能够成比较的关系很大程度上就在于他们诗作中共同存在的"宇宙意识"。在梁宗岱的眼中,所谓"宇宙意识"就是作品对自身审美层次的提升和超越,因而具有了穿越时空的经典意义,它能召唤千百年后的人们产生思想的共鸣。他说:"这是因为一切伟大的作品必定具有一种超越原作者底意旨和境界的弹性与暗示力;也因为心灵活动底程序,无论表现于那方面,都是一致的。掘到深处,就是说,穷源归根的时候,自然可以找着一种'基本的态度',从那里无论情感与理智,科学与艺术,事业与思想,一样可以融会贯通。"〔3〕他曾借勃莱克《天真的预示》这首短诗形象描述了"宇宙意识":"一颗沙里看出一个世界,/一朵野花里一个天堂,/把无限放在你底手掌上,/永恒在一刹那里收藏。"只有具有了这样的"宇宙意识",只有摆脱了对现实世界的功利色彩,作家才能进入一个物我两忘的凝神境界,才能建构起一个远离现实的审美世界,这是到达"纯诗"的必由之路。梁宗岱所理解的"宇宙意识"实际上还有另一层含义,就是凸显诗歌的知性色彩,淡化诗歌的感情因素,只有具有知性色彩的诗才具有"宇宙意识"。他多次举出的瓦雷里、歌德、勃莱克、屈原、李白、陶渊明等人的诗作,主要还是从其诗歌的知性成分去考察的。梁宗岱尤为欣赏瓦雷里的诗作,因为他把瓦

〔1〕　梁宗岱:《象征主义》,《梁宗岱文集》第2卷,第72页。
〔2〕　梁宗岱:《象征主义》,《梁宗岱文集》第2卷,第71页。
〔3〕　梁宗岱:《谈诗》,《梁宗岱文集》第2卷,第98页。

雷里视作对传统抒情诗歌最具有反叛性的诗人之一。瓦雷里大胆抛弃了统治诗歌界长达几千年的抒情传统，取而代之为知性的成分，偏重于形而上的思考，充满自我陶醉和深奥的玄想："那是永久的哲理，永久的玄学问题：我是谁？世界是什么？我和世界底关系如何？它底价值何在？在世界还是在我？"[1]梁宗岱孜孜以求的"宇宙意识"所针对的就是当时中国新诗感情泛滥、缺少知性成分的状况，他有意识地借助西方现代的这种审美范畴来扭转中国新诗的航道，使之能指向人类精神遥远的未来。

正如有的学者所指出的那样："梁宗岱不是属于他所处时代的那种有现实使命感的诗人和批评家，他的创作以及他的理论批评都表现出贵族化的倾向。"[2]但梁宗岱在中国现代诗学体系中的所做出的重要探索却值得人们深思。他以"诗"与"真"为艺术的理想，在中外文学中纵横驰骋，把现代性的诗学理念纳入中国诗学体系之中，为我所用。尽管这种理念长期被排斥在主流批评话语之外，但其孕育的现代精神必然会赢得人们越来越多的尊重。

第二节　梁宗岱诗学与中国艺术精神

晚清以降，特别是在"五四"运动和新文化运动以后，伴随着中国逐渐向世界开放，大批中国学者接受了西方的文化观念和话语体系，体现在文学批评上就是开始有了西方文学批评的体系和方法的自觉。这固然是非常必要的。但在这样的历史进程中，不少人完全接受西方的文化，视自己的传统文化如敝屣，就像李长之所指出的："移植的文化，像插在瓶里的花一样，是折来的，而不是根深蒂固地产自本土的丰富营养的。"[3]梁宗岱作为一个对中西文化都有很高修养的学者，他在文学批评中却时时渗透出中国传统的艺术精神，把中国传统文化的元素加以创造性地借鉴和运用，从而使自己的诗学呈现出独特的风貌和东方民族智慧。笔者认为，梁宗岱诗学中的中国艺术精神主要体现在：在哲学层面他的诗学受庄禅哲学的影响，在文学批评的范畴和概念上受中国传统文论的影响，在批评话语的选择上也借助了中国传统批评话语的形式和方法。

---

〔1〕　梁宗岱：《保罗·梵乐希先生》，《梁宗岱文集》第2卷，第22页。
〔2〕　温儒敏：《中国现代文学批评史》，第225页。
〔3〕　李长之：《迎中国的文艺复兴·自序》，商务印书馆，1946年，第16页。

一

正如不少学者所指出的那样,梁宗岱诗学体系中最重要的贡献就是他对欧洲象征主义的译介和阐释,从而赋予了中国诗歌现代性和世界性。"这些译述论评无形中配合了戴望舒二十、三十年代之交已届成熟时期的一些创作实验,共为中国新诗通向现代化的正道推进了一步。"[1]的确,象征主义作为一种在 19 世纪中叶出现的文学思潮,确实是一种舶来品,它诞生的大本营就在当时作为世界前卫文化中心的法国。波德莱尔的《恶之花》以其独有的审美方式比如重视诗歌的暗示性、纯粹性、语言的音乐性、诗人与自然的契合等方面赢得了世界文坛的青睐,随后产生了世界范围的广泛而深刻的影响:"不仅在法国而且遍及西方世界,20 世纪诗歌观念已为法国象征主义运动所宣明的学说原理一统天下。"[2]梁宗岱在法国学习期间,正值法国后期象征主义盛行,他所崇拜、跟随的学者瓦雷里正是当时的象征主义大师,因此对于象征主义的内涵和文化精神,梁宗岱了解的程度和准确性都是超越了同时代人的。但另一方面,梁宗岱并不是简单地把象征主义诗学简单地移植、照搬到中国的文化语境中,相反他认为象征主义不仅仅是一种创作方法,它所蕴含的精神也并不仅仅出现在西方,而是在中国文化中早有呈现。他极力寻找的是象征主义和中国传统文化的内在关联,并赋予象征主义以东方民族的精神特征,最终在哲学的层面上发现了东西方文化精神的汇通。因此梁宗岱的象征主义艺术理想在很大程度上是带有东方文化特性的,深深根植于本民族的文化土壤,忽略了这一点,就无法理解梁宗岱诗学的独具匠心之处。

梁宗岱在不少的文章中都醉心于对象征主义的介绍,尤其是在《象征主义》一文中他对象征主义从概念、表现方式、艺术特性及精神实质等诸方面都进行了系统的阐释。他是这样来概括象征主义的本质的:"所谓象征是借有形寓无形,借有限表无限,借刹那抓住永恒,使我们只在梦中或出神底瞬间瞥见遥遥的宇宙变成近在咫尺的现实世界,正如一个蓓蕾蕴蓄着烂漫芳菲的春信,一张落叶预奏那弥天漫地的秋声一样。"[3]然而梁宗岱并不满足于这样诗意的阐发,他进而在此基础上去寻找象征主义所包孕的哲学意义,为此他提出了

〔1〕　卞之琳:《人事固多乖——纪念梁宗岱》,《新文学史料》第 1 期,人民文学出版社,1990 年。
〔2〕　韦勒克:《近代文学批评史》第 4 卷,杨自伍译,上海译文出版社,1997 年,第 508 页。
〔3〕　梁宗岱:《象征主义》,《梁宗岱文集》第 2 卷,第 67 页。

一个极为重要的概念，即"契合说"。他说："我们既然清楚什么是象征之后，可以进一步跟踪象征意境底创造，或者可以说，象征之道了。像一切普遍而且基本的真理一样，象征之道也可以一言以贯之，曰'契合'而已。"[1]按照大多数学者的理解，契合是西方的哲学理念，和泛神论的思想具有相通之处，它折射的实际上是人与自然的关系，寻求的是灵魂与神秘世界的高度一致性。梁宗岱对契合论的解说既有西方哲学家莱布尼茨的"生存不过是一片大和谐"的影响和波德莱尔诗歌理念的影响，但他更多地是从中发现了其和中国传统的庄禅哲学精神的内在呼应。

中国先秦时期的道家代表人物庄子有感于人与人之间关系的紧张和人性的异化，提出"不物于物"，"天地与我并生，万物与我为一"等观点，要求重新建立人与人、人与宇宙的和谐关系，要求人们在精神上泯灭主体和客体的界限，与"道"融为一体。在此基础上实现对世俗人生的超越，获得一种精神上和心灵上的绝对自由。这不仅具有了形而上的哲学本体论意义，也具有认识论的价值。因为庄子的道更多体现为一种艺术的精神，因此几千年来它对中国的文化、文学产生了重大的影响："庄子尽管避弃现世，却并不否定生命，而无宁对自然生命抱着珍贵爱惜的态度，这使他的泛神论的哲学思想和对待人生的审美态度充满了感情的光辉，恰恰可以补充、加深儒家而与儒家一致。"[2]海外学者刘若愚也说："《庄子》对中国人的艺术感受性的影响，比其他任何一本书都深远，这种说法绝非夸大。此书虽然不是关于艺术或文学，而是关于哲学的，可是却启示了若干个世纪的诗人、艺术家和批评家，从静观自然而达到与道合一的忘我境界这种观念中获得灵感。"[3]如果我们把梁宗岱的"契合说"加以考察，就可以很清楚地看出他和庄子哲学观的暗合之处。如梁宗岱认为，契合是宇宙万物之间的相互关系。他说："因为这大千世界不过是宇宙底大灵底化身：生机到处，它便幻化和表现为万千的气象与华严的色相——表现，我们知道，原是生底一种重要的原动力的。"[4]这实质上不就是庄子"与天和者，谓之天乐"（《庄子·天道》）、"与造物者为人，而游乎天地之一气"（《庄子·大宗师》）的那种哲学渊源吗？

---

[1] 梁宗岱：《象征主义》，《梁宗岱文集》第2卷，第68页。
[2] 李泽厚：《美的历程》，《美学三书》，安徽文艺出版社，1999年，第60页。
[3] 刘若愚：《中国文学理论》，杜国清译，江苏教育出版社，2006年，第45页。
[4] 梁宗岱：《象征主义》，《梁宗岱文集》第2卷，第70页。

在这一浑然无间的整体中,自我和宇宙的界限消失了,物我两忘,心与物冥,开始进入一个纯粹的审美世界。梁宗岱接着谈到了由于人与宇宙的契合所产生的精神状态,这实质上也是象征主义的诗学理想:"我们开始放弃了动作,放弃了认识,而渐渐沉入一种恍惚非意识,近于空虚的境界,在那里我们底心灵是这般宁静,连我们自身底存在也不自觉了……一种超越了灵与肉,梦与醒,生与死,过去与未来的同情与韵律在中间充沛流动着。我们内在的真与外界底真协调了,混合了。我们消失,但是与万化冥合了。我们在宇宙里,宇宙也在我们里:宇宙和我们底自我只合成一体,反映着同一的荫影和反应着同一的回声。"[1]从梁宗岱所描述的这种状态可以看出,他主张审美的心理过程要抛弃理智和情感,只有自始至终沉浸在自足的审美世界,才能实现人与审美对象的精神契合,得到形神俱忘、遨游天地的愉悦和快乐。这实质上回荡着庄子的声音,甚至连有些语言也是直接借用庄子的。庄子认为,为了达到理想的审美境界,人们必须抛弃一切功利主义的想法,通过"虚静""坐忘""心斋"等一系列的审美心理活动,最终进入物我互化、物我一体的最高精神的层次:"昔者庄周梦为蝴蝶,栩栩然蝴蝶也,自喻适志与! 不知周也。俄然觉,则蘧蘧然周也。不知周之梦为蝴蝶与? 蝴蝶之梦为周与? 周与蝴蝶则必有分矣。此之谓物化。"(庄子:《齐物论》)梁宗岱极力推崇象征主义所展现的纯粹的、形而上的世界及诗化精神自身的观念,也在无意之间受到了中国道家精神的熏陶。换言之,他在东方的哲学宝库里发现了现代的诗学精神,在中国庄子哲学和象征主义诗学之间找到了文化的纽结点。

作为一个身受中国古典文化浸润的学者,梁宗岱的诗学还受到禅宗的影响。禅宗作为佛教的中国化产物,它同样对中国知识分子的文化心理和审美情趣产生了重大的影响。"禅宗讲的是'顿'悟。它所触及的正是时间的短暂瞬刻与世界、宇宙、人生的永恒之间的关系问题。这问题不是逻辑性的,而是直接感受和体验领悟性的。"有时也会出现"你突然感觉到在这一瞬刻间似乎超越了一切时空、因果,过去、未来、现在似乎溶在一起,不可分辨,也不去分辨,不再知道自己身心在何处和何所由来。所谓'不是心,不是佛,不是物'"。[2]可见,禅宗同样热衷于对人与世界关系的思考,要求实现"我"与"佛"

---

[1]　梁宗岱:《象征主义》,《梁宗岱文集》第 2 卷,第 72、73 页。
[2]　李泽厚:《中国古代思想史论》,安徽文艺出版社,1994 年,第 207 页。

之间的合一，追求"万古长空，一朝风月"的精神境地，带有明显的形上特征。为了达到"彻悟"的终极境界，同样要消除一切欲望和杂念，始终保持心灵的纯净，做到"心""境"两忘："内外空静，即心性寂灭，如其寂灭，则圣心显。""此识灭已，其心即虚，凝寂淡泊，皎洁泰然。"[1]梁宗岱的"契合说"根植于天人合一的观念，要求人们在审美过程中进入一种"陶醉"的心理状态："只有醉里的人们——以酒，以德，以爱或以诗，随你的便——才能够在陶然忘机的顷间瞥见这一切都浸在'幽暗与深沉'的大和谐中的境界。""在那里我们不独与万化冥合，并且体会或意识到我们与万化冥合。"最终唤起人们的两重感应，"即形骸俱释的陶醉和一念常惺的澈悟"。[2]

正是因为思维中的东方艺术精神，梁宗岱在解读西方经典诗歌如歌德、波德莱尔等人的诗作时，能一眼见出它们和中国禅宗的相合，甚至连他所使用的"空虚的境界""参悟""真寂""万化冥合"等词汇都与禅宗惊人地相似。比如他认为歌德的《流浪者之夜歌》表达的沉静、玄思和日本诗人芭蕉的俳句"古池蛙跃溅水声"都让人在片刻的顿悟中感受到宇宙的不朽，把人们引入宇宙与心灵融合为一体的奇妙、美丽的境界，这其实就是借助禅宗的"禅意"来进行中西文化的比较。至于梁宗岱对王维、姜白石、林和靖等诗作的阐释也大多是从禅意切入。因此，梁宗岱的诗学体系虽然有西方特别是象征主义的印记，但与那些全面移植西方文化的学者不同，其骨子里仍然拥有中国传统文化的血脉，他时刻都在顽强卫护着中国传统的艺术精神，并重新激活了它们的生命。

二

梁宗岱诗学不仅在哲学层面与中国艺术精神有着千丝万缕的联系，他的诗学中的一些重要的概念和范畴也明显受到了中国传统文论的影响。在当时西方文化的强势影响下，梁宗岱努力坚持把传统诗学引入现代的文化语境，将传统文化的特质与西方文化的特质加以综合，并最终做到了中西诗学概念和范畴的互释。

在梁宗岱的诗学体系中，"纯诗"是极为重要的一个概念，这是他批评中最具特色、也是较有东方文化气质的部分。"纯诗"是 1920 年瓦雷里在为柳西

[1] 葛兆光：《中国禅思想史》，上海古籍出版社，2008 年，第 240 页。
[2] 梁宗岱：《诗与真·象征主义》，《梁宗岱文集》第 2 卷，第 71、73 页。

恩·法布尔的诗集《认识女神》作序时所提出的,后来他在不同的场合进一步论述了自己的纯诗理论。纯诗是一种理想的诗,是一种具有纯粹美的诗,它排除一切非诗情的因素,如物理学家所说的纯水的概念一样。它引导人们进入的是一个梦境般的世界,诗人运用象征性和音乐性的语言来传达出诗人的情感和思想。当然这样的目标是很高的,甚至遥不可及,连瓦雷里都说:"纯诗的概念是一个达不到的类型,是诗人的愿望、努力和力量的一个理想的边界。"[1]与瓦雷里一样,梁宗岱把"纯诗"视为诗歌底最高境界,但与瓦雷里不同的是,他并不认为纯诗的理想无法实现,相反在中国古典的诗歌中纯诗早就存在了。"我国旧诗词中纯诗并不少,姜白石底词可算是最有代表中的一个。不信,试问还有比《暗香》,《疏影》,'燕雁无心''五湖旧约'等更能引我们进一个冰清玉洁的世界,更能给我们一种无名的美底颤栗的么?"[2]中国古典诗歌的丰赡和灵境为梁宗岱提供了自信的理论依据,为此梁宗岱对瓦雷里的纯诗概念进行了富有东方文化诗性的界定。他说:"所谓纯诗,便是摒除一切客观的写景,叙事,说理以至感伤的情调,而纯粹凭借那构成它底形体的原素——音乐和色彩——产生一种符咒似的暗示力,以唤起我们感官与想象底感应,而超度我们底灵魂到一种神游物表的光明极乐的境域。像音乐一样,它自己成为一个绝对独立,绝对自由,比现世更纯粹,更不朽的宇宙;它本身底音韵和色彩底密切混合便是它底固有的存在理由。"[3]从这段话可以看出,梁宗岱非常强调诗歌的形式美和音韵美,在抽象的形式中寻找诗歌的永恒生命,创造出一个诗化的精神世界。从他所推崇的屈原的《九歌》和陶渊明、王维、姜白石等人的诗作可以看出,他对把诗歌作为载道工具十分不满,而希望诗歌的世界永远是冰清玉洁,给人以无名的震撼和感动,在这一点上他和司空图的文学观点有较多的相似,都带有鲜明的唯美色彩。

司空图的文学批评志在打破传统的"诗言志"的观念,要求文学摆脱伦理道德的束缚而具有独立的审美价值。他在《与李生论诗书》中反复强调"味",也就是通过高度暗示性的语言获得"味外之旨":"愚以为辨于味,而后言诗也……近而不浮,远而不尽,然后可以言韵外之致耳。"他反复提出诗歌应该捕捉、表达出只可意会不可言传的艺术世界,唤起人们丰富的想象,因此"超以象

〔1〕　伍蠡甫主编:《现代西方文论选》,上海译文出版社,1983年,第29页。
〔2〕　梁宗岱:《诗与真二集·谈诗》,《梁宗岱文集》第2卷,第88页。
〔3〕　同上,第87页。

外，得其环中""诗家之景，如蓝田玉暖，良玉生烟，可望而不可置于眉睫之前也""落花无言，人淡如菊"等被他特别提出。而梁宗岱当时所处的文化环境是：艺术的功利主义和口号派、标语派等甚嚣尘上，诗的美感和独立自足的世界遭到践踏，一些幼稚的批评家甚至喊出了唯物辩证法的创作方法，完全排斥文学的审美特性。所以，梁宗岱提出的纯诗理论很大程度上带有纠偏性和现实针对性。基于这样的目标，他的纯诗理论和司空图的形式主义美学产生了共鸣，两者都希望通过有限的语言形式来增强诗歌的暗示性，凸显艺术的纯粹性。因此诗歌的艺术手段如声音、节奏、韵味、字词等元素被赋予了格外重要的意义。

"顿悟"这个中国传统文论的范畴也在梁宗岱的诗学体系中被经常提及，梁宗岱在论及象征主义、谈及对文学的欣赏时都特别指出了"顿悟"的重要性，一个人只有身临其境、形神俱忘时才能品味出艺术的生命。他在分析陶渊明《饮酒》(其五)的精妙处说："南山与渊明间微妙的关系决不是我们底理智捉摸得来的，所谓'一片化机，天真自具，既无名象，不落言诠'。"[1]其实质就是要求在文艺创作和欣赏时重视直觉和妙悟的作用，这样的过程是绝对排斥理智的。他毫不掩饰自己对严羽文艺观点的赞同："严沧浪曾说：'大抵禅道在妙悟，诗道亦在妙悟。'不独作诗如是，读诗亦如此。"[2]梁宗岱的批评范畴"顿悟"在其内在的精神实质上实际上继承的正是严羽"以禅喻诗"的论点。

众所周知，严羽的《沧浪诗话》作为后期中国美学的标准典籍，对后世中国的文学理论和创作产生了重大的影响。钱锺书曾评价说："沧浪别开生面，如骊珠之先探，等犀角之独觉，在学诗时工夫之外，另拈出成诗后之境界，妙悟而外，尚有神韵。不仅以学诗之力，比诸学禅之诗，并以诗成有神，言有尽而味无穷之妙，比于禅理之超绝文字。"[3]在严羽看来，诗歌的"兴趣"只能在"妙悟"中获得，而妙悟实际上是一种感性的直接的心理反应，是审美主体观照外物所产生的豁然开朗的心理过程。所以他说："大抵禅道在妙悟，诗道亦在妙悟……唯悟乃为当行，乃为本色。"严羽认为，人们欣赏品味诗歌的原理好比对佛性本身的感受，只能在"妙悟"中才能获得一个完整的艺术世界："羚羊挂角，无迹可求。故其妙处，透彻玲珑，不可凑泊。如空中之音，相中之色，水中之

---

〔1〕 梁宗岱：《诗与真·象征主义》，《梁宗岱文集》第2卷，第66页。
〔2〕 梁宗岱：《诗与真二集·谈诗》，《梁宗岱文集》第2卷，第97页。
〔3〕 钱锺书：《谈艺录》，第258页。

月,镜中之像,言有尽而意无穷。"对于"顿悟"在文学欣赏中所起的作用,梁宗岱同样是十分看重的。没有这种顿悟,读者就无法领略诸如屈原、陶渊明、王维、李白、歌德等人诗作的妙味和情趣,因而也无法产生心灵的契合。而有了这种顿悟,我们就能感受到王维等诗作的微妙隽永的禅境。"而所谓参悟,又不独间接解释给我们的理智而已,并且要直接诉诸我们底感觉和想象,使我们全人格都受它感化与陶熔。"[1]梁宗岱在审美过程中强调直觉和感性的作用,把审美判断和逻辑判断做了合理的区分,是比较符合艺术的审美规律的。

　　此外,对于中国传统文论中极为重要的"意境"和"比兴"等范畴,梁宗岱也仔细加以辨析和吸纳,彰显了其拥抱传统文化的胸襟和视野。梁宗岱认为象征主义所要达到的"灵境",也即象征的最高境界就是要进入物我两忘的"无我"之境。正是在这样的意义上,他认为陶渊明的《饮酒诗》超越了谢灵运的诗作。因为陶渊明的诗呈现的是"无我之境",而谢灵运的诗仍然有作者影子的存在。"前者(谢灵运)以我观物,物固着我的色彩,我亦受物的反映。可是物我之间,依然各存在本来的面目。后者(陶渊明)是物我或相看既久,或猝然相遇,心凝形释,物我两忘。"[2]梁宗岱对象征灵境的论述,明显受到了中国传统文论"意象""情景"等范畴尤其是王国维"境界说"的影响。事实上,意境说在唐代就已经出现,它的精神渊源更可以追溯到老庄的美学。唐代的王昌龄、皎然、司空图、刘禹锡等人的文章都曾提到了这样的概念,司空图的《二十四诗品》更是触及了境界的美学本质。在王国维的诗学体系中,"境界说"犹如金字塔的塔尖,是其最具价值的部分,居于核心位置。"词以境界为最上。有境界则自成高格,自有名句。"[3]他在《人间词话》中特别提及"有我之境"和"无我之境"的区分:"有有我之境,有无我之境……有我之境,以我观物,故物皆著我之色彩。无我之境,以物观物,故不知何者为我,何者为物。"[4]在王国维的"境界说"中,"情"与"景"、"意"与"象"如水乳交融般地不可分离。虽然梁宗岱阐述的象征主义的灵境并不完全等同于王国维的"境界说",有些地方有西方现代诗学的影子,但他却努力从中国古典艺术的源头去阐释这些概念,取得的成就也是有目共睹的。

---

〔1〕　梁宗岱:《诗与真二集·谈诗》,《梁宗岱文集》第2卷,第99页。

〔2〕　梁宗岱:《诗与真·象征主义》,《梁宗岱文集》第2卷,第64页。

〔3〕　王国维:《人间词话》,《王国维集》第1卷,第210页。

〔4〕　同上,第211页。

三

梁宗岱的诗学贡献还在于，他不仅在诗学的内在精神上与中国传统艺术一脉相承，就连文学批评的方法和形式上也带有浓重的中国传统文论的特色，其文学批评在形式上、话语上呈现的诗性和灵性，是中国传统文学批评方法在现代的复活。与同时代的批评家比较起来，他的批评格外具有个性化的色彩，吐露着灵秀和芬芳。

中国文学批评在其自身漫长的发展进程中，由于精神气质和思维方式的原因形成了一套富有东方民族艺术特征的方法和形式。如黑格尔所言："东方人是实体的直观，而欧洲人是反思的主体性。"〔1〕与西方偏重抽象思维的习惯和纯粹求真求知的态度不同，中国民族的思维特色偏重具象和直观的方式，这直接导致了中国文学批评的方法讲究内省、直觉、主情和鉴赏，具有印象主义的特点，这也是西方文学批评所不及的。无论是以老庄为代表的消解功利目的以"天籁"为审美准则的道家批评，还是司空图《二十四诗品》采用的用形象比喻的印象批评方法以及严羽的"以禅喻诗"都是如此。为此叶维廉曾把中国文学批评方法进行了如下的归纳："中国传统的批评是属于'点、悟'式的批评，以不破坏诗的'机心'为理想，在结构上，用'言简意繁'及'点到为止'去激起读者意识中诗的活动，使诗的意境重现，是一种近乎诗的结构。""即就利用了分析、解说的批评来看，它们仍是只提供与诗'本身'的'艺术'，与其'内在机枢'有所了悟的文字，是属于美学的批评……它不依循'始、叙、证、辨、结'那种辨证修辞的程序。"〔2〕

当然，由于缺少系统性和理论性，中国文学批评的传统方式在中国逐步走向开放的环境下受到了强烈的冲击，外国的各种批评方法涌入中国。对于中国传统文学批评方法的局限性，梁宗岱当然是清楚的。他的整个文学批评应当说是以象征主义为纽带构建起来的一个完整体系，如他的那篇长文《象征主义》在论证的逻辑和方式上非常严密，这明显的是现代方法论的自觉意识。在这一点上，梁宗岱的文学批评意识是现代的。但如同王国维一样，梁宗岱对于中国文学批评中的合理内核并没有粗暴轻率地加以否定，比如对中国传统文

〔1〕　黑格尔：《哲学史讲演录》第 1 卷，朱光潜译，商务印书馆，1981 年，第 152 页。
〔2〕　叶维廉：《中国诗学》（增订版），第 8,9 页。

学批评中那种感悟式、评点式的特长，梁宗岱就充分吸收了。他的《谈诗》《诗·诗人·批评家》《论诗》《论画》等文章在形式上非常自由洒脱，很接近传统文论的评点、诗话、词话、笔记等。在片段式、感悟式的结构中阐释了文学中的许多重要现象，如内容和形式，情与景，文学创作的心理动因、文学鉴赏和文学批评等，具有很高的学术价值。与西方的现代批评方式比较起来，梁宗岱的这种方法灵活而且直接与审美的规律契合，而这些更依赖于批评家对作品有明澈的真知灼见。

梁宗岱的文学批评语言不是那种高头讲章式的、乏味的、学究的语言，而是一种诗的语言。他以诗的语言方式言说文学批评和理论，这种言说的方式在一定程度上是自己独特的生命体验的存在方式，这些恰是中国传统艺术精神的感性流露。在中国文学批评中我们经常可以见到这样的语言，比如"故寂然凝虑，思接千载；悄焉动容，视通万理；吟咏之间，吐纳珠玉之声；眉睫之前，卷舒风云之色"。[1]"风云变态，花草精神。海之波澜，山之嶙峋。俱似大道，妙契同尘。离形得似，庶几斯人。"[2]正如叶维廉所说的，这种诗的传达确实比演绎、辩证的传达要丰富、传神得多。梁宗岱这种批评语言呈现的诗性和魅力有不少人都曾经注意到。他同时代的批评家李长之评价说："高头讲章式的著述过去了，饾饤考证式的篇章也让人厌弃了，我们难得有这样好的批评文字。"[3]女诗人陈敬容说："梁宗岱以诗人的笔墨纵谈古今中外文学，犹如将读者领进了一座浓荫掩映的芳香的森林，那里的阳光是多么温煦，树叶和小草绿得令人心醉，禽鸟们飞翔得多么欢快，它们的歌声又是那样的婉转亲切，仿佛发自诗人的肺腑。"[4]梁宗岱的这种批评语言传达的不仅是一种见解和感受，甚至直接给读者以美的享受。他在介绍象征主义时说："当象征主义——瑰艳的，神秘的象征主义在法兰西诗园里仿佛继了浮夸的浪漫派，客观的班拿斯派(Parnasse)而枯萎了三十年后，忽然在保罗·梵乐希底身上发了一枝迟暮的奇葩：它底颜色是妩媚的，它底姿态是招展的，它底温馨却是低微而清澈的钟

---

〔1〕 刘勰：《文心雕龙·神思》，王进群编：《中国美学史资料选编》（上册），台湾顶渊文化事业有限公司，2008 年，第 203 页。

〔2〕 司空图：《二十四诗品·形容》，王进群编：《中国美学史资料选编》（上册），第 389 页。

〔3〕 李长之：《评梁宗岱〈屈原〉》，黄建华主编：《宗岱的世界·评说》，广东人民出版社，2003 年，第 295 页。

〔4〕 陈敬容：《重读〈诗与真·诗与真二集〉》，《读书》，三联书店出版社，1985 年，第 12 期。

声,带来深沉永久的意义。"〔1〕瓦雷里是公认的象征主义大师,而他的作品却由于玄思和哲理的成分很不容易被人们理解,梁宗岱借助于这样的语言化抽象为具体可感的意象"迟暮的奇葩",非常贴切。他有时把这种批评语言用于作家的风格,在评价屈原的《九章》时有这样的语言:"我们仿佛在一个惊涛骇浪的黑水洋航驶后忽然扬帆于风日流利的碧海;或者从一个暗无天日,或只在天风掠过时偶然透出一线微光的幽林走到一个明净的水滨……一切都那么和平,澄静,圆融。"〔2〕虽然梁宗岱没有使用现代深奥的文学批评术语,也没有遵循所谓的徒具辩证程序的文字,但其却在审美的方式上最直接触及了艺术家的灵魂。特别让人惊叹的是,其清丽秀美的文字让人感到学术价值和艺术价值在他的诗学中得到了和谐的统一。

梁宗岱所处的时代,正是西方文化高喊着现代性口号大举进入中国,中国文化的生存面临危机的时刻,中国传统文化包括文学的合法性也受到普遍质疑。在这样的背景中来审视梁宗岱诗学对中国艺术精神的继承是意味深长的。他避开了那种文化激进主义者的简单思维模式,在众声喧哗中客观地对中国文化的现代意义和经典意义进行了思考和诠释。对他而言,中国传统文化不是一座废弃的、毫无价值的古井,而是芳草鲜美、落英缤纷的桃园,为他的诗学体系提供了用之不竭的资源。

第三节　瓦雷里与梁宗岱诗学理论建构

在中国现代学者当中,梁宗岱无疑具有很高的天赋和宏阔的文化视野。20 世纪 30 年代,他在沟通中西文化方面做出了独到的贡献。值得注意的是,梁宗岱的艺术思维世界中,西方的文化无疑占据重要的位置,单就他的文学批评而言,其批评话语中屡屡出现的"象征主义""纯诗""崇高""契合""宇宙意识"等概念和审美范畴在很大程度上带有西方文化的渊源和精神,而这中间很大一个原因是他受到了法国著名象征主义诗人瓦雷里的影响。梁宗岱作为瓦雷里的崇拜者,一方面对其诗学理论进行了较为完整、准确地阐释;但另一方

〔1〕 梁宗岱:《诗与真·梵乐希先生》,《梁宗岱文集》第 2 卷,第 7 页。
〔2〕 梁宗岱:《屈原》,《梁宗岱文集》第 2 卷,第 229 页。

面,梁宗岱在接受的过程中又结合中国文化的历史和现实因素进行了必要的过滤和改造,把西方现代性的诗学理念融入中国诗学体系之中,凸显了高度的理论自觉意识,从而形成了自己富有个性的理论体系。

一

在西方现代文学历史上,瓦雷里是一个十分重要的人物。他不仅是一位杰出的诗人,在文艺批评和诗歌理论领域同样有着非同寻常的建树。"如同任何真正的诗人,雨果是第一流的批评家。"瓦雷里这句对维克多·雨果的评价其实用在自己的身上也是恰如其分的。瓦雷里出于法国象征主义诗人马拉美的名下,早年主要从事诗歌创作活动,其诗作《水仙辞》《海滨墓园》等被人们广为称颂,被视为后期象征主义的经典作家。后来瓦雷里把重点转向文学理论和诗歌批评,在关于诗歌等的理论问题上提出了一系列的见解,极大地发展了西方的象征主义理论,其自身蕴含的丰富、深邃的思想被很多现代批评家视为圭臬,在西方世界产生了深远而重大的影响,因而他在 1926 年当选为法兰西学院院士。他在 1945 年去世后,法国人为其举行了国葬。

梁宗岱于 1924 年赴欧洲留学,经过同学的介绍,他于 1926 年结识了瓦雷里,从此他与这位当时声誉正隆的大学者结下了不解之缘。可以说,瓦雷里在梁宗岱心目中的地位是无以代替的,对其一生都有举足轻重的影响,尤其是在思想和创作上。梁宗岱曾经多次表达过他对瓦雷里的敬意:"因为禀性和气质底关系,无疑底,梵乐希影响我底思想和艺术之深永是超出一切比较之外的:如果我底思想有相当的严密,如果我今日敢对于诗以及其他文艺问题上发表意见,都不得不感激他。"[1]"我,一个异国青年,得常常随其左右,瞻其风采,聆其清音:或低声叙述他少时文艺的回忆,或颤声背诵廉布(通译兰波)、马拉美及他自己底杰作,或欣然告我他想作或已作而未发表的诗文,或谒然鼓励我在法国文坛继续努力,使我对于艺术底前途增了无穷的勇气和力量。"[2]他甚至把瓦雷里视为在黑暗中照亮自己的引路人。梁宗岱认识瓦雷里不久就把他的诗集《水仙辞》翻译成中文,于 1928 年在《小说月报》第 20 卷 1 号发表。他还撰写了关于瓦雷里的评传,对瓦雷里的生平、人格和艺术成就进行了详尽的

---

〔1〕 梁宗岱:《诗与真二集·忆罗曼·罗兰》,《梁宗岱文集》第 2 卷,第 192 页。
〔2〕 梁宗岱:《诗与真·保罗·梵乐希先生》,《梁宗岱文集》第 2 卷,第 18 页。

介绍和评价，这是中国现代最早、最完整介绍瓦雷里的文章之一。而对于梁宗岱的文学禀赋和才能瓦雷里也同样给予了很高的评价，当他读到梁宗岱翻译的《陶潜诗选》法译本时赞叹说："虽然是中国人，并且学了我们底文字还不久，梁宗岱先生在他底诗与谈话中，仿佛不仅深谙，并且饕餮这些颇特殊的精微。他运用和谈论起来都怪得当的。""梁君几乎才认识到我们的文学便体会到那使这文学和现存艺术中最精雅最古的艺术相衔接的特点。"[1]瓦雷里和梁宗岱之间亲密的交往恰从一个侧面印证了中西跨文化交流的可能性和重要性。

在梁宗岱的文学批评中，瓦雷里不仅是一位和自己精神高度契合的榜样，更是自己所努力寻求、达到的境界。梁宗岱在评论中曾经多次对瓦雷里的文学成就和人格魅力给予高度的肯定，从他的 1928 年所写的《保罗·梵乐希先生》一直到 20 世纪 40 年代所写的《屈原》《非古复古与科学精神》《试论直觉与表现》等文章中都屡屡出现瓦雷里的名字，有时甚至到了言必称瓦雷里的地步。梁宗岱把瓦雷里视为法国象征主义的传人，认为他把诗歌创作推进到一个难以企及的高度："梵乐希底诗，我们可以说，已达到音乐，那最纯粹，也许是最高的艺术境界了。""我们读他底诗时，我们应该准备我们底想象和情绪，由音响，由回声，由诗韵底浮沉，一句话说罢，由音乐与色彩底波澜吹送我们如一苇白帆在青山绿水中徐徐地前进，引导我们深入宇宙的隐秘。"[2]梁宗岱曾把诗歌分成"纸花"、"瓶花"和"生花"等三个层次，而在他的心目中，瓦雷里的诗歌如《年轻的命运女神》《海滨墓园》则代表了诗歌的最高境界，应该成为中国现代诗歌的标准。越到后来，瓦雷里越成为梁宗岱艺术世界的精神象征和符号，无论是人格、思想、诗歌还是诗学理论上都莫不如此。1935 年梁宗岱为瓦雷里的《歌德论》写了一篇跋，在这篇文章中，梁宗岱把瓦雷里和歌德都视为了诗人兼思想家、科学家的全才，尤其对瓦雷里的哲学思想进行了深入的探究。他认为瓦雷里关于主、客观关系的看法尤为精当，为此他评述说："我们对于心灵的认识愈透澈，愈能穷物理之变，探造化之微；对于事物与现象的认识愈真切，愈深入，心灵也愈开朗，愈活跃，愈丰富，愈自由。"[3]这里虽然是论及瓦雷里的哲学思想，但实际上它对梁宗岱文学思想的影响是非常巨大的，梁宗岱把自己的文学批评集取名为《诗与真》很大原因就在于此："真是诗底唯一深固的

[1] 梁宗岱：《诗与真二集·法译〈陶潜诗选〉序》，《梁宗岱文集》第 2 卷，第 173、174 页。
[2] 梁宗岱：《诗与真·保罗·梵乐希先生》，《梁宗岱文集》第 2 卷，第 20、22 页。
[3] 梁宗岱：《诗与真·歌德与梵乐希》，《梁宗岱文集》第 2 卷，第 155 页。

始基,诗是真底最高与最终的实现。"〔1〕在这里,哲学世界中的主、客观关系演化成了艺术世界中"诗"与"真"的关系。此外,梁宗岱在论及象征主义、纯诗以及诗歌形式等理论问题时,也每每把瓦雷里的诗学理论作为参照体系,给予了充分的肯定。可以说,虽然梁宗岱崇拜过不少西方作家,如但丁、雨果、马拉美、歌德、里尔克、罗曼·罗兰等,但真正对他产生重大影响的非瓦雷里莫属,梁宗岱的诗学理论体系深深带有瓦雷里理论的痕迹。

二

瓦雷里一生的贡献是多方面的,他的诗学思想十分深邃而庞杂。"瓦莱里不是一位自成体系的哲学家和美学家:他提出了若干真知灼见,有些时候,全少表面上看,这些见解存在矛盾。"〔2〕在他的这些诗学理论中,其对于象征主义的阐释无疑是最引人注目的,他也因此成为法国后期象征主义理论的主要代表。

象征主义文学是 19 世纪后期至 20 世纪前期对世界文学产生重大影响的一种现代文艺思潮。"不仅在法国而且遍及西方世界,20 世纪诗歌观念已为法国象征主义运动所宣明的学说原理一统天下。"〔3〕"也许是历史上头一次,一个文学方面的运动竟然发展到遍及整个世界的地步。这个从 19 世纪欧洲的崇高愿望中诞生的象征主义,演化成为 20 世纪的文学界和美学界的世界性的憧憬。"〔4〕但同时,在对于象征主义的解释上人们却是莫衷一是,甚至充满了混乱和矛盾,甚至有人借机否定象征主义。而在瓦雷里的心目中,象征主义作为一种创作活动,追求高于现实世界的丰富的内心世界,它力图呈现的是个体的精神世界,具有浪漫主义等根本不具备的特质:"从我个人角度来说,我始终赞同这些观点:即避开眼前的事物,从象征走向象征,用象征来激起某种特殊的情感。"〔5〕也就是在这种意义上,他高度肯定了波德莱尔的成就:"这小小的一册《恶之花》,虽不足三百页,但他在文人们的评价中却堪与那些最杰出、最

〔1〕 梁宗岱:《诗与真·序》,《梁宗岱文集》第 2 卷,第 5 页。
〔2〕 韦勒克:《近代文学批评史》第 8 卷,第 266 页。
〔3〕 韦勒克:《近代文学批评史》第 4 卷,第 508 页。
〔4〕 《法国拉鲁斯百科全书》,黄晋凯等主编:《象征主义·意象派》,中国人民大学出版社,1989 年,第 725 页。
〔5〕 瓦雷里:《论诗》,吴康茹译,《象征主义·意象派》,第 75 页。

博大的作品相提并论。""《恶之花》中既没有历史诗也没有传说；没有任何以叙事为基础的东西……但是其中一切都充满魅力，富于音乐性，有着强烈而抽象的快感……豪华、形式和沉醉。"[1]为了更清晰地诠释象征主义，瓦雷里还写了《象征主义的存在》一文，竭力捍卫象征主义的旗帜和理想，并且对象征主义的实质和特点加以界定，在文章最后，他宣称："'象征主义'从此成为一种名义上的象征，它所代表的精神状态以及有关精神的一切，与今天盛行的、甚至占统治地位的东西完全相反。"[2]

瓦雷里在一个方面继承了前期象征主义的重要诗学原则，比如像马拉美一样高度重视诗歌音乐性、暗示性等作用。他说："旨在将形式赋予非人类的话语方式、绝对的话语，一定意义上说——暗示独立于任何人的某种存在之话语——语言的神奇之处。"[3]"如果就诗而言，那么，音乐的条件是绝对必要的：如果作家没有对音乐的条件予以重视、加以思考，如果人们观察到这位作家的耳朵只是被动的听器，节奏、抑扬和音色在诗的构成上没占有本质的重要性——那么，我们就不得不对这位诗人感到失望。"[4]但另一方面，瓦雷里在对象征主义的阐释中又有不同于前人的地方，比如他特别注意到抽象思维在诗歌中的作用，甚至认为理性的力量比起灵感和激情更为重要。他说："如果诗人永远只是诗人，没有丝毫进行抽象思维和逻辑推理的愿望，那么就不会在自己身后留下任何诗的痕迹。"[5]"任何真正的诗人，远比人们一般所认为的更加擅长正确推理和抽象思维。"[6]这些主张比较前期象征派过于强调诗歌的神秘性就有了比较明显的区别，它不仅淡化了前期象征主义诗论非理性的部分，而且把理性沉思提到了十分引人注目的位置，旨在把诗歌创作变成一种完美的心智活动，拓展诗歌的深度。这些地方是瓦雷里后期象征主义理论的重要特色之一，这和瓦雷里本人从事的数学和哲学研究都有着直接的关系，他甚至把几何学看作实验科学最有力的工具。瓦雷里在创作中正是秉承这样的

---

[1] 瓦雷里：《波德莱尔的地位》，《文艺杂谈》，段映虹译，百花文艺出版社，2002年，第180页。

[2] 瓦雷里：《象征主义的存在》，《文艺杂谈》，第229页。

[3] 瓦雷里：《保尔·瓦莱里选集》第14卷，第209页，参见韦勒克：《近代文学批评史》第8卷，第272页。

[4] 瓦雷里：《〈陶潜诗选〉法译本序》，钱春绮译，《瓦莱里散文选》，百花文艺出版社，2006年，第349页。

[5] 瓦雷里：《诗与抽象思维》，《文艺杂谈》，第283页。

[6] 同上，第300页。

理念,把理性和感性结合起来,达到一种新的境界。

梁宗岱是中国现代较早接触西方象征主义理论尤其是瓦雷里象征诗学的诗人。他毕生对象征主义的介绍、传播和诠释,在很大程度上代表着中国学界对象征主义理解的最高水准,这一点是得到大家公认的。诗人卞之琳说:"至于1933年梁以宏观的高度,以中西比较文学的广角,论《象征主义》的这篇文章,我至今还认为是他这方面的力作。这些译述论评无形中配合了戴望舒二三十年代之交已届成熟时期的一些诗创作实验,共为中国新诗通向现代化的正道推进了一步。"〔1〕"在我国现代文学批评史上,从最完整意义的角度看,他是第一个,也是最后一个象征主义诗论家。"〔2〕虽然在梁宗岱之前和同时代有周作人、穆木天、王独清、戴望舒、朱光潜等人都曾撰文介绍和阐释象征主义,但他们对象征主义的理解却很不一致,有的甚至和西方象征主义诗学运动没有任何实质性的联系,如朱光潜就仅仅把象征理解为一种修辞手段。而梁宗岱的象征主义理论与马拉美、瓦雷里的象征主义有着直接的渊源,他在介绍瓦雷里的《保罗·瓦雷里先生》一文中其实用了不少篇幅谈到了瓦雷里象征主义诗作的特征,比如重视暗示性和音乐性,追求诗歌的哲理层次等。后来梁宗岱对此又有不少阐发,他要求诗人不能简单追求音节和节奏,而是要注意诗歌整体的音乐感:"把情绪和观念化炼到与音乐和色彩不可分辨的程度。"〔3〕"把文字来创造音乐,就是说,把诗提到音乐底纯粹的境界,正是一般象征诗人在殊途中共同的倾向。"〔4〕而马拉美和中国的姜白石的成功在梁宗岱看来很大程度也是由于"他们底诗艺,同是注重格调和音乐"。〔5〕他还说:"一切伟大的作品必定具有一种超越原作者底意旨和境界的弹性与暗示力。"〔6〕并且认为姜白石的《疏影》和济慈的《夜莺曲》"寥寥数语,含有无穷暗示"。〔7〕

最能集中、系统体现梁宗岱象征主义观点的文章是他的《象征主义》。在这篇文章中,梁宗岱结合中西大量的文学实例和瓦雷里的象征主义理论对象征主义的概念、原则、精神实质等进行了系统的论述。梁宗岱首先从文学发展

〔1〕 卞之琳:《人事固多乖——纪念梁宗岱》,《新文学史料》1990年第1期。
〔2〕 许道明:《中国现代文学批评史新编》,复旦大学出版社,2002年,第200页。
〔3〕 梁宗岱:《诗与真二集·谈诗》,《梁宗岱文集》第2卷,第99页。
〔4〕 梁宗岱:《诗与真·保罗·梵乐希先生》,《梁宗岱文集》第2卷,第20页。
〔5〕 梁宗岱:《诗与真二集·谈诗》,《梁宗岱文集》第2卷,第85页。
〔6〕 同上,第98页。
〔7〕 同上,第87页。

史的角度高度肯定了象征主义的价值，他说："所谓的象征主义，在无论任何国度，任何时代底文艺活动和表现里，都是一个不可缺乏的普遍的重要的元素……一切最上乘的文艺品，无论是一首小诗或高耸入云的殿宇，都是象征到一个极高的程度的。"〔1〕特别关键的是，在梁宗岱眼里，象征主义绝对不是一种局部修辞的手段，它有着自己独特的生命体系，表达的是人类个体生命与宇宙之间的密切关系，具有强烈的哲学意蕴。只有站在这样的高度，才能把握象征主义的实质。他那些反复提到的象征主义的杰作如瓦雷里的《水仙辞》与《海滨墓园》、勃莱克的《天真的预示》、波德莱尔的《契合》、歌德的《一切的峰顶》，甚至日本诗人芭蕉的俳句都在很大程度上触及个体与宇宙、生与死等形而上的主题。其实梁宗岱在最早介绍瓦雷里时曾谈到瓦雷里诗作的主题正是这些："那是永久的哲理，永久的玄学问题：我是谁？世界是什么？我和世界底关系如何？它底价值何在？"〔2〕而这些正是梁宗岱超越中国早期象征主义诗学而逐渐走向成熟的标志之一。

众所周知，瓦雷里是一个创作态度十分谨严的诗人，他极为讲究诗歌的语言、节奏和音律等形式问题，竭力达到完美的境地。为此他特别把诗歌的语言和散文等进行区分，强调诗歌语言的独特性。他说："严格的规律规则是人为的伎俩，它赋予自然语言以一种物质的特性……我们一旦接受了它们，就再也不能为所欲为，就再也不能信口开河。"〔3〕梁宗岱不止一次地对瓦雷里重视诗歌的格律等形式问题给予肯定，他说："像他底老师一样，梵乐希是遵守那最谨严最束缚的古典诗律的；其实就说他比马拉美守旧，亦无不可……他则连文字也是最纯粹最古典的法文。"〔4〕瓦雷里关于诗歌形式的一系列观点对梁宗岱的影响也很大。梁宗岱本人早年也和许多中国现代诗人一样从事自由诗体的写作，但在实践的过程中他越来越发现，一味追求白话自由而抛弃谨严的格律会在很大程度上影响诗歌的艺术感染力，从而也在根本上否定了诗歌。他特别反感胡适的自由诗理论，认为"有什么话说什么话，——不仅是反旧诗的，简直是反诗的……简直把一切纯粹永久的诗底真元全盘误解和抹煞了"。〔5〕那

〔1〕 梁宗岱：《诗与真·象征主义》，《梁宗岱文集》第 2 卷，第 60 页。
〔2〕 梁宗岱《诗与真·保罗·梵乐希先生》，《梁宗岱文集》第 2 卷，第 22 页。
〔3〕 瓦雷里：《关于〈阿多尼斯〉》，《文艺杂谈》，段映虹译，第 30 页。
〔4〕 梁宗岱：《诗与真·保罗·梵乐希先生》，《梁宗岱文集》第 2 卷，第 23 页。
〔5〕 梁宗岱：《诗与真二集·新诗底分歧路口》，《梁宗岱文集》第 2 卷，第 156 页。

么中国的新诗应该追寻什么样的目标呢？梁宗岱经过深入思考后作出了自己的回答,他曾借用了瓦雷里的一句话:"最严的规律是最高的自由。"在梁宗岱看来,中国新诗的出现固然有其合理性的存在,但是它也面临着许多挑战,其中很重要的一点就是它必须接受某种形式的束缚:"如果我们不受严密的单调的诗律底束缚,我们也失掉一切可以帮助我们把捉和铸造我们底情调和意境的凭借。""没有一首自由诗,无论本身怎样完美,能够和一首同样完美的有规律的诗在我们心灵里唤起同样宏伟的观感,同样强烈的反应的。"[1]由于具有中西跨文化的视野,梁宗岱不仅从中国古典诗歌、也从西方诗歌中寻找成功的范例,甚至提出可以借鉴法国诗的阴阳韵以及莎士比亚十四行诗的脚韵。他对诗歌的跨行问题、用韵以及节奏问题都有过深入的思考,其根本的动因恰恰在于纠正中国新诗的散文化弊端,以使其回到正确的路径上。在这一点上,梁宗岱和闻一多、朱光潜等都提出了大致相似的意见,对中国新诗的发展研究有着值得借鉴的价值。

三

梁宗岱从事文学批评的时代,正是中国批评界全面引入西方文学理论来追求、实现中国文学批评现代性转换的关键阶段,梁宗岱和他同时代的学者一起在这方面做出了重要的贡献。但应该指出的是,梁宗岱并没有全盘移植、照搬西方的文学批评理论,而是始终立足于东方民族的文化传统和特性。即使他在接受自己尊崇的瓦雷里理论的时候也同样如此。如他对瓦雷里纯诗理论和象征主义理论进行阐释时更多带有一种主动性的过滤和选择,甚至有意"误读",从而使其带有了独特的风貌和东方民族的智慧。

纯诗理论是西方象征主义所提出的概念,最早源于美国诗人爱伦·坡。他在《诗歌原理》一文中认为诗歌的效果与音乐相同,是一种"纯"艺术,后来他的观点得到波德莱尔、马拉美、瓦雷里等的继承和发展。瓦雷里曾经在《骰子底一掷》中描述过自己听到马拉美朗读这首诗歌所产生的震撼:"那是些微语,暗示,对于眼睛的雷鸣,整个精神的风浪被引导从一页到一页以致思想的极端……全诗令我神往得仿佛一群新星被提示给天空;仿佛一个终于有意义的

---

〔1〕 梁宗岱:《诗与真二集·新诗底分歧路口》,《梁宗岱文集》第 2 卷,第 157、159 页。

星座显现出来。"[1]瓦雷里在这篇文章中以诗性的语言已经描述出纯诗的某种内涵,比如追求音乐、视觉等效果。为此他特别强调创作过程中精神活动的"纯粹性",达到一种"超人类的境界"。但事实上,瓦雷里也认为这样绝对纯粹的诗是找不到的:"我过去一直认为,并且现在也仍然认为这个目标是达不到的,任何诗歌只是一种企图接近这一纯理想境界的尝试。"[2]但是梁宗岱却认为,这种纯诗是一种艺术存在的现象,虽然它代表了很高的境界,但在古今中外都不乏此类的纯诗,诸如中国的姜白石、陶渊明都有此类作品。梁宗岱摒弃了瓦雷里纯诗理论中带有神秘色彩的部分,而是用更具有东方文化的诗性语言说道:"所谓纯诗,便是摒除了一切客观的写景,叙事,说理以致感伤的情调,而纯粹凭借那构成它底形体的原素——音乐和色彩——产生一种符咒似的暗示力,以唤起我们感官与想象底感应,而超度我们灵魂到一种神游物表的光明极乐的境域。"[3]实质上,在这里梁宗岱不仅借鉴了瓦雷里的纯诗理论,其实也受到晚唐司空图形式美学的影响。

　　还应当注意的是,梁宗岱固然深知中国新诗在艺术形式上的贫乏甚至粗糙,急需引入纯诗的理论进行引导。但另一方面,梁宗岱的诗学理想仍然植根于中国社会的现实,他一直强调内容和形式的融合,对瓦雷里那种完全与现实绝缘、把诗歌创作完全视为精神"纯粹性"的纯诗理论多少是有所保留和怀疑的。他说:"在创作最高度的火候里,内容和形式是像光和热般不能分辨的……情绪和观念——题材或内容——底修养,锻炼,选择和结构也是艺术或形式底一个重要元素。"[4]为此他要求诗人到社会现实中去吸取诗的养分,这是梁宗岱早年受到"为人生"文学观念影响的流露,也是对瓦雷里纯诗理论自觉的反思。

　　同样,在对象征主义诗学的理解上梁宗岱也没有完全认同瓦雷里的观点,而是把它和中国传统哲学、文学观念有机联系起来。梁宗岱十分推崇瓦雷里《年轻的命运女神》,认为在诗作中诗人心凝形释,与宇宙息息相通。这在梁宗岱看来,就是人的心灵与万物的"契合"。梁宗岱在阐释象征主义时把"契合"视为"象征之道":"像一切普遍而且基本的真理一样,象征之道也可以一以贯

〔1〕 梵乐希:《骰子的一掷》,梁宗岱译,见《梁宗岱文集》第2卷,第183页。
〔2〕 瓦雷里:《纯诗》,《象征主义·意象派》,第65,71页。
〔3〕 梁宗岱:《诗与真二集·谈诗》,《梁宗岱文集》第2卷,第87页。
〔4〕 同上,第85页。

之，曰，'契合'而已。"〔1〕而这种"契合"在梁宗岱看来本质上是"自我"（小我）与"自然"（"宇宙"）之间不可分割的关系。他进一步描述说："我们内在的真与外界底真调协了，混合了。我们消失，但是与万化冥合了。我们在宇宙里，宇宙也在我们里：宇宙和我们底自我只合成一体，反映着同一的回声。"〔2〕但实际上，"契合"自波德莱尔提出后主要分成了两个路径发展。一条线索继承了波德莱尔的思想，认为诗人的心灵与外在的世界存在某种感应，如魏尔伦、兰波。而瓦雷里主要强调的是其理智性的一面，完全排除所谓的灵感，他称赞爱伦·坡主张把诗歌发展为"一门很诱人也很严格的学说，某种数学与神秘主义相结合的学说"。〔3〕瓦雷里这里强调的是缜密的逻辑和科学。但梁宗岱却认为在人们的创作和审美心理中确实存在一种人们"开始放弃了动作，放弃了认识，而渐渐沉入一种恍惚非意识，近了空虚的境界"。〔4〕可见，梁宗岱主张审美的心理过程要抛弃理智，只有自始至终沉浸在自足的审美世界，才可以进入形神俱忘、遨游天地的境界。这里更多流露的是中国道家尤其是庄子的思想，甚至连有些语言也是借用庄子的，梁宗岱在象征主义诗学和中国哲学中找到了某种文化的连接点。

梁宗岱的文学批评世界既是一个开放和包容的体系，又是一个充满主体自觉意识的体系，他对西方理论尤其是瓦雷里理论的介绍、阐释和接受都充分证明了这一点。他借鉴瓦雷里的理论极大地开拓了其批评视野和现代性意识，为中国文学理论由传统到现代，从本土到世界的转换提供了科学的参照。与此同时，他又在中国文化的特殊语境中对这种理论进行了辨析、选择，为我所用，从而理性回应了西方文化大规模输入对中华民族几千年文明价值的挑战和冲击，而这一点则更加弥足珍贵。

---

〔1〕　梁宗岱：《诗与真·象征主义》，《梁宗岱文集》第2卷，第68页。
〔2〕　同上，第72页。
〔3〕　瓦雷里：《波德莱尔的地位》，见《文艺杂谈》，段映虹译，第180页。
〔4〕　梁宗岱：《诗与真·象征主义》，《梁宗岱文集》第2卷，第72页。

第五章
朱光潜文学批评研究

第一节　美与自由的追寻
——朱光潜现代文学批评思想探析

在中国现代学术史上，朱光潜主要的角色是一个美学家和翻译家。但同样不能忽视的是，在 20 世纪 30 至 40 年代，朱光潜在文学批评界也是一位非常活跃的人物。他不仅创办刊物，参与文学论争，而且写下了不少现实感很强的批评文章，对现代文学批评有切实的贡献。考察朱光潜的文学批评实践，不难发现他对自由、宽容原则的推崇，对美的推崇，真正体现出自由主义文学的内涵和精髓。同时，他比同时代批评家有更强的理论自觉，因而其批评在总体上具有高屋建瓴的属性。这是一个迎合时代而又超越了时代的批评家，其在现代文学批评史上的成就应该受到公正评价。

一

朱光潜早年在欧洲留学多年，不仅在哲学、美学、心理学、文学等学科领域积累了丰富的学识，而且深受西方自由主义思想的影响，这也奠定了其后来的思想基础。自由主义思想的源头本来就在西方，其核心理念就是宽容和追求思想自由。如当代自由主义学者哈耶克就认为："自由是所有人类文明与其他价值的源泉和条件；换句话说，人类的文明只有在自由的环境中才能得到最合理、最完善的发展，其他的人类生活中追求的目标如平等、博爱、富强、乐康，倘若不在自由的环境中产生,便没有价值,没有意义。"〔1〕自由主义在洛克、亚当·斯密、斯宾塞、穆勒、杜威等思想家的不断诠释中日趋缜密,并在19世纪的欧洲达到鼎盛。伴随着中国近代社会的转型和对外开放,自由主义和其他社会思潮一样被陆续介绍到中国。1933年,朱光潜回国任教,而此时的中国也恰逢自由主义的黄金时代,因而朱光潜选择拥抱自由主义思想是非常自然的事情。

　　1937年朱光潜主编《文学杂志》,他在创刊号所发表的文章《我对本刊的希望》完整阐发了自由主义的文化思想和文艺理想。朱光潜说:"在现代中国,我们一提到文艺,就要追问到思想。这是不可避免的。""我们对于文化思想运动的基本态度,用八个字概括出来,就是'自由生发,自由讨论'。"对待思想文化,朱光潜主张尽量延长它们的生发期,让其自由发展,滋长,"我们现在所急需的不是统一而是繁复,是深入,是尽量地吸收融化,是树立广大深厚的基础。"对于文艺,朱光潜抱着同样的态度,他说:"对于文艺本身,我们所抱的态度与对于文化思想相同。中国的新文艺也还是在幼稚的生发期,也应该有多方面的调和和自由发展。我们主张多探险,多尝试,不希望某一种特殊趣味或风格成为'正统'。这是我们的新文艺试验时期……别人的趣味和风格尽管和我们背道而驰,只要他们的态度诚恳严肃,我们仍应表示相当的敬意。"〔2〕朱光潜反对文艺上的专制,主张各种文学自由而平等地竞争,批评家应该用宽容的精神对待各种新生的文学,只有经历这样一个相当长的时期,文学才能繁荣。这是相当典型的自由主义文艺观,多年后朱光潜提及时也并不讳言这一点。他回忆说:"在第一期我写了一篇发刊词,大意说在诞生中的中国新文化要走的路宜于广阔些,丰富多彩些,不宜过早地窄狭化到只准走一条路。这是我的文艺独立自由的老调。"〔3〕正是秉持了这样的立场,朱光潜虽然没有直接点名批评左翼文学,但实际上他在发刊词中所频频指责的"文以载道""为大众""为革命""为阶级意识"等却正是左翼文学的症候。因此当沈从文从自由主义立场出发,批评左翼文学概念化倾向的文章《再谈差不多》写出后,朱光潜不仅发表在《文学杂志》上,而且在自己撰写的编辑后记中加以称赞。周煦良评论夏衍剧作《赛金花》的文章在《文学杂志》发表时,朱光潜也说:"周煦良先生趁评《赛

〔1〕　林毓生:《中国传统的创造性转化》,三联书店,1988年,第333页。
〔2〕　朱光潜:《我对本刊的希望》,原载《文学杂志》第1卷第1期,1937年。
〔3〕　朱光潜:《作者自传》,《朱光潜全集》第1卷,第5页。

金花》的机会，很清楚地指出借文学为宣传工具而忽略艺术技巧的危险。"[1]到了 20 世纪 40 年代，朱光潜对于左翼文学则直截了当地点名批评："左翼作家所号召的是无产阶级文学或普罗文学，要文学反映无产阶级的政治意识，使文学成为政治宣传的工具。因为无产阶级的政治意识在中国尚未成为事实，他们也只是有理论而无作品。"[2]这些带有一定意气和偏见成分的论点无疑都是朱光潜自由主义文艺思想的流露。

到了 20 世纪 40 年代中后期，随着抗战的结束，中国自由主义一度出现了复苏。自由知识分子对国民党政权的腐败和专制失去信心，他们呼吁政治上的民主和自由，希望以自由主义理念重构中国的文化价值，进而实现自己的政治、社会、文化等抱负。有人说："我们要限制任何人的达意活动，不让他们垄断自由，妨碍他人的达意活动，我们要用法律和教育的方法建立一个达意的社会秩序，使得人民不但能够有话大家讲，而且能够大家有话讲。在这个秩序当中，任何人都不能使用强力去压迫他人接受自己的主张，去禁止他人发表本心的意见。"[3]也有人说："文化的自由主义是人类文化发展上学术思想的生命线。中国今后要吸收西方文化，进一步要对于全世界文化有所贡献，更不能不特别注意这个自由。"[4]在这样的文化背景下，朱光潜发表了不少谈及自由主义文学的文章。1947 年，因抗战爆发停刊多年的《文学杂志》复刊，朱光潜仍然担任主编，他在复刊号发表文章，继续抒发自己的自由主义文艺理想："采取宽大自由而严肃的态度……借此在一般民众中树立一个健康的纯正的文学风气。"他说："我们认为文学上只有好坏之别，没有什么新旧左右之别。我们没有门户派别之见，凡是真正爱好文学的人们，尽管在其他方面和我们的主张或见解不同，都是我们的好朋友。"[5]朱光潜在另一篇文章中更加鲜明地亮出了自由主义文艺的旗帜，坚定维护文艺领域中的自由主义："文艺的要求是人性中最宝贵的一点，它就应有自由的发展，不应受压抑和摧残……自由是文艺的本性，所以问题并不在文艺应该或不应该自由，而在我们是否真正要文艺。是文艺就必有它的创造性，这就无异于说它的自由性；没有创造性或自由性的文

---

[1] 朱光潜：《编辑后记（一）》，《文学杂志》第 1 卷第 1 期，1937 年。

[2] 朱光潜：《现代中国文学》，原载《文学杂志》第 2 卷第 8 期，1948 年 1 月。

[3] 萧公权：《自由的理论与实际》，商务印书馆，1948 年，第 52 页。

[4] 张东荪：《政治上的自由主义与文化上的自由主义》，《观察》，1949 年 2 月 28 日。

[5] 朱光潜：《〈文学杂志〉复刊卷头语》，载《文学杂志》第 6 卷第 1 期，1947 年。

艺根本不成其为文艺。"〔1〕可以看出,从 20 世纪 30 年代到 40 年代,虽然中国社会发生了根本性的变化,然而朱光潜的自由主义文艺理想却是一以贯之,从来没有改变,而这正是他从事具体文学批评的基石和归宿。

朱光潜在文学批评中秉持独立、公正和宽容的批评精神,具体诠释了自由主义文艺的理念。朱光潜心目中的批评家不是一个法官和裁判,而是美的欣赏者,需要的是公平和自由,因而他推崇印象派的批评,而对于攻击和谩骂式的批评尤为反感。他说:"攻击唾骂在批评上固然有它的破坏的功用,它究竟是容易流于意气之争,酿成创作与批评中不应有的仇恨。""书评是一种艺术,像一切其他艺术一样,它的作者不但有权力,而且有义务,把自己摆进里面去;它应该是主观的;也就是说,它应该有独到见解。"〔2〕朱光潜对于批评的理解和另一位著名批评家李健吾有着惊人的相似,李健吾也曾经说:"一个批评者有他的自由。他不是一个清客,伺候东家的脸色……他尊重个性。他不诽谤,他不攻讦;他不应征。属于社会,然而独立。"〔3〕朱光潜的文学嗅觉敏感而又迅速,对于当时文坛涌现的不少作家作品都及时关注和批评,努力去实践独立和宽容的精神。曹禺的剧作《日出》发表后在文坛引起轰动,萧乾主编的《大公报》文艺副刊为此开辟专栏进行讨论,许多知名学者和批评家都发表意见。朱光潜在《"舍不得分手"》的评论文章中对《日出》做出了实事求是的评论,他一方面肯定《日出》的优点,但另一方面也用了更大的篇幅谈到《日出》的不足:"《日出》的性格根本没有生展,陈白露始终是一位堕落的摩登少女,方达生也始终是一位老实呆板令人起喜剧之感的书呆子。《日出》所用的全是横断面的描写法,一切都在同时间内摆在眼前,各部分都很生动痛快,而全局却不免平直板滞。"〔4〕朱光潜还批评了《日出》在结构以及主题上的一些缺陷。显然,批评家对于作品的理解和作者有着一定的距离,而曹禺也非常诚恳地接受了这些批评。

同时,对于一些备受争议的作家和作品,朱光潜却能够宽容地对待,给予最大的包容和理解,甚至超越文坛派别的界限。朱光潜认为,一个批评家所做的工作只是报告个人的主观印象,可以有个性,有特见,但绝不可以当作权威

---

〔1〕　朱光潜:《自由主义与文艺》,原载《周论》第 2 卷第 4 期,1948 年。
〔2〕　朱光潜:《谈书评》,原载天津《大公报》文艺副刊第 190 期,1936 年 8 月 2 日。
〔3〕　李健吾:《李健吾文学评论选》,第 3 页。
〔4〕　朱光潜:《"舍不得分手"》,原载天津《大公报》文艺副刊,1937 年 1 月 1 日。

去压服别人。相反，应该允许人们有不同的见解，彼此包容，互相尊重。"世界有这许多分歧差异，所以它无限，所以它有趣；每篇书评和每部文艺作品一样，都是这'无限'的某一片面的摄影。"〔1〕当时的废名发表了长篇小说《桥》。这是一篇迥异于传统文学手法的作品，它新奇的艺术构思和文学表达曾引起不少批评家的关注，甚至指责。如沈从文就曾经批评这部作品"实在已就显出了不康健的病的纤细的美"。〔2〕朱光潜却以宽容的态度看待这部作品，给予较高评价。朱光潜说："如果以陈规绳《桥》，我们尽可以找到许多口实来断定它是一部坏小说；但是就它本身看，它虽然不免有缺点，但仍可以说是'破天荒'的作品。它表面似有旧文章的气息，而中国以前实未曾有过这种文章；它丢开一切浮面的事态与粗浅的逻辑而直没入心灵深处，颇类似普鲁斯特与吴尔芙夫人，而实在这些近代小说家对于废名先生到现在都还是陌生的。《桥》有所脱化而却无所依傍，它的体裁和风格都不愧为废名先生的独创。"〔3〕同样，废名的诗也是极为难懂甚至晦涩，朱光潜也劝人们不要一味苛求，而应该同情和鼓励："废名先生的诗不容易懂，但是懂得之后，你也许惊叹它真好……无疑地，废名所走的是一条窄路，但是每人都各走各的窄路，结果必有许多新奇的发现。"〔4〕戴望舒是海派作家，而当时京派和海派之间存在一道巨大的鸿沟，然而朱光潜对于戴望舒的文学成就却能超出文学的门户之见，充分肯定："这个世界是单纯的，甚至可以说是平常的，狭小的，但是因为是作者的亲切的经验，却仍很清新爽目。""就全盘说，《望舒诗稿》的文字是很新鲜的，有特殊风格的。"〔5〕因为宽容，朱光潜在主编《文学杂志》期间仍然发表了不少左翼色彩作家的作品以及评论文章；因为宽容，朱光潜才能用极为平常的心情看待评论家李健吾和诗人卞之琳围绕诗集《鱼目集》的激烈争论。在当时门户森严的批评界，具有朱光潜这样宽容批评精神的人并不多见。

二

　　作为一个接受西方哲学和美学思想系统训练的学者，朱光潜的文学批评

〔1〕　朱光潜：《谈书评》，原载天津《大公报》文艺副刊，1936年8月2日。
〔2〕　沈从文：《论冯文炳》，《沈从文全集》第16卷，北岳文艺出版社，2002年，第150页。
〔3〕　朱光潜：《桥》，原载《文学杂志》第1卷第3期，1937年。
〔4〕　朱光潜：《编辑后记（二）》，原载《文学杂志》第1卷第2期，1937年。
〔5〕　朱光潜：《望舒诗稿》，原载《文学杂志》第1卷第1期，1937年。

往往呈现出自觉的理论探索和追求。如他在新诗问题上提出了很多极具建设性的理论主张,对 20 世纪 30 年代诗歌的繁荣做出了重要的理论贡献;他在文学批评中提出了静穆的美学标准和直觉、距离说等观点,对当时的文学批评产生了不小的影响。在具体的文学批评中,他也总是力图从理论的高度进行综合和分析,这些使得朱光潜的文学批评不仅理论性和系统性都较强,而且具有了超越时代的前瞻性。

　　20 世纪 30 年代,中国新诗在取得重要成就的同时也面临着危机,诸如新诗和古典诗歌的关系、朗诵诗的价值、诗与散文的分野、新诗的音律、节奏等,都需要在学理上加以辨析,如果不能很好地加以解决,也就无法回应人们一度对新诗合法性的质疑。如梁宗岱认为当时的新诗处在一个何去何从的关键阶段:"我们似乎已经走到了一个分歧的路口。新诗底造就和前途将先决了我们底选择和造就。"〔1〕他认为如果选择跟随欧美自由诗的发展路径,虽然是一条捷径,却没有前途可言;但是如果上溯西方近代诗的历史源流和欧洲文艺复兴各国新诗运动,则新诗依然有着远大的前途。沈从文也认为:"就目前状况说,新诗的命运恰如整个中国的命运,正陷入一个可悲的环境里。想出路,不容易得出路。困难处在背负一个'历史',面前是一条'事实'的河流。"〔2〕其他如林庚、孙大雨、陈梦家、罗念生、陆志韦、周煦良、叶公超等也都纷纷发表意见,新诗的理论探讨俨然成为学界的热点。朱光潜虽然没有写新诗,但是他对诗歌的理论问题一直都很关注,认为这方面研究有着重要的价值。他说:"在目前中国,研究诗学似尤刻不容缓。第一,一切价值都由比较得来,不比较无由见长短优劣……其次,我们的新诗运动正在开始,这运动的成功或失败对中国文学的前途必有极大的影响,我们必须郑重谨慎,不能让它流产。"〔3〕20 世纪 30 年代,朱光潜在完成《文艺心理学》后,很大的精力转向了诗歌理论。他在自己主编的《文学杂志》刊登新诗的理论文章的同时,自己也身体力行,发表不少这方面的文章,如《从生理观点论诗的"气势"和"神韵"》《诗与谐隐》《诗的主观与客观》《答罗念生先生论节奏》《答高一凌君谈新诗》《谈晦涩》《中西诗在情趣上的比较》《论节奏》《替诗的音律辩护》等,形成了自己的诗学体系。

――――――――――――

〔1〕　梁宗岱:《新诗的分歧路口》,《梁宗岱全集》第 2 卷,第 160 页。
〔2〕　沈从文:《新诗的旧账――并介绍〈诗刊〉》,天津《大公报》文艺副刊,1935 年 11 月 10 日。
〔3〕　朱光潜:《诗论·抗战版序》,《朱光潜全集》第 3 卷,第 4 页。

　　"五四"以来，中国诗歌走向了白话诗的道路，成就固然可观，但问题也很多。如不少诗歌模仿西方的自由体诗，完全抛弃了格律、节奏、音韵等要素，造成诗作艺术生命的苍白。朱光潜对此的态度非常鲜明，他对胡适在《白话文学史》中提出的"做诗如说话"的口号十分不满，认为这完全抹杀了诗同其他文体的区别。朱光潜坚持诗歌是一种特殊的语言艺术，尤其是新诗应该很好地借鉴传统诗歌的形式要素："中文诗用韵以显出节奏，是中国文字的特殊构造所使然。""诗和音乐一样，生命全在节奏……散文和诗都一样要有节奏，不过散文的节奏是直率流畅不守规律的，诗的节奏是低回往复遵守规律的。"朱光潜通过比较发现，谐声字在诗歌中占有极为重要的位置，尽管中外语言都有谐声字，但汉语占有天然的优势，对于新诗的写作提供了很好的资源："中国字里谐声字在世界中是最丰富的……谐声字多，音义协调就容易，所以对做诗是一种大便利。"〔1〕

　　为了进一步论证中国传统诗歌对于新诗的意义，朱光潜用极为严谨的科学精神对诗歌的声韵、节奏、顿等技术层面问题详尽辨析，得出了自己的独特观点。如朱光潜在论"顿"时反复提到"顿"对于诗歌的重要性："中国诗的节奏不易在四声里见出，全平平仄的诗句仍有节奏，它大半靠着'顿'。它又叫做'逗'或'节'。它的重要从前人似很少注意。"〔2〕接着朱光潜把中国诗歌的"顿"与英语诗歌的"步"和法国诗歌的"顿"做了比较，进而对中国新诗能否借用"顿"进行讨论。对于朱光潜在诗歌理论的内涵，有学者这样评价："诗的作品，一半是音乐的，一半又是语言的；因为是音乐的，所以要注重声音的节奏及和谐；因为是语言的，所以要讲究情趣和意象的美妙，以及两者间的契合。诗人所追求的，就是怎样使音乐化的声音和含有美妙的情意的语言，相融合起来，以构成一种艺术品。"〔3〕在关于诗歌的格律化、音乐性、新诗与传统诗歌关系等问题上，朱光潜和梁宗岱、叶公超等有较多的共识，这些理论的探讨为20世纪30年代新诗的发展开辟了道路，中国新诗的生命由此呈现出全新的姿态。其实，朱光潜对新诗理论涉猎的范围十分广泛，比如他从生理学的角度探讨了诗歌节奏变化对人生理上的影响，就很有说服力。朱光潜说："就形式方面说，诗的命脉是节奏，节奏就是情感所伴的生理变化的痕迹。人体中呼吸循

---

〔1〕　朱光潜：《诗论》，见《朱光潜全集》第 3 卷，第 236、169 页。
〔2〕　同上，第 172 页。
〔3〕　张世禄：《评朱光潜〈诗论〉》，上海《国文月刊》第 58 期，1947 年 8 月 10 日。

环种种生理机能都是起伏循环，顺着一种自然节奏。以耳目诸感官接触外物时，如果所需要的心力，起伏张弛都合乎生理的节奏，我们就觉得愉快。通常艺术家所说的'和谐''匀称'诸美点其实都起于生理的自然需要。"[1]他以西方美学"移情说"理论解释诗的"有我之境"和"无我之境"，还对"新诗"的晦涩问题多次发表意见。20世纪30年代朱光潜在自己的住所搞"读诗会"，参加的诗人和学者甚多，其实这种读诗会也蕴含着朱光潜对新诗理论探求的自觉意识。沈从文后来回忆说："大家的兴致所集中的一件事，就是新诗在诵读上，有多少成功可能？新诗在诵读上已经得到多少成功？新诗究竟能否诵读？差不多集所有北方系新诗作者和关心者于一处，这个集会可以说是极难得的。"沈从文还以旁观者的角色谈到自己参加读诗会的理论收获："这个集会在我这个旁观者的印象上，得来一个结论，就是：新诗若要极端'自由'，就完全得放弃某种形式上由听觉得来的成功……若不然，想要从听觉上成功，那就得牺牲一点自由，无妨稍稍向后走，走回头路，在辞藻与形式上多注点意。"[2]这也从一个侧面为朱光潜诗歌理论主张做了注解。

有感于各种功利主义审美体验给文学带来的消极影响，朱光潜则在文学批评中提出了"静穆"的审美标准。并把其作为文学成就高低的重要尺度，要求作家和社会现实保持适当的距离，以静观、超然的心态看待现实和人生，去营造澄明、幽远的艺术世界。朱光潜在一篇文章中对希腊的古典艺术十分推崇，认为它真正体现出静穆的境界："艺术的最高境界都不在热烈……这里所谓静穆(Serenity)自然只是一种最高理想，不是在一般诗里所能找到的。古希腊的造型艺术——常使我们觉得这种'静穆'的风味。'静穆'是一种豁然大悟，得到归依的心情。"[3]他把陶渊明视作这种艺术理想的中国化身。此外，朱光潜还运用西方距离说和移情说的理论来阐释文学，建构起一套较为系统的批评理论体系，在一定程度上反映了朱光潜对社会学批评的不满和纠正。在这种批评理论的主导下，朱光潜对于周作人、废名、俞平伯、沈从文、芦焚、凌叔华等人的作品给予很高的评价，认为他们的作品体现出和平静穆的境界，有完整的艺术生命。对于周作人的散文，朱光潜不止一次地赞叹过，他在一篇专论周作人散文集《雨天的书》中说："而在现代中国作者中，周先生而外，很难找

---

[1]　朱光潜：《从生理学观点谈诗的"气势"与"神韵"》，《朱光潜全集》第3卷，第368页。
[2]　沈从文：《谈朗诵诗》，《沈从文全集》第17卷，第247、248页。
[3]　朱光潜：《说"曲终人不见，江上数峰青"》，原载《中学生》第60期，1935年12月。

出第二个人能够做得清淡的小品文字。"〔1〕而周作人在文章中也公开说自己羡慕平淡自然的境地，无疑和朱光潜的审美理相吻合。后来朱光潜主编的《文学杂志》发表了周作人的散文，朱光潜在编辑后记中说："我们很高兴在这一栏里开头就有知堂先生的作品。'知堂''谈笔记'，这两个名字似乎是天造地设地联在一起的，它们联在一起似乎还是第一次。"〔2〕对于废名，朱光潜也认为他的作品呈现出淡远、清幽的氛围："废名所给我们的却是许多幅的静物写生。'一幅自然风景'，像亚弥儿所说的，'就是一种心境'。他渲染了自然风景，同时也就烘托出人物的心境……"〔3〕

朱光潜对于那些具有非常明显创作目的、和现实过于贴近的作品较为反感，他认为审美是一种凝神观照，不能受到任何功利思想的羁绊，只有和审美对象保持恰当的距离才能创造出美感的世界。朱光潜在一篇文章中曾经批评了那种让人能够流泪的作品，认为它们过于直接宣泄了感情，没有保持足够的审美距离。他说："能叫人流泪的文学不一定就是一等的文学……就是拿同一个作者来说，《少年维特之烦恼》叫人流泪的可能是无疑地比《浮士德》强，但是它们的价值高低决不能和叫人流泪的可能成正比例。英国诗人华兹华斯在一首诗里说过：'最微小的花对于我可以引起不能用泪表达得出的那么深的思致。'用泪表达得出的思致和情感原来不是最深的，文学里面原来还有超过叫人流泪的境界。"〔4〕对于曹禺的《日出》，虽然朱光潜总体上肯定了它的价值，但也认为它表达社会批判的主题过于明显和直接，以至作家失去了应有的冷静："最后，我读完《日出》，想到作剧的一个根本问题，就是作者对于人生世相应该持什么样的态度……我自己是一个很冷静的人，比较欢喜第一种，而不欢喜在严重的戏剧中尝甜蜜。在《日出》中我不断地尝到义愤发泄后的甜蜜。"〔5〕朱光潜这种文学批评思想对当时京派作家的创作有一定的影响，在严峻的社会现实面前显得清高、超脱，因而遭到左翼作家的激烈批评也就在所难免了。

三

作为受过西方美学思想系统熏陶的学者，朱光潜的文学批评一直致力于

---

〔1〕　朱光潜：《雨天的书》，原载《一般》第1卷第3期，1926年11月。
〔2〕　朱光潜：《编辑后记》(一)，《文学杂志》第1卷第1期，1937年。
〔3〕　朱光潜：《桥》，原载《文学杂志》第1卷第1期，1937年。
〔4〕　朱光潜：《眼泪文学》，原载《大众知识》第1卷第7期，1937年1月。
〔5〕　朱光潜：《"舍不得分手"》，原载天津《大公报》文艺副刊，1937年1月1日。

美的追求。虽然朱光潜具体的文学批评文章数量并不多,但它们的核心都指向美的价值、美的世界,这和同时代的不少批评家有显著的差别。他也擅长用简练的语言总结归纳出作品的美学特征,并把论述的对象放置在中西文化的背景中加以比较,显示出开阔的研究视野。

不同观点的人们对于文学价值的理解显然有所差别。有人看重文学的社会价值,有人看重文学的道德功用,有人偏重文学的美感,而朱光潜明显偏重文学的美感。朱光潜在《与梁实秋先生论"文学的美"》一文中围绕文学的价值和梁实秋展开论辩,重申了自己的立场。梁实秋坚持文学的作品不能停留在美感的阶段,而更应该探讨道德的意义,美在文学中的地位并不重要。朱光潜则反驳说:"你以为'道德性'是文学与其他艺术的相异点,文学不纯粹的是艺术,我以为它是一切艺术的共同点,文学是纯粹的艺术;你以为'道德性'在文学中是超于美的,我以为它在文学中可以作为美感观照的对象。"[1]朱光潜具体的文学批评也处处贯穿这样的原则,他的目光越过表面的文字,直接抵达美感的深处。如周作人的散文因为描写的多是草木虫鱼的世界,与社会现实有着一定的距离而遭到不少人的批评。阿英认为:"周作人所代表的倾向,显然是落后的。"[2]然而在朱光潜的评论中,人们却看不到这种激烈的态度,朱光潜评论的重心始终是围绕着周作人小品文的艺术世界展开的。他认为周作人《雨天的书》营造的是独特的世界:"这书的特质,第一是清,第二是冷,第三是简洁。""作者的心情很清淡闲散,所以文字也十分简洁。听说周先生平时也主张国语文欧化,可是《雨天的书》里面绝少欧化的痕迹。"[3]

废名也是朱光潜欣赏的作家,他尤其认可废名小说的文体和语言有特殊的贡献。朱光潜说:"《桥》里充满的是诗境,是画境,是禅趣。每境自成一趣,可以离开前后所写境界而独立。"他还很细致地分析了废名小说《桥》中语言受李商隐的影响:"废名最钦佩李义山,以为他的诗能因文生情。《桥》的文字技巧似得力于李义山的诗……废名所说的'因文生情',而心理学家所说的联想的飘忽幻变。《桥》的美妙如此,艰涩也如此。"[4]这种评论和周作人、灌婴等

---

〔1〕　朱光潜:《与梁实秋先生论"文学的美"》,原载《北平晨报》,1937年2月22日。

〔2〕　阿英:《周作人的小品文》,见孙郁、黄乔生主编:《回望周作人:其文其书》,河南大学出版社,2004年,第100页。

〔3〕　朱光潜:《雨天的书》原载《一般》第1卷第3期,1926年11月。

〔4〕　朱光潜:《桥》,原载《文学杂志》第1卷第1期,1937年。

人对《桥》的评论异曲同工之妙。凌叔华的小说集《小哥儿俩》出版时，朱光潜在为其撰写的序言中也把落脚点放在作家的艺术风格及形成渊源上，朱光潜在开头用了较多的笔墨谈凌叔华绘画的风格："看她的画和过去许多人的画一样，我们在静穆中领略生气的活跃，在本色的大自然中找回本来清净的自我。"接着很自然地谈到画风对作家创作的影响："作者是文学家也是画家，不仅她的绘画的眼光和手腕影响她文学的作风，而且我们在文人画中所感到的缺陷在文学作品中得到应有的弥补。""作者写小说像她写画一样，轻描淡写，着墨不多，而传出来的意味很隽永。"[1]

朱光潜的文学批评完全把艺术视作完整的世界，重点从美的尺度去衡量作品的价值，他对批评的本质是这样理解的："创造是造成一个美的境界，欣赏是领略这种美的境界，批评则是领略之后加以反思。领略时美而不觉其美，批评时则觉美之所以为美。不能领略美的人谈不到批评，不能创造美的人也谈不到领略。批评有创造欣赏做基础，才不悬空；欣赏创造有批评做终结，才底以完成。"[2]朱光潜强调批评对于美感的把握，力图把美感态度与批评态度统一在一起，因而他与左翼批评社会学的批评存在明显的分野。如冯雪峰在评价丁玲早期作品的《水》时所发表的《关于新的小说的诞生——评丁玲的〈水〉》，是当时一篇典型的社会学批评的文本。冯雪峰对《水》的关注点始终围绕作品的阶级要素、时代价值、重大题材等展开，对于作品的形式美学要素几乎没有涉及。另一方面，朱光潜在看重批评美感的同时，并不排斥逻辑思维活动，他的批评和完全依赖感悟、直觉的印象主义批评也有着明显的差别，其批评的演绎和逻辑结构都是非常清晰的，并非漫无边际的神游。

由于朱光潜宏阔的知识视野和自觉的理论意识，他对中国现代文学的批评往往注重中西不同文化背景的考察，注重不同作家之间的比较，在比较中看出作家之间的差别和联系，得出较为合理的结论。比较不仅仅是一种手段，更是一种研究方法，在现代科学研究中具有举足轻重的位置。黑格尔曾说："我们今日所常说的科学研究，往往主要是指对于所考察的对象加以相互比较的方法而言。""有差别之物并不是一般的他物，而是与它正相反对的他物；这就是说，每一方只有在它与另一方的联系中才能获得它自己的［本质］规定，此一

---

[1] 朱光潜：《论自然画与人物画》，载《天下周刊》创刊号，1946 年 5 月。
[2] 朱光潜：《文艺心理学》，《朱光潜全集》第 1 卷，第 276 页。

方只有反映另一方,才能反映自己。"〔1〕朱光潜在文学批评中对比较方法的运用随处可见,这种方法的使用,使得研究者的视野大大拓展,能在纷繁复杂的事实中寻找出研究对象的特点。

朱光潜在评论周作人的作品时,有意识地把周作人和鲁迅进行比较:"周先生自己说是绍兴人,没有脱去'师爷气'。他和鲁迅是弟兄,所以作风很接近。但是作人先生是师爷派的诗人,鲁迅先生是师爷派的小说家,所以师爷气在《雨天的书》里只是冷,在《华盖集》里便不免冷而酷了。"〔2〕在评论芦焚的作品时,朱光潜把芦焚与萧军进行比较。这两个作家一个是京派作家,另一个是左翼作家,朱光潜在仔细的比较中发现他们的异同:"我读芦焚先生的作品和萧军先生的作品是同时的。这两位新作家都以揭露边疆生活著称,对于被压迫者都有极丰富的同情,对于压迫者都有极强烈的反抗意识……但是他们在风格上有一个重要的异点:萧军在沉着之中能轻快,而芦焚却始终是沉着。"〔3〕

难能可贵的是,朱光潜的比较没有局限于同一种文化的模式,他更多时候把目光伸向了异域文化,在不同的文化模式之间寻找异同点。如朱光潜在评论周作人散文时就曾把周作人的小品文与日本的小林一茶做了比较。戴望舒是 20 世纪 30 年代现代派诗歌的代表人物,其诗作和法国象征主义文学有紧密关系,因此要想准确理解戴望舒的诗作,就必须对象征主义的内涵以及其对戴望舒的影响进行一番梳理,这就涉及中西文化的比较。朱光潜对于象征主义并不陌生,他的一些著作曾经对这种全新的文学思潮和创作方法做过描述:"有一派诗人,像英国的斯温伯恩与法国象征派,想把声音抬到主要的地位……一部分象征诗人有'着色的听觉'(colour-hearing)一种心理变态,听到声音,就见到颜色。他们根据这种现象发挥为'感通说'(correspondances,参看波德莱尔用这个字为题的十四行诗),以为自然界现象如声色嗅味触觉等所接触的在表面上虽似各不相谋,其实是遥相呼应、可相感通的,是互相象征的。"〔4〕朱光潜敏锐地发现戴望舒的诗歌和象征派诗歌的内在关联,诸如侧重内心自我表现、偏重通感、象征等手法:"戴望舒先生最擅长的是抒情诗,像一

〔1〕　黑格尔:《小逻辑》,第 252、254 页。
〔2〕　朱光潜:《雨天的书》原载《一般》第 1 卷第 3 期,1926 年 11 月。
〔3〕　朱光潜:《〈谷〉和〈落日光〉》,原载《文学杂志》第 1 卷第 4 期,1937 年。
〔4〕　朱光潜:《诗论》,《朱光潜全集》第 3 卷,第 123 页。

切抒情诗的作者,他的世界中心常是他自己……在感觉方面他偏重视觉……在情感方面他集中于'桃色的队伍'……在想象方面他欢喜搬弄记忆和驰骋幻想……一般诗人以至于普通诗人所眷恋的许多其他方面的人生世相似乎和戴望舒先生都漠不相关。"[1]在评论废名的时候,朱光潜从废名的《桥》中发现了其和西方意识流文学的异同:"像普鲁斯特与吴尔夫夫人诸人的作品一样,《桥》撇开浮面动作的平铺直叙而着重内心生活的揭露。不过它与西方近代小说在精神上实有不同,所以不同大概要归原于民族性对于动与静的偏向。普鲁斯特与吴尔夫夫人借以揭露内心生活的偏重于人物对于人事的反应;他们毕竟离不开戏剧的动作,离不开站在第三者地位的心理分析,废名所给我们的却是许多幅的静物写生。"[2]朱光潜在比较中始终尊重被比较者的特点,致力于在比较中寻找出不同特点和共通之处,体现出开放性、跨文化的视野,这种研究在方法论上的意义是不应该被低估的。

中国现代文学批评是西方文学批评刺激和影响下的产物,郭沫若曾说:"文艺批评在我国的文学史中虽有一定的系统和一定的方法,但我们所谓近代的文艺是近代世界潮流的派衍,因而所谓文艺批评也是这样。"[3]直到"五四"时期,中国的文学批评才真正进入自觉的时代,基础较为薄弱。对此朱光潜非常清楚,他认为现代文学批评应该承担更大的作用:"受西方文学洗礼后,我国文学变化之最重要的方向当为批评研究(literary criticism)。"[4]朱光潜不仅努力建构中国现代文艺理论的体系,而且在现代文学批评领域身体力行,写出了不少精彩而有创见的批评文章,使自己当时的美学思想和文学思想贯穿其中,为现代文学批评的繁荣贡献了自己的心智。

第二节 中国传统批评的创造性转换
——以朱光潜《诗论》为中心的研究

作为中国现代著名的美学家和文艺理论家,朱光潜的贡献是有目共睹的,

---

[1] 朱光潜:《望舒诗稿》,原载《文学杂志》第1卷第1期,1937年。
[2] 朱光潜:《桥》,原载《文学杂志》第1卷第3期,1937年。
[3] 郭沫若:《批评—欣赏—检察》,原载《创造周报》第25期,1923年。
[4] 朱光潜:《中国文学之未开辟的领土》,《朱光潜全集》第8卷,第139页。

他在美学、文学等问题上有着系统的理论体系和独到的见解。以往人们在谈到朱光潜的时候主要肯定他在介绍西方美学、文学理论上的成就,比如有人认为他"最大的学术成就是在翻译方面"。"朱光潜的诗学理论建构方式是以'西学'为本,以'中学'印证西学……他的学术建构而有着某种常识感,稍缺天才的创造,对中国艺术精神缺乏认同,诗学理论多源于理论的综合和移植。"[1]而对他的那些带有独创性的理论建构缺少全面的了解。事实上,单就诗学理论和批评而言,朱光潜的《诗论》堪称这方面的代表作。它在很大程度上完成了对中国传统批评的创造性转换,代表了一个时代的理论高度,其在思维方式、方法论以及具体的审美阐释中所做的努力在今天仍然没有失去借鉴的价值。

一

由于思维方式和文化心理结构等影响,中国传统文学批评形成了自身独有的特点,比如偏重内省、直觉、主情、鉴赏等。早在20世纪30年代钱锺书曾很有见地地指出:"这个特点就是:把文章通盘的人化或生命化(animiasm)……我们把论文当作看人,便无须像西洋人把文章割裂成内容外表。我们论人论文所谓气息凡俗、神清韵淡,都是从风度或风格上看出来。"[2]叶嘉莹先生曾把其概括为:"中国文学批评的特色乃是印象的而不是思辨的,是直觉的而不是理论的,是诗歌的而不是散文的,是重点式的而不是整体式的。"[3]这种批评方式当然有其自身不可替代的价值,但它缺少知性分析和理性思维判断的缺陷随着时代的变化也越来越显现出来。特别自"五四"以后,伴随着中国对世界的开放,文学发生了根本的变化,许多有识之士都开始积极引入西方的文学观念和批评方法,由此带来了中国文学批评的根本性转变。其实早在1907年王国维所写的《〈红楼梦〉评论》中已经可以窥见当时学人寻求现代批评的努力,只不过王国维并没有完全实现中国文学批评的现代性转换,这样的工作恰恰是由朱光潜和他的同时代批评家所共同完成的。

朱光潜虽然出生在一个传统文化气息浓重的知识分子家庭,但在"五四"时期思想的影响下他的观念发生了巨大的变化,实现了一次质的飞跃。海外

〔1〕　陈太胜:《梁宗岱与中国象征主义诗学》,北京师范大学出版社,2004年,第251页。
〔2〕　钱锺书:《中国固有的文学批评的一个特点》,载《文学杂志》第1卷第4期,1937年8月。
〔3〕　叶嘉莹:《王国维及其文学批评》,第116页。

学者林毓生曾认为"五四"运动至少有两个最基本的特点："一，激烈反传统思想——对中国传统社会与文化全面而整体性的反抗运动——在"五四"时代产生了；二，在此运动影响之下，产生了对西方文化特殊的态度。"而基于这种反传统思想，"中国传统的一元论式的思想模式却因种种原因被推动至其极限，变成有机整体式的思想模式"。[1] 这就带来了知识界对传统文化的整体性反思，事实上这样的质疑和思考在晚清时代就开始了。当时的中国知识界对外来的文化表现出了空前的热情，并努力在中国日趋开放、多元的文化语境中重新反思中国固有的文化传统。王国维的文学批评之所以取得较大的成就，就是因为其较早意识到中国传统文学思想缺乏理论系统。"故我中国有辩论而无名学，有文学而无文法，足以见抽象与分类二者，皆我国人之所不长。"[2] 因而在批评的思维方式上带有明确的理论自觉意识，这一点对朱光潜是很有启发的，这在他的理论专著《诗论》一书中体现得尤为鲜明、突出。

朱光潜《诗论》最大的特点就是他的理论自觉意识。其严密的逻辑结构和缜密、科学的体系拉开了和中国传统文论的距离。朱光潜是带着清醒的反思精神完成了对中国传统诗学批评的现代转换，他在这方面的贡献甚至超越了他的许多具体诗学主张。虽然朱光潜在写作《诗论》之前已经是一个广有影响的美学家和文艺理论家，出版了《文艺心理学》《悲剧心理学》等著作。但他并没有完全满足于这些，他要为向来在中国十分薄弱的诗学领域提供科学的精神以及研究方法，他的《诗论》可以看作其为中国诗学批评所建构的宏大理论体系的一部分，也为后来中国现代的诗学批评树立了典范。对于中国传统批评的特点和局限，朱光潜看得十分清楚，那就是缺少科学分析的理性精神。他用十分精练的语言总结说："中国向来只有诗话而无诗学，刘彦和的《文心雕龙》条理虽缜密，所谈的不限于诗。诗话大半是偶感随笔，信手拈来，片言中肯，简练亲切，是其所长；但是他的短处零乱琐碎，不成系统，有时偏重主观，有时过信传统，缺乏科学的精神和方法。"[3] 真可谓一针见血。

在中国古代文学批评史上，以司空图、严羽等人为代表所推崇、实践的中国式印象主义批评方法具有很大的影响力，它强调妙悟、比喻，所谓"禅道惟在妙悟，诗道亦在妙悟"。它虽然在审美对象的契合性上具有自身的优势，但其

〔1〕 林毓生：《中国传统的创造性转换》，三联书店，1988年，第230、231页。
〔2〕 王国维：《论新学语之输入》，《王国维集》第2册，第305页。
〔3〕 朱光潜：《诗论·抗战版序言》，《朱光潜全集》第3卷，第3页。

致命的缺陷就在于它大多仅仅停留在感性认识的阶段,无法上升到理性思维的层次,更缺乏明晰的判断。很显然,如果中国的文学批评总是停留在这样的阶段,它就无法完成和当时正在盛行的以科学、理性精神为主导的现代文学批评的对话。正如朱光潜所说的:"谨严的分析与逻辑的归纳恰是治诗学者所需要的方法……我们对于艺术作品的爱憎不应该是盲目的,只是觉得好或觉得不好还不够,必须进一步追究它何以好或何以不好。诗学的任务就在替关于诗的事实寻出理由。"[1]"既云欣赏,就不能不明白'价值'的标准和艺术的本质。如果你没有决定怎样才是美,你就没有理由说这幅画比那幅画美;如果你没有明白艺术的本质,你就没有理由说这件作品是艺术,那件作品不是艺术。"[2]王国维的《〈红楼梦〉评论》在寻求现代批评模式上做出了重要的贡献,对中国传统的文学批评构成了强烈的挑战。但囿于时代局限等原因,王国维的文学批评事实上仍存在着西方批评话语和中国传统批评话语的纠结,它用西方流行的哲学、美学观念解释中国文学现象也有不少牵强附会的地方,不尽符合科学的规范。

而朱光潜的《诗论》显然在这些方面超越了王国维等现代批评的先驱。《诗论》这部专著共分为十三章,在第一章先谈诗歌的起源,然后在后面的章节中依次分析了诗歌与其他艺术形式的区别以及它自身所独有的文体要素,在最后又分析了中国诗歌走上格律化的历史原因和启示意义。从这里可以看出,作者在写作上具有明确的理论自觉意识,由此带来了全书严密的理论框架和结构。虽然它大量引用了古今中外的文学事实,但正是由于最高逻辑力量的统率它们之间形成了有机联系。而全书的各个章节之间也同样是不可分割的有机体,彼此互相呼应,互为补充,在整体上形成了网状结构。它始终严格地遵守了现代学术的规范,始、叙、证、辩、结几个部分都很清晰,摆脱了中国传统文论散漫、随心所欲的特征。至于最后一章论陶渊明的部分,表面看起来似乎游离于全书的框架之外,事实上这正是朱光潜的独具匠心之处,他以中国古典文学最具代表性的诗人之一陶渊明为个案研究,成功地把诗学理论运用到实际的文学批评之中,带有方法论的总结性质。至于研究的科学精神在许多地方都有呈现,尤其是在分析中国古典诗歌的节奏和声韵上,朱光潜借鉴了西

---

〔1〕　朱光潜:《诗论·抗战版序言》,《朱光潜全集》第3卷,第3页。

〔2〕　朱光潜:《文艺心理学·序》,《朱光潜全集》第1卷,第199页。

方的现代物理学和音律学的知识，得出了有说服力的结论。比如他对韩愈的《听颖师谈琴歌》的分析就极具科学性，他是这样分析的：

> "'昵昵儿女语，恩怨相尔汝；划然变轩昂，猛士赴战场。''昵昵''儿''尔'以及'女''语''汝''怨'诸字，或双声，或叠韵，读起来非常和谐；各字音都很圆滑轻柔，子音没有夹杂一个硬音、摩擦音或爆发音；除'相'字以外没有一个字是开口呼的。所以头两句恰能传出儿女私语的情致。后二句情景转变，声韵也随之转变。第一个'划'字音来得突兀斩截，恰能传出一幕温柔戏转到一幕猛烈戏的突变。韵脚转到开口阳平声，与首二句闭口上声韵成一强烈的反衬，也恰能传出'猛士赴战场'的豪情胜概。"

最后朱光潜总结出了汉语四声的功用在于调质的结论。可以看出，这样的结论是完全建立在谨严有据的科学实证基础上的，经得起历史的检验，而这和中国传统批评始终停留在只可意会不可言传的感性阶段不啻天壤之别。这一方面得益于朱光潜长期在海外留学，受到过严格的科学实证方法的熏陶、训练，具有心理学、音韵学、美学等多学科的渊博学识，另一方面更在于他的理论自觉，而后一点尤为重要。如果把《诗论》的这个重要特点和后来在中国现代文学批评中涌现的众多诗学理论著作如梁宗岱的《诗与真》(1935)、《诗与真二集》(1937)、戴望舒的《论诗零札》(1937)、艾青的《诗论》(1941)、冯文炳的《谈新诗》(1944)、朱自清的《新诗杂话》(1947)、唐湜《意度集》(1950)等比较起来就会看得更清楚。虽然后面的这些著作都各有其特色，但它们在体系的严密、科学以及理论思维层面上的自觉都不及朱光潜的《诗论》，甚至有不少和中国传统的印象式批评并无实质的区别。

二

除了理论思维的自觉，朱光潜的《诗论》在研究的方法上也具有现代精神。方法是主体和客体的中介，是客体的对应物，它在一切科学研究中都具有至关重要的作用，对于文学研究也是如此。特别是进入近代社会以来，各种文学批评方法如社会学、阐释学、心理学、形式主义、新批评等纷至沓来，而朱光潜的《诗论》最重要的就是比较文学以及心理学方法的引入和成功实践。

朱光潜生活在中西文化交流、碰撞日趋频繁、激烈的年代，与他的前辈诸如王国维等人相比,其最大的优势就是长期在海外学习,对西方文化有着直接的感受和深入体验,因而能跳出单一文化模式的局限,进而对中西文化进行深入而不是浮泛的比较。叶维廉曾谈到,在一个封闭的文化圈中,由于受到自己"模子"的局限而无法获得对于外界事物的准确判断。因此他要求人们放弃死守一个"模子"的固执:"我们必须要从两个'模子'同时进行,而且必须寻根探固,必须从其本身的文化立场去看,然后加以比较加以对比,始可得两者的面貌。"[1]正是在这样的文化空间下,比较尤其是中西两种不同文化模式的比较就进入人们的视野当中,并获得了强大的生命力。"凡所考论,颇采'二西'之书,以供三隅之反。盖取资异国,岂徒色乐器用;流布四芳,可征气泽芳臭。"[2]"比较文学是人文科学中最解放的一种,所以它颇能把我们从个人的心智式与传统的思维模式中解放出来。比较的思维习惯使我们的心智更有弹性,它伸展了我们的才能,拓宽了我们的视界,使我们能超越自己狭窄的地平线(文学及其他的)看到其他的关系。"[3]人们往往谈及王国维、吴宓、钱锺书、梁宗岱、冯至等人在比较文学上的贡献,其实朱光潜在这个领域中也有着重要的建树,其《诗论》可以视为比较文学方法的范例。

　　对于比较文学、比较诗学的重要性和生命力,朱光潜有着敏锐的觉察,甚至把它提升到压倒一切的位置。他说:"一切价值都由比较得来,不比较无由见长短优劣。现在西方诗作品与诗理论开始流传到中国来,我们的比较材料比从前丰富得多,我们应该利用这个机会,研究我们以往在诗创作与理论两方面的长短究竟何在,西方人的成就究竟可否借鉴。"[4]而他的《诗论》立脚点始终建立在中西诗学比较的框架中。"我在这里试图用西方诗论来解释中国古典诗歌,用中国诗论来印证西方诗论。"[5]在两种不同文化维度的比较中,找出其"共相"和"差异",进而印证这种人类精神史上跨文化诗学汇通的可能性和必然性。

　　中国古典诗歌和西方诗歌在历史的发展中形成了不同的体系,它们之间既有区别又有相近之处。虽然不少人都注意到这样的历史事实,但并没有进

---

〔1〕　叶维廉:《叶维廉文集》第1卷,第39页。

〔2〕　钱锺书:《谈艺录序》,中华书局,1984年,第1页。

〔3〕　李达三:《比较文学之新方向》,参见陈鸣树:《文艺学方法论》,复旦大学出版社,2004年,第112页。

〔4〕　朱光潜:《诗论·抗战版序》,《朱光潜全集》第3卷,第4页。

〔5〕　朱光潜:《诗论·后记》,《朱光潜全集》第3卷,第331页。

行科学、系统的归纳、总结，这一方面是由于文化视野的局限，但更在于他们对中西诗学比较意识的欠缺。出于探索诗歌道路发展规律的需要，朱光潜在《诗论》中从大处着眼，在人伦、自然、宗教、哲学等几个主要领域对中西诗歌进行了详细的比较。他认为西方关于人伦的诗大半以恋爱为中心，而中国的恋爱诗则欠发达；中国自然诗以委婉、微妙取胜，西方诗以直率、深刻胜，但在更深的层次中国诗却不如西方诗，这主要源于中国哲学、宗教意识的稀薄。朱光潜说："诗好比一株花，哲学和宗教好比土壤，土壤不肥沃，根就不能茂。西方诗比中国诗深广，就因为它有较深广的哲学和宗教在培养它的根干……我爱中国诗，我觉得在神韵微妙格调高雅方面往往非西诗所能及，但是说到深广伟大，我终无法为它护短。"[1]正是在中西诗歌的比较中，朱光潜既发现了中西诗歌所长，但更发现了中国诗歌的致命弱点，那就是缺乏深广、宽厚的哲学、宗教意识，从而为中国新诗的走向提供了科学的参照系统。巧合的是，就在朱光潜发现中国诗歌的缺陷时，梁宗岱也几乎同时发现了这一点，为此梁宗岱提出诗歌必须要具有深沉而强烈的宇宙意识，朱光潜的中西诗学比较为梁宗岱的观点提供了重要的论据。

中西诗歌不仅在题材和表现内容上有差异，他们在音律、节奏等语言要素上也各有特点。朱光潜通过比较研究发现，欧洲诗的音律节奏决定于三个因素：音长、音高与音的轻重，而汉语的"四声"主要体现在"调质"上，它"对于节奏的影响虽甚微，对于造成和谐则功用甚大。"[2]朱光潜通过比较还发现，谐声字在诗歌中具有极为重要的地位，尽管中外语言都有谐声字，但汉语占有天然的优势："中国字里谐声字是在世界中是最丰富的……谐声字多，音义调谐就容易，所以对于做诗是一种大便利。西方诗人往往苦心搜索，才能找得一个暗示意义的声音，在中文里暗示意义的声音俯拾皆是。"[3]这样的特点就给中国诗歌的语言选择提供了很好的条件。当然，中西诗歌并非只有差异，它们在历史的演进过程中也会呈现出共同的规律性的东西，朱光潜从中西诗歌历史的渊源流变的比较中发现诗的音和义的离合都经历了四个时期，"中国诗也只是这个公式中的一个实例"。[4]这些无疑对中国新诗的走向有着很好的启

---

〔1〕 朱光潜：《诗论》，《朱光潜全集》第 3 卷，第 79 页。
〔2〕 同上，第 171 页。
〔3〕 同上，第 169 页。
〔4〕 同上，第 242 页。

示。如果只沉溺于一种文化模子中，不具备丰赡的中西诗学知识，特别是离开了比较文学的方法，就无法得出上述有说服力的结论。

　　心理学的批评方法在《诗论》中也得到了广泛的运用，这也是朱光潜阐释诗歌创作、理论现象的创造性贡献。由于近代科学的发展，实验心理学等方法在西方社会中取得了长足的进展，文艺心理学的方法也日渐盛行，弗洛伊德、荣格等人的学说都有着巨大的影响力。有人甚至这样说："现在，可以毫不夸大地说，弗洛伊德对文学艺术的影响已经达到了这样的程度，即如果不了解精神分析学的内容，简直无法把握现代文学艺术发展的趋势。"[1]心理学的研究方法在揭示文学深层结构等方面确实有传统批评方法所不及的长处。朱光潜早在法国留学期间就以《悲剧心理学》作为其博士论义，这篇论文是朱光潜文艺思想的起点，它的不少观点在后来的《文艺心理学》和《诗论》中都有反映。而他1936年出版的专著《文艺心理学》在文艺学发展史中更具有里程碑的意义，他把西方大量的心理学成果介绍到中国，并努力将这种批评方法引申到文学批评实践中。他说："本书所采的是另一种方法。它丢开一切哲学的成见，把文艺的创造和欣赏当作心理的事实去研究，从事实中归纳得一些可适用于文学批评的原理。它的对象是文艺的创造和欣赏，它的观点大致是心理学的，所以我不用《美学》的名目，把它叫做《文艺心理学》。"[2]而且作者还特别提道："本书泛论文艺，我另外写了一部《诗论》，应用本书的基本原理去讨论诗的问题，同时，对于中国诗作一种学理的研究。"[3]因此，《诗论》也可以看作是朱光潜文艺心理学方法的具体实践。比如在论及诗歌起源的问题上，朱光潜明确认为这不是一个历史的问题，而是一个心理学的问题，人类的天性和本能的需要产生了诗歌。特别是在论及诗的境界这一核心命题时，朱光潜对于诗歌欣赏中出现的凝神关注、物我两忘以及契合等重要的心理特点做了充分的论述。在谈及人们欣赏诗歌时出现的心理状态时，朱光潜特别提到灵感在其中起到的作用："读一首诗和做一首诗都常须经过艰苦思索，思索之后，一旦豁然贯通，全诗的境界于是像灵光一现似地突然现在眼前，使人心旷神怡，忘怀一切，这种现象通常人称为'灵感'。诗的境界的突现都起于灵感。灵感亦并无任何神秘，它就是直觉；就是'想象'（imagination，原谓意象的形成），也就是禅

〔1〕　弗洛伊德：《弗洛伊德论美文选》，中国文联出版公司，1986年，第9页。
〔2〕　朱光潜：《文艺心理学·序》，《朱光潜全集》第1卷，第197页。
〔3〕　朱光潜：《文艺心理学·序言》，《朱光潜全集》第1卷，第200页。

家所谓'悟'."[1]这就把长期以来带有神秘感的这种心理活动,做了较为妥当的解释。此外,对于王国维所提出著名的"境界说"中所涉及的"隔"与"不隔"、"有我之境"与"无我之境"等重要理论问题,朱光潜也运用西方美学中的移情说进行了心理学的阐发,他认为王国维所谓的"以我观物,故物皆著我之色彩"实质上就是一种移情作用。当然,朱光潜在关于诗歌境界的心理学解释以及他对王国维观点的辩驳上曾在学界引起过不同的意见,甚至遭到质疑,但他毕竟用现代批评方法为中国诗歌的本质以及内在艺术规律做了有益的探索,开辟了一条新的路径。

三

中国传统文学批评由于过于强调自身的感悟和体验,因而在文学批评中对一些批评术语的界定和运用上不尽明确,"往往喜欢用一些意念模糊的批评术语,因而在中国文学批评述作中,便往往充满了像'道''性''气''风''骨''神'等一些颇具神秘性的字样作为批评的准则"。[2]这和东方民族重具象直觉而不重分析推理的思维特点关系很大,"东方人是实体的直观,而欧洲人是反思的主体性"。[3]而还有一些批评拘泥于烦琐的考据,从根本上忽视文学的特性,始终无法上升到哲学和美学的层次,大大削弱了其学术价值。朱光潜正是带着一种强烈的历史责任感,在《诗论》中一方面运用现代批评理念对中国诗歌的形态进行科学的价值重估,同时又把这样的批评升华到一种审美的层面,赋予中国传统文论以鲜活的生命。

朱光潜虽然是接受新思想的现代知识分子,但他对于中国传统文化包括传统文学还是抱有深厚的感情,他努力寻找中国传统文学批评和现代批评精神上契合的地方,为此他把西方广有影响的美学理论诸如直觉说、距离说、移情说、诗画异质等理论引入到中国传统诗学中来。此外,他关于诗歌节奏、韵律等的独到诠释也为中国新诗的发展提供了可供借鉴的意见,在传统诗学向现代诗学的转型中,朱光潜的《诗论》堪称成功的典型范例。

在《文艺心理学》中,朱光潜对克罗齐的直觉说、立普斯的移情说和布洛的

---

〔1〕 朱光潜:《诗论》,《朱光潜全集》第3卷,第52页。
〔2〕 叶嘉莹:《王国维及其文学批评》,第119页。
〔3〕 黑格尔:《哲学史讲演录》第1卷,商务印书馆,1981年,第152页。

距离说都有着详尽的介绍和评价,但这只是在一般理论层面的描述,它能否运用到实际的文学批评中还有待检验。因而在《诗论》中,朱光潜把这几种美学观点运用到实际的诗歌理论批评中,证明了其具有广阔的应用前景。朱光潜在论述诗歌的重要特征比如诗歌的境界、表现时,发现单纯依赖中国传统诗学的方法不足以得出科学的、让人信服的结论,这里面蕴含着极为复杂的美学经验和感受。为此他用直觉说、移情说、距离说等理论对中国传统诗歌涉及的重要概念、范畴做了较为精当的阐发,给人以明晰的结论。在关于诗歌的表现内容上,朱光潜反对仅仅把诗歌作为一种模仿的手段,要求诗人要与描写的对象保持适当的距离。他说:"诗与实际的人生世相之关系,妙处惟在不即不离。惟其'不离',所以有真实感,惟其'不即',所以新鲜有趣。'超以象外,得其坏中',二者缺一不可,像司全图所见到的。"[1]在朱光潜眼中,真止有艺术生命力的诗大都不是对现实亦步亦趋的模仿,它必须保持着艺术的自足性和超脱,必须挣脱现实的羁绊。这显然受到了布洛距离说的影响。

中国古典诗歌非常注意对意境的创造,那么中国这种古老而至关重要的审美范畴能否在现代美学理论中得到解释呢? 为此朱光潜也给出了肯定的答案。朱光潜认为所有的好诗都应该自成一种境界。"无论是作者或读者,在心领神会一首好诗时,都必有一幅画境或一幕戏景,很新鲜生动地突现于眼前,使他神魂为之钩摄,若惊若喜……纯粹的诗的心境是凝神注视,纯粹的诗的心所观境是孤立绝缘。"[2]这实质上是作者对克罗齐形象直觉说的进一步阐发。而想要达到这样的境界,必须具备两个最基本的条件:一是这种境界必须再在直觉中能成为独立自足的意象,二是意象必须和情趣达到契合。在意象和情趣发生契合时,人们的情趣和物的情趣往复回流,有时物的情趣随我而定,有时我的情趣随物而定,呈现出物我交感以至物我同一的状态,这就是美感经验中的移情作用。朱光潜在他的《文艺心理学》中曾对移情作用的来源、发生、作用等做了详细的探讨,而这种重要的美学现象是完全可以用来对中国古典诗歌核心的范畴进行解释。同样,朱光潜依靠移情作用对诗歌的境界进行了区分,并对王国维的境界说进行了商榷。在王国维的诗学体系中,境界说无疑是最具有智慧和创见的部分,他不仅把境界上升为中国诗歌美学最核心、最高

〔1〕 朱光潜:《诗论》,《朱光潜全集》第3卷,第49页。
〔2〕 同上。

的范畴，而且对意境的类型和层次也进行了区分，比如境界的"隔"与"不隔"、"有我之境"与"无我之境"等。但对于王国维的这些重要观点，朱光潜并没有简单地附和，而是多有争论。他认为王国维在"隔"与"不隔"的区分上同样没有进行科学的解释，而这种区分就在于情趣和意象是否能契合。能契合的就是不隔，不能契合的就是隔，而简单地认为不隔一定比隔层次高也不科学。此外，朱光潜对王国维对于"有我之境"与"无我之境"的观点也不赞同，他认为王国维的语言描述缺少科学性，而这些其实就是一种移情作用。"不过从近代美学观点看，王氏所用名词似待商酌。他所谓'以我观物，故物皆著我之色彩'，就是'移情作用'，'泪眼问花花不语'一例可证。移情作用是凝神注视，物我两忘的结果，叔本华所谓'消失自我'。所以王氏所谓'有我之境'其实是'无我之境'。"[1]当然，朱光潜完全用西方美学理论来分析中国古典诗歌未必都完全妥帖，出现偏差也是在所难免的，但这种追求现代批评精神、敢于怀疑权威的尝试却是应当肯定的，有时给人一种耳目一新之感。

朱光潜《诗论》对中国诗学的研究虽然主要的着眼点是中国古典诗歌，但其真正的用意却在于把中国诗歌的宝贵经验用到新诗建设上来，为中国新诗的发展提供充足的理论养分。当时中国新诗的发展正处在十字路口，一些诗人过于强调诗歌的自由体形式在某种程度上导致了诗歌艺术的粗糙。对此朱光潜十分不满，他曾毫不客气地批评胡适所主张"做诗如说话"的观点，这种观点不仅抹煞诗歌和其他文体的重要区别，而且也与诗歌历史演变的规律相悖，在实践中必定影响到诗歌精微而传神的境界。针对胡适赞扬韩愈"作诗如作文"的观点，朱光潜回应说："韩愈可以说是严沧浪所谓'以文字为诗，以议论为诗，以才学为诗'的开山始祖。他是由唐转宋的一大关键，也是中国诗运衰落的一大关键。"[2]这就是因为其破坏了诗歌最重要的生命。而中国汉语语言丰富、讲究节奏韵律的特点都可以用于新诗的写作，传统文学不应该被简单地一笔勾销。朱光潜通过古今中外大量诗歌的例证证明了中国古典诗歌之所以走上律诗的原因，从而在客观上回答了中国新诗当时亟待解决的问题。虽然在当时的文坛，闻一多、梁宗岱等人在新诗的形式上也都做出过有价值的贡献，比如闻一多的"三美"主张、梁宗岱的"纯诗"理论，其主旨都在于扭转中国

---

[1] 朱光潜：《诗论》，《朱光潜全集》第 3 卷，第 59 页。
[2] 同上，第 229 页。

新诗的误区,但他们的理论都不及朱光潜深入。

中国现代文学批评是在西方现代批评影响下诞生的,它具有了与传统批评迥然不同的范式、精神,中国的传统批评必须经过创造性的转换才能汇入世界现代批评的潮流中。在这样艰难的转换过程中,朱光潜的《诗论》非常具有代表性。为此温儒敏曾做了这样的评价,他说:"从批评史角度看,朱光潜的《诗论》是一部具有开拓意义的重要著作:它第一次以有严密系统的专著的形式,从美学的层面深入探讨了诗的本质及其创作欣赏的规律,并且在中西诗学比较的前提下,系统阐释了中国诗歌形式的基本特征,力图为新诗的发展提供切实有用的理论借鉴。"[1]应当说,《诗论》完全经得起这样的评价。

第三节　论朱光潜诗论中的德国美学视野
——以尼采、立普斯、莱辛为中心

20世纪30年代,朱光潜从海外留学归国后,开始把研究的重心从介绍西方美学、文学理论转向用这些理论来阐释中国文学的一些现象,尤其是在中国诗歌领域花费了较大的精力。这些理论的结晶主要体现在他的专著《诗论》中,也包括一些单篇的论文。朱光潜自己对这方面的努力也颇为自赏,他说:"在我过去的写作中,自认用功较多,比较有点独到见解的,还是这本《诗论》。我在这里试图用西方诗论来解释中国古典诗歌,用中国诗论来印证西方诗论;对中国诗的音律、为什么后来走上律诗的道路,也作了探索分析。"[2]朱光潜提到,他是有意识地借用西方的文学理论来阐释中国古典诗歌,即"以西释中"的叙事策略,这也是当时中国学术界普遍使用的方法。在这些西方的理论资源中,德国的因素无疑是最重要的,德国美学家温克尔曼、莱辛、康德、歌德、黑格尔、叔本华、尼采、立普斯等人的观点都不同程度地影响过朱光潜。这其中,朱光潜在其著作《诗论》中提到较多、对其诗歌理论比较有影响的则是尼采、立普斯和莱辛这几位的观点。就影响大小和重要性而言,尼采无疑最为突出,居于首要位置,其次为立普斯,再次为莱辛。这些理论被朱光潜用来印证和建构

---

[1]　温儒敏:《中国现代文学批评史》,第200页。
[2]　朱光潜:《诗论·后记》,《朱光潜全集》第3卷,第331页。

自己的诗歌批评理论体系,不仅拓展了中国诗歌的研究空间,还极大地冲击了人们的惯性思维方式,带来了一股新鲜的学术空气。

一

在朱光潜的诗歌理论中,尼采的影响是一个非常明显的事实,也可以说是影响他最为深远的一位德国美学家。作为德国著名的哲学家、诗人,也是世界现代美学的开创者之一,尼采的重要思想曾经在世界范围内为人们所关注,日本和中国曾经出现的"尼采热"就充分证明了这一点。朱光潜早期美学思想中,尼采的影响是很大的,朱光潜在自己的晚年回忆中不仅没有回避,反而明确地肯定了尼采。朱光潜说:"一般读者都认为我是克罗齐式的唯心主义信徒,现在我自己才认识到我实在是尼采式的唯心主义信徒。在我心灵里植根的倒不是克罗齐的《美学原理》中的直觉说,而是尼采的《悲剧的诞生》中的酒神精神和日神精神。"[1]朱光潜在谈悲剧时基本上是搬用了尼采的理论,显得创建不多,但他在运用尼采美学观点来阐释中国古典诗歌时则颇有新意,表现出较多的创造性,这是尤为值得重视的地方。

朱光潜在谈到中国古典诗歌最高的理想境界时用了一个重要美学观念,这就是"静穆"。他以钱起的"曲终人不见,江上数峰青"诗句为例,详尽分析了这句诗的精妙之处,认为这句诗如果仅仅被看作是传达了凄凉寂寞的情感则是一种误读,根本无法体味出它的真正韵味,也无法把它和"相思黄叶落,白露湿青苔""可堪孤馆闭春寒,杜鹃声里斜阳暮"等区分开来。它之所以成为中国古典诗歌的极致,在于它真正表现出了一种"静穆"的艺术天地。那种热烈、奔放的情感并不能直接酿成艺术的杰作,它必须经过时间的沉淀褪去热烈的成分而趋向平和,犹如奥林匹斯山上的日神阿波罗不动声色地俯瞰芸芸众生,为此朱光潜把"静穆"视作中外文学艺术的最高境界。朱光潜说:"这里所谓'静穆(serenity)'自然只是一种最高理想,不是在一般诗里所能找得到的,古希腊——尤其是古希腊的造形艺术——常使我们觉到这种'静穆'的风味。'静穆'是一种豁然大悟,得到归依的心情。"[2]这种"静穆"的美学观念最早是德国人文学者温克尔曼对他心目中所敬仰的希腊古典艺术的描述,1755年他在

<hr />

〔1〕 朱光潜:《悲剧心理学·中译本自序》,《朱光潜全集》第2卷,第210页。
〔2〕 朱光潜:《说"曲终人不见,江上数峰青"》,《朱光潜全集》第8卷,第396页。

论文《关于在绘画和雕刻中摹仿希腊作品的一些意见》中提出了"无论是就姿势还是就表情来说,希腊艺术杰作的一般优点在于高贵的单纯和静穆的伟大"的论点,这在当时德国启蒙主义的文化背景下产生过一定的影响,后来的歌德、赫尔德、康德、黑格尔等人也不同程度地涉及了这个美学观念。歌德作为温克尔曼的崇拜者,在不少场合表达过对温克尔曼"静穆"理想的认同,而黑格尔在《美学》中也把"静穆"作为艺术理想的最高峰。叔本华则在《作为意志和表象的世界》一书中描述过类似的景象:"喧腾的大海横无际涯,翻卷着咆哮的巨浪,舟子坐在船上,脱身于一叶扁舟;同样地,孤独的人平静地置身于苦难世界之中,信赖个体化原理。"[1]叔本华把这种摆脱了一切外在欲望的、纯粹的理想视为自足、幸福的境界,由此可见"静穆"在德国美学历史中一直占据重要位置。朱光潜对于"静穆"美学理想在西方的历史演变是非常清楚的,而他认为这种美学理想在尼采手中又有了进一步的拓展,和艺术的联系更趋紧密。尼采以他特有的诗人气质更多地通过诗化的语言而不是枯燥的概念来表现出自己的理解,他认为日神阿波罗的精神具有这样静穆、超脱、恬静的特点。尼采说:"希腊人在他们的日神身上表达了这种经验梦的愉快的必要性……适度的克制,免受强烈的刺激,造型之神的大智大慧的静穆。他的眼睛按照其来源必须是'炯如太阳';即使当它愤激和怒视时,仍然保持着美丽光辉的尊严。"[2]而朱光潜在解释"曲终人不见,江上数峰青"中提及"静穆"的那段话和尼采这里的表达在内涵上几乎如出一辙。中国传统美学在阐释中国古典诗歌中提出过不少审美范畴,诸如"意象""风格""隐秀""神韵""妙悟"等等,王国维受到康德、叔本华等的影响而提出"古雅""境界"等,进一步打开了人们的视野。朱光潜则进一步把尼采的"静穆"美学观点引入,进而提出了自己对于诗歌理想的独到理解,颠覆了许多对传统诗人的评价。比如他认为屈原、阮籍、李白、杜甫因为在情感上的表达过于直接、浓烈,较多具有金刚怒目的一面,因而没有呈现出静穆的境界,都算不上伟大的诗人;而陶渊明的伟大就在于他浑身的"静穆"。可见,"静穆"成为朱光潜甄别、判断中国古典诗歌艺术高低的关键因素,这在古典诗歌研究中是极为罕见的。虽然朱光潜的观点当时遭到鲁迅等的质疑,但如果从学术史的角度来看,朱光潜的见解仍然有其应有的

---

〔1〕 尼采:《悲剧的诞生》,周国平译,北京:三联书店,1986 年,第 5 页。
〔2〕 同上,第 4 页。

价值。

朱光潜在考察中国古典诗歌时发现，诗歌必须是情趣与意象的融合，只有两者的高度契合才能形成诗歌的意境。但情趣和意象，一个是属于自我的范畴，另一个则源于外物，两者之间如何才能结合在一起实在是一个难题。他说："两者之中不但有差异而且有天然难跨越的鸿沟。由主观的情趣如何能跳这鸿沟而达到客观的意象，是诗和其他艺术所必征服的困难。"[1]如何把两者融合，实际上就涉及诗歌的主观和客观性问题。当朱光潜对这个问题苦苦思索后，他把目光转向了尼采的悲剧美学，认为尼采的悲剧美学理论最终可以使这个问题迎刃而解。"尼采的《悲剧的诞生》可以说是这种困难的征服史。"[2]尼采的悲剧美学观点部分来源于叔本华的悲观哲学，但对其加以了进一步的发挥和完善。叔本华用意志和表象来分析人类痛苦的本源及其解脱方法，尼采则用希腊的酒神、日神来象征意志和表象的关系。朱光潜说："尼采根据叔本华的这种悲观哲学，发挥为'由形象得解脱'（redemption through appearance），他用两个希腊神名来象征意志与意象的冲突。"[3]这两个神名就是酒神狄俄尼索斯和日神阿波罗，意志体现在酒神狄俄尼索斯身上，意象如日神阿波罗。这两种精神本来是互相冲突和矛盾的，但尼采认为希腊悲剧打破了两者之间的界限，他们通过日神阿波罗的宁静、超脱转化了酒神狄俄尼索斯的痛苦挣扎，自我的意志投射到外在的意象。这样痛苦就寄寓于庄严美丽的外形之中，于是诞生了希腊的悲剧。尼采说："酒神的暴力在何处如我们所体验的那样汹涌上涨，日神就必定为我们披上云彩降落到何处；下一代人必将看到它的蔚为壮观的美的效果。"[4]尼采高度肯定了古希腊人在处理两者之间关系时所表现出的智慧，他们的这种酒神冲动和日神冲动艺术本能最终酿成了人类艺术的杰作。

朱光潜认为尼采关于酒神和日神关系的论述虽然主要用于其悲剧观念，但用在其他的艺术门类也一样适用。朱光潜在研究中国古典诗歌颇为棘手的主观与客观、情趣与意象的关系时就基本沿用了尼采悲剧论的观点。主观与客观的区别如同日神与酒神的区别，而艺术最终打破了这样的隔阂而把两者

[1]　朱光潜：《诗论》，《朱光潜全集》第3卷，第62页。
[2]　同上。
[3]　同上。
[4]　尼采：《悲剧的诞生》，第108页。

调和在一起。朱光潜把诗歌的情趣比为酒神狄俄尼索斯:"诗是情趣的流露,或者说狄俄尼索斯精神的焕发。但是情趣每不能流露于诗,因为诗的情趣并不是生糙自然的情趣,它必定经过一番冷静的观照和熔化洗练的功夫,它须受过阿波罗的洗礼。"[1]诗人仅仅凭借艺术的瞬间冲动是远远不够的,他一定要经过时间的积淀,慢慢回味,在脑海中浮现出意象,最终把艺术形象溶解在心灵世界,这样才能最终打破情趣和意象的分割而成为艺术整体。真正的好诗都必须经历这样的阶段,完全泯灭诗歌主客观的区别,犹如古希腊人眼中的日神和酒神永远纠结却又融合在一起。朱光潜批评中国一些古典诗歌都只单纯地注重意象而没有注意和情趣的配合,因而滥用空洞意象,无法形成情景的浑然一体。而只有像陶渊明的"采菊东篱下,悠然见南山"等诗才堪称尼采所说的那种调和,这种艺术的境界足诗人在沉静中反复体味,情感最终借用类似希腊阿波罗日神庄严、美丽的外观意象而唤醒艺术的生命。

在诗歌的起源问题的论述中,也能看到朱光潜所受来自尼采的影响。朱光潜的《诗论》在论述诗歌的历史起源时,否定了那种历史与考古学的方法,而宁愿将其看作心理问题,把重点放在追问人类何以要唱歌作诗的心理动因上。朱光潜认为诗歌的起源来源于人类的天性,诗的历史与人类一样久远。在最初的阶段,诗歌、音乐与舞蹈这几种艺术形式是同源的,而他正是以古希腊艺术作为例证。朱光潜说:"古希腊的诗歌、舞蹈、音乐这三种艺术都起源于酒神祭典。酒神(Dionysus)是繁殖的象征,在他的祭典中,主祭者和信徒们披戴葡萄及各种植物枝叶,狂歌漫舞,助以竖琴(lyre)等各种乐器。从这祭典中后来演出抒情诗(原为颂神诗),再后来演为悲剧及喜剧(原为扮酒神的主祭官与祭者的对唱)。这是歌、乐、舞同源的最早证据。"[2]凡是熟悉尼采著作的人,几乎都能从朱光潜这些语言中看出尼采的影子。尼采《悲剧的诞生》一书借用日神阿波罗和酒神狄俄尼索斯的象征来解释人类艺术的起源,描述了古希腊人在酒神节日的狂欢景象。这种狂欢的隆重节日,诗歌、音乐、舞蹈不同的艺术形式是融为一体的,这样的盛大场景在中世纪的德国等地仍然能看到。朱光潜认为这种诗、乐、舞同源的历史痕迹在中国古代诗歌中也有保留的痕迹,只不过后来随着艺术的发展,它们分道扬镳,分别走向了不同的艺术道路。朱光

---

[1]　朱光潜:《诗论》,《朱光潜全集》第3卷,第63页。
[2]　同上,第14页。

潜在探讨中国古典诗歌时,尼采就自觉或者不自觉地就成为一个参照和借鉴的对象,朱光潜也由此实现了用西方文艺理论来解释中国诗歌的学术心愿。

二

在朱光潜的诗论中,移情说也是重要的理论来源之一。作为近现代美学中的一个重要理论,移情说同样受到各国美学家的重视,尤其是德国学者。温克尔曼、黑格尔、洛慈(Lotze)都曾经谈到这种美学现象,只不过他们没有正式使用"移情"这个名词,真正系统阐释这一美学现象并产生深远影响的是德国美学家立普斯。立普斯认为审美活动中欣赏的对象是主体的自我,这种自我和现实中的自我不同,是经过情感等的投射成为的"观照的自我":"这一切都包含在移情作用的概念里,构成这个概念的真正意义。移情作用就是这里所确定的一种事实:对象就是我自己,根据这一标志,我的这种自我就是对象;也就是说,自我和对象的对立消失了,或者说,并不曾存在。"〔1〕从此,他的名字和移情说理论连在了一起。

对于立普斯的移情说,朱光潜早年在不少著作中都有过介绍,对它的重要性以及某些不足都曾经做过评述。如在《文艺心理学》一书中,朱光潜在谈到美感经验的物我同一现象时,比较完整地介绍过移情说,认为它是外射作用(projection)的一种;在《谈美》一书中,朱光潜简单明了地把移情作用解释为:"是把自己的情感移到外物身上去,仿佛觉得外物也有同样的情感。"〔2〕并形象地引用中国古代庄子"子非鱼,安知鱼之乐"的典故来加以说明,认为它和美感经验常常紧密联系在一起。《悲剧心理学》一书谈到审美态度的时候,朱光潜也提到移情在审美经验中的重要性:"通过移情作用,无知觉的客体有了知觉,它被人格化,开始有感觉、感情和活动能力。"〔3〕可见,在朱光潜早期所接触的西方美学理论中,移情说也是无法绕过的,他在分析中国古典诗歌理论问题时,移情作用自然而然地进入他的视野,这一理论的引入同样为诠释中国古典诗歌带来了新的知识建构和理论体系的现代转换。

朱光潜在诗论研究中,比较多地对中国诗歌几种不同的境界进行了辨析,这样就不可避免地涉及了王国维的《人间词话》。"境界说"是王国维对中国古

---

〔1〕 立普斯:《移情作用、内模仿和器官感觉》,伍蠡甫主编:《现代西方文论选》,第5页。
〔2〕 朱光潜:《谈美》,《朱光潜全集》第2卷,第22页。
〔3〕 朱光潜:《悲剧心理学》,《朱光潜全集》第2卷,第228页。

典美学的独创性见解,这几乎是被学术界所公认的,学者佛雏就认为王国维的"境界说"广泛地吸收了国外学者的理论,尤其是康德的"审美意象说"以及叔本华的"审美静观方式"及艺术"理念说",这些因素最终奠定了王国维在中国美学史上的独特地位。叶嘉莹也把"境界说"作为王国维《人间词话》最基本的理论:"掌握到了中国诗论中重视感受作用这一重要的质素。"[1]对于王国维这位权威的学术前辈,朱光潜一方面肯定王国维的重要贡献,表达了自己的敬意:"近二三十年来中国学者关于文学批评的著作,就我个人所读过的来说,似以王静安先生的《人间词话》为最精到。"[2]但同时朱光潜在评述王国维有关诗歌的"有我之境"和"无我之境"的分别时,提出了自己的不同意见,而他所依据的主要理论就是德国美学家立普斯等的移情说。王国维在《人间词话》谈到"有我之境""无我之境"这两者之间的分别时说:"有我之境,以我观物,故物皆著我之色彩;无我之境,以物观物,故不知何者为我,何者为物。"[3]不用说,王国维的这种区分自然有其理论的依据,有人把它与叔本华直接联系在了一起。"王氏区分两境的理论基础,跟德国哲学家叔本华关于审美静观的观点、关于抒情诗的观点,有极其密切的关系。"[4]的确,王国维和叔本华的哲学思想有着深厚的渊源,其《〈红楼梦〉评论》《古雅之在美学上之位置》等都有着叔本华的影子,其关于诗歌境界的区分亦同样如此。"掌握叔本华式的'认识的纯粹主体',乃是理解'有我''无我'之境的关键所在。"[5]叔本华认为在审美的静观方式中,有两个不可分割的部分,一个是具有柏拉图理念的客体的"我",一个是纯粹无意识的认识主体,这是两种不同的"我"。王国维在介绍叔本华美学观点时说:"美之对象,非特别之物,而此物之种类之形式,又观之之我,非特别之我,而纯粹无欲之我也。"[6]这表明,正确理解王国维的境界说,西方哲学尤其是叔本华的理论是十分关键的入口。

对于叔本华的哲学和美学理论,朱光潜自然是熟悉的,但他在区分"有我之境"与"无我之境"的时候,却绕过了叔本华而走进了移情说的理论。朱光潜认为有我之境与无我之境的分别是很细微的,王国维用"有我之境""无我之

〔1〕　叶嘉莹:《王国维及其文学批评》,第 303 页。

〔2〕　朱光潜:《诗的隐与显:关于王静安〈人间词话〉的几点意见》,《朱光潜全集》第 3 卷,第 355 页。

〔3〕　朱光潜:《诗论》,《朱光潜全集》第 3 卷,第 59 页。

〔4〕　佛雏:《王国维诗学研究》,北京大学出版社,1999 年,第 238 页。

〔5〕　同上,第 244 页。

〔6〕　王国维:《叔本华之哲学及其教育学说》,《王国维集》第 2 册,第 152 页。

境"这样的名词并不是很精确,缺乏科学的界定。他认为王国维所描述的"以我观物,故物皆著我之色彩"的这种"有我之境"在实质上更是类似西方的移情作用。在这种作用下,无生命的物体被注入了人的情感,而具有了情趣盎然的生命,主体和客体的界限消失,从物我两忘而走进物我同一的境界。朱光潜接着详细分析了王国维《人间词话》所列举的那些"有我之境"的诗句,认为这些诗句其实是经过诗人感情的投注而忘记了自己的存在,即经过了移情作用,这不是"有我之境"而实则是"无我之境"(即忘我之境)。而王国维所列举的"无我之境"的诗句如"采菊东篱下,悠然见南山"则是诗人在冷静中所回味出来的妙境(所谓'于静中得之'),没有经过移情作用,所以实际上是'有我之境'。[1]朱光潜认为诗歌中的境界都必须有自我性格和情感的投入,那种绝对的无我的境界是难以找到的。为此朱光潜使用了"同物之境"来代替王氏的"有我之境"概念,而用"超物之境"来代替王氏的"无我之境"。朱光潜说:"与其说'有我之境'与'无我之境',似不如说'超物之境'和'同物之境',就严格地说,诗在任何境界中都必须有自我,都必须为自我性格、情趣和经验的返照。"[2]简单地说,两者真正的分别在于一个经过了移情作用,而另一个没有经过移情作用。对于朱光潜对王国维"有我之境"与"无我之境"观点的质疑,学术界的意见不尽一致。叶嘉莹一方面认为朱光潜的辨析两者之间的区别很"精微",但另一方面又说:"不过如朱氏的'同物'与'超物'来解说王氏的'有我'与'无我',却实在并不切合。"[3]不过她也认为朱光潜的观点基本是沿用了立普斯的移情说而得出的结论。而叶朗则认为朱光潜的批评"确实接触到了王国维的某些弱点,但似乎都还未能抓住问题的本质"。[4]实事求是地讲,朱光潜对王国维关于境界区分的质疑多少有些武断,他完全套用了移情说的理论进行剪裁,忽略了艺术生命的丰富性和有机性,也没有详细辨析王国维所涉的不同的"我"在哲学美学意义上的差别。换言之,王国维所言的"有我"和"无我"并不一定都包含在移情作用所涉的审美空间,因此朱光潜所借用的移情理论的边际效用大大降低了,也无法从根本上动摇王国维的境界说。但无论如何,朱光潜根据立普斯等的移情理论重新审视中国诗学传统,进而提出"同物之境"

---

〔1〕 朱光潜:《诗论》,《朱光潜全集》第 3 卷,第 60 页。
〔2〕 同上,第 60 页。
〔3〕 叶嘉莹:《王国维及其文学批评》,第 199 页。
〔4〕 叶朗:《中国美学史大纲》,北京大学出版社,1985 年,第 625 页。

与"超物之境"的独创性概念，这本身就是对中国审美形态的丰富和发展，在学术上理应留下一笔。

移情作用是一种美感经验，但这并不是说只有经过移情作用的审美经验才最有价值，事实上那些没有经过移情作用的审美经验同样值得重视。王国维曾经把境界作为审美的一项最重要标准，他认为有高下之分，"有我之境"比"无我之境"的品格为低。王国维在《人间词话》中说："古人为词，写有我之境者为多，然未始不能写无我之境，此在豪杰之士能自树立耳。"他还特别补充了一段文字说明两者之间不同的美学风格："无我之境，人惟于静中得之；有我之境，于由动之静时得之。故一优美一宏壮也。"[1]王国维对境界高低的划分在学术界引起过长久的关注和推崇，不少人认为这是王国维真正抓住了关键问题，是一次"探本"之论，对美学思想的发展起到了不小的推动作用。朱光潜则对于王国维这种区分标准提出了自己的看法，他认为王国维并没有给出这种区分的充分理由，王国维的主张和英国文艺批评家罗斯金（Ruskin）的否定移情作用的所谓"情感的错觉"（pathetic fallacy）有些相似。罗斯金认为经过移情的作用，诗人被情感冲动所控制失去了静观的理智，把我的情感投注于外物，这实际上造成了错觉，因而只能是二流的诗人。而第一流的诗人不会放任感情的泛滥，只会用理智去静静地观看。

显然，在罗斯金看来，审美过程中理智远比情感更重要。王国维虽然也认为"感情真者，其观物亦真"，但他也主张光有激情是不够的，诗人一定要控住感情，能排除一切因素的干扰，始终保持宁静的观照心态，这样的艺术就是过滤了我的主体情感，使被观照的对象呈现出完全的、纯粹的面目。个人情感愈浓，那么客观的纯粹性越少，即"客观的知识实与主观的感情为反比例"[2]。而王国维认为无我之境居于更高的层次就是这样的原因。而朱光潜则认为情感和理智无须截然分开，经过移情作用、投注个人情感色彩的境界自有其价值："依我们看，抽象地衡量诗的标准总不免有武断的毛病。'同物之境'和'超物之境'各有胜景，不宜一概论优劣……'超物之境'与'同物之境'亦各有深浅雅俗……两种不同的境界都可以有天机，也都可以有人巧。"[3]朱光潜为了证明自己的观点，摘抄了大量中国古典文学的诗句，为经过移情作用的"同物之

〔1〕　王国维，《人间词话》，《王国维集》第 1 册，第 211 页。

〔2〕　佛雏：《王国维诗学研究》，第 224 页。

〔3〕　朱光潜：《诗论》，《朱光潜全集》第 3 卷，第 61 页。

境"（也即王国维所说的"有我之境"）进行辩护。朱光潜围绕中国古典诗歌的若干理论问题而提出的不同观点，在不少地方都涉及了王国维的美学观点，因而在学术上引发了不少质疑的声音，有学者曾经批评朱光潜没有真正洞察王国维诗歌美学的实质。如吴文琪的《近百年来的文艺思潮》、张世禄的《评朱光潜诗论》都不赞同朱光潜用"隐"与"显"等概念来批评王国维的"隔"与"不隔"，认为有隔靴搔痒之感，而朱光潜也在不少场合捍卫自己的观点。平心而论，或许朱光潜的观点算不上完美和成熟，确实有值得商榷之处，但这仍然可以看作朱光潜把德国移情理论付诸解释中国诗歌的一次具体实践。

三

朱光潜把西方美学理论用来阐释中国诗歌理论，其目的除了促进中国传统文学批评研究的学理化之外，也在为中国新诗的发展寻找理论突破和出路，因此我们在朱光潜关于中国诗论的文章中可以清楚地看到这一点。朱光潜曾在《诗论》一书中列出专门的一章来评述莱辛诗画异质的理论，笔者认为这样的安排并非随心所欲，而是有着朱光潜独特的思考和用意，也应该放置在中国新诗发展空间去探讨。

朱光潜诗论中有相当一部分文字重新确立了诗歌作为独立文体的特征。即回答诗何以为诗？它与音乐、绘画、散文等其他的文类真正的区别到底在哪里？尤其是在中国传统诗歌中，诗与绘画的关系十分紧密，人们经常列举苏轼称赞王维的"味摩诘之诗，诗中有画；观摩诘之画，画中有诗"来说明诗画同源的属性。这样的认知，无论在古代中国还是欧洲都是很普遍的，希腊诗人西摩尼得斯所说的"诗为有声之画，画为无声之诗"和苏轼所说的意思就很相似。但到了近代，这种观点受到了强烈的质疑，尤其是德国美学家莱辛在《拉奥孔》中明确区分了绘画和诗歌的界限。莱辛在观察古雕像拉奥孔的时候发现，雕刻和诗歌在处理同样的题材时表现却有很大的不同，拉奥孔的痛苦在诗中表达得非常强烈，但在古希腊的雕刻艺术中却消失了，拉奥孔的表情就像温克尔曼所说的"显出一种高贵的单纯和静穆的伟大"。[1]莱辛由此认为诗歌和绘画是两种不同的艺术形式，它们在塑造形象、构思、表达等很多方面的表现方式存在着重要差别，疆界十分清楚，各自有着自己独立的艺术属性。与此同

---

〔1〕 莱辛：《拉奥孔》，朱光潜译，《朱光潜全集》第17卷，第9页。

时,莱辛也认为诗与画各自擅长的表现领域和方法固然不同,总体而言画宜于写静物,诗只宜于叙述动作。但这样的划分又不是绝对的,诗和绘画有交互影响的关系:"绘画也能模仿动作,但是只能通过物体,用暗示的方式去摹仿动作……诗也能描绘物体,但是只能通过动作,用暗示的方式去描绘物体。"[1]对于莱辛的观点,朱光潜用了较为明白通俗的语言来说明:"换句话说,图画叙述动作时,必化动为静,以一静面表现全动作的过程;诗描写静物时,亦必化静为动,以时间上的承续暗示空间中的绵延。"[2]

此外,莱辛还认为诗与画两种艺术各有自己的特长,能入画与否不是判定诗的好坏的标准。对于莱辛的这些观点,朱光潜在他的《诗论》一书中做了较为客观的评价,他既充分肯定莱辛诗画异质理论对于确立不同艺术门类独立性上的价值,也肯定其对艺术和媒介密切关系的重视。不过朱光潜也指出了莱辛学说的缺陷,如坚持"艺术即模仿"的老观念,忽略作品和作者的关系,更为要命的,"在《拉奥孔》里,他始终把'诗'和'艺术'看成对立的,只是艺术有形式'美'而诗只有'表现'(指动作的意义)。这么一来,'美'与'表现'离为两事,漠不相关"。[3] 至于莱辛所坚持的诗只适合叙述动作的结论更是与中国古典诗歌的大量例证不符。如马致远的《天净沙·秋思》、范仲淹的《苏幕遮》、林逋《山园小梅》等只是单纯地用枚举的方法来描写静物,并不曾把描写改成叙述,却一样有很好的艺术效果,而这些恰恰是莱辛所反对的。因此朱光潜并没有全盘接受莱辛关于诗歌、绘画的观点,而是有所辩驳、有所保留。

虽然如此,莱辛的美学观点还是在朱光潜的诗论中留下了不少影响。朱光潜首先把莱辛的美学理论运用到分析中国古典艺术的某些现象中,如正因为诗歌和绘画分属不同的艺术门类,各有各的优缺点,因此艺术家应充分考虑到这一点,充分展示自己的天性。朱光潜说:"诗画既异质,则各有疆界,不应互犯。"[4]如果强人所难,便很难成功。朱光潜举画家溥心畬题画贾岛的"独行潭底影,数息树边身"这句诗为例,尽管画家使出了浑身解数,也仍然难以达到满意的艺术效果,其最大的原因就在于绘画难以运用诗歌的方式。莱辛认为诗歌只能间接暗示物体美而不能直接去描绘,暗示美的方法有两种,一种是

〔1〕 莱辛:《拉奥孔》,朱光潜译,《朱光潜全集》第17卷,第94页。
〔2〕 朱光潜:《诗论》,《朱光潜全集》第3卷,第143页。
〔3〕 同上,第149页。
〔4〕 同上,第146页。

描写美所产生的影响，另一种是化美为"媚"（charm），也即产生出流动的美。对此朱光潜也举出大量的中国古典诗歌来支持、印证莱辛的观点，如"回眸一笑百媚生，六宫粉黛无颜色""恸哭六军俱缟素，冲冠一怒为红颜"等诗句就是侧重描写美所产生的影响，以此暗示美；而"巧兮倩兮，美目盼兮"则巧妙地化静为动，把静止的"美"变成了流动的"媚"，这样一下子就使整首诗摆脱了沉闷和呆滞。朱光潜在论述诗歌中引用莱辛的美学观，应该包含着这样的心理动因：中外艺术的很多历史都证明，不少文艺现象并非只是少数国家或民族的专利，在更广大的精神层面，实际上它们具有相通或相似之处，这对于打破当时不少国人那种封闭、保守的文化心态是大有裨益的。

但更为关键之处，应该是朱光潜借莱辛理论来重新建构中国新诗理论的宏大心愿和理想。中国新诗自从诞生之日起，就面临着不少理论上的难题，直接造成新诗在现实中的窘境。"新诗冲破了旧格律诗的体制后，特别是在自由诗兴起之后，诗与散文以及其他艺术形式的界限模糊了，这也带来理论与创作上的困扰。"[1]也就是说，新诗必须要建立起自己独立的文体意识和地位，必须要把新诗与散文、绘画、音乐等门类尽快彻底地切割。当年周作人所写的《美文》一文就科学地定义了文学散文的概念，从而确立了文学性散文的地位，新诗当然也有同样的问题。然而在当时的诗歌理论界，人们对此的认识未必一致，对诗和音乐、绘画等艺术的界限并不十分清晰。如在 20 世纪 20 年代，随着法国象征诗及其理论被译介到中国，因为象征主义的重要诗人魏尔伦、马拉美、瓦雷里等十分重视诗歌的音乐性，一些人提出了诗歌全面移植音乐的观点，也有人主张新诗要借重绘画等。同时，新诗和散文的界限也含混不清，导致新诗散文化趋势越来越严重，造成新诗艺术的粗糙和品位的低下。对于上述种种现象，朱光潜当然是有所察觉的，他在诗论中引入莱辛的《拉奥孔》，无疑试图为新诗和其他的艺术作了切割，使人们不再纠缠于新诗的音乐性和绘画性的争论，这样人们才能专注于把新诗作为独立文类看待，对新诗自身艺术特点的把握才能更科学、更精确。

莱辛的《拉奥孔》十分重视艺术和表达媒介的关系，朱光潜在谈到这一点时说："艺术不仅是在心里所孕育的情趣意象，还须借物理的媒介传达出去，成

---

〔1〕 温儒敏：《中国现代文学批评史》，第 204 页。

为具体的作品。每种艺术的特质多少要受到它特殊媒介的限定。"〔1〕这对于新诗的理论探讨也很有帮助。众所周知,诗歌是一门语言的艺术,它虽然在一些表现领域比不上绘画和音乐,但语言又赋予了诗歌最大的财富,诗歌可以凭借语言的媒介而纵横驰骋,自由遨游在人类精神的广袤世界。海德格尔就曾经把语言视为人类栖居的方式,借助语言人类才能存在,而文学恰恰凭借语言的魔力而绽开艺术之花。莱辛在谈到《荷马史诗》的成功时,认为语言起到了极大的作用:"我看优异的希腊语言对荷马提供了非常大的方便。希腊语言不但使他有充分的自由去配合和堆砌几个形容词,而且可以把这些堆砌在一起的形容词安排得很巧妙。"〔2〕语言的媒介极大释放了诗歌想象的空间,因此它所达到的一些艺术效果是画家难以表达的。

　　朱光潜在考察中国新诗历史时发现,正是由于新诗的诗人普遍忽略新诗的语言表达,整个诗歌水平还处在比较粗糙的水准,朱光潜特别批评了胡适的一些新诗理论观点。尽管胡适的白话诗集《尝试集》在新诗历史上有开创之功,但胡适的一些新诗理论却对中国新诗发展起到了负面的效应。朱光潜尤为不满胡适所提出的"作诗如说话"的观点。朱光潜认为这样的观点抹杀了语言是诗歌媒介的本质,也否定了诗歌与其他文体的分别,不仅会造成文体上的混乱,也必然导致诗歌失去灵魂。朱光潜说:"作诗决不能如说话。既可以用话说出来就不用再作诗。诗的情思是特殊的,每一种情思都只有一种语言可以表现。"〔3〕朱光潜要求诗人在诗歌形式美学上多下功夫,尤其是语言本身就是诗,带有极强的创造性,诗歌在媒介的限制中却又获得了另一种精神自由。这种评价的标准在他对中国新诗不多的评论中也能看出,与其他的评论家相比,显然朱光潜把诗歌语言放在了十分重要的位置。朱光潜在 20 世纪 30 年代新诗理论问题的探讨中,刻意强调语言等要素的重要性,不用说这与他对莱辛有关诗歌以及绘画媒介作用的反思有一定的关系,这一点也和当时不少批评家重视诗歌形式的意见是不谋而合的。如当时的梁宗岱提出"纯诗"的理想、闻一多提出的诗歌"三美"主张,陈梦家、孙大雨、林庚、罗念生等在音节方面的探讨等。在他们共同的努力推动下,中国新诗诸多理论层面的讨论比起

〔1〕　朱光潜:《诗论》,《朱光潜全集》第 3 卷,第 147 页。
〔2〕　莱辛:《拉奥孔》,朱光潜译,《朱光潜全集》第 17 卷,第 111 页。
〔3〕　朱光潜:《诗论》,《朱光潜全集》第 3 卷,第 233 页。

新诗诞生初期大大推进了，中国新诗的水准也上了一个台阶。

　　对于中国传统文学批评所面临的科学精神、理性主义匮乏的窘境，从晚清开始尤其是"五四"时代的一批知识分子就已经意识到了。但是受限于传统的思维方式和文化心理，这种局面单纯依靠本土的文化资源是无法彻底打破的，必须借力于外来的思想文化资源来输入新术语、新概念和新的批评方法，在中西文论比较、互鉴的宏大背景中重构中国文论的范式。朱光潜作为中国现代文学批评史中有重要地位和影响力的批评家，他在对中国传统文论的反思中，对西方美学和文学理论的引入和借鉴更为自觉，对批评的科学精神追求也更为强烈。朱光潜在《诗论》中的序言中坦言，他花费大量的精力研究诗歌理论，其主要的一个动机就是用西方的理论来"研究我们以往在诗创作与理论两方面的长短究竟何在，西方人的成就究竟可否借鉴。"[1]朱光潜诗论中所涉及的尼采、立普斯、莱辛等德国的美学、文学思想不仅成为他阐释中国文学的有力工具，还在中西文化互鉴、互释的诗学空间中萌生出巨大的生命活力。

---

〔1〕　朱光潜：《诗论·抗战版序》，《朱光潜全集》第 3 卷，第 4 页。

第六章
李长之文学批评研究

第一节　论中国现代文学批评史上的
　　　　李长之

在中国现代文学批评史上,李长之无疑是个性最为鲜明、命运也最为多舛的批评家之一。这位极有天分的批评家,还在青年时代就写出了《鲁迅批判》一书,为中国现代文学批评留下了不同凡响的贡献。稍后撰写的《苦雾集》《梦雨集》《迎中国的文艺复兴》《道教徒的诗人李白及其痛苦》《司马迁之人格与风格》等批评著作更是一步步夯实了中国现代文学批评的基础。遗憾的是,这位批评家的理论贡献还远远没有得到应有的重视和公正评价,多年来也只有张蕴艳《李长之学术心路历程》、于天池与李书的《李长之和他的朋友们》等为数很少的研究专著。相关的文学批评史著作如温儒敏的《中国现代文学批评史》、许道明的《中国现代文学史新编》虽然也都把李长之列入专题进行论述,但也或多或少存在失之简单的问题,这和批评家的实际成就是远远不匹配的。事实上,如果中国现代文学批评史少了这样一位才华出众、特立独行的批评家,就很难说这是一部丰富、闪烁着独异思想的批评史。正是因为有类似李长之这样批评家的存在,才构成了现代文学批评史较为完整的生命乐章。

一

对于一个批评家来说,成功的因素固然有多种,诸如学识、经历、眼光、修养、感情、批评方法等等,但是李长之认为这些都不是最重要的,构成批评家最重要的因素是批评精神。李长之不仅反复强调批评家应该有批评精神，而且还将这样的批评精神贯穿其文学批评的整个过程和中心环节。他对批评精神内涵的阐释具有理论性、系统性、深刻性等特征，这在中国现代文学批评家中都是较为罕见的，也是李长之文学批评最有生命和价值之处。他和沈从文、李健吾、朱光潜等共同维护批评的尊严和独立地位，展现的是一个现代知识分子在种种外在环境压力下不屈服的、孤傲的灵魂。

李长之从事文学批评的时代，正是一个充满巨变的时代，文学批评如同其他文学类型一样面临着政治化和商业化的冲击，公式主义、教条主义、商业化的操作等司空见惯。不同政治信仰和文学观念的人更是把批评当作攻讦的武器，一时间文坛充斥着紧张的气氛，这些都对文学批评产生了很多负面的影响。李健吾曾经说："批评变成一种武器，或者等而下之，一种工具。句句落空，却又恨不得把人凌迟处死。谁也不想了解谁，可是谁都抓住对方的隐匿，把揭发私人的生活看作批评的依据。"[1]沈从文也提及说："目前大多数批评家还不能把他们的批评同'政见''友谊''商业'分开，卖膏药的批评家也还俨然道貌的在批评上保留一种说教传道者的模样。"[2]朱光潜对当时评论界的消极现象也是痛心疾首："攻击唾骂在批评上固然有它的破坏功用，它究竟是容易流于意气之争，酿成创作与批评中不应有的仇恨，给读者一种空热闹。"[3]这些现象的出现，一定程度上反映了当时批评界的混乱，这种状况的延续，无疑对正常的文学批评乃至文学创作都贻害无穷。

对于当时文学批评界这些不健康的现象，李长之的态度十分清醒和坚决，他曾在一篇文章中对当时中国批评界的状况进行了严厉的批评。李长之认为批评界充斥着"浅薄和愚妄"，"彼此都没有战斗力，都没有论据，糊里糊涂的一幕一幕在演，结果每每是空洞得一无所得。""学术上的贫困，却又无知妄作，是目前批评界的浅薄愚妄的大原因。"[4]为了改变这种状况，李长之系统提出了批评精神的观点，并对这一理论内涵做了较为全面、深刻的阐释。

李长之所理解、提倡的批评精神，其最重要的一点就是始终保持批评家的独立人格和尊严。唯有如此，一个批评家才真正有了灵魂，才能在任何外界因

---

〔1〕 李健吾：《咀华集》，《李健吾文学评论选》，宁夏人民出版社，1983年，第2页。

〔2〕 沈从文：《关于"批评"一点讨论》，《沈从文全集》第17卷，第398页。

〔3〕 朱光潜：《谈书评》，《朱光潜全集》第8卷，第424页。

〔4〕 李长之：《论目前中国批评界之浅妄》，《李长之文集》第3卷，河北教育出版社，2006年，第38页。

素的高压乃至诱惑下不为所动,这就是伟大的批评家和平庸的批评家最本质的区别。李长之说:"伟大的批评家是在他伟大的批评精神的。伟大的批评精神是反奴性的,是为理性争自由的,所以所有五光十色的眩惑者,无论奉命于谁,以及受支配于谁,和批评可说毫无干连。"[1]正是基于这样的观点,李长之认为那些形形色色、听命于书店老板或者专门写捧场文章的人,不敢得罪作者或作严肃批评的人不仅不是伟大的批评家,甚至连批评家都谈不上。即使他们热闹、显赫于一时,却终究会遭到无情的淘汰,在批评史上默默无闻。批评精神对于批评家而言,正如同文章的风骨,是批评家伟大灵魂的呈现,这样的批评才代表着人类健康的精神活动,也才能推动着文学事业健康发展。同样,当一个批评家以文学批评为职业,这就决定了他几乎悲剧式的角色,他必须坚守自己的道德底线,他必须富有同情心和宽容的胸襟,必须毫不含糊地亮明自己的态度,决不能骑墙左右逢源;要敢于以钢铁般的意志直面权威、挑战权威,痛快淋漓地发挥战斗精神。为此,李长之激情澎湃地喊出:"批评是反奴性的。凡是屈服于权威,屈服于时代,屈服于欲望(例如虚荣和金钱),屈服于舆论,屈服于传说,屈服于多数,屈服于偏见成见(不论是得自他人,或自己创造),这都是奴性,这都是反批评的。千篇一律的文章,应景的文章,其中决不能有批评精神。"[2]可以说,这段话最精当地诠释了李长之心目中批评精神的精髓,如黄钟大吕般回荡在中国现代批评史上,其睿智、才情远超一般的批评家。因此不难想见,能够在李长之心目中具有这种批评精神的人是很少见的,也只有孔子、孟子、司马迁、王国维、莱辛等少数人才具备。因为这些批评家身上的反抗性和对世俗的拒绝符合了伟大批评家所具备的精神特征,他们用批评文字印证了伟大的人格。如司马迁,这是李长之极为崇敬的历史人物,同时李长之也把他当作一个伟大的文学家和批评家来看。李长之认为司马迁不仅在文学批评的理论上有着卓越的贡献,如文学创作心理、文学功用、创作原理、艺术节制和幽默等都有较为深入的论述,更主要是在他的批评实践中所表现的不虚美、不隐恶的态度,则完美体现着伟大的批评精神及批评家的独立人格。李长之举例说,司马迁对老庄申韩的批评能够摆脱世俗偏见,给以他们正确的评价:"在那一个混乱的思想斗争中,司马迁独能超出儒道之上,作如此精确而公允

---

[1]　李长之:《论伟大的批评家和文学批评史》,《李长之文集》第3卷,第25页。
[2]　李长之:《产生文学批评的条件》,《李长之文集》第3卷,第155页。

的评价；两千载之下独感到他的目光如炬，令人震慑，诚不愧为一伟大的批评家。"〔1〕同样，李长之认为，司马迁用了很多篇幅赞美屈原，其根本原因也在于屈原面对污浊现实不愿同流合污的反抗精神感染了司马迁："屈原的真价值却在'与愚妄战'！他明知自己力量不大；但他以正义和光明来与一切不可计量的恶势力战斗……邪曲害公，方正不容，就是中国整个社会上下五千年的总罪状，屈原的价值乃是对这种社会作战士，后人只能见其小，司马迁独能见其大。"〔2〕天才、同情心尤其是傲岸不羁的光辉人格才最终铸就了司马迁成为伟大的批评家。对于中国现代文学批评开端具有里程碑式影响的大批评家王国维，李长之也是充满敬意，这是因为王国维在对《红楼梦》的批评中所表现出的挑战世俗的勇气，这正是少数伟大批评家之所以赢得尊重的关键。李长之总结说："哪一个批评家不是富有反抗性的？现在的顾忌太多了，怕得罪人，怕骂，怕所谓'摩擦'，怕读者，怕编辑，怕书店老板，这样不会有批评。"〔3〕李长之所痛斥的这些现象在当时的文学批评中是屡见不鲜的，中国传统的文化土壤和生活习惯也在很大程度上阻滞了批评精神的产生，这也是中国历史中文学批评欠发达、远不及西方的根源所在；唯有具备了批评精神，批评家才能真正留存于文学史的长河之中。

李长之不仅孜孜寻求、建构着批评家所应有的批评精神，力图纠正中国现代文学批评中的不健康风气。更可贵的是他在自己的批评实践中努力贯彻着这样的批评精神，终其一生，用一个个文字符号来累积批评生命的丰碑，构成了他在批评世界中独异的精神现象。李长之这种批评精神在他对鲁迅的批评中表现得最为鲜明、充分。对于鲁迅，李长之从来没有掩饰过自己的尊崇之心，他把鲁迅和孟子、歌德等列为影响自己最大的几个人："我敬的，是他的对人对事之不妥协。""不但思想，就是文字，有时也有意无意间有着鲁迅的影子。恐怕不仅是我，凡是养育于"五四"以来新文化教育中的青年，大都如此的吧，我们受到鲁迅的惠赐实在太多了。"〔4〕因此，李长之在刚开始走上文学批评之路的时候，就把鲁迅作为他研究和批评的主要对象。他在《鲁迅批判》中直言，自己并不满意于当时不少批评家所勾画的鲁迅形象，他要写出自己心目中真

〔1〕 李长之：《司马迁之人格与风格》，生活·读书·新知三联书店，2013 年，第 420 页。
〔2〕 同上，第 422 页。
〔3〕 李长之：《产生批评文学的条件》，《李长之文集》第 3 卷，第 155 页。
〔4〕 李长之：《鲁迅批判》，《李长之文集》第 2 卷，第 106 页。

实的鲁迅形象："我的用意是简单地，只在尽力之所能，写出我一点自信的负责的观察，像科学上的研究似的，报告一个求真的结果而已，我信这是批评者的唯一态度。"〔1〕因而，李长之在鲁迅研究中并不因为鲁迅当时崇高的文学地位而采取虚美的态度，更不是无条件的、盲目的一味赞颂。对于他认为不完美的地方仍然坚持己见，绝不附和他人的观点，为此他还专门列出一节，论述鲁迅文艺创作的失败之作。对于鲁迅思想家的称谓，李长之也按照自己的理解提出异议。这些对于一个刚刚出道的青年评论家来说，承受的压力之大是可以想象的，但这正是李长之所捍卫的批评精神。即使在后来的政治高压的严酷环境下，李长之也没有改变他的主张。对于李长之来说，批评精神对于批评家犹如骨肉之身躯，离开了独立的批评精神，空有一副皮囊又有何价值？

二

李长之对于中国现代文学批评史的意义除了批评精神的建构，还在于他在实际的文学批评中所取得的成就。李长之对当时活跃在文坛的众多作家都给予关注和评论，对其文学史的地位加以总结。此外，他还对一些文艺理论范畴进行辨析，并在美学的理论框架中加以评论，一定程度上冲击了庸俗社会学批评的桎梏，还原了作家的创作生命，这些都是值得珍视的成果，彰显了中国现代文学批评的实绩。

李长之的文学批评中，现代作家和作品占了较大的比重。作家论是中国现代文学批评史上的突出现象，如茅盾在 20 世纪 20 至 30 年代所撰写的大量作家论《鲁迅论》《王鲁彦论》《徐志摩论》《女作家丁玲》《冰心论》《落华生论》等，其他的如胡风的《林语堂论》《张天翼论》、苏雪林的《沈从文论》、许杰的《周作人论》、沈从文的《论冯文炳》《论落华生》《论郭沫若》等也都产生了积极的影响。显然，作家论之所以受到较多关注，很大程度上在于这种批评文体可以较为充分地展现批评家对作家生活道路、思想变迁乃至审美特征等的把握，也给了批评者更大的自由和阐释空间。在这种大的批评背景下，李长之也撰写了多篇的作家论，涉及的作家包括鲁迅、胡适、郭沫若、茅盾、老舍、曹禺、许钦文、张资平、吴祖光、卞之琳、林庚等，这其中最重要、影响也最大的是李长之对鲁迅的评论。李长之一直把鲁迅视为自己生活道路和思想的领路人，因而他的

〔1〕　李长之：《鲁迅批判·序》，《李长之文集》第 2 卷，第 5 页。

一生为鲁迅的评论和研究付出了很多精力。1935 年起，李长之在天津《益世报》"文学副刊"连载发表了多篇有关鲁迅的批评文章，并在第二年由北新书局以《鲁迅批判》的书名出版，后来也陆续发表了有关鲁迅评论的文章，一直延续到新中国成立后。可以说，李长之的鲁迅评论和研究不仅在鲁迅研究史乃至中国现代文学史中都是无法绕过的。"在《鲁迅批判》之前，还没有人像作者一样做过如此浩繁的工作，经营擘画过全部关于鲁迅的评论见解。这里有量的进步，同时更有质的提高。"[1] 比起同时代人的鲁迅评论，李长之自有他独到的视角和判断。如他非常注意观察鲁迅所处的时代和环境，更多地注意到鲁迅思想性格和环境的关系；他对鲁迅小说抒情性的分析、对鲁迅杂文的高度评价以及对鲁迅翻译的重视等都有着真知灼见的地方，开辟了鲁迅研究新的领域。

中国现代小说自诞生之日起，较多地继承了西方现代小说的客观描写方法，无形中忽略了中国传统文学的抒情特征。为此周作人提出了"抒情诗小说"的概念："小说不仅是叙事写景，还可以抒情。因为文学的特质，是在感情的传染。"[2] 鲁迅虽然没有过多涉及抒情理论，但在小说创作上却有意识地借鉴了抒情手法，开辟了中国现代小说的抒情道路，并影响到许多后来的小说家。对于鲁迅这方面的贡献，李长之敏锐地捕捉到了，他对鲁迅小说这方面的成就极为赞赏，称之为艺术上的圆熟之作。他说："鲁迅的笔根本是长于抒情的，虽然他不专在这方面运用它；在他的抒情文字中，尤其是长于写寂寞的哀感。"李长之称鲁迅八篇抒情性浓郁的小说为鲁迅文艺最完美的作品："文字又那么从容，简洁，一无瑕疵。"[3] 如果说李长之觉察到鲁迅小说抒情性特征显示了他细腻艺术感觉的话，那么他对鲁迅杂文的肯定则表现出他思想的深邃。当时鲁迅杂文大量问世，虽然引起过人们的注意，但在评价上却众说纷纭，除了左翼阵营的瞿秋白等，大多人尤其是自由主义阵营的知识分子往往排斥鲁迅的杂文。而李长之却能突破自由主义文艺观的束缚，对鲁迅杂文的生命表达出自己的看法。李长之说："就鲁迅自己而论，杂感是他在文字技巧上最显本领的所在，同时是他在思想情绪上最表现着那真实的面目的所在。就中国

---

[1] 王文生主编：《中国现代文学理论批评史》(中)，贵州人民出版社，1988 年，第 165 页。
[2] 周作人：《晚间的来客·译后附记》，《新青年》第 7 卷第 5 期，1920 年 4 月。
[3] 李长之：《鲁迅批判》，《李长之文集》第 2 卷，第 60、61 页。

十七年来的新文学论,写这样好的杂感的人,真也没有第二个。"〔1〕这样的评价某种程度上甚至呼应了瞿秋白对鲁迅杂文的评价,如果考虑到李长之的文艺立场,就更加难得了。至于李长之对鲁迅翻译的评价,这几乎是一个很少有人关注的领域,然而李长之却独辟蹊径用了专文进行评论。20 世纪 20 年代后期和 30 年代初期,由于卷入革命文学的论战,鲁迅用了较大的精力翻译苏俄和日本理论家的著述。对于鲁迅这些翻译的影响和贡献,李长之十分重视,他从鲁迅所翻译的文艺论、科学的社会主义艺术观角度对鲁迅译著的价值进行了充分肯定,这在很大程度上也颠覆了梁实秋对鲁迅所谓"硬译"的指责。

李长之不仅在评论鲁迅时显示出学术识见,在关于如郭沫若、茅盾、老舍、曹禺等现代作家的评论中也同样能见到其不俗的眼光。他重价值判断,但更重审美经验的分析,这对于一个批评家来说也是十分重要的因素。李健吾在批评当时一些拙劣批评家的时候,痛斥他们是"寄生虫""应声虫"等,"有的更坏,只是一种空口白嚼的木头虫。"〔2〕显然,李健吾所批评的就是这类批评家完全缺乏艺术的敏感和审美能力,只知道用机械的、枯燥的文学理论去剪裁作家的作品,成为支离破碎的、坏的批评标本。对于李健吾所指出的这些问题,李长之是有着警觉的,他在评论的时候对作家创作个性和审美倾向有着特别的关注。李长之在评论茅盾的《蚀》三部曲时,用了较多的篇幅分析《蚀》在艺术技巧上的成功之处,如擅长描写动乱、人物心理等。对于乡土文学作家许钦文的小说,李长之也认为其对女性心理的描写尤为成功。在评论曹禺的时候,李长之认为曹禺的剧作巧于构思,又富有诗的节奏,并预言说:"不错,曹禺依然还是一个青年,但他已是像写过《穷人》之后的陀思妥耶夫斯基(24 岁)那样的青年一样,不能不让我们毫不犹豫地说,这将是中国近现代文学史最煊赫的群中之一员。他是绝对有优异天才的。"〔3〕事实上,现代文学史证明了李长之的这种判断是完全符合实际的。

在中国现代文学各类文体中,李长之的批评都有所涉及,不过他对新诗的创作和理论投入的精力较多,这也和当时文学批评界关注重心有关系。中国现代新诗完全是新文学运动的产物,相对来说与中国传统文学的联系较少,因

---

〔1〕 李长之:《鲁迅批判》,《李长之文集》第 2 卷,第 67 页。
〔2〕 李健吾:《咀华集·答巴金先生的自白》,《李健吾文学评论选》,第 41 页。
〔3〕 李长之:《论曹禺及其新作〈北京人〉》,《李长之文集》第 3 卷,第 216 页。

此其发展历史并不是十分顺利,面临着许多亟待解决的理论问题。为此,沈从文、李健吾、梁宗岱、朱光潜、孙大雨、闻一多、陈梦家、叶公超、罗念生、戴望舒等人都曾经就新诗的理论问题展开过热烈的讨论,探究新诗的出路。作为京派批评群体的重要一员,李长之对新诗的历史脉络和发展趋向有着密切的关注,在新诗问题上同样提出过不少见解。李长之认为,中国新诗经过10多年的发展,已经有了不小的进步,在新诗本质认识、诗的体裁形成以及诗人专门队伍几个方面的成绩有目共睹。但是新诗要想健康发展,就必须解决好如下的问题:“一是诗的本质必须是情感的,二是诗的精神必须是韵律的,三是诗的形式必须是自由的。”〔1〕李长之一方面捍卫新诗的自由诗的属性,为中国新诗进行形式上的辩护,另一方面也就诗歌本质发表了自己的意见,重申情感在新诗中的重要性:“我说诗的本质属性必须是情感的……我们要真的文艺,真的文艺只有情感的! 现实不是一方面,在我们最真的情感中,就存有最真的现实。”〔2〕李长之的这种观点应该说是较有特点的,他的这种诗歌理论和重抒情的浪漫主义诗学十分接近。因为在当时中国诗歌理论界,大多数批评家已经抛弃了浪漫主义诗歌的理论主张,更多地主张用现代主义的理论来阐释新诗的内涵。梁宗岱当时写了《象征主义》《谈诗》等文章,要求诗歌抛弃一切叙事、抒情、议论等因素,而把纯诗作为诗歌的最高理想。李健吾也认为浪漫主义重视感情的时代已经过去,现代社会需要繁复的意象和更朦胧的、不可意会的语言来捕捉。他说:“在它所有的要求之中,对于少数诗人,如今它所最先满足的,不是前期浪子式的感情挥霍。而是诗的本身,诗的灵魂的充实,或者诗的内在的真实。”〔3〕柯克在《论中国新诗的新途径》一文中强调诗歌的知性因素,提出智慧诗的主张;至于徐迟等现代派诗人则走得更远,要求把抒情从诗歌的王国中驱逐出去。然而李长之却不被这样的观念左右,仍然强调感情在现代诗歌中的地位,不难看出李长之批评的个性。

　　李长之长于理论思辨,在现代文学批评理论的探讨上有浓厚的兴趣,他提出文学批评中的感情主义,即“感情的型”,成为其批评理论最独具特色的地方,较多受到学术界的重视。“感情的型”是李长之自己所创造出的概念,他在很多文章中不同程度论述过这个概念,主要用来描述批评家在批评过程中所

---

〔1〕 李长之:《论新诗的前途》,《李长之文集》第3卷,第91页。
〔2〕 同上。
〔3〕 李健吾:《鱼目集·卞之琳先生作》,《李健吾文学评论选》,第86页。

独有的心理体验。李长之反对那种客观、冷静的自然主义文学批评标准，相反他特别强调情感对于批评家审美的作用，要求批评家满怀感情地介入批评的整个过程，和作者一同经历创作的艰辛、痛快与欢乐："批评家在作批评时，他必须跳入作者的世界……他用作者的眼看，用作者的耳听，和作者的悲欢同其悲欢。""感情就是智慧，在批评一种文艺时，没有感情，是决不能够充实、详尽、捉住要害。我明目张胆地主张感情的批评主义。"一个批评家的主体意识越强烈、情感越分明，他就越能进入自己的批评对象。当然，李长之也提醒人们，这种感情并不是批评家自己个性的感情，"所用的乃是跳入作者世界里为作者的甘苦所浇灌的客观化的审美能力"。[1] 李长之以具体作品分析为例，指出批评家审美的过程就是层层剥离的过程，而优秀的作品到了最后的一层，批评家就失去了感情的具体对象，留给批评家的就只带有普遍意义的、恒久的价值。由此李长之提出把"感情的型"作为审美的标尺。他说："这种没有对象的感情，可归纳入两种根本的形式，便是失望和憧憬，我称这为感情的型。在感情的型里，是抽去了对象，又可溶入任何对象的。它已不受时代的限制了，如果文学表现到了这种境界时，便有了永久性……感情的型是好文艺的标准。"[2]李长之所提到的这种"感情的型"和李健吾所主张的全身心投入感性体验，避免各种外在因素干扰的所谓"感情的旅行"有着相似之处。李健吾曾说："我们首先理应自行缴械，把辞句，文法，艺术，文学等等武装解除，然后赤手空拳，照准他们的态度迎了上去。有一本书在他面前打开了。他重新经验作者的经验。和作者的经验相合无间，他便快乐；和作者的经验有所参差，他便痛苦。"[3]而此时的美学家朱光潜也提出了"创造的批评"观点，强调对作品直觉的审美感受。很明显，李长之、李健吾、朱光潜都是出于对当时盛行的社会学批评模式不满，他们自觉地把文学批评拉回到心理学、美学等的理论框架之中，为纠正文学批评的偏差做了切实的努力。就如一位学者所肯定的那样，李长之"感情的型"堪称李长之的诗学理想："不仅指它是学理层面上由批评家-作品-作家连缀的精美珠链，它更是一颗闪耀着高贵的精神气质与深挚价值情怀的钻石。"[4]

---

[1]　李长之：《我对于文艺批评的要求和主张》，《李长之文集》第 3 卷，第 13，20 页。
[2]　同上，第 21 页。
[3]　李健吾：《咀华集·爱情三部曲》，《李健吾文学评论选》，第 40 页。
[4]　张蕴艳：《李长之学术心路历程》，北京大学出版社，2006 年，第 33 页。

三

中国传统文学批评在相当长的时间内停留在以直觉、顿悟为基础的感性认识阶段，缺乏科学实证为基础的辩证思维方式，各种诗话的兴盛就是这种思维方法的表现。到了晚清时代，随着大量外国批评理论和方法的引入，随着王国维、鲁迅等批评家的出现，这种情况有了一定的变化。但总体来看，现代文学批评史上还是印象式的批评居多，那种大量的书评、评论多半带有读后感的性质，泛泛而谈，缺乏缜密逻辑，不可避免地影响到批评的深度和价值。有感于此，李长之的批评就特别注重吸收西方哲学和美学的思想资源，在中国现代文学批评的体系化和理论化的进程中扮演了重要的角色。

在各种批评的素养中，李长之特别看重哲学背景，这多半是因为李长之受到杨丙辰的影响，十分推崇德国古典哲学的关系。杨丙辰在北大德文系任教，也曾经在清华兼职，对德国哲学有很深的造诣，也翻译过不少德国文学作品，李长之对杨丙辰一直怀有深深的敬意，把他作为自己人生和学术的引路人。李长之回忆说："在学识上，杨先生是有丰富的德国古典文学知识，还有唯心派的哲学。他的知识，真恰如所谓精神科学的这部门的。"[1]在杨丙辰的影响下，李长之醉心于德国思想和学术的渊深体系，在不少场合都谈到对德国学术思想尤其是哲学的推崇。在为他自己翻译的德国学者玛尔霍兹的《文艺史学与文艺科学》著作所作的序文中，李长之这样评价德国学术："简单说至少是周密和精确，又非常深入，对一问题，往往直捣核心，有形而上学意味。"[2]在另一篇文章中，李长之也说："德国却又有一种神秘性，他们喜欢深沉的冥想，他们喜欢形而上学的探求。"[3]这样的学术取向决定了李长之的文学批评渗透进了很深的德国哲学、美学等因素。他在为批评家理解一部作品所开列的三个基本条件中，哲学头脑被列为第一个条件，在他看来，没有哲学的根基和基本训练，批评家就无法了解作家的中心观念，而这中心观念正是指向作品的灵魂和钥匙。有时作家对自己的哲学思想未必都很清晰，而这些正是批评家要帮助他完成的地方。李长之甚至认为，在文学研究中，文学是科学的对象之一，因此在研究中必然要有科学的精神，最后也必然进入哲学的天地和范畴。

---

〔1〕 李长之：《杨丙辰先生论》，《李长之文集》第 3 卷，第 124 页。
〔2〕 李长之：《文艺史学与文艺科学·序》，《李长之文集》第 9 卷，第 127 页。
〔3〕 李长之：《介绍〈五十年来的德国学术〉》，《李长之文集》第 10 卷，第 253 页。

对于美学在文艺批评家头脑中所处的地位,李长之认为其和哲学、社会学、伦理学同等重要。此外,他还把文艺美学即诗学列为文艺批评家所必需的专门知识。这种强烈的哲学意识和美学意识使得李长之对当时批评界那种随感录式的批评十分不满,认为这种批评"抓不住作家的思想、心情和技巧的中心。"[1]李长之决心改变这样的状况,让文学批评具有更多的理论属性,其中最典型的莫过于他对"感情的型"这个概念所做的步步深入、抽丝剥茧似的分析。

　　李长之先是对"感情的型"做了一番形态的分析:"在我们看一个作品时,假设分析他的成分,接受物质限制的大小排列起来,我们会一层层剥,而发现一种受限制最小的层,这一层就是文艺作品之感情的型。"[2]然后李长之一层层剥开语言的外表,一直进入第七层,也就是具体的感情对象完全消失,成为抽象化的艺术存在形式,最终进入经典文学的行列。李长之所描述的概念"感情的型"不少地方带有哲学晦涩、思辨的语言风格,同时却又遵循着严格的逻辑论证范式。他的主要的批评专著《鲁迅批判》《司马迁之人格与风格》等虽然算不上皇皇巨著,但是其体系的完备和严密却是现代文学批评史上所少见的。《鲁迅批判》一书从鲁迅思想性格、受到的环境影响、生活创作历程、作品艺术考察、杂文等多重角度审视鲁迅作品的特点和价值,最终在结论中概括出鲁迅作为诗人和战士的角色。而《司马迁之人格与风格》体系的追求则更趋鲜明,李长之在批评实践中自觉地把深邃的思想和严密体系的建构作为目标,赋予文学批评更强的学术化、学院派特征。

　　至于李长之别开生面、带有批评家强烈个人气质的批评方法,在中国现代文学批评史上更具独创的价值。李长之从事文学批评之时,当时盛行的批评理论大多带有哲学反映论的倾向,强调的是文学的社会性、阶级性等外在因素。更有不少批评家纷纷完全照搬外来的批评理论,过于夸大世界观等在批评家心灵中所起的决定作用,排斥批评家的情感、精神、人格等主体地位,甚至用阶级等标签随意剪裁作家作品,导致那种机械唯物论批评模式风行一时。如丁玲当时创作的小说《水》是作者自觉追随新的文学观念所创作的,发表后钱杏邨、冯雪峰等却完全套用唯物辩证法创作模式进行剖析,片面夸大和拔高

---

[1]　李长之:《论目前中国批评界之浅妄》,《李长之文集》第3卷,第39页。
[2]　李长之:《我对于文艺批评的要求和主张》,《李长之文集》第3卷,第20页。

作品所谓思想意义，对于作品存在的一些粗糙、公式化的弊端则完全无视。冯雪峰说："作为艺术家，从观念论走到唯物辩证法，从阶级观点的朦胧走到阶级斗争的正确理解……从浪漫蒂克走到现实主义，从旧的写实主义走到新的写实主义，从静死的心理的解剖走到全体中的活的个性的描写。"[1]这种评论可以看作唯物辩证法在批评实践中的一次典型运用。这种批评模式桎梏下，即使像冯雪峰这样天分很高、理论素养很深的批评家也失去了批评的主体意识，写下如此苍白、缺乏个性和生命力的评论文字。对于这些现象，李长之有所察觉，他虽然承认外在环境和时代对作家的影响，但同时又坚持批评家在整个批评过程中的介入，批评家很多时候需要投入浓烈的感情："只有深刻地把我们的全生命沉入其中，同时又得跳出作品的世界，却把那作品的伟大和人类的伟大来取一个印证。"[2]为此李长之特别重视批评对象丰满的精神世界，注重人格与风格的统一，尽最大努力获得和批评对象之间平等的精神交流，因此传记式的批评方法成了李长之的首选，他的批评才华在这种批评方法的支配下发挥得游刃有余，其《鲁迅批判》《道教徒的李白及其痛苦》《司马迁之人格与风格》《陶渊明传论》等都沿用了这种批评方法。李长之这种批评方法的选择，仍然和他所受到的德国思想影响有关。李长之对德国思想家宏保耳特（今译洪堡）的论文《论席勒及其精神进展之过程》十分欣赏，宏保耳特的论文侧重分析席勒精神世界的进程及其变化，而且文采斐然，激情四溢。李长之说："自从读了宏保耳特《论席勒及其精神进展之过程》，提醒我对一个作家当抓住他的本质，并且看出他的进展过程来了，于是写过一篇《茅盾创作之进展的考察及其批评》……现在批评鲁迅，当然仍是承了批评茅盾的方法，注意本质和进展，力避政治、经济论文式的枯燥。"[3]在《鲁迅批判》中，李长之紧紧抓住鲁迅诗人和战士的精神实质，把鲁迅精神进展分成六个阶段，在每个阶段，由于面临的环境不一样，鲁迅的思想和创作也呈现不同的特征。在《司马迁之人格与风格》中，李长之更是深入司马迁悲剧命运的精神世界去体会批评对象复杂的心理处境，投入自己的欣赏、崇敬、同情、悲愤等多重经验，最终在著作中完成了对司马迁精神世界的铸造，还原出伟大人物的高尚人格以及作品的独到风格。

---

〔1〕 冯雪峰：《关于新的小说的诞生——评丁玲的〈水〉》，原载《北斗》第 2 卷第 1 期，1932 年 1 月 20 日。

〔2〕 李长之：《文艺批评方法上的一个症结》，《李长之文集》第 3 卷，第 438 页。

〔3〕 李长之：《鲁迅批判·后记》，《李长之文集》第 2 卷，第 109 页。

其分析之细腻、感情之激越、爱憎之鲜明、语言之精辟都是独步当时批评界的。李长之所采用传记的批评方法和李健吾所采用的印象主义批评方法、朱光潜的文艺心理学方法、茅盾的社会学批评方法等一起,共同构成了 20 世纪 30 年代中国文学批评的多样化景观。

从晚清时期开始,由于受到域外思想的影响,中国文学批评出现了一些新变化,也产生了一些重要成果,如王国维的《〈红楼梦〉评论》、鲁迅的《摩罗诗力说》等。到了"五四"新文化运动时期,域外文学批评理论的大规模输入,不仅深刻改变了中国批评家的观念,参与了中国现代学人多元的知识建构,更推动了中国文学批评理论的现代转换和文论话语、批评方法等的现代更新,中国现代文学批评由此进入新的境界。在中国现代文学批评的历史链条中,李长之是重要的、不可缺失的一环。他一方面承继着"五四"先驱者开创的批评传统,同时又以自己特有的批评家禀赋在批评精神、批评实践、批评体系和批评方法等方面提出开创性的见解,这些都为后来的批评家提供了一笔珍贵的精神遗产,而李长之本人的悲剧命运更在中国现代批评史中诠释出批评者生命的价值和尊严,写出了一个大写的"人"字。

第二节 李长之与中国现代独立学术品格
——写在《鲁迅批判》出版 70 周年之际

李长之是中国现代文学史上有着独特批评风格和卓越成就的一位出色批评家,同时他的一生也充满了苦难和曲折。1935 年,年仅 25 岁的李长之完成了中国鲁迅学史上第一部成体系的学术专著《鲁迅批判》,随即由北新书局出版,这也是鲁迅生前亲自批阅过的批评他的唯一一部著作。然而这本书在给李长之带来荣誉的同时却更多的是磨难,在新中国成立后长期被斥为学术异端而尘封于历史的长河之中,直到新时期才得以重见天日。笔者认为,李长之的《鲁迅批判》是中国鲁迅学史上具有重要学术创见和学术个性的著作,是鲁迅学发展史上的一次突破,它独立的学术批评精神、独到的学术见解和独特的批判方法是作者心智和灵魂的升华,集中体现了 20 世纪中国现代学术的独立品格。

一

李长之早年就读于清华大学哲学系，后长期在高校任教，深受西方现代哲学精神的影响。从本质上讲，他更近于一个现代自由主义知识分子，因此他在文学批评中坚决反对功利主义和奴性思想。他曾说："批评是反奴性的。凡是屈服于权威，屈服于时代，屈服于欲望（例如虚荣和金钱），屈服于舆论，屈服于传统，屈服于偏见或成见（不论是得自他人，或自己创造），这都是奴性，这都是反批评的。"[1]基于这种独立的批评精神，他在《鲁迅批判》一书中就曾表示："尽力之所能，写出我一点自信的负责的观察，像科学上的研究似的，报告一个求真的结果而已。""因为求真，我在任何时候都没有顾忌，说好是真说好，说坏是真说坏。"[2]因此，尽管李长之在批评鲁迅时还是一个名不见经传的青年学子，而鲁迅当时已奠定了其在中国思想界和文学界的权威地位，李长之仍然以一个独立批评家的身份对鲁迅及其作品进行了深刻而真诚、富有见地的解剖，发前人所未发或未敢发，对我们今天的学术批评仍不失为一剂良方。

李长之在其《鲁迅批判》中始终是以一种求真和独立的心态来评价鲁迅，表现出罕见的学术勇气。李长之是鲁迅精神所哺育、喂养的一代人，他尊重鲁迅、敬佩鲁迅："我受影响顶大的，古人是孟轲，我爱他浓烈的情感，高亢爽朗的精神；欧洲人是歌德，我羡慕他丰盛的生命力；现代人便是鲁迅了，我敬的，是他的对人对事之不妥协。""不但思想，就是文字，有时也有意无意间有着鲁迅的影子。"[3]但他又受现代文明的熏陶、浸染，把独立的人格看得高于一切，对于鲁迅，他也一样没有盲从和顶礼膜拜。众所周知，鲁迅是中国现代文化史上的一位巨人，在鲁迅学史上，我们对鲁迅的认识也经历了由肤浅到深刻的过程。对鲁迅的评价，也始终存在着尖锐的对立，往往不是对鲁迅采取敌视的态度、将其一脚踩在地上，就是把鲁迅奉为圣人或至圣先师而匍匐在他的脚下。李长之在写《鲁迅批判》时，鲁迅还健在，李长之却并不避讳，在以下几个方面显示了他非凡独立的批评精神。

首先，在对待鲁迅的小说评价中，他在肯定鲁迅大多数作品的同时，却又专列了一节《鲁迅在文艺创作上的失败之作》，这在鲁迅学史上是极为少见的。

---

〔1〕 李长之：《产生批评文学的条件》，《李长之文集》第3卷，第155页。
〔2〕 李长之：《鲁迅批判·三版题记》，北京出版社，2003年，第1页。
〔3〕 李长之：《鲁迅批判》，第164、165页。

我们知道,鲁迅小说一经问世就引起了人们极大的关注。茅盾曾先后写了《读〈呐喊〉》和《鲁迅论》,对鲁迅的作品进行了较为全面的评论,肯定了《呐喊》《彷徨》中描写的"老中国的儿女"在中国精神文化史上的意义及在艺术形式上的突破:"在中国新文坛上,鲁迅君常常是创造新形式的先锋,《呐喊》里的十多篇小说几乎一篇有一篇的新形式,而这些新形式又莫不给青年作者以极大的影响,欣然有多数人跟上去试验。"[1]茅盾的这种观点在当时是较有代表性的。李长之却认为并非所有的小说都是艺术精品,有几篇东西写得特别坏,坏到不可原谅的地步:"在《呐喊》里,是《头发的故事》、《一件小事》和《端午节》,在《彷徨》里,是《在酒楼上》、《肥皂》和《兄弟》。"[2]他认为这些小说有些故事太简单,流于空洞。如《头发的故事》《一件小事》;有的文字太平庸,如《端午节》,即足像受到茅盾高度称赞的《孤独者》《药》等作品,李长之也用非常挑剔的批评眼光分析了它们的失败之处。粗粗算来,鲁迅《呐喊》《彷徨》总共20余篇小说将近有二分之一被李长之列为失败和平淡之作,抛开这些观点的正误不谈,李长之恰恰在这里实践了他不虚美、不隐恶的可贵精神。

其次,在对待鲁迅的杂文问题上,他同样不愿附和时论。鲁迅先生的杂文是中国现代文化史和思想史上的独特现象,在20世纪二三十年代曾引起广泛的争议,梁实秋、陈西滢、林语堂等自由知识分子都曾竭力贬低鲁迅杂文的价值和意义,而左翼评论家茅盾、瞿秋白、冯雪峰等人则高度评价鲁迅的杂文。瞿秋白在其著名的论文《鲁迅杂感选集·序言》中这样说:"鲁迅的杂感其实是一种'社会论文'——战斗的'阜利通'(feuilleton)。谁要是想一想这将近二十年的情形,他就可以懂得这种文体发生的原因……作家的幽默才能,就帮助他用艺术的形式来表现他的政治立场,他的深刻的对于社会的观察,他的热烈的对于民众斗争的同情。不但这样,这里反映着"五四"以来中国的思想斗争的历史。杂感这种文体,将要因为鲁迅而变成文艺性的论文(阜利通—feuilleton)的代名词。"[3]瞿秋白的这种评价被鲁迅学界长期奉为经典。李长之较少受这种公论的影响,他在分析鲁迅杂文时既肯定其长处又能如实指出其缺陷:"他的杂感文的长处,是在常有所激动,思想常快而有趣,比喻每随手即来,话往往比常人深一层,又多是因小见大,随路攻击,加之以清晰的记忆,

[1] 雁冰(茅盾):《读〈呐喊〉》,载《文学周报》第91期,1923年10月。
[2] 李长之:《鲁迅批判》,第93页。
[3] 何凝(瞿秋白)编:《鲁迅杂感选集·序言》,青光书店,1933年。

寂寞的哀感，浓烈的热情，所以文章就越发可爱了。有时他的杂感文却也失败，其原故之一，就是因为他执笔于情感太盛之际，遂一无含蓄……太生气了，便破坏了文字的美。"[1]李长之还拒绝承认《野草》是一部散文诗集，认为它是不纯粹的，没有审美功能。更让人惊讶的是，他对《野草》的不少篇目提出了严厉的批评：《风筝》《好的故事》《失掉的好地狱》等过于肤浅；《我的失恋》可谓无聊，甚至于《秋夜》中对两株枣树的描写"简直是坠入恶趣"。这些观点在今天不少人看来或许仍属惊世骇俗的叛逆之论。

　　导致李长之长期受批判、《鲁迅批判》长期被诟病的原因在于他对鲁迅思想家身份的否认，这是由李长之的学术背景决定的。李长之对德国古典哲学造诣颇深，在他的心目中，也许只有像费希特、谢林、康德、黑格尔等具有庞大完整理论体系及很强抽象思辨能力的人才有可能被称为真正的思想家。所以从这种标准出发，他认为鲁迅不是思想家："因为他是没有深邃的哲学脑筋，他所盘桓于心目中的，并没有幽远的问题。他似乎没有那样的趣味，以及那样的能力。""他缺少一种组织能力，这是他不能写长篇小说的第二个原故……因为大的思想得有体系。系统的论文，是为他所难能的，方便的是杂感。"[2]李长之对思想家的要求的确十分苛刻，他虽然否认了鲁迅作为思想家的面目，但这并没有影响到他对鲁迅的尊重，这在学术上完全可视为一家之言，是很正常和自然的事情。然而这在某些人看来，这不啻异端邪说，尤其是在鲁迅被偶像化、神话之后，这种专横、排斥异己的学术心态就更加明显，他们所重复的工作只是对既定政治权威论断的描述和阐述，人们普遍失去了独立思考的能力。如汪晖在一篇文章中所说："当人们不是从独特的生命体验，不是从变迁的历史中来理解鲁迅，独立思考的权利就被剥夺了。"[3]假如我们用宽容的心态来看待李长之的这种观点，那么李长之当时否认鲁迅是一个思想家并非多么严重的错误，他当时毕竟只有20多岁，涉世未深。况且"如果有一天'思想家'满街走，那便比没有思想家还糟糕"。[4]从这种角度讲，李长之所秉奉的正是一种独立的学术品格。李长之及《鲁迅批判》后来所遭受的劫难已经不再是一种平等的学术批评，而成为对一个批评家独立人格和独立精神的粗暴的剥夺和

---

〔1〕 李长之：《鲁迅批判》，第 131 页。
〔2〕 同上，第 161 页。
〔3〕 汪晖：《鲁迅研究的历史批判》，《文学评论》1988 年第 6 期。
〔4〕 王彬彬：《何谓"思想家"》，载《中华读书报》，2000 年 5 月 31 日。

虐杀。《鲁迅批判》在学术史上最可被珍视的价值就在于此。对今天的我们而言,独立地思考是现代思想和精神的最重要特征和每个人都拥有神圣的权利,它意味着个性意识的觉醒和对一切盲从、迷信心理的摆脱,意味着对一切权威术语的怀疑,意味着一切所谓终极真理的终结。只有如此,我们才能真正走向自由的学术王国,无论这种断裂是多么痛苦。在这种意义上说,李长之恰构成了我们精神世界的代表和象征。

二

《鲁迅批判》在显示李长之独立批评精神的同时,也展示了他作为一个文学批评史家所具有的精湛、深邃的历史眼光。他一方面对鲁迅的创作道路进行了合理的分析和总结,另一方面又对鲁迅作品的艺术成就和特色作了精雕细镂的考察,并总结了其在文学史上的意义,在鲁迅研究史上一样具有不可抹杀的价值。

李长之在考察鲁迅创作道路的时候,尤为重视作者所生活的外部环境,正如他后来一篇文章中所阐述的:“专就文学而了解文学是不能了解文学的,必须了解比文学的范围更广大的一民族之一般的艺术特色,以及其精神上的根本基调,还有人类的最共同最内在的心理活动与要求,才能对一民族的文学有所把握。”[1]这种见解具有开放和开阔的批评视野,和丹麦大批评家勃兰克斯所说的任何文学现象“只是从无边无际的一张网上剪下来的一小块”[2]的观点具有相似之处。既然是其中的一小块,那就必然与周围的其他块和无边无际的网相连接,从而组成一个丰富的世界。李长之首先把鲁迅的创作道路分为六个阶段,并且在每个阶段都探讨了他周边所发生的重大事件及对他精神世界的影响。如在第一阶段李长之联系鲁迅的出生状况、甲午战争、戊戌变法等时代背景,认为鲁迅在这期间熟悉了农村生活,受到科学的洗礼,产生了用文艺改造国民性的思想,这种结论就较为符合鲁迅的实际情况。更让人称奇的是,李长之充分肯定鲁迅精神世界的进步,肯定鲁迅后期思想的转变,这种论点和瞿秋白从唯物史观出发得出鲁迅从进化论转到阶级论的观点不谋而合,从一个侧面反映了他透过纷繁复杂的表层现象洞察事务本质的理论概括

〔1〕　李长之:《论研究中国文学者之路》,见张梦阳:《中国鲁迅学通史》第1卷,第163页,广东教育出版社,2001年。

〔2〕　勃兰兑斯:《十九世纪文学主流》第1卷,人民文学出版社,1997年,第2页。

能力。他尤其看重 1927 年后鲁迅思想的发展："自 1927 年的九月至 1931 年，他从四十六岁到五十岁，这是他精神进展上达于顶点的一个时期……"[1]我们知道，这个时期是鲁迅思想发展史上至为关键的一个阶段，鲁迅先前所崇奉的进化论思想已经轰塌，他吸收了新的理论对各种文学思潮和文学现象予以评价和剖析，思想日趋成熟，对此李长之是给予了切实的肯定。当然，对于鲁迅晚年的思想，我们的研究也出现过误区，在相当长的一段时间内我们认为鲁迅在接受了阶级论的理论后已经实现了彻底的转变，抛弃了个性主义的价值理论，这实际上也是一种神化，并不符合鲁迅的思想实际。鲁迅晚年的思想实际上相当复杂，他的灵魂深处仍有巨大的、潜伏的痛苦，特别是在受到周扬、徐懋庸等人宗派思想的排斥时更加明显，李长之敏锐地觉察到了这一点。他认为鲁迅在最后一个阶段"有些地方已显出困乏"，"大体上，鲁迅时时刻刻在前进着，然而，这第六个阶段的精神进展，总令人很容易认为他的休歇期，并且他的使命的结束，也好像将不再远"。[2] 李长之这样判断是有其根据的，他从鲁迅晚年杂文集的文字中捕捉到了鲁迅内心世界的焦虑、孤独和凄凉。

李长之尤为擅长鉴赏鲁迅作品的艺术特色，他关于鲁迅作品中的农民气质、抒情特征以及杂文魅力的评论精彩纷呈，这是一般社会学派的评论家如瞿秋白、冯雪峰等人所不及和较少涉及的。李长之认为鲁迅的气质更接近诗人，因此长于抒情，他还认为鲁迅有八篇描写农民题材的小说最为成功，可称为"完整的艺术""这八篇东西里，透露了作者对于农村社会之深切的了解，对于愚昧、执拗、冷酷、奴性的农民之极大的憎恶和同情。并且那诗意的、情绪的笔，以及那求生存的信念和思想，统统活活泼泼地渲染到纸上了。"[3]《孔乙己》"那刻画的清晰的印象，和对于在讽嘲和哄笑里的受了损伤的人物之同情，使这作品蒙上了不朽的色彩"。"《风波》以客观胜，《离婚》以凝练胜。"《阿Q正传》"文字的本身，也表现一种闲散、从容，而带有节奏的韵致"，"鲁迅那种冷冰冰的，漠不关心的，从容的笔，却是传达了他那最热烈、最愤慨、最激昂，而同情心到了极点的感情"。相反，他认为鲁迅那些失败之作就在于作者没有描写农村生活的缘故，从本质上讲，鲁迅的长处在于描写农村题材。李长之还较早注意到了鲁迅作品的抒情特征，他认为鲁迅有四篇小说即《故乡》《社戏》《祝福》

---

〔1〕 李长之：《鲁迅批判》，第9页。
〔2〕 同上，第44页。
〔3〕 同上，第57页。

和《伤逝》"乃是更清清楚楚地代表一种主观的、伤感的、浪漫气氛的东西"。他特别分析了《伤逝》的抒情色彩,认为鲁迅在这篇作品里充分发挥了其擅长抒情的长处,写出了一种最真实的寂寞空虚之感,可以看作鲁迅抒情作品的代表。李长之的这种见解对中国现代文学的研究具有重要的审美意义,我们往往注重从社会学、历史学的角度去研究作品,而对文学内部的一些艺术规律较少关注,尤其是从文体学角度的研究更为薄弱和欠缺。事实上,中国现代抒情小说作为一支独异的文学流脉曾产生过重要的影响,它的首创者就是鲁迅,后来又为废名、沈从文、萧红、艾芜、孙犁等人承继,李长之是最早关注鲁迅小说抒情特色的学者之一,这方面的贡献是不应该被遗忘的。

与同时代的批评家相比,李长之艺术感悟力和鉴赏力显得更为突出,他对鲁迅杂义艺术特征的概括周详而绵密。比如瞿秋白,他的《鲁迅杂感选集序言》对鲁迅杂文思想意义的揭示无疑是相当深刻、犀利的,被公认为是一篇权威之作。但它也有一个明显的缺陷,就是很少涉及鲁迅杂文的艺术特征,只谈了鲁迅杂文的"清醒的现实主义""韧的战斗""反自由主义""反虚伪的精神"等方面,这种评论角度甚至对后来的鲁迅研究产生了某些消极影响,而李长之的这种评论角度正可弥补这方面的不足。李长之对鲁迅 1935 年以前的全部杂文集都进行了艺术分析,涉及 58 篇经典杂文,从而做了这样的概括:"说到他文字的进展,先是平铺直叙,虽然思想是早有些。此后便转入曲折、细微和刻画,仿佛骨骼是有了,但不丰盈,再后则进而为通畅,有了活力。最后则两种优长,兼而有之,就是含蓄了,凝整了,换言之,便是,不光有骨头,不光有血肉,而具有了精神。""他的杂感文的长处,是在常有所激动,思想常快而有趣,比喻每随手即来,话往往比别人深一层,又多是因小见大,随路攻击,加之以清晰的记忆,寂寞的哀感,浓烈的热情,所以文章就越发可爱了。"[1]他还研究了鲁迅杂文特殊的句法,认为鲁迅的文字风格像放风筝一样收缩自如。李长之在考察了鲁迅杂文发展的线索后认为鲁迅后期的杂文往往更凝练、老辣和成熟,这显然和陈西滢、梁实秋斥责鲁迅杂文只是骂人、毫无艺术价值的论调相距甚远。

三

李长之《鲁迅批判》的学术价值和创见还表现在他所使用的独特的批评方

---

[1] 李长之:《鲁迅批判》,第 129、131 页。

法。方法是主体和客体的契合，"我们可以用种种不同的方式去认识真理，而每一种认识的方式，只可认作一种思想的形式……认识真理最完善的方式，就是思维的纯粹形式。人采取纯思维方式时，也就最为自由"。[1] 人们在选择批评方法时并不是随心所欲，而是要受到诸如知识阅历、人生感受、学术背景等因素的制约，烙上批评主体鲜明的痕迹。如西方哲学家阿多尔诺所言："意识是活着的主体的一种功能，它的概念是按主体的形象塑造的。任何魔法都不能把主体从意识这一概念中驱除出去。"[2] 由于李长之受德国古典哲学影响较深以及信奉温克尔曼、洪堡等人的文艺思想，他在文学批评中实践的是精神分析理论方法，并用这种方法来分析鲁迅的精神性格及作品，给人耳目一新之感。

精神分析学说注重对作家人格和生活经历的研究，并从其作品中寻找与其精神生活相关联的地方。如弗洛伊德就特别强调无意识在创作中的作用，并将其作为艺术的对立物去解释某些变态心理，而精神分析学的目的就是去探索这些精神现象的原因，他还认为艺术家在某种程度上都是神经官能症患者或带有病态人格。李长之在《鲁迅批判》中详细探究了鲁迅精神世界的特点，认为鲁迅在性格上是有情绪的、内倾的。"他的锐感，他的深文周纳，他的寂寞的悲哀，他的忧郁和把事情看的过坏，以及他的脆弱，多疑，在在都见他情感上是有些过了，所以我认为这都是病态的。"鲁迅在灵魂的深处"粗疏、枯燥、荒凉、黑暗、脆弱、多疑、善怒"。"以一个创作家论，病态不能算坏。而且在一种更广泛、更深切的意义上，一切创作家都是病态的。"[3] 在李长之看来，鲁迅这种病态、多疑和内倾的性格对他的创作造成了重要影响，成就了他的伟大。他在谈及鲁迅擅长农村题材、对都市生活却不擅长的原因时有着这样精彩的议论："鲁迅更易于写农村生活，他那性格的坚韧、固执、多疑，文笔的凝练、老辣、简峭都似乎不宜写都市。写农村，恰恰发挥了他那常常觉得受奚落的哀感、寂寞和荒凉，不特会感染了他自己，也感染了所有的读者……都市生活却不同了，它是动乱的、脆弱的，方面极多，局面极大，然而松，匆促……"[4] 这显然触及了文学创作中某些深层次的问题，而解释这些现象，靠社会学、历史学

---

〔1〕 黑格尔：《小逻辑》，第 87 页。
〔2〕 阿多尔诺：《否定的辩证法》，重庆出版社，1993 年，第 167 页。
〔3〕 李长之：《鲁迅批判》，第 150、157、146 页。
〔4〕 李长之：《鲁迅批判》，第 95 页。

等批评方法则鞭长莫及，精神分析学在这方面却显示了它的长处和合理性。再比如，经常有人为鲁迅没有创作长篇小说而惋惜，鲁迅本人也表示过这方面的遗憾。人们不禁反问：鲁迅为什么不去创作长篇小说？假如他创作长篇小说就一定会成功吗？李长之认为，鲁迅喜爱孤独的内倾、收敛性格是不利于创作长篇小说的。"这是因为，写小说（注：此指长篇小说）得客观些，得各样的社会打进去，又非取一个冷然的观照的态度不行。长于写小说的人，往往在社会上是十分活动，十分适应，十分圆通的人，虽然他内心里须仍有一种倔强的哀感在。鲁迅不然，用我们用过的说法，他对于人生，是太迫切，太贴近了，他没有那么从容，他一不耐，就愤然而去了，或者躲起来，这都不便于一个人写小说。"[1]这也涉及精神主体的特异性，启示作家在创作时要结合自身特点扬长避短。还有，精神分析学派往往把作家看作"内向性格"，他们在现实中得不到满足，就在幻想的世界中寻找替代物。他把那些不现实的要求，转换为似乎能实现的、感觉到的目的中去，以获得心理的补偿。运用这种理论，李长之分析了鲁迅杂感数量众多的主体原因："在当代的文人中，恐怕再没有鲁迅那样留心各种报纸的了吧，这是从他的杂感中可以看出的，倘若我们想到这是不能在现实生活里体验，因而不得不采取的一种补偿时，就可见是多么自然的事。"[2]

　　精神分析学派还特别重视对作品中的某些典型人物进行精神分析，或是通过对艺术家、作家的神经官能症的假设去解释作品及其中的人物，或是反过来通过作品中的人物去分析作家主体的心理。李长之在《鲁迅批判》中对此已有成功的运用，如在对《阿Q正传》和《伤逝》的分析中都能见到这种痕迹。《阿Q正传》问世以来，许多研究者已从不同的侧面挖掘过其深刻、丰富的内涵，但像李长之这样能从作品与作者主体性互相映照的视角去研究，在当时并无第二人。李长之说："阿Q已不是鲁迅所诅咒的人物了，阿Q反而是鲁迅最关切，最不放心，最为所焦灼，总之，是爱着的人物。别人给阿Q以奚落，别人给阿Q以荒凉，别人给阿Q以精神上的刺痛和创伤，可是鲁迅是抚爱着他的，虽然远远地。别人可以给阿Q以弃逐，可是鲁迅是要阿Q逃在自己的怀里的。阿Q自己也莫名其妙荒凉而且悲哀，可是鲁迅是为他找着了安慰，找着了归宿……"[3]李长之从鲁迅与他笔下主人公性格上的某些相似之处发现了他们

---

〔1〕　李长之：《鲁迅批判》，第142页。
〔2〕　同上，第142、143页。
〔3〕　李长之：《鲁迅批判》，第68页。

精神上的内在关联，从而有助于人们理解鲁迅对农民博大无私的人道主义情怀。《伤逝》是鲁迅生前最成功的一部爱情小说，其缠绵、哀怨的抒情风格一向为人们所乐道，那么这种原因是如何造成的，鲁迅与作品的主人公有何关系等问题则较少有人思考。李长之对此却有与众不同的解释："无疑地，这篇托名为涓生的手记，就是作者的自己，因为那个性，是明确的鲁迅的个性故。他一种多疑、孤傲、倔强和深文周纳的本色，表现在字里行间……看这么清楚，而至于刻画的地步，这是鲁迅……特别不能忘怀于别人的轻蔑，这是鲁迅……在失望的忧虑中，有一种倔强之态，这是鲁迅。"[1]在这里，李长之把作品的主人公涓生直接等同于鲁迅或至少是具有鲁迅气质、情感的一类人，却是不太容易为一般研究者所接受，但其所使用的精神分析方法却未尝不是一种有益的尝试。然而在一元化独断专行、缺少宽容的时代中，社会学批评方法成为凌驾一切批评方法上的一种普泛性的适用原则，这实际上陷入了黑格尔所说的那种"独断论坚执着严格的非此即彼的方式"[2]的形而上学的思维方法。在这样的文化霸权语境中，李长之所固执坚持的精神分析方法就被讥为胡言乱语，它的悲剧命运也就在所难免了。

李长之在写作《鲁迅批判》时还只是一个清华大学的学生，人生阅历的简单也限制了他对鲁迅的理解，以至于出现了一些误读。其中最明显的就是他对鲁迅作为思想家的否定。不错，鲁迅的确没有像黑格尔、康德等人那样营造逻辑严密、宏大的理论体系，相反，他思想表达方式经常是相当感性的，但确仍具有哲学的智慧。比如，他在《野草》中就是通过一系列意象来表现作家的独特感受和人生经验，他的小说和杂文同样以这种方式展现着他特有的人生哲学，有时卓越的思想家的小感想同样也可以构建巍峨的理论大厦，闪耀着智慧的光芒。用这种眼光去解读，我们应该承认鲁迅直到今天仍是一个未被超越的思想先驱。还有，李长之对鲁迅部分作品的评价也存有偏颇，他对《孤独者》《在酒楼上》《高老夫子》等小说的评价不够高，后来也被证明并不客观。李长之还否认《野草》散文诗的特征，批评里面的一些文章不够深刻也暴露了他对鲁迅这部深邃、独异的名著体会不深；在运用精神分析法研究鲁迅人格时有时不够周详，存在着形式主义、机械主义的倾向……换一个角度讲，即使对李长

---

〔1〕　李长之：《鲁迅批判》，第83、84页。
〔2〕　黑格尔：《小逻辑》，第101页。

之本人来说,《鲁迅批判》也并不是他一生最成熟的作品,他后来的《司马迁之人格与风格》《文学史家的鲁迅》的大气、渊深都超过了此书。然而这些都并不会影响《鲁迅批判》的学术贡献与地位。假如把这部书放置在人类精神史的长河中去考察,它留在精神史上的价值是大于其文学史、学术史的价值的。它没有盲从迷信、盲从权威,有的只是一个正直知识分子最宝贵、最应珍惜的独立人格和独立精神。"精神不朽,是谓不死",只有这种持续不断的、清醒的批判和怀疑精神才能昭示人们把学术研究真正向前推进,而李长之却为此付出了巨大的代价。直到"文革"结束,有人建议他把《鲁迅批判》这部书名的批判两字改掉以重新出版时,李长之仍断然拒绝,那份傲骨和尊严永存于人类庄严的思想殿堂,构成了中国现代知识分子一曲悲怆的生命绝唱。

第七章
唐湜文学批评研究

现代文学批评的寻美之旅
——论唐湜的文学批评

在 20 世纪 40 年代的中国文学批评领域,时局动荡、战争频仍,极大地压抑了批评家从容进行艺术探索的空间,批评的成就远远逊色于 20 世纪 30 年代。但此时的唐湜作为一个后起之秀,却把很大的精力用于文学批评,成为颇受关注的一位年轻批评家,钱锺书曾经写信夸奖他:"能继刘西渭先生的《咀华》而起,而有'青出于蓝'之概!"[1]唐湜这一时期的批评主要收录于 1950 年出版的《意度集》。在战争、阶级等国家民族话语日益凸显的时代背景下,唐湜的批评却有意游离于主流批评之外,醉心于用批评追寻纯美的艺术世界,把批评当作一幅完美的图画和诗篇,最终营造出自己独到的批评个性,为 20 世纪 40 年代稍显黯淡的批评界涂抹了一层亮色。

一

唐湜的文学批评之所以从一开始就被大家注意,很大程度上是由于批评家所持的批评方法所导致。与当时大多数批评家所使用的以归纳、演绎为基础,"认为文学有一个有迹可循的逻辑的结构,而开出了非常之诡辩的以因果

---

[1] 唐湜:《我的诗艺探索》,《新意度集》,第 196 页。

律为据,以陈述-证明为干"〔1〕的模式化批评有很大不同的是,唐湜所采用的是一种比较典型的印象主义批评方法。现代印象主义批评主要来源于英法,以法郎士、雷姆托、古尔蒙、王尔德、黑兹利特等为代表。他们否认了批评的客观标准和绝对权威,把艺术视为纯粹的瞬间的印象和感受,不需要对美做任何抽象的定义,也不遵守严密的逻辑框架,它和各种标榜客观或者科学的批评常常处于对立的状态,经常遭到批评乃至讥讽也就在所难免。

中国现代印象主义批评在 20 世纪 30 年代曾经出现过高峰,那就是李健吾的文学批评集《咀华集》。对于李健吾的文学批评贡献,唐湜曾经给以很高的评价,丝毫不掩饰李健吾文学批评对于自己文学批评的影响:"我曾经入迷于他的两卷文学评论《咀华集》,由他的评论而走向沈从文、何其芳、陆蠡、卞之琳、李广田们的十盈多彩的散文与诗,而且,反过来又以一种抒情的散文的风格学习着写《咀华》那样的评论。"〔2〕但是李健吾 20 世纪 40 年代的批评开始较多地受到政治话语因素的制约、影响,印象主义批评的魅力有所减退,而继承了李健吾批评风格的唐湜再一次复活了印象主义批评的灵魂。

具有诗人气质的唐湜十分推崇印象主义批评,他在不同的场合都曾经谈及过印象主义批评的特征以及自己的理解。如在《意度集》的前记中,唐湜说自己不太喜欢高谈阔论的论文,认为还不如轻轻提示一两句更能够给人以深刻印象。他将批评更多地视为一门独立的艺术,阅读和评论的经验是批评家自己的灵魂和作者的相遇,更是批评家的艺术再创造,它建立在直观的美的感受、顿悟之中。"我那时觉得艺术是生活的批评,批评也该是一种能表现青春的生命力或成熟的对生活的沉思的艺术。一篇批评文章本身就应该是一幅好画,一篇好散文,或一篇有蓬勃力量的搏斗的心理戏剧。"他还特别提到以李健吾、梁宗岱为代表的"亲切而又精当的风格"。〔3〕对于批评的功能,唐湜也否定了批评充当裁判和法官的权威角色:"批评者不必强人所难,诗人亦不必趋附大势。"〔4〕这些都表明唐湜对印象主义批评的实质十分清楚,他尝试着在自己的批评中有意识地借鉴这种批评方法,以矫正当时盛行的把生硬的名词概念直接焊接在文学批评链条上的公式主义批评流弊,从而真正显示出文学批

〔1〕　叶维廉:《中国诗学》(增订版),人民文学出版社,2006 年,第 3 页。
〔2〕　唐湜:《含英咀华:读〈李健吾文学评论选〉》,《新意度集》,第 211 页。
〔3〕　唐湜:《意度集·前记》,《新意度集》,第 1—3 页。
〔4〕　唐湜:《辛笛的〈手掌集〉》,《新意度集》,第 59 页。

评的内在生命与价值。

印象主义批评认为一个好的批评家要有敏于感受美的气质，这种要求事实上也导致了批评家对作家艺术个性的高度关注，往往会把风格作为衡量作家作品成熟的重要标志，因此特别看重风格独到的作家。李健吾曾说："我不能说印象主义批评家对于风格是否膜拜。但是，法郎士曾经有这样一句话留给我们参证：'美丽的感觉引导我前进。'我可以冒昧其辞的是，风格的感觉未尝不是美丽的感觉的一种。"[1]重视风格，就意味着批评家真正把艺术的本体放置于最高的生命之中，而排除、摒弃了一切非艺术因素的干扰。对此，唐湜十分认同，并且专门写了《论风格》一文，力图从理论上加以验证。他说："风格是诗人的心灵全貌的呈现与深切的感应……风格是诗的灵魂正如人之有人性；而艺术的风格也正是艺术家人性的风采。"[2]唐湜的批评对象总体而言不多，不过这些作家几乎都是 20 世纪 40 年代文坛涌现出的风格独异的作家，如汪曾祺、冯至、穆旦、郑敏、陈敬容、辛笛、杜运燮等，而他批评的重心几乎都是围绕批评对象的风格来展开的。汪曾祺是当时文坛的后起之秀，其创作和当时的以反映民族、阶级等宏大叙事的主流文学有意识保持着某种距离，在那个时代很容易被忽略。然而唐湜却独具慧眼地发现了汪曾祺的文学才能，对汪曾祺的创作道路和风格进行了细致的分析，认为汪曾祺的一些作品如《复仇》虽然受到西方心理分析小说的影响，但他的艺术在根本上却浸染着中国传统文化的精神，具有典型的中国气派、中国风格。"汪曾祺的一个最显著的特点正是新文学中的一个奇迹：他的中国风格。"唐湜进一步指出汪曾祺在小说文体风格的独创性："我很少读到过比他的文字更能传神的东西，在他的作品里，几乎字字都尽了最大的功能，精纯已极。他的文体风格里少有西洋风的痕迹，有的也已是变成中国人所习见了的……他恬淡的文字风格正表现了他的恬淡的思想风格，一个中国传统的哲学观念，调节情感，归于中和。"[3]多年之后，当人们读到这段文字，不能不惊叹于唐湜对汪曾祺创作风格把握的准确、精当，他几乎也预言了汪曾祺一生的创作风格。

冯至和九叶诗人是 20 世纪 40 年代中国诗坛熠熠生辉的明星，他们鲜明的现代派诗风成为战争年代中国诗坛独异的风景，对中国新诗做出了重要贡

---

[1] 李健吾：《李健吾文学评论选》，第 217 页
[2] 唐湜：《论风格》，《新意度集》，第 3 页。
[3] 唐湜：《虔诚的纳蕤思》，《新意度集》，第 140—141 页。

献。唐湜本人也是九叶诗群的一员,因此他能够比别人更能觉察到他们创作的独特风格。对于冯至20世纪40年代的重要诗集《十四行集》,唐湜充分肯定了这些诗作在探索宇宙、探索生命方面的丰富哲理内涵,充分肯定了冯至借鉴里尔克等现代派作家手法而对自我创作的超越,进而总结了冯至《十四行集》的风格:"豪华之后来了真淳,幻美之后来了朴素,不仅是语言的或'诗的还原',而且更是生命的还原——也是生命的新的真淳的觉醒。"[1]对于九叶诗人中最重要的诗人穆旦,唐湜着重分析了穆旦诗中情感的复杂因素以及诗歌的知性成分,这是穆旦诗作最突出的特点。唐湜这样概括说:"读完了穆旦的诗,一种难得的丰富,丰富到痛苦的印象久久在我心里徘徊……他有一份不平衡的心,一份思想者的坚韧的风格,集中的固执……他表现了一个真挚灵魂的风格。"[2]此外,唐湜还注意到陈敬容这位女诗人作品中的雄性风格,注意到郑敏诗作中"丰盈的思想与生动的意象"[3]。注意到辛笛"所表现的中国传统文字风格的单薄与倩巧,他所最急需的正是一份深厚与淳朴"[4]。他所有的关注重心几乎都在作品的风格。

　　印象主义批评往往不太注意作品结构的完整和逻辑的严密,更多的是通过直观、顿悟的审美体验来传达出对美的理解,同时也把批评当作一件完美的艺术品来经营,因此大多文采斐然、有很强的艺术感染力。唐湜对于批评文体有着较为强烈的自觉意识,他非常欣赏西班牙作家阿左林作品的那种充满浓郁诗情的风格,阿左林迷人的风格使得唐湜坚定地认为文学批评也应该可以用诗意的散文语言,把它们写成宛如溪水一般静静流淌的抒情小品。他在1945年所写的《阿左林的书》就是一篇散文体的评论,"仿佛也可以放到阿左林的集子里"[5]。唐湜的文学批评和李健吾一样在外表看来有些散漫,缺乏明晰的观点,他大多数的时候沉迷于对作品细腻风格和情绪的捕捉,传达出自己独有的审美体验。他评论冯至的小说《伍子胥》时,先是绕了一个大的弯子谈自己对冯至诗歌的体验,接着才转到《伍子胥》,几乎是用散文的语言描述小说的氛围和自己的阅读感受,完全消解了那种判断、简单下定义的方式。在评论

〔1〕　唐湜:《沉思者冯至:读冯至〈十四行集〉》,《新意度集》,第108页。
〔2〕　唐湜:《搏求者穆旦》,《新意度集》,第103页。
〔3〕　唐湜:《郑敏静夜里的祈祷》,《新意度集》,第155页。
〔4〕　唐湜:《辛笛的〈手掌集〉》,《新意度集》,第58页。
〔5〕　唐湜:《意度集·前记》,《新意度集》,第1页。

汪曾祺时，唐湜先用了比较多的笔墨谈了自己和汪曾祺的交往，然后才慢慢进入汪曾祺的小说世界，谈自己对作品的感受。直到文章的最后，才把汪曾祺小说的文体风格点出。伴随着这种直观审美体验的，就是唐湜批评语言的诗化、散文化，丰赡华美的语词、铺陈排比的气势、精雕细刻的文风都让人如同进入一片繁茂的语言森林，目不暇接。在评论郑敏时，唐湜用了这样的语句："她仿佛是朵开放在暴风雨前的历史性的宁静里的时间之花，时时在微笑里倾听那在她心头流过的思想的音乐。"〔1〕评论汪曾祺的《戴车匠》"给人一种沉静的印象，如漫步于北方的小城，在漫天的风尘里拨弄一些人性的音弦"。〔2〕评论唐祈的诗："生命在这里凝定为蓝色的花朵，瑰奇而不凋谢，不过分光亮，可又不会为庸俗的灰尘淹没。"〔3〕这样的语言一方面能给读者亲切、身历其境的感受。但另一方面它也暴露出印象主义批评的缺点，那就是直觉批评带来的模糊、空泛，其实唐湜自己也意识到了这一点，认为可以用欧洲科学的批评方法来弥补。

二

与梁宗岱、朱光潜、冯至、朱自清等较早一代的诗人、批评家相比，唐湜虽然没有到海外学习、直接接触西方现代文学的跨文化经历，但是由于青年时代在大学读书时接受过较为系统的训练，对于西方文学包括现代派文学仍然有着较多的感知。这从他回忆自己的大学生活时的描述就能看出。唐湜说："当年秋天，我进入龙泉山中的战时大学，研读西方文学……稍后读到卞之琳的《西窗集》与冯至、梁宗岱、戴望舒们的译诗，更在课堂里念到 T. S. 艾略特、R. M. 里尔克的作品，又进入了一个新的世界，试作了一些新的探索。这个探索是从诗的评论开始的。"〔4〕正是对中外文学艺术的广泛吸收，唐湜的文学批评在融合中西艺术精神的基础上，重点评价具有浓厚现代派气息的文学作品，成为 20 世纪 40 年代后期标志性的批评家，对 20 世纪 40 年代现代派文学的发展起到了推动作用。

中国现代派文学在 20 世纪 30 年代同样有过短暂的黄金时期，以戴望舒、

〔1〕 唐湜：《郑敏静夜里的祈祷》，《新意度集》，第 143 页。
〔2〕 唐湜：《虔诚的纳蕤思》，《新意度集》，第 125 页。
〔3〕 唐湜：《严肃的星辰们》，《新意度集》，第 165 页。
〔4〕 唐湜：《我的诗艺探索》，《新意度集》，第 193 页。

卞之琳、废名、金克木、路易士等为代表的诗人共同把现代派诗歌推向了高峰。随着战争到来，现代派文学日渐式微。但在抗战中后期，冯至、穆旦、郑敏、辛笛、杜运燮、袁可嘉、陈敬容等诗人的诗作以及冯至、汪曾祺等的小说在特殊的时代背景下仍然表现出较为浓重的现代主义气息，这可称为现代文学史上的奇迹，西南联大师生在其中更扮演了举足轻重的角色。有学者评价说："就在这样的特殊氛围中，培养出了一批战乱中的校园诗人，并以其特殊的风貌，给这一时期的诗歌打上不可磨灭的烙印，并对后者的新诗发展产生深远的影响。"〔1〕这群诗人和作家创作风格的变化可以说是历史各种因素综合作用的结果，西南联大宽松自由的空气和浓厚的现代艺术氛围的熏陶起着关键作用。对于中国文坛当时出现的这种新的趋向和变化，评论界理所应当及时做出反应，并上升到文学史的高度进行总结。

　　唐湜尽管不是西南联大的诗人，但是他在 20 世纪 40 年代后期也是一位活跃的诗人，其诗歌创作的观念同样有着西方现代主义的元素。他本人参与《诗创造》《中国新诗》等刊物的编辑活动，与汪曾祺等关系密切，因此他本人的评论比起他人就更多了一份历史的现场感、亲切感。唐湜曾经评论过的现代派诗人包括冯至、穆旦、杜运燮、郑敏、杭约赫、陈敬容、辛笛、唐祈等，涉及现代主义倾向的小说家主要是汪曾祺，也包括冯至。他高度肯定了这群诗人、作家的创作，探讨了他们复杂的现代主义倾向，证明其作品不容置疑的合法性，对其在文学史的意义也初步进行了定位。比如对于西南联大诗人的创作，唐湜认为这是新诗跨入了一个"新生代"，由这群现代主义诗人所引领而成为新诗的两个浪峰之一："一个浪峰该是由穆旦、杜运燮们的辛勤工作组成的，一群自觉的现代主义者，T. S. 艾略特与奥登、史班德们该是他们的私淑者。"〔2〕对于其中的杜运燮，唐湜认为，他的不同寻常的意义就在于"现代性"："年轻的杜运燮是目下不可忽略的最深沉最有'现代味'诗人之一。一般说来，中国的诗坛似乎还滞留在浪漫主义的阶段上，杜运燮却是少数例外的一个。"〔3〕尤为难得的是，唐湜始终用开放、包容的心态来看待现代派作品，坚守知识分子的艺术良知，特别是在现代主义极容易遭到误解甚至攻击的年代，他依然默默卫护着艺术的信仰，绝不在压力下屈服："《中国新诗》已经出了三集，以后当然还要

---

〔1〕　钱理群等：《中国现代文学三十年》，北京大学出版社，1998 年，第 578 页。
〔2〕　唐湜：《诗的新生代》，《新意度集》，第 21 页。
〔3〕　唐湜：《杜运燮的〈诗四十首〉》，《新意度集》，第 56 页。

尽我们的力量继续下去，用不到乡愿们卑劣地诅咒与无知地担忧，我们不怕孤独，孤独有时候也正是可骄傲的……我们觉得，我们的坦白与真挚是有权力骄傲的。"[1]这种倔强甚至不乏悲壮的宣言在 20 世纪 40 年代后期日趋严峻的政治环境中可称得上空谷足音。

与 20 世纪 30 年代的现代诗相比，20 世纪 40 年代以西南联大诗人群为代表的现代诗表现出了自己独有的风格，这是和人们对于诗歌观念的改变分不开的。袁可嘉说："诗是经验的传达而非单纯的热情的宣泄。"[2]而这种经验的传达依赖于诗人能否正确地将对生活的外在经验转换为内在生命的体验，使之具有超越个体限制的普适性、典型性的价值，即"在感觉的指尖上摸到智性"[3]或者"把思想感觉糅合成为一个诚挚的控诉"。[4]这就使 20 世纪 40年代中国现代派诗追求"诗"与"思"的交融，带有明显的"思想知觉化"特征。对于新诗的这些微妙变化，唐湜当然不会无动于衷，他敏感地从冯至、穆旦、杜运燮、郑敏等人的诗作中发现了这一点。冯至是当时辈分较长的诗人，他在青年时代的新诗创作就有重要的影响。到了 20 世纪 40 年代，人生阅历的丰富、思想的成熟都使诗人的创作出现明显的转变，他把日常生活的体验转化为对宇宙、生命的思考，形而上的成分明显增多。唐湜在对冯至《十四行集》进行了细致入微的分析后指出，冯至这部诗集很大程度上都表现出作者沉思者的角色，无论是飞虫小草还是千古名城、无论是城市山川还是村童农妇，都能引发诗人对于生命自觉的体验。如在对冯至《十四行集》中的"第 21 首"分析时，唐湜抽象概括出这种深沉的哲学意境却是通过诗人最朴实的诗句传达出来的，由此可见诗人艺术的成熟，其价值当然超越了诗人早期浪漫主义气息的诗作。为此唐湜特别提道："一个沉思时代的窗帷由他揭开了。"[5]唐湜对于女诗人郑敏在诗作中所传达出的哲理和智慧羡慕不已，称赞诗人说："我知道她原是学哲学的，在她的诗中，思想的脉络与感情的肌肉能很自然和谐地相互应和，不像十八、十九世纪的浪漫主义者们那样厌恶理性与思想。"[6]在唐湜的眼里，西南联大诗人群诗作中丰富的思想之所以能撼动人们的心灵，依赖的不是

〔1〕 唐湜：《论乡愿式的诗人与批评家》，原载《华美晚报》，1948 年 8 月 16 日。
〔2〕 袁可嘉：《诗与民主》，《论新诗的现代化》，北京三联书店，1988 年，第 47 页。
〔3〕 赵毅衡：《新批评：一种独特的形式主义文论》，中国社会科学出版社，1986 年，第 64 页。
〔4〕 袁可嘉：《新诗现代化：新传统寻求》，原载天津《大公报·星期文艺》，1947 年 3 月 30 日。
〔5〕 唐湜：《沉思者冯至：读冯至〈十四行集〉》，《新意集》，第 108 页。
〔6〕 唐湜：《郑敏静夜里的祈祷》，《新意度集》，第 143 页。

政治宣教而是朴素诗句中筋肉的力量和诗情的凝结,这种凝结把感性与理性有机统一在诗歌的生命之中。

20世纪40年代中国的现代主义诗歌在新诗现代化追求上有着明确的目标。"从自身文化构成及文化价值取向来看,中国新诗派诗人群无疑较之30年代的现代派诗人更为现代和开放,更具现代文化意识"。[1] 文本实验的自觉就是最突出的特点之一,他们在新诗的戏剧化、陌生化等方面都积累了宝贵的经验。诗歌的戏剧化思想来源于艾略特,袁可嘉在他的专论中对此有更详尽的论述,他认为新诗的戏剧化"即是设法使意志与情感都得到戏剧的表现,而闪避说教或感伤的恶劣倾向"。[2] 为此他提出了新诗戏剧化的三个不同方向。新诗的戏剧化改变了传统抒情的方式,为新诗的情感表达找到了一条新的道路,即戏剧性的客观化处理。对于当时现代派诗歌的这一重要特征,唐湜也特别注意到了。他本来就对艾略特的诗歌理论主张十分认同,他的一些评论多次引用艾略特的《荒原》《四个四重奏》《传统与个人才能》等,高度肯定艾略特在文学史上的重要地位。唐湜在中外诗歌对比中发现,许多中国诗人之所以没有达到更高的艺术天地,就在于他们缺乏像艾略特那样的自我超越精神和深沉的思想力,"还在自然而单纯的抒情里歌唱日常的生活"。[3] 但唐湜认为穆旦的诗作在不少方面有和艾略特相似的地方,"他自然应该熟悉艾略特,看他的《防空洞里的抒情诗》与《五月》,两种风格的对比,现实的与中世纪的,悲剧的与喜剧的,沉重的与轻松的(民谣风的)对比,不正像《荒原》吗?"[4] 诗人直面现实,但始终又避免感情的直接介入,而只是作为一个睿智的、理性的旁观者,这也是一种戏剧化的人生态度。唐湜在评论郑敏时,也惊叹于女诗人超然物外的冷静、客观,这种戏剧化的呈现方式,使得人们对于新诗的本质有了更多元的认识。

相对于对新诗的关注,唐湜对另一重要文体小说的关注虽然不多,但也能看出唐湜的现代感。唐湜先后评论过冯至、路翎、汪曾祺的小说,他对小说中的意识流、心理分析等一些现代技巧手法特别关注,这和唐湜所受英国现代作家伍尔芙的影响有很大关系。唐湜非常欣赏伍尔芙的意识流小说《到灯塔去》

〔1〕　吴思敬主编:《20世纪中国新诗理论史》(上),第409页。
〔2〕　袁可嘉:《新诗戏剧化》,原载《诗创造》第12期,1948年6月。
〔3〕　唐湜:《搏求者穆旦》,《新意度集》,第90页。
〔4〕　同上,第91页。

《波浪》《戴洛维夫人》等，也认同伍尔芙《现代小说论》中对小说的定义，多次在文章中加以引述。唐湜注意到，冯至的历史小说《伍子胥》就用了意识流的手法，"经诗人冯至的手，加上了现代主义的诗情，尤其是意识流或内心情绪的渲染，就成了一个完熟而透明的果子"。[1] 七月派作家路翎也是唐湜所欣赏的，与传统现实主义作家不同的是，路翎的小说注重人物主体世界的深层挖掘，特别是无意识的心理描写。唐湜说："路翎的笔却有更多凝练的流荡的华采与飞扬着的从无意识的深渊里涌现出来的生命的呼喊与神采。"[2] 而汪曾祺早期的小说现代手法的运用就更明显了，唐湜在评论中充分肯定了汪曾祺小说对西方意识流手法的借鉴："这里显然有吴尔芙夫人的《戴洛维夫人》与《波浪》的影响，风格乃至节奏都平易相近。""他主要的该归入现代主义者群里的，他的小说的理想，随处是象征而没有一点'意味'，正是现代主义的小说理想。"[3] 这种借鉴使汪曾祺小说现代艺术精神更为圆熟，更具有艺术的冲击效果。

三

　　中国现代文学批评发生之时，更多的是与文学创作的实际紧密联系的，往往比较关注具体的作家及其作品，相对地对文学艺术的纯理论探索有明显不足。到了 20 世纪 30 年代，这种情况才有了较大的改变，以朱光潜、闻一多、梁宗岱、废名、叶公超、戴望舒、金克木等为代表的批评家围绕文学的若干理论问题进行了富有哲学意味的探索。到了 20 世纪 40 年代，以袁可嘉、唐湜、郑敏等为代表的批评家更加自觉地借鉴里尔克、瓦雷里、T. S. 艾略特、奥登等为代表的西方现代主义文学理论，就像唐湜所说的："超越一切在狭小地面上爬行的经验而扬弃地接受世界上丰富繁复的进步文化的新传统。例如虔诚的里尔克与艾略特的诗。"[4] 他们不少有创见的观点、坚定的艺术本体论立场代表着中国文学批评界的最新探索，丰富了中国文学批评的理论范畴，这其中自然也包含着唐湜的智慧。

　　青年时代的唐湜对诗歌理论的若干问题抱有着浓厚的兴趣，他对波德莱尔、瓦雷里、里尔克、T. S. 艾略特等的诗歌理论很是欣赏，同时也十分认同庄

----

〔1〕　唐湜：《冯至的〈伍子胥〉》，《新意度集》，第 45 页。
〔2〕　唐湜：《路翎与他的〈求爱〉》，《新意度集》，第 76 页。
〔3〕　唐湜：《虔诚的纳蕤思》，《新意度集》，第 129、140 页。
〔4〕　唐湜：《论〈中国新诗〉：给我们的友人与我们自己》，原载《华美晚报》，1948 年 9 月 13 日。

子、陆机、刘勰、司空图等中国古典文学的批评精神。他尝试着把中国古典诗论与西方现代诗论融合起来阐释艺术现象,形成体系化的理论建构。唐湜一开始的雄心颇为宏大,但是由于急速变动的时代已经很难允许批评家用从容的心态来从事这种形而上的灵魂探险,他最终只完成了《论风格》《论意象》《论意象的凝定》等少数较为纯粹的诗学研究文章,另外一些评论文章中对某些文学理论问题也有所涉及。

风格是中西文论中最为重要的美学范畴之一,在中西方文学历史的演进中有着极为重要的意义,刘勰所谓:《诗》总六艺,风冠其首,斯乃化感之本源,志气之符契也。是以怊怅述情,必始乎风;沉吟铺辞,莫先于骨。"西方的布封也说"风格即人"。作为诗人和批评家的唐湜自然也把风格当作他融合中西文论阐释的首要目标,他在很多地方都引述了刘勰、布封等人对于风格的论述。

唐湜首先认为风格在一切艺术要素中处于最核心的位置,是灵魂,其他的要素都必须统一在风格中才能发挥作用:"风格本身就是一种超越,对文字,乃至感情、思想的一种超越,一种卓然的提高。"〔1〕但唐湜同时也指出,风格虽然超越其他的艺术因素,但并不能超越于社会和历史,"风格的变化和发展与历史、社会生活的变化和发展不可分离的"。〔2〕唐湜还对风格的要求、表现、文与质、风与骨的关系等发表了自己的见解。他认为"文"与"质"、"风"与"格"构成的是辩证统一的关系:"'骨'该是内凝而持重的,'风'则可以向无限广被而无涯。二者相互表里就能呈现出一个生命与艺术的和谐,生命力与创造力的分量。"〔3〕唐湜在这里对"风骨"的理解偏向于两者的统一,反对为了突出"骨"而轻视"风"的作用,风格也不是干巴巴的理论名词,它与诗人、读者的生命始终处于感情的共鸣中。"一股强大的感情之流,从诗人的生命的投掷状态里涌现,是诗人与读者间一种同情心的伸张、感应、一种生命的共鸣。"〔4〕唐湜的这些看法与宗白华的见解有不少相似之处。宗白华强调说:"光有骨还不够,还必须从逻辑性到艺术性,才能感动人。所以'骨'之外还要有'风'。'风'可以动人,'风'是从情感中来的。"〔5〕当然,唐湜这篇文章更有价值的地方是在于

---

〔1〕　唐湜:《论风格》,《新意度集》,第1页。
〔2〕　同上,第2页。
〔3〕　同上,第4页。
〔4〕　同上,第5页。
〔5〕　宗白华:《美学散步》,上海人民出版社,1982年,第47、48页。

把西方的文学批评理论引入进来，他在描述由于艺术作品风格的完美而使读者产生强烈的审美心理反应时，多次使用了"感应""纯诗"等西方象征主义词汇："读者自能于柔和的水波粼粼之间感应到诗人思想的委曲婉转，一种音乐般永久的泛滥。他也会跟着诗人以纯净的质朴的爱心观看万物……分担他们的喜乐与愤怒。"〔1〕这段语言非常接近波德莱尔《人工乐园》中所描写由主客观界限的消失造成的物我两忘的情景。波德莱尔认为"感应"（有的翻译成契合、通感）是达到象征之道的核心，它不仅仅是修辞学意义上的，还关联着宇宙本体，唐湜在这里以一种中国传统批评特有的诗情生发出现代批评的生命活力。

　　风格之外，意象对于现代诗歌的重要性同样毋庸置疑，中西方文学批评都有大量的阐发。对于大多数中国批评家来说，他们往往比较关注传统文论的思想资源，但是唐湜则把它放置在了中西文论比较的时空中去观察，自然就获得了不同的认知视角。意象在中国文论史上出现很早，先秦时期出现了"象"，到了魏晋南北朝，转化为意象。对于意象出现的意义，叶朗说："意象是一个表示艺术本体的美学范畴。意象这个范畴的出现，是美学史发展的成果。"〔2〕朱光潜论及意象时说："意象是观照得来的，起于外物的，有形象可描绘的。"〔3〕认为意象和情趣结合在一起形成了意境。唐湜在文章中对于西方马可尼思仅仅把意象看作传达手段的观点提出质疑，认为意象与意义是紧密融合在一起，无法分离。"在最纯真的诗里面，手段与目的，意义与意象之间的分别实在不是十分必要的。"〔4〕唐湜比较认同 C. D. 鲁易士、S. 史班德、里尔克、T. S. 艾略特、瓦雷里等人的观点，他们都强调意象和诗的完整不可分。唐湜发现，这样的定义已经逼近了象征主义诗学的原则，因为象征主义普遍看重诗歌的纯粹性，鼓吹纯诗，诗歌里除意象之外，晶莹得像一块水晶，不含任何的杂质，这才是诗歌最成熟的境界。正是坚守了诗歌意象的不可或缺，比起浪漫主义单纯强调诗歌情感的成分，自然更具有说服力，更符合复杂现代社会的情绪。意象的获得既依赖于诗人对客观世界的观察，也依赖于在其心灵中的凝结、提

---

〔1〕　唐湜：《论风格》，《新意度集》，第 6 页。
〔2〕　叶朗：《中国美学史》，上海人民出版社，1985 年，第 265 页。
〔3〕　朱光潜：《诗论》，《朱光潜全集》第 3 卷，安徽教育出版社，1987 年，第 62 页。
〔4〕　唐湜：《论意象》，《新意度集》，第 9 页。

炼,"意象正就是最清醒的意志与最虔诚的灵魂互为表里的凝合"。[1]

在分析了意象对于现代诗学的特殊性之后,唐湜继续对意象在现代诗歌中的表现方式进行探索。在不少现代诗人笔下,既有流动的意象,也有凝定的意象,如冯至、穆旦、郑敏等人的诗作,这种意象的选择在唐湜这里却成为浪漫主义与现代主义的分界线。唐湜说:"真正的诗,却应该由浮动的音乐走向凝定的建筑,由光芒焕发的浪漫主义走向坚定凝重的古典主义。"[2]唐湜把里尔克、冯至作为代表,分析了他们诗作中意象使用的转变,显然他这里所说的古典主义实际上是现代主义。唐湜认为意象的凝定意味着诗人开始摆脱个人情感的约束而走向深广的宇宙,思想、艺术感觉的成熟。如果放弃了沉思,缺乏意象的凝结,就必然导致诗歌思想的轻浮、苍白。唐湜在评论诗人作品的时候反复强调凝定意象的重要性,认为只有这样,中国的新诗才会成熟:"诗,能向意象的凝定方向走去,才会如闻一多、朱自清二先生所期望的,步入成熟而丰饶的'中年'。"[3]唐湜极力推崇凝结的意象,一定程度上可以看作对艾略特主张"客观对应物"概念的呼应。艾略特要求诗人通过固定的意象或者固定的戏剧化场景唤起人们的情感,表达出超越个人体验的哲思,这可以看作唐湜对现代派艺术圭臬认可的可靠证据。

20世纪40年代,文坛上的机械公式主义和功利主义大行其道。不少诗人、作家直接用艺术去快速、简单地图解生活,而没有经过创作主体深刻的思想沉淀和心理沉淀,就出现了唐湜所批评的"千篇一律的文字技巧与浮露于表象的社会现实,甚至以新闻主义式的革命故事为能事"[4]的现象。对此,唐湜对创作主题意识复杂性的问题进行了思考。唐湜明确要求作家不能匍匐在生活面前被动地对现实进行呆板的反应,也不能把生活经验直接纳入作品,它必须经过一段时间的发酵,再通过创作主体的过滤、沉思、折射等一系列中介环节,生活的经验才能成为艺术经验,这就对创作主体的精神世界提出了很高的要求。唐湜说:"生活经验的直接揭露在艺术上实在并没有重大意义。没有相当的心理距离,迫人的现实往往不能给写成很好的作品。只有生活经验沉入潜意识的底层,受到了潜移默化的风化作用,去芜存精,而以自然的意象或比

〔1〕　唐湜:《论意象》,《新意度集》,第13页。
〔2〕　唐湜:《论意象的凝定》,《新意度集》,第15页。
〔3〕　同上,第20页。
〔4〕　唐湜:《论〈中国新诗〉:给我们的友人与我们自己》,原载《华美晚报》,1948年9月13日。

喻的姿态，浮现于意识流中时，肤浅的生活经验才能变成有深厚暗示力的文学经验。"[1]路翎是 20 世纪 40 年代横空出世的小说家，他的作品主观性非常明显，作者精神世界对作品有重要的影响。对于路翎的这些特点，唐湜比较赞同："最好的作品往往是作者自我人格与个性的自然或自觉的表现，没有完成作用，主题就不能表现得完美。而且，一个艺术作品必须是沉浸着作者的全心身的热情的凝聚。"[2]在评论穆旦作品时，唐湜批评了那些拘泥于日常生活却缺乏自觉精神的诗人，要求诗人能够对外在的生活纯化与提炼。他说："没有这个自我的完成，诗至多只是无生命的塑像、僵死的教条。"[3]在这里唐湜凸显的是创作主体因素的作用，是能动的反映论，这和理论家胡风当时针对创作上的客观主义所提出的"主观战斗精神"的理论有共同的倾向，流露出批评家对庸俗客观主义的抗拒，这是超越时代的睿智声音。

　　一个批评家的成就也许并不单纯表现在文字的鸿篇巨制，而是体现在他的智慧、超越精神与个性等方面。唐湜 1950 年在为《意度集》所写的序言中感慨自己的这部批评集很短时间成了明日黄花，这当然是一种自谦之语。恰恰相反，作者的批评在不少方面都结合自身的创作和审美体验提出了宝贵的见解，在一个翻天覆地大变动的时代彰显出知识分子独立的批评立场，为中国现代文学批评演绎出一章章激情澎湃的美文，这或许是唐湜批评文脉延续至今最重要的原因。

----

[1]　唐湜：《辛笛的〈手掌集〉》，《新意度集》，第 58 页。
[2]　唐湜：《路翎与他的〈求爱〉》，《新意度集》，第 67 页。
[3]　唐湜：《搏求者穆旦》，《新意度集》，第 91 页。

第八章
戴望舒文学批评研究

第一节　论戴望舒对中国早期
象征主义诗论的超越

　　作为现代主义文学的组成部分,西方象征主义文学因其呈现出的某种先锋姿态一直受到中国诗歌界的关注。在 20 世纪 20 年代,以李金发、穆木天、王独清等为代表的诗人,也对象征主义理论的探讨表现出浓厚的兴趣。"他们初步提出、探讨并实践了'朦胧''契合''纯粹诗歌'等诗学范畴,他们的诗学主张强调诗歌的'音''色'等感性特征。"〔1〕应当指出,虽然早期象征派的理论探索一定程度上触及了艺术的本体,丰富了现代诗歌理论形态,但总体而言还很不成熟,对许多问题的讨论显得较为粗糙、简单甚至充满偏颇。到了 20 世纪 30 年代,以戴望舒、杜衡、施蛰存、金克木、徐迟等为代表的《现代》诗人群体,继续在象征主义诗学的空间中思考了相关理论话题,其中以戴望舒的理论观点较为集中、深入,他和同人一起把象征主义理论提升到更为丰赡、成熟的境界。

一

　　中国早期象征派诗人几乎都对法国的象征主义表现出了浓厚的兴趣,这并非偶然的现象。他们在文化背景上多半都有留学法国的经历,有的虽然在日本留学但也受到了象征主义的吸引。如王独清曾说:"法国底诗歌最先便成

---

〔1〕 吴思敬:《20 世纪中国新诗理论史》(上),第 271 页。

了我接触的对象。用一种饕餮的形势我去消化着拉马丁、谬塞、包特莱尔、魏尔冷等的艺术。"[1]法国象征主义文学对他们产生了强烈的吸引力，除了象征主义本身的诱惑力之外，还有一个重要的原因，那就是他们对于中国早期新诗的创作实践和理论都表现出极大的不满，他们崇奉的艺术至上的理想和以胡适等人为代表的诗歌工具论的主张发生了严重的碰撞。胡适所主张的"诗体大解放"的观点，公开声明要把诗体的解放纳入"五四"文学启蒙的宏大话语系统之中，以扫荡旧文学的势力。胡适的新诗理论带有明确的价值论色彩，固然在促进新诗发展中有不可替代的功绩，但缺陷也很明显。在早期象征派诗人看来，胡适的新诗理论直接导致新诗艺术水准的低下，混淆了诗歌和散文的界限，也就在根本上解构了诗歌自身的元素。穆木天当时不客气地把胡适作为中国新诗运动最大的"罪人"。正是在这种极强叛逆心理的支配下，他们接受了法国象征主义所信仰的艺术至上的准则，以此强化新诗的形式主义美学因素。

想要给法国早期象征主义下一个明晰的概念是相当困难的。但是以波德莱尔、马拉美、魏尔伦等为代表的象征派诗人在追求艺术的纯粹、超脱乃至超越世俗功利化等方面却是有着明确、一致的看法，尤其以波德莱尔的美学理论为典型。瓦雷里认为波德莱尔真正复活了诗歌的纯粹性。波德莱尔本能地对艺术道德说教充满厌恶、反感，反对任何破坏艺术纯粹性的行为，赞成"为艺术而艺术"的主张。波德莱尔说："诗的本质不过是，也仅仅是人类对一种最高的美的向往……是一种心灵的迷醉。"[2]波德莱尔这种见解深刻影响到了其他的象征派诗人，如马拉美就抱有同样的信念，主张把诗歌封闭在诗人内心，不与外部世界发生关系："我反对一切应用在文学上的传授教导，文学完全是一种个人的事业。"[3]法国早期象征主义毫不掩饰自己对那种道德说教、客观描写等文学观念的反叛，以挑战者的姿态与浪漫主义、自然主义等画下了清晰的边界，力图超越诗人可感的现实世界而直达一种更为隐秘的心灵世界。

对于中国早期象征派诗人来说，法国早期象征主义唯美的艺术论就成了他们抗拒早期新诗理论，承担启蒙、科学等理性工具价值的有力武器，因此无

〔1〕 王独清：《我怎样创作诗歌》，《创作》第 1 卷第 3 期，1935 年。
〔2〕 波德莱尔：《论泰奥菲儿·戈蒂耶》，《波德莱尔美学论文选》，郭宏安译，人民文学出版社，1987 年，第 75 页。
〔3〕 马拉美：《谈文学运动》，《象征主义·意象派》，第 43 页。

一例外地表示出膜拜的心理。李金发早年在法国留学时即沉醉于法国象征派艺术的宫殿，认为中国新诗诗风浅露、直白的原因在于过于看重艺术的真实表现，削弱了诗歌朦胧、深邃的象征性意境。出于强烈的叛逆心理，他直接否认了艺术承担描写、表现现实的任务，亮明了自己艺术至上的观点。李金发说："艺术上唯一的目的就是创造美；艺术家唯一的工作，就是忠实地表现自己的世界，所以他的美的世界，是创造在艺术上，不是建设在社会上。"[1]他甚至还说："现实中没有什么了不得的美，美是蕴藏在想象中、象征中、抽象的推敲中。"[2]李金发的诗论几乎完全驱逐了现实性的因素，所孜孜以求的就是纯粹的艺术美，这种观点引起了穆木天、王独清等的共鸣。尽管他们也承认诗歌与现实生活的世界不能完全隔绝，但却又认为诗的世界应该潜藏在诗人内心的世界，充满了暗示的成分，一旦诗人去迎合世俗的心理就注定不能成为纯粹的诗人。总而言之，中国早期象征派诗论带有明显的贵族气质，强调诗歌艺术独特美的属性，断然终结了艺术与社会联系的纽带。他们最终的目的在于用唯美的艺术世界来改变新诗理论工具论的某些偏执，然而这注定是一种乌托邦的理想，它从一种偏执走向了另外一种偏执，最终迷失在虚无缥缈的云层中。

　　而戴望舒从事文学批评的 20 世纪 30 年代的环境与早期象征派有着很大的不同，这其中很重要的一点就是左翼文学运动呈现出较为活跃的态势。左翼文学反对艺术至上论，强调文学的社会属性，戴望舒的一些文学观念不可避免地受到一定的影响。戴望舒曾经参与创办《无轨列车》和《新文艺》等刊物，刊发了不少宣传左翼文学的文章，还和冯雪峰一道主编了《科学的艺术论》丛书，他自己亲自翻译了苏俄伊可维支的《唯物论的文学论》理论专著。虽然戴望舒后来疏远了左翼文学运动，但某些文艺批评观念和见解仍然摇摆在自由主义文学和左翼文学之间。如他在关于文艺本质论的一些见解上就吸取了象征主义和现实主义的特质，形成了自己的独到看法。

　　象征主义坚持寻找人类心灵深处隐秘的世界，而对客观世界不屑一顾，认为前者完全独立于真实，甚至几乎切断了与客观世界的一切联系，灵魂成了文学的唯一归宿："这种语言将来自灵魂并为了灵魂，包容一切，芳香、音调和色彩，并通过思想的碰撞，放射光芒。"[3]这些语言虽然充满了神秘色彩，但难以

〔1〕　李金发：《烈火》，原载《美育杂志》创刊号，1928 年 1 月。
〔2〕　李金发：《序林英强的〈凄凉的街〉》，原载《橄榄月刊》第 35 期，1933 年。
〔3〕　兰波：《书信选》，《象征主义·意象派》，第 36 页。

掩饰象征主义偏重主体而排斥客体的极端，而中国早期象征派的李金发、王独清、穆木天的一些见解是完全应和了法国象征派的理论。戴望舒早年虽然十分崇尚象征主义，但是他对艺术的理解却跳出了象征主义的叙述圈套，对于真实的世界抱着开放、接纳的态度，主张内容和形式的统一。戴望舒曾经批评一些作家对生活的忽视导致作品成为"一种不真切的，好像用纸糊出来的东西"。[1] 忽视生活的真切感受必然削弱作品的价值。戴望舒进而提出了关于真实生活与艺术想象关系的两点论，他说："诗是经由真实经过想象而出来的，不单是真实，亦不单是想象。"[2] 这段话虽然简洁，但无疑凝聚了诗人对艺术本质思考的智慧。戴望舒理解的这种真实，不能简单等同于现实主义的日常生活，它经过了诗人的心理的沉淀、溶解和过滤，是一种更高形态的艺术真实。但同时又超越了一般意义的浪漫主义和象征主义，仍然根植于诗人生活的现实土壤，两者不可偏废。为了避免被庸俗实用主义误解，戴望舒还特别加以说明："诗应当将自己的情绪表现出来，而使人感到一种东西，诗本身就像是一个生物，不是无生物。"[3] 戴望舒的这段话显然一定程度上针对的是中国早期象征派的观点，如李金发经常把神秘当作艺术的通灵法宝，他对法国美学家居友所说的"诗意的想象，似乎需要一些迷信于其中"[4] 的论点也颇为认同。不难看出，早期象征派诗论对于诗本质的理解更多带有神秘主义成分而难免让人费解。对此，戴望舒则强调诗不能完全堕入神秘与朦胧，应当是让人能够感知和明白的，要求把象征主义关于主体与客体的抽象、玄奥的命题，用一种更开放和易于接受的语言表达出来。

戴望舒强调创作始于"真实"，经过想象后最终的归宿也是真实，实际上博采了象征主义、浪漫主义、现实主义等文学的优点，从而超越了早期象征派对于象征主义较为狭隘的见解，因为这样的见解在艺术至上的口号下实际上封闭了文学通向真实世界的路径。其实，这样的追求在现实世界中是难以实现的。戴望舒本人在稍早时曾经认同过"艺术不应该是现实的寄生虫，诗应该本身就是目的"。[5] 的观点，表面上看起来好像应和了早期象征派的观点，但其

[1]　戴望舒：《一点意见》，《戴望舒全集·散文卷》，中国青年出版社，1997年，第118页。
[2]　戴望舒：《望舒诗论》，《戴望舒全集·散文卷》，第128页。
[3]　同上，第129页。
[4]　李金发：《艺术之本原及其命运》，《美育杂志》1929年第3期。
[5]　戴望舒：《〈核佛尔第诗钞〉》，《现代》第1卷第2期。

主要的意图是在于反驳当时到处可见的庸俗唯物论的文学观。强调文学的独立属性并非完全要抹杀现实的属性，而是反对把艺术视为现实的附庸，这和他所强调的真实必须经过想象的中间环节相呼应，真实并非现实生活原封不动的复制翻拍。可见，戴望舒在对艺术本质的理解上无疑更开放和符合实际。对于戴望舒观点的意义，他的好友杜衡看得很清楚，杜衡说："抱这种见解的，在近年来，国内诗坛上很难找到类似的例子。"〔1〕

二

法国象征主义的出现具有复杂的历史和宗教文化背景，本身又和浪漫主义有着难以完全切割的关系，因此对象征主义的精神作出完整、准确地阐释难度甚大。以波德莱尔为代表的诗人一方面提出"为艺术而艺术"的主张，另一方面则通过"契合"的理论增强诗歌的神秘主义倾向。契合理论在象征主义诗学体系中占据核心地位，尤其是波德莱尔的《应和》（有时被翻译成《契合》）成为理解象征主义最重要的入口之一，甚至被称为"象征派的宪章"。〔2〕后来的兰波继承了波德莱尔的这一观点。而中国早期象征主义诗人因为在引入西方象征主义的时候仍然带有工具性的目的，因此对象征主义这一重要的概念很少涉及。李金发比较多地谈及象征主义朦胧、神秘、晦涩，王独清重点谈论的是诗歌"音"与"色"的成分，对诗歌形式关注较多。穆木天虽然曾经把波德莱尔的《契合》翻译成《对应》，他的诗论也关注过诗的持续性，但穆木天没有深入探讨下去，对于契合所涉及的哲学本体内涵也没有提及，有意回避了象征的概念。而且穆木天在论述的时候有时仍然停留在浪漫主义的窠臼中，并没有意识到契合所开启的审美现代性的价值。显然，中国早期象征派还无力在更高的美学视野下揭示象征主义的内在精髓。而到了20世纪30年代，随着人们对象征主义实质有了更为明确的认知，契合的概念再次进入理论探讨的视野。

而对于波德莱尔，戴望舒始终抱有很大的热情和兴趣。即使在20世纪40年代波德莱尔热潮退却，其价值甚至遭到质疑的形势下，戴望舒还是坚持认为波德莱尔仍然可以作为文学遗产来接受。另一方面，戴望舒也在他的诗论中继续思考象征主义理论有关契合的含义，进而提出了自己的"和谐说"。戴望

---

〔1〕　杜衡：《〈望舒草〉序》，《现代》第3卷第4期。
〔2〕　见郭宏安：《波德莱尔美学论文选·译文序》，《波德莱尔美学论文选》，第5页。

舒首先对音乐、绘画、舞蹈、诗分别以概念的方式来说明它们之间的区别，但是"和谐"却成为这些艺术形式共通之处：如"音乐：以音和时间来表现的情绪的和谐……诗：以文字来表现的情绪的和谐"。[1] 稍显遗憾的是，戴望舒的诗论多半十分简洁，也缺乏系统性，因此对"和谐论"没有更深入地进行阐释，不过从他的其他文字中大体可以了解到他心目中和谐的含义。如他在翻译果尔蒙诗歌的后记中提到："他的诗有着绝端的微妙——心灵底微妙与感觉的微妙，他的诗情完全是呈给读者的神经，给微细到纤毫的感觉的。"[2] 戴望舒在这里谈到，读者在阅读诗人作品时感到一种难以形容的、战栗的感觉，实际上这也很接近波德莱尔在听到德国音乐家瓦格纳演出时所描述的飘然欲仙的感觉。戴望舒在记述拜访法国诗人许拜维艾尔时，曾经提到《一头灰色的中国牛》，认为这首诗表达了一种心灵上无法把握却在精神上存在着的一种"默契"，戴望舒用了一个本土化色彩极强的概念即"和谐"。戴望舒的"和谐论"剔除了早期象征派某些神秘主义面纱，比较多地包含了东方哲学的智慧。他的"情绪的和谐"往往对应着人和自然浑然一体、人与人之间关系的默契，是中国天人合一观的集中呈现，带有更强的世俗特征和人文底蕴。就像有的学者所指出的，"和谐论"的哲学来源有别于"应和论"，它把"象征主义基本思想来源之一的'应和论'拉回到现实世界中"。[3] 戴望舒的"和谐论"的提出，本身就包含着对早期象征派的不满，无疑更具有本土化的特征，实质上也是诗人逐渐找回文化自信的一个例证。

纯诗也是象征主义诗学中一个极为重要的概念，对诗人而言意味着诗歌和情感双重的纯粹性，意味着一个不再与现实世界有任何联系、封闭在诗人内心一角的神秘世界。梁宗岱曾经把波德莱尔视作纯诗理论的源头，后来的魏尔伦、马拉美等都曾经触及这样的概念。而法国后期象征派代表诗人瓦雷里则把纯诗提到了更高的位置来看待，并系统进行了阐释。随着人们认知的完善，对纯诗涉及的语言的暗示性、音乐性以及情感等的探讨越来越多，纯诗理论也越来越趋于成熟，开始溢出法国，在世界范围内产生影响。

中国早期象征派算是在中国最早关注纯诗理论的群体之一。1926年穆木天和王独清发表的相关文章都对纯诗理论有不少的论述，涉及纯诗的内涵和

[1]　戴望舒：《诗论零札》，《戴望舒全集·散文卷》，第189页。
[2]　戴望舒：《果尔蒙〈西茉纳集〉译后记》，《戴望舒全集·诗歌卷》，第479页。
[3]　张新：《戴望舒：一个边缘文化型诗人》，上海文艺出版社，2018年，第198页。

形式要素。穆木天认为要改变中国诗歌粗糙的艺术，就必须在诗歌的造形与音乐的元素上多用力，而纯诗则正好满足了这两方面的要求。穆木天在思想内容和形式上对纯诗理论均有所阐释，公开提出"纯粹诗歌"主张，着重强调了诗歌的暗示功能，要求诗歌用一种特殊的语言暗示出诗歌潜在意识的世界。此外，他还特别强调纯诗对于诗歌与散文界限的严格区分："我们要求诗与散文纯粹的分界。"[1]而王独清对穆木天纯诗的主张进行了呼应，认为根治中国诗坛审美薄弱、粗糙毛病的关键就在于纯诗的倡导，只有在纯诗中才能实现所谓"诗的统一性与连续性"。[2]但王独清对纯诗思想内涵涉及较少，他主要精力用于诗歌形式"音"与"色"这两大元素的探讨。王独清说："我很想学法国象征派诗人，把'色'（Couleur）与'音'（Musique）放在文字中，使语言完全受我们底操纵。"[3]而对于中国新诗来说，最难的恰恰就是"音"与"色"的运用。这里的"音"与"色"其实正是法国象征诗人所极力推崇的形式之美，音乐和色彩的交错构成象征主义心目中最纯粹的诗境。中国早期象征派诗人虽然都注意到了纯诗在象征主义体系中的特殊性，但他们在倡导纯诗理论中也表现出较大的偏差。第一就是对纯诗形式的过度强调，不仅扭曲了诗歌内容与形式的关系，而且其主张与新月派推崇的"三美"主张有趋同之处，这种理论让他们陷入了被形式牢牢束缚的陷阱之中，把自由诗和格律诗等同起来。显然这意味着某种倒退，杜衡曾经批评说："刻意追求音节的美，有时候倒还不如老实去吟旧诗。"[4]第二，穆木天、王独清等在倡导纯诗的时候又提出所谓国民文学、国民诗歌的主张。虽然他们声称这和纯诗主张并不矛盾，但显然这在逻辑上是不通的，国民文学、国民诗歌本身即带有民众启蒙的工具理性倾向，其与纯诗所完全排除非诗情的目标有不可调和地方。

到了 20 世纪 30 年代，中国诗人对于纯诗的探讨开始趋于成熟，这其中戴望舒有不小的贡献。戴望舒在阶级话语、民族国家话语等日趋明显的时代背景下，仍坚持捍卫诗歌的纯粹性，拒绝把诗歌捆绑在功利主义的战车上。他在"国防诗歌"甚嚣尘上的时候批评这种诗歌丝毫不具有诗的成分，只是硬塞进去的标语、口号。相反，只有"纯粹的诗"或者"纯诗"才真正堪称"诗之精髓"，

[1]　穆木天：《谭诗：寄沫若的一封信》，《创造月刊》第 1 卷第 1 期。
[2]　王独清：《再谭诗：寄给木天、伯奇》，《创造月刊》第 1 卷第 1 期。
[3]　同上。
[4]　杜衡：《〈望舒草〉序》，《现代》第 3 卷第 4 期。

具有穿越时空的价值。为此戴望舒主张诗歌首先应该具有诗情，凡是违反诗情的成分都不应该存在："把不是诗的成分从诗里放逐出去。"[1]值得注意的是，戴望舒这里虽然并不像穆木天、王独清或者梁宗岱直接使用"纯诗"的名词，很多时候他更愿意使用所谓"诗情"一词。虽然两者的内涵并不完全一致，但大体上都排除非诗的因素，有着很多相似之处。戴望舒的诗论中"诗情"出现的频率很高，可见地位之显要。"诗情是千变万化的，不是仅仅几套形式和韵律的制服所能衣蔽。"[2]"新诗最重要的是诗情上的 nuance 而不是字句上的 nuance。"[3]其实，这正说明戴望舒在对纯诗的理解上基本走出了中国早期象征派在纯诗形式上的束缚，较多受到了瓦雷里的影响，因为瓦雷里在谈纯诗时正是把诗情当作诗歌最核心的生命元素。戴望舒的纯诗理论合理吸收了瓦雷里的观点，瓦雷里所孜孜寻找甚至永远无法到达的纯诗理想，同样也成为 20 世纪 30 至 40 年代戴望舒抵制粗暴文学工具论的利器，具有一种不与世俗社会妥协的彻底性。

在象征主义体系中，音乐性是一个十分重要的因素。法国前期象征主义者波德莱尔、马拉美、魏尔伦等都十分强调音乐性元素在诗歌中的特殊意义。瓦雷里在谈到波德莱尔时强调了音乐性对于波德莱尔的价值，稍后马拉美和魏尔伦在这方面更强化了音乐性追求。马拉美认为诗歌中的语言应该如管弦乐器那样才能获得好的效果，这样的诗歌才能和音乐一样暗示出理念的世界。对此，早期象征派的李金发、穆木天和王独清等都认同音乐性因素对于诗歌的特殊性，并将其当作反抗早期自由诗散漫、诗歌与散文界限不清的工具。穆木天认为诗歌必须要有持续性，只有像音乐那样的节奏和有规律的运动才能象征出内心真实的世界："我们要求的诗是数学的而又音乐的东西。""我要求立体的，运动的，在空间的音乐的曲线。"[4]王独清更深入了一步，认为音乐性和色彩一样是象征主义最核心的因素，他所列举自己喜欢的几位法国诗人中，魏尔伦和兰波在这方面很有代表性。他称赞魏尔伦的诗歌："那样用很少的字数奏出合谐的音韵，我觉得才是最高的作品。"[5]中国早期象征派的诗论对诗歌

---

〔1〕 戴望舒：《诗论零札》，《戴望舒全集·散文卷》，第 189 页。
〔2〕 同上，第 188 页。
〔3〕 戴望舒：《望舒诗论》，《戴望舒全集·散文卷》，第 127 页。
〔4〕 穆木天：《谭诗：寄沫若的一封信》，《创造月刊》第 1 卷第 1 期。
〔5〕 王独清：《再谭诗：寄给木天、伯奇》，《创造月刊》第 1 卷第 1 期。

音乐性的见解基本复制了法国前期象征主义观点,未敢越雷池一步。

　　戴望舒虽然对法国象征主义情有独钟,但他接触更多、兴趣更大的是以瓦雷里、果尔蒙、保尔福尔、耶麦等为代表的后期象征派诗人。戴望舒注意到这些诗人呈现的是和波德莱尔、马拉美不一样的世界。戴望舒重点反思了早期象征派对于诗歌音乐性过于依赖的观点,这种极端的关于诗和音乐的关系一度被中国早期象征派诗人反复引用和称道,但是他们却没有看出这种观点的弊端。按照朱光潜的说法,这样对于音乐性的理解遮蔽了诗歌作为语言艺术的特征,进而诗歌成了音乐的累赘。正因为这样,后期象征主义基本都放弃了对音乐性的坚守。对于早期象征派的这种认识误区,戴望舒也看到了,并提出了自己的见解。他说:“诗不能借重音乐,它应该去了音乐的成分。”“韵和整齐的诗句会妨碍诗情,或使诗情成为畸形的。”[1]“没有‘诗’的诗,虽韵律齐整音节铿锵,仍然不是诗。”[2]他甚至把铿锵和谐的音韵和华丽的辞藻都视为非诗的成分,将其从纯诗中驱赶出去。不过,戴望舒反对的不是作为音乐的本身,也不是一概排斥韵或者韵律在诗歌中的运用,而是反对离开文字意义的音乐性。尽管戴望舒的这些观点也有偏激之处,但他直接呼应了“现代派”同仁所追求的纯然现代诗形的呼唤,目的在于把中国早期象征派音乐与语言头脚倒置的关系扭转过来。这无疑对后来的新诗实践起到了正面的推动作用,大大拓宽了诗歌审美自由的空间。

三

　　出于对自己传统文化的绝望和决绝的心态,“五四”新文化运动带来了中国引入西方现代文化、文学的高潮。外来诗学的输入打开了人们封闭的文学视野,刺激了人们的思维,也同样更新了理论话语,促进了中国文学理论的现代转型,这些都是无可争辩的事实。但同时也应该承认,这种全面的输入也产生了一些消极影响,比如对于外来文化、文学的推崇及膜拜,导致了普遍的对中国优秀古典诗歌传统的否定。“其结果是使汉语失掉它几千年所发展的文学语言。”[3]这种囫囵吞枣式的输入被李长之称为一种移植的文化,而不是在本土根深蒂固自然生长的,因此必然出现水土不服的现象。这表明,随着对文

〔1〕　戴望舒:《望舒诗论》,《戴望舒全集·散文卷》,第127页。
〔2〕　戴望舒:《诗论零札》,《戴望舒全集·散文卷》,第187页。
〔3〕　郑敏:《新诗与传统》,北京文津出版社,2020年,第275页。

化本质认识的深入，人们也越来越清醒地意识到抛弃传统、全面拥抱外来文化所产生的种种弊端。在这样的背景下，中国早期象征派诗论的种种偏颇和失误也就十分清楚了。

李金发、穆木天、王独清等抱着用西方象征主义文学来改造新诗的目的，总体来看他们与中国传统文化的关联是十分稀薄的，甚至抱着一种鄙夷、不屑的态度。李金发在法国学习多年，醉心于西方的文化观念和价值，因此在反传统文化的道路上也走得最远。他回忆说："雕刻工作之余，花了很多时间去看法文诗，不知什么心理，特别喜欢颓废派 Charles Baudelaire 的《恶之花》及 Paul Verlaine 的象征派诗，将他的全集买来。"〔1〕还公开把波德莱尔和魏尔伦视为自己进入文学殿堂的导师。李金发模仿象征派所写的诗集虽然曾经引起一阵骚动，但不算成功之作，主要原因就在于他自己所说的太过象征，让人无法看懂，其晦涩的语言和神秘主义的成分大多来自对波德莱尔的直接模仿。早期象征派诗作的这种通病李健吾、杜衡也批评过，认为李金发等人中国传统语言文字的素养较差，对中国诗歌丰富的意象生命无法把握，却把西方象征主义照搬到中国，显得生硬、晦涩，终究与中国读者的接受心理隔着一层膜，这种隔阂，更多的是一种文化情感上的隔阂。

而王独清同样对法国文化顶礼膜拜："独清深受了法国的影响，所以他的诗是表露着模仿的痕迹来。"〔2〕不仅早期象征派诗歌如此，就他们的诗论而言也是如此。如他们在象征主义体系中的一些关键词"契合""音乐性""纯诗""暗示"等的阐释上移植、嫁接的痕迹十分明显，排斥理性，推崇潜意识，弥漫着法国宗教文化的神秘感，与中国的艺术精神格格不入。穆木天在谈诗的时候，所总结的"诗的统一性""诗的持续性""诗的思维术"等几乎沿用、照搬的就是这种来源于法国的理论乃至生涩语言。此外，他们身上带有很强的西方贵族气息，无视中国本土语境下大众的文化心理。王独清以鄙夷的心态说："求人了解的诗人，只是一种迎合妇孺的卖唱者，不能算是纯粹的诗人。"〔3〕始终以居高临下的心态来俯视中国文化。尽管他们也在象征主义本土化中做了一些探索，但受制于自身的文化局限和偏见，本能地忽视了中国传统诗学宝库对于现代诗学的参照价值，因而始终未能建立起中西贯通的知识体系，理论上显得

---

〔1〕 李金发：《李金发回忆录》，东方出版中心，1998年，第53页。

〔2〕 穆木天：《王独清及其诗歌》，《现代》第5卷第1期。

〔3〕 王独清：《再谭诗：寄给木天、伯奇》，《创造月刊》第1卷第1期。

较为幼稚,甚至充满矛盾和混乱。

　　但是戴望舒所处的 20 世纪 30 年代的情形与早期象征派活跃时期有了很大的不同。越来越多的人开始意识到把现代与传统简单对立的二元化存在着极端性,对那种全面移植西方文化的做法提出了质疑和批评,继而反顾中国传统文化深邃丰富的世界。梁宗岱曾把阅读中国古典文学当作一次愉快的精神返乡旅程,李长之稍后也说:"只有接着中国的文化讲,才是民族文化的自然发展。只有这样,才能跳出移植的截取的圈子。"[1]同样,朱光潜也曾经对简单粗暴移植外来文化的做法提出过质疑、批评,他说:"我们的新文学可以说是在继承西方的传统而忽略中国固有的传统……但是,完全放弃固有的传统,历史会证明这是不够聪明的。"[2]这足以说明随着时间的推移,人们对传统文化重要性的认识愈加深刻。宗白华在文章《中国文化的美丽精神往哪里去?》中曾经谈道:中国文化的美丽精神既体现在中国古代哲人发现了宇宙旋律的秘密,进而创造社会的和谐秩序,也体现在中国的文学、绘画、音乐等艺术精神之中,这是西洋文化所不具有的优点,更是西方文化所无法替代的,这样的见解的确高出众人一筹。具体到中国古典诗歌领域,中国古典诗歌在几千年发展历史中形成了外来文学所不具有的特点,比如其营造的诗境及其语言的繁复都是独特的:"显示诗的高度的正是中国古典汉诗所谓的境界……境界意识是古典汉诗与西方诗歌相比,所拥有的既独特又珍贵的特别诗质。"[3]朱光潜的《诗论》同样在中西比较的视野中揭示出中国古典诗歌固有的特征,以此证明了古典诗歌所蕴藏的生命;叶公超、废名等也在不同场合强调新诗应该继承中国古典诗歌的传统,在新诗中融入古典诗的因素,由此出现了 20 世纪 30 年代新诗中的"晚唐"风景。

　　对于中国传统文化的生命力和价值,戴望舒始终抱着开放的胸襟,这样的认同心态在戴望舒的诗论中表现得十分清楚。戴望舒从内心里也十分反感中国早期象征诗派把种种"神秘""看不懂"的成分照搬到诗歌中的做法,认为这从根本上破坏了中国诗歌的优秀传统。戴望舒有很好的古典文学素养,他诗歌创作中的古典诗词情愫比比皆是,以致杜衡称他"象征派的形式,古典派的

---

〔1〕　李长之:《迎中国的文艺复兴》,商务印书馆,2017 年,第 46 页。

〔2〕　朱光潜:《现代中国文学》,《朱光潜全集》第 9 卷,第 330 页。

〔3〕　郑敏:《新诗与传统》,第 9 页。

内容"。[1] 戴望舒对中国古典诗歌对现代文学的借鉴意义充分肯定，认为古典诗歌中也具有和新诗一样的、永远不会改变的精髓。经过适当的改造，古典诗歌的因素完全可以转换为新诗的有机组成部分，这样就重新打开了新诗的空间，把审美境界从封闭狭隘的个人体验引向更广袤的宇宙："不必一定拿新的事物来做题材（我不反对拿新的事物来做题材），旧的事物中也能找到新的诗情。旧的古典的应用是无可反对的，在它给予我们一个新的情绪的时候。"[2]事实证明，戴望舒这样的观点能够经得起历史的检验，比起早期象征派鄙夷传统、膜拜西方文化的做法更趋于科学、理性。传统文化凝聚着中华民族文化共同体的基因，传达的是民族集体意识和无意识的密码，抛弃了传统文化无疑是浅薄、偏执文化心态的反映，注定是没有前途的。海外学者叶维廉曾经认为，从"五四"到20世纪40年代，中国只有极少的几个批评家认识到中国传统文学的寻根价值，他列举出朱光潜、朱自清、李广田、钱锺书等的著作："在过度情绪化的批评激流中它们是难得的论著。"[3]其实，戴望舒也大可列入其中。总体来看，戴望舒诗论中的中国艺术精神随处可见，他在阐释"和谐"概念时所提及的人与自然的浑融一体，就流露出庄子和谐观点的影响。甚至他在《望舒诗论》《诗论零札》中所采用的也正是颇具中国古代文论特征的文体，往往在简短的语句中渗透着诗人对艺术独特的生命感悟、体验、智慧。此外，戴望舒的诗论还大量使用形象的比喻，如"七宝楼台""西子捧心"等，直接继承了中国传统批评的印象主义方法，更多地依赖于直观的顿悟而非逻辑判断，把人们引入诗意的审美世界，理论价值和艺术价值同在。读戴望舒的诗论，再反观李金发、穆木天、王独清等早期象征派的诗论，单是从文体和语言中，人们不难看出这两者之间精神方式上存在的巨大差异。语言是民族精神的外化，早期象征派那种欧化、晦涩的概念语言正是简单模仿外来文化所留下的一道伤疤、烙印，也曾经一度造成中国新诗语言的危机，所幸这些偏执在戴望舒这里得到了不同程度的克服。戴望舒诗论中的传统文化元素充分证明：中国传统文化在中国社会现代转型中经过改造，完全可以成为现代文化的资源。只有站在人类文明的高度重新诠释传统文化的经典性，才能最终在历史的长河中保持

---

〔1〕 杜衡：《〈望舒草〉序》，《现代》第3卷第4期。

〔2〕 戴望舒：《望舒诗论》，《戴望舒全集·散文卷》，第128页。

〔3〕 叶维廉：《中国诗学》（增订版），第12页。

自己的文化个性,永远不被时代的年轮所斫伤。

戴望舒在中国现代文学史上更多扮演的是现代派诗人的角色,他的文学理论和文学批评不仅数量少,而且也不系统,有些观点也不够成熟、甚至不无可议之处。但无论如何,作为诗人的他出于对诗歌理想的执着,其对于诗歌理论的见解渗透着对诗歌独特的生命感悟。与 20 世纪中国早期象征派的诗论比较起来,戴望舒的诗论在自我否定的同时,摆脱了中国早期象征派局限于法国前期象征主义体系的狭隘性,更富有开放性、革命性气息,更带有一种本体论的自觉意识和文化自信,从而把中国现代诗论的探讨向前推进了一大步。

第二节　梁宗岱、戴望舒诗论比较

20 世纪 30 年代,随着中国现代新诗的发展,新诗理论的探讨也日趋深入和活跃,这其中,梁宗岱和戴望舒都曾经对新诗理论有所涉及和关注。梁宗岱所著的《诗与真》《诗与真二集》及戴望舒的《望舒诗论》(最初在《现代》杂志发表时的题名,后收入《望舒草》改名为《诗论零札》)《诗论零札》等比较集中地体现了两人的诗歌观念。梁宗岱和戴望舒都有留学法国的文化背景,都醉心于法国的象征主义诗歌及理论,推崇纯诗,警惕和抵制艺术的工具化和功利化倾向,因此他们两人诗歌观念有不少相似之处。但同时两人在不少方面也存在较大的差异。近些年来,作为批评家的梁宗岱和戴望舒都曾经不同程度地为学界所注意,产生了一批成果,但涉及两人新诗理论比较的文章还很少。事实上,将两人的诗歌理论放置在中外文化背景尤其是 20 世纪 30 年代的文化背景下进行比较,可以更为清晰地揭示出中国新诗发展路径的复杂性,从中总结出值得吸取的经验、教训,进而丰富中国新诗的科学形态。

一

梁宗岱和戴望舒几乎可以说是同龄人,他们在中国完成传统的文化教育后,都把目光转向了法兰西文化而先后去法国留学。两人在法国留学的时候,正值第一次世界大战和第二次世界大战的间隙。此时的法国依然是世界现代文艺的中心。"第一次世界大战后,美学革命结出累累硕果。战前的点火棒有时变为传统的事物,但不管怎样,经常变为公认的价值标准。这样一种延续性在文学中尤为明显。"[1]这其中,象征主义在经历了波德莱尔、马拉美、魏尔伦、韩波等后以另外的方式重新焕发出旺盛的生命力,只不过其代表诗人成了瓦雷里、克洛代尔、保尔福尔、耶麦、果尔蒙等。

象征主义作为一种带有叛逆性的文学思潮和创作方法,与以前的所有文学形态都隔着一道清晰的界限与鸿沟。象征主义的倡导者出于对当时浪漫主义、自然主义等的不满,力图营造所谓纯粹的诗歌境界,因而极力推动纯诗理论。早期象征主义的波德莱尔、马拉美、魏尔伦等都曾经不同程度提及过纯诗的理想,而后来的布雷蒙、瓦雷里等则更为集中地阐释了这一理论。布雷蒙1925年在给法兰西学院的一次公开演讲中正式提出了"纯诗"的概念,他说:"所有的诗歌的纯诗特点都是由于一种神秘的现实的存在,这一神秘的现实,我们称之为纯诗,它不仅存在,而且闪耀,具有变化、统一的力量。"[2]与布雷蒙较多带有神秘色彩的论述不同,瓦雷里在《纯诗》一文中对纯诗的界定则更为清晰、系统化了。瓦雷里认为纯诗的核心在于完全排除所谓非诗情成分的作品,使诗歌唤醒人们的梦境,诗情的世界正与人类的梦境极为相似,而这个艺术世界是完全封闭的世界,"这个世界被封闭在我们的内心"。[3] 这种诗歌的理想是至高无上的,人们只能一次次尝试着接近它却无法完全实现。瓦雷里不愿意用"纯诗"的概念而用的是"绝对的诗":"不提纯诗,而用绝对的诗的说法也许更正确。绝对的诗在这里应当理解为:对于词与词的关系,或者不如说由词的相互共鸣关系而形成的效果,进行某种探索。实际上它首先要求研究受语言支配的整个感觉领域。"[4]瓦雷里对纯诗理论的重视标志着象征主义把形式的完美追求推向了极端,"它使诗歌彻底脱离历史,使之进入了纯粹和绝对的领域"。[5]

法国象征主义的纯诗理论对来自中国的梁宗岱和戴望舒都产生了巨大的吸引力。在他们看来,中国新诗尽管经过多年的实践初步站稳了脚跟,取得了一些成就,但这些离人们的期待还差得很远,这其中最重要的原因在于中国新诗在亦步亦趋复制西方诗歌多年来的发展道路,而没有直接和当时最具有先

---

〔1〕 让-皮埃尔·里乌,让-弗朗索瓦·西里内利:《法国文化史》第4卷,吴楷信、潘丽珍译,华东师范大学出版社,2012年,第182页。
〔2〕 布雷蒙:《纯诗》,见董强:《梁宗岱:穿越象征主义》,北京文津出版社,2005年,第55页。
〔3〕 瓦雷里:《纯诗》,《象征主义·意象派》,第69页。
〔4〕 同上,第67页。
〔5〕 韦勒克:《近代文学批评史》第8卷,第265页。

锋文化性质的象征主义诗歌接轨,造成现代感的缺位。梁宗岱认为中国新诗
如果按照这样的路径发展就会陷入绝境之中,而当时戴望舒和施蛰存、杜衡创
办的大型文学刊物取名《现代》就暗含了他们的"现代"价值追求。李欧梵说:
"在西方文学范畴方面,这本杂志的编者似乎有意实践它封面的标题,集中在
他们认为是欧洲文坛'现代'潮流。"[1]他们批评胡适等倡导的新诗从根本上
来说仍然堕入了西方旧体诗的传统。施蛰存在《又关于本刊的诗》中公开宣
称,人们已经进入一个现代社会,现代的生活呈现出与以往任何时代不同的面
目,必须要有与之相符合的诗歌形态来表达,因此《现代》追求的是现代诗:"纯
然是现代的诗。它们是现代人在现代生活中所感受到的现代的情绪用现代的
词藻排列成现代的诗形。"[2]基于对世界文坛先锋潮流的敏感,梁宗岱和戴望
舒都把象征主义体系中的纯诗理论作为了中国新诗的突破口。

　　梁宗岱不少批评理论都涉及了纯诗的内涵,并把纯诗理想作为中国新诗
成功的最高标准。梁宗岱在 1928 年发表的《保罗哇莱荔评传》(注:此文后来
收入《诗与真》,改名为《保罗·梵乐希先生》)曾经提及瓦雷里的诗作:"它所宣
示给我们的,不是一些积极或消极的哲学观念,而是引导我们达到这些观念的
节奏;是充满了甘、芳、歌、舞的图画,不是徒具外表与粗形的照相。"[3]这些描
述有些地方已经触及瓦雷里纯诗理想的一些因素。到了 20 世纪 30 年代,随
着梁宗岱对象征主义更为完整的梳理以及中国新诗的具体语境,他对纯诗的
论述趋于完整和严谨。在《象征主义》一文中,他全文引用了波德莱尔的名作
《契合》,以此阐释了这首诗所达到的超脱、宁静、纯粹的艺术灵境。而在《谈
诗》的文章中,梁宗岱对纯诗第一次作出了较为具体的界定,他认为所谓纯诗
应该排除一切写景、叙事、说理、感伤等非诗的要素,更多地要依靠诗歌自身的
文字而产生出暗示力,使人进入梦境般的完美世界:"像音乐一样,它自己成为
一个绝对独立、绝对自由,比现世更纯粹,更不朽的宇宙;它本身底音韵和色
彩底密切混合便是它底固有的存在理由。"[4]从这样的表述中不难发现,梁宗
岱对纯诗理想的表述很多方面与瓦雷里有相同或者相近之处。梁宗岱强调了

---

〔1〕　李欧梵:《中国现代文学中的现代主义》,《中西文学的徊想》,三联书店香港分店,1986 年,第
　　　29 页。
〔2〕　施蛰存:《又关于本刊的诗》,《现代》第 4 卷第 1 期。
〔3〕　梁宗岱:《保罗·梵乐希先生》,《梁宗岱文集》第 2 卷,第 22 页。
〔4〕　梁宗岱:《谈诗》,《梁宗岱文集》第 2 卷,第 87 页。

诗歌的独立性、纯粹性，把一切非诗的因素都排斥了，也区分了诗歌与散文等文体的重要差别："只有散文不能表达的成分才可以入诗——才有化为诗体之必要。"[1]此外，他还认为音乐和色彩在纯诗境界中不仅相互应和，唤醒人们感官的响应，而且更能产生出一种暗示的力量，使人们灵魂得以净化，超度人们进入一个光明、纯净的境地。梁宗岱还特别把纯诗理论放置在了象征主义运动的体系中考察，认为波德莱尔、马拉美的身上都有纯诗的影子，只不过瓦雷里把纯诗运动推向了顶端。可见，梁宗岱是自觉把纯诗理想视为世界先锋文学的组成部分，也视为改造中国现代新诗平庸、缺乏崇高境界与艺术生命的关键因素。即使在中国现代社会阶级矛盾凸显、政治对文学影响日渐严重，艺术家也很难有从容的心境来从事艺术探索的环境中，梁宗岱也仍然执着于纯诗的理想，为中国新诗绘制出一幅虽朦胧缥缈但值得尊重的美丽图景。

戴望舒早年在震旦大学法文班学习时开始大量接触法国象征主义作品，如魏尔伦、保尔福尔、果尔蒙、耶麦等前后期象征主义诗人的作品，并果断地抛弃了浪漫主义而成为象征主义的知音。杜衡说："本来，他所看到而且曾经爱好过的诗派也不单是法国底象征诗人；而象征诗人之所以会对他有特殊的吸引力，却可说是为了那种特殊手法恰巧合乎他底既不是隐藏自己，也不是表现自己的那种写诗的动机的缘故。同时，象征诗派底独特的音乐也曾使他感到莫大的兴味，使他以后不再斤斤于中国旧诗词所笼罩住的平仄韵律的推敲。"[2]后来戴望舒到法国学习时，瓦雷里的诗与诗论也进入他的视野之中，戴望舒翻译过瓦雷里的《消失的酒》《蜜蜂》等诗作以及《文学（一、二）》《艺文语录》《文学的迷信》等论文，也写了《诗人梵乐希逝世》的文章。戴望舒的这篇文章注意到了瓦雷里诗歌与哲学的关系，瓦雷里认为诗是哲学家的一种消遣。"他的这种态度，显然是和以抒情为主的诗论立于相对的地位的。""而在他的《答辞》之中，他甚至说，诗不但不可放纵情绪，却反而应该遏制而阻拦它。"[3]这些都一定程度触及了瓦雷里纯诗的观念。

当然，戴望舒的诗论则更为集中地体现出瓦雷里纯诗的影响，这种影响既有整体思想体系上的影响，也有语言乃至文体上的影响。如戴望舒的《望舒诗论》《诗论零札》《谈林庚的诗见和"四行诗"》等都能看到这种明显的痕迹。戴

---

〔1〕 梁宗岱：《谈诗》，《梁宗岱文集》第 2 卷，第 88 页。
〔2〕 杜衡：《〈望舒草〉序》，《现代》第 3 卷第 4 期。
〔3〕 戴望舒：《诗人梵乐希逝世》，原载《南方文丛》第 1 辑，1945 年 8 月。

望舒宣称:"把不是'诗'的成分从诗里放逐出去。所谓不是'诗'的成分,我的意思是说,在组织起来时对于诗并非必需的东西,例如通常认为美丽的辞藻,铿锵的音韵等等。""诗情是千变万化的,不是仅仅几套形式和韵律的制服所能衣蔽。以为思想应该穿衣裳已经是专断之论了(梵乐希:《文学》),何况主张不论肥瘦高矮,都应该一律穿上一定尺寸的制服?"[1]这里,戴望舒直接引入了他所翻译的瓦雷里《文学》中的语言。戴望舒心目中的纯诗是一个完全自足、独立、超脱的艺术世界,它依靠特殊的文字形成诗情,进而形成人们复杂、微妙的心理感觉。戴望舒特别看重"诗情"一词,也可以说诗情是理解戴望舒纯诗理论的关键词,他说:"诗的韵律不在字的抑扬顿挫上,而在诗的情绪的抑扬顿挫上,即在诗情的程度上。""新诗最重要的是诗情上的 nuance 而不是字句上的 nuance。"[2]在诗歌的世界中,韵律、节奏、语言等与诗情比较起来只能处于次要的位置,它们只能服务于诗情的需要而不是相反。在这一点上,戴望舒也和瓦雷里在《纯诗》中表达出的观点吻合。在戴望舒评论林庚诗歌的文章中,戴望舒也提到了他对纯诗的理解,认为自由诗与韵律诗最重要的差别,在于"自由诗是不乞援于一般意义的音乐的纯诗"。[3]虽然戴望舒诗论数量不多且较为零散,但从戴望舒这些论述中仍然能看到纯诗构成了他核心的诗学观念,是对抗当时他所不满意诗坛现状的有力工具,直接呼应了《现代》同人对纯然的现代诗的期待。

二

　　虽然梁宗岱和戴望舒与法国象征主义都有着紧密的关系,把象征主义的纯诗视为诗歌的最高理想,对象征主义的美学体系和概念作出了某些阐释。但应当指出的是,两人都不是所谓纯粹的不食人间烟火的批评家,他们并不醉心于像波德莱尔、瓦雷里那样营造庞大的诗学体系的诗人,他们的理论落脚点仍然在于审视中国现代新诗的症结和发展路径,重新建构中国新诗的理论合法性,因而都有很强的现实针对性和明确的理论目标。比如他们都反对"五四"以来新诗出现的工具主义倾向,在中国新诗与传统文化的关系上也基本持同样的态度。

----

[1]　戴望舒:《诗论零札》,《戴望舒全集·散文卷》,中国青年出版社,1999 年,第 188、189 页。
[2]　戴望舒:《望舒诗论》,《戴望舒全集·散文卷》,第 127 页。
[3]　戴望舒:《谈林庚的诗见和"四行诗"》,《戴望舒全集·散文卷》,第 168 页。

自由诗是中国新诗的最初阶段，无论是胡适、郭沫若等为代表的创作，还是新诗理论，尽管做出了应有的成绩，但先天的理论不足和创作出现的贫乏都使其在 20 世纪 30 年代遭到了空前的质疑。尤其是胡适的新诗理论主张更是在自由诗的发展中形成了某种误区，消极的影响不容小觑。胡适喊出的"诗体大解放"的态度虽然决绝而充满激情，但仔细思考，却掩藏了不少非理性的因素，缺乏学理的支撑，其中最明显的就是赋予诗歌实用主义的工具论色彩。正如有的学者所指出的那样："所谓'偶然'，说明了胡适对于新诗与新诗理论的'发明'，并不是出于无法抑制的'诗性''诗情'的召唤和驱遣，而是不经意的偶尔厕身和'科学'思维、启蒙话语的延伸。这决定了他的新诗理论主张在整体上的工具论性质。"[1]对于这一点，当时朱光潜、李健吾等在不同场合都曾经有所批评，梁宗岱更是把矛头直接对准胡适。梁宗岱批评胡适从美国抄来的所谓"八不主义"口号固然动听，却缺乏必要的甄别、辨析，导致了白话文运动的浅薄："我们底白话太贫乏了，太简陋了，和文学意境底繁复与缜密适成反比例。"[2]梁宗岱认为白话文学与其降低自己的口味去迎合大众，倒不如去创造一些具有较高品位的精品去提高民众的审美鉴赏能力。梁宗岱在另一篇文章中也认为以胡适为代表的新诗倡导者激进的革命口号"不仅是反旧诗的，简直是反诗的；不仅是对于旧诗和旧诗底流弊之洗刷和革除，简直把一切纯粹永久的诗底真元全盘误解与抹杀了"[3]。此外，梁宗岱也批评中国人由于思想较为狭隘功用，容易被实际生活的牢笼束缚，"所以不容易找到具有宇宙精神或宇宙观的诗"[4]。这种宇宙意识的缺乏，更导致中国新诗直接走上了配合文学启蒙的模式，工具化的色彩越来越浓厚。应当说，梁宗岱已经洞察到实用主义理论对新诗造成的负面影响，他的这些见解更接近于新诗发展的实际。

戴望舒对中国新诗发展中所出现的这些问题也是十分敏感的，他对于诗歌中的工具论和功利主义倾向自觉地抵制着，对于新诗自我放纵的情绪更是难以认同，在自己最初从事诗歌写作的时候就尽力与这种平庸、诗情泛滥的诗风保持距离。杜衡曾经回忆说："当时通行着一种自我表现的说法，做诗通行

---

〔1〕 吴思敬主编：《20 世纪中国新诗理论史（上）》，第 73 页。
〔2〕 梁宗岱：《文坛往哪里去》，《梁宗岱文集》第 2 卷，第 52 页。
〔3〕 梁宗岱：《新诗底纷歧路口》，《梁宗岱文集》第 2 卷，第 156 页。
〔4〕 梁宗岱：《说"逝者如斯夫"》，《梁宗岱文集》第 2 卷，第 125 页。

狂叫,通行直说,以坦白奔放为标榜。我们对于这种倾向私心里反叛着。"〔1〕可见,戴望舒有意识地使自己的诗歌从一开始就建立在对早期新诗观念的反叛与超越上,力避直白、肤浅的诗风。和梁宗岱一样,戴望舒强烈的自由主义信念使他对一切艺术功利化的行为都持激烈的批评态度。20 世纪 30 年代诗坛一度盛行所谓的"国防诗歌",其话语体系虽然与当年胡适新诗的观念有所不同,但实质上仍然是新诗工具论的延续,对此戴望舒十分不满。他批评说:"在这些人的意思,一切东西都是一种工具,一切文学都是宣传,他们不了解艺术之崇高,不知道人性的深邃;他们本身就是一个盲目的工具,便以为新诗必然具有一个功利主义之目的。"〔2〕戴望舒认为诗的生命是丰盈的,适度的情绪抒发当然是可以的,其立脚点在于把诗歌作为生命的有机体。但是类似"五四"初期一些新诗毫无节制的情绪发泄并不能带来成功,还需要借助诗人深刻的艺术感悟和生命体验以及高超的艺术手腕:"情绪不是用摄影机摄出来的,它应当用巧妙的笔触描出来。这种笔触又须是活的,千变万化的。"〔3〕这段话和梁宗岱用所谓的"纸花"来形容一些质量较差的新诗有相似的地方,对于把诗歌视为艺术最高生命的批评家来说,粗制滥造的新诗和肤浅的新诗理论是他们所无法认同的。

　　中国新诗是在西学东渐的文化背景中受到外国诗歌强烈冲击和影响下而发生的。"新诗不取法于歌谣,最主要的原因还是外国的影响;别的原因都只在这一个影响之下发生作用。外国的影响使我国文学向一条新路发展,诗也不能够是例外。"〔4〕必须承认,这种吸收而来的异域文化有力促进了中国诗歌现代形态的发展。但我们也必须看到,新诗的某些全面照搬、移植西方理论的偏颇,也带来了一些消极的后果。比如中国早期以李金发为代表的象征主义诗歌朦胧、晦涩的诗风经常为人们所诟病,究其原因,主要是因为这些诗歌中的中国文化元素几乎消失了。李健吾曾经批评说:"李金发先生却不太能把握中国的语言文字,有时甚至于意象隔着一层,令人感到过分浓厚的法国象征派诗人的气息,渐渐为人厌弃。"〔5〕一些理论家已经较为清醒、理性地意识到问

---

〔1〕　杜衡:《〈望舒草〉序》,《现代》第 3 卷第 4 期。

〔2〕　戴望舒:《国防诗歌》,《新中华》第 5 卷第 7 期。

〔3〕　戴望舒:《望舒诗论》,《戴望舒全集·散文卷》,第 129 页。

〔4〕　朱自清:《新诗杂话》,《朱自清全集》第 2 卷,第 386 页。

〔5〕　李健吾:《〈鱼目集〉:卞之琳先生作》,《李健吾文学评论选》,第 83 页。

题的存在，那就是中国新诗在开辟现代化的路径中绝对不能抛弃自己几千年的诗歌传统，于是他们在文化本位主义的背景中又重新开始了反顾古典文学、从中发掘传统诗学价值的运动。为此，朱光潜、叶公超、废名等在一些场合都提到中国传统诗歌无可替代的价值。巧合的是，作为曾经迷恋西方现代派诗歌的梁宗岱和戴望舒，几乎同时都意识到中国传统诗歌的价值，要求在向西方诗歌学习的过程中重视吸收传统诗歌的宝贵思想资源，将其纳入中国新诗的价值体系之中。

梁宗岱在观察中国新诗的时候已经注意到，中国悠久的诗歌传统与新诗的现代化不仅没有构成必然的冲突，反而可以为中国新诗提供无穷无尽的智慧源泉。"中国底诗史之丰富，伟大，璀璨，实不让世界任何民族，任何国度。"他认为中国新诗的当务之急是："怎样才能够承继这几千年底光荣历史，怎样才能够无愧色去接受这无尽藏的宝库底问题。"[1]正是出于对中国传统文化深情的眷恋，梁宗岱高度评价了中国古典诗歌的不朽精神与艺术魅力，屈原、谢灵运、陶渊明、陈子昂、李白、姜白石等都让他兴奋不已。陈子昂《登幽州台歌》短短的几十个字让梁宗岱感慨："古今中外底诗里有几首能令我们这么真切地感受到宇宙的精神?"[2]陶渊明的诗让他感到了象征主义的和谐、融洽的境界；李白诗中的宇宙意识完全可以和歌德等西方大诗人媲美；而姜白石清空、澄澈的词也完全达到了纯诗的理想，艺术的震撼力与马拉美相同："我国旧诗词中纯诗并不少（因为这是诗底最高境界，是一般大诗人所必到的，无论有意与无意）；姜白石底词可算是最代表中的一个。"[3]除了这种对古典诗人的高度评价，梁宗岱还从学理的层面上较为详尽地分析了中国古典诗词的独特性，如他认为中国文字音节很有特点，停顿、韵、平仄以及音的清浊等的变化使诗句更容易出现较多的变化，中国古诗所追求严格的平仄押韵有一定的合理性，对于创造诗歌的格律很有帮助。同样，中国传统文论的价值也对梁宗岱产生了极大的吸引力，他在阐释西方象征主义的时候，并没有完全从西方的文化理论脉络出发，而是时时以中国传统文论来互证互释。如梁宗岱在引用波德莱尔的诗歌《契合》来解释象征主义核心范畴"契合"所产生的物我两忘的审美效果，就比较多地引入了庄周的"心斋"的概念，严羽的《沧浪诗话》中"大底禅

---

〔1〕 梁宗岱：《论诗》，《梁宗岱文集》第 2 卷，第 30 页。
〔2〕 同上，第 32 页。
〔3〕 梁宗岱：《谈诗》，《梁宗岱文集》第 2 卷，第 88 页。

道在妙悟，诗道亦在妙悟"的观点也给了梁宗岱很好的启示。开阔的中西文化视野使梁宗岱的思维跳出了狭隘、偏执的单一文化模式，他始终清醒地坚持尽量融合、贯通中西文化，以此开拓出中国新诗更加恢弘的格局。

与梁宗岱相似的是，戴望舒虽然较多接触西方文学作品，但他对早期象征派那种带着西方神秘主义意味的诗歌不以为然，杜衡回忆说："在望舒之前，也有人把象征派那种作风搬到中国底诗坛上来，然而搬来的却正是'神秘'，是'看不懂'那些我以为要不得的成分。望舒底意见虽然没有像我这样极端，然而他也以为从中国那时所有的象征诗人身上是无论如何也看不出这一派诗风底优秀来的。"[1]戴望舒内心深处对中国传统文化有很强的认同感，尤其早年的诗作中古典诗歌的影子是很浓的，无论是意象还是韵律。"望舒初期的诗，有很浓厚的中国古诗影响。"[2]以致有人说戴望舒的诗是"象征派的形式，古典派的内容"。[3]戴望舒不仅在诗歌创作中尽可能融化了中国古典诗歌的优秀成分，而且他本人对此有着高度的理论自觉，在其文学批评中经常流露出来。戴望舒认为古典诗和现代诗之间虽然在表达的内容和形式上有分别，但两者不是绝对独立的关系，它们在精神的维度上仍然有着有形或无形的联系，古典诗歌的精髓完全可以转换到新诗之中："古诗和新诗也有着共同之一点的。那就是永远不会变价值的'诗之精髓'。那维护着古人之诗使不为岁月所斫伤的，那支撑着今人之诗使生长起来的，便是它。"[4]

戴望舒诗论中还有不少地方涉及了古典诗和新诗的关系。如他认为诗歌中采用旧的题材并没有完全失去生命力："不必一定拿新的事物来做题材（我不反对拿新的事物做题材），旧的事物中也能找到新的诗情。""旧的古典的应用是无可反对的，在它给予我们一个新的情绪的时候。"[5]显然，戴望舒这里是有感而发，他对早期象征派强行割断与中国传统文化的做法很不赞同，博大精深的古典诗歌如果被注入新的情绪和新的形式一样可以大放异彩。事实上20世纪30年代中国部分新诗纷纷借鉴晚唐、五代的诗风而出现了一股"晚唐热"，这些诗作的艺术水准也由此进入一个新的境界，古典诗歌的题材、样式在

---

〔1〕　杜衡：《〈望舒草〉序》，《现代》第 3 卷第 4 期。
〔2〕　施蛰存：《引言》，《戴望舒诗全编》，浙江文艺出版社，1989 年，第 5 页。
〔3〕　杜衡：《〈望舒草〉序》，《现代》第 3 卷第 4 期。
〔4〕　戴望舒：《谈林庚的诗见和"四行诗"》，《戴望舒全集·散文卷》，第 169 页。
〔5〕　戴望舒：《望舒诗论》，《戴望舒全集·散文卷》，第 128 页。

刺激现代诗人灵感方面所起的作用是不容置疑的。此外，戴望舒诗论的方法乃至语言和中国传统文论也有紧密的关系，他经常使用的一些比喻如"七宝楼台""西子""东施"等就是借鉴了中国传统批评譬喻、印象、感悟式的方法，零散、片段式的结构和传统批评的诗话体也十分接近，其诗论命名为《诗论零札》就再好不过地说明了这一点。梁宗岱、戴望舒等人的努力实践，证明了中国20世纪30年代的现代诗人和批评家比起前辈来思想更趋向成熟，他们重新发现了自身文化传统的精华，"企图以中国古典传统的美学来调整西方现代主义的策略，想达成一种新的融合作为现代主义更广的网络"。[1] 实践证明，这是一条通向诗歌自由王国的必经之路。

三

中国现代诗歌理论在中西文化的碰撞中不断调整着自己的姿态，以适应时代的变化，艰难地完成现代转型。它所涉及的问题十分复杂，这也决定了其必然会伴随不停的争议甚至责难，每一个批评家对此的见解不可能完全一致，梁宗岱和戴望舒的诗歌批评理论也同样如此。尽管他们对于上面所提及的部分有着相近的看法，但是在另外一些地方也有较大的差异，这些差异性不仅显示了两人批评的个性化特征，更是决定了两人在中国新诗批评史上的价值、地位的迥然不同。

法国象征主义所包含的理论十分庞杂，甚至直到今天人们对此也缺乏科学、完整的定义。韦勒克曾说："这个术语，即便今日也是极其模棱两可，而且含义多变。"[2] 一般把其划分为前期象征主义和后期象征主义，前期象征主义一般认为包括波德莱尔、马拉美、韩波、魏尔伦等，后期则包括保尔福尔、果尔蒙、瓦雷里、耶麦等。总体来看，梁宗岱较多地认同法国前期象征主义理论，而戴望舒更多地接受了后期象征主义的观点。梁宗岱对法国象征主义的文化渊源和演变十分清楚，他的文章中屡屡提及波德莱尔、马拉美、魏尔伦和韩波等诗人，更在《象征主义》一文中完整翻译了波德莱尔的《契合》一诗，这对于理解前期象征主义理论是十分关键的。"这首诗被称为'象征派的宪章'，内容十分丰富，影响极为深远。"[3] 梁宗岱用富有诗意的语言描述了波德莱尔的"应和"

---

〔1〕 叶维廉：《中国诗学》(增订版)，第279页。
〔2〕 韦勒克：《近代文学批评史》第4卷，第589页。
〔3〕 郭宏安：《波德莱尔美学论文选·译本序》，《波德莱尔美学文选》，第5页。

理论，人们的各种感官之间相互应和，"里面颜色、芳香、声音和荫影都融作一片不可分离的永远创造的化机"。[1] 梁宗岱理解波德莱尔所谓的"契合"是自然界的彼此有机联系，互相象征，从而构成了完整的象征主义森林。可见，象征不是一种简单的修辞手法，而是一种整体性的、新的创作方法。在《象征主义》一文中，梁宗岱还借用波德莱尔的《人工乐园》来形容在审美中所发生的物我同一、万化冥合的现象，他还特别把波德莱尔所说的"歌唱心灵与官能底热狂"当作最上乘的诗作。可以看出，梁宗岱的《象征主义》一文基本上沿用了波德莱尔的理论，正因为如此，梁宗岱看到了波德莱尔与众不同的地位："在这短短的十四行诗里，波特莱尔带来了近代美学的福音。后来的诗人，艺术家与美学家，没有一个不多少受他底洗礼，没有一个能逃出他底窠臼的。"[2] 而马拉美、魏尔伦、韩波等前期象征主义诗人也给梁宗岱留下较深的印象，他称赞韩波的诗："我们能够百听不厌，而且愈听愈觉得它义蕴深湛，意味悠远。"[3] 前期象征主义诗人普遍追求诗歌的音乐性，瓦雷里认为波德莱尔是"热烈地关心于那本义的音乐的最初的法国作家之一"。[4] 魏尔伦、马拉美等对此也都有精妙的论述，魏尔伦提出音乐高于一切，马拉美则说："诗歌，接近理念，即为音乐，在臻入化境时——容不得优劣。"[5] 甚至包括被视为后期象征主义诗人的瓦雷里也持同样的态度，他借用音乐的听觉效果传达出纯诗所引起的纯正的感觉。

对于象征主义的音乐性，梁宗岱给予了很高的评价，他在介绍瓦雷里的文章中说："把文字来创造音乐，就是说，把诗提到音乐底纯粹的境界，正是一般象征诗人在殊途中共同的倾向。"而瓦雷里诗作最让他敬佩不已的原因就在于："梵乐希底诗，我们可以说，已达到音乐，那最纯粹，也许是最高的艺术底境界了。"[6] 梁宗岱也不止一次提到马拉美注重韵律与音乐的观点。梁宗岱把象征主义的这些观点很好地吸收过来，他在论述纯诗的概念中就认为：纯诗所达到的境界就是音乐的那种绝对独立、自由的世界，文字和诗歌的关系也正如同音乐与声音的关系，根本无法区分开。梁宗岱还认为中国新诗初期水平

〔1〕　梁宗岱：《象征主义》，《梁宗岱文集》第 2 卷，第 70 页。
〔2〕　同上，第 70 页。
〔3〕　梁宗岱：《诗与真二集·韩波》，《梁宗岱文集》第 2 卷，第 181 页。
〔4〕　瓦雷里：《波特莱尔的位置》，戴望舒译，《戴望舒全集·诗歌卷》，第 609 页。
〔5〕　韦勒克：《近代文学批评史》第 4 卷，第 619 页。
〔6〕　梁宗岱：《保罗·梵乐希先生》，《梁宗岱文集》第 2 卷，第 20 页。

粗糙的原因就在于"诗体大解放"的口号使诗歌和散文文体的界限模糊了，这种观念对于新诗是致命的错误，而想要重新塑造新诗的生命，提高新诗的水准，就要"彻底认识中国文字和白话底音乐性"。[1]

自由诗和格律诗的关系也是困扰新诗批评的重大理论问题。梁宗岱对自由诗并不像吴宓、胡怀琛等那样持保守的反对态度，相反，对于新诗中的一些自由诗，他还极力肯定过，如郭沫若的《湘累》、刘延陵的《水手》、宗白华的《流云》等。但梁宗岱反对自由诗那种信马由缰、完全不拘格式束缚的散漫，他借用瓦雷里"一百个泥塑，无论塑得如何完美，总比不上一个差不多那么美丽的石像在我们心灵里所引起的宏伟的观感"那段话，来形容严谨的格律形式对于诗歌的必要性："诗，最高的文学，遂不能不自己铸些镣铐，做它所占有的容易得代价。"[2]他认为瓦雷里之所以崇高，恰在于他遵守了最严谨的古典规则而在完美形式中获得了永恒的生命。在梁宗岱看来，无论是中国古典诗歌的韵律、音节还是西方的莎士比亚十四行诗体及法文诗的阴阳韵都可以加以运用，因为形式的完美对于诗歌的重要性不言而喻："内容和形式是像光和热般不能分辨的。"[3]"形式是一切艺术底生命，所以诗，最高的艺术，更不能离掉形式而有伟大的生存。"[4]可见，梁宗岱所理解自由诗中的自由是相对的，必须经历过一个时期严格的格律形式训练之后才能获得所谓真正的自由，进入更高的层次。梁宗岱提出重视诗歌的格律形式对于胡适等当年的主张也起到了纠偏作用，从这一点来看，他的主张和闻一多提出的"三美"的主张有相似的地方。

戴望舒刚开始踏上诗坛时，早期象征主义曾经对他产生了一定的影响，他阅读、翻译过波德莱尔、魏尔伦等人的诗作，感受到象征主义诗歌独特的音节和韵律，因而他早年的诗作"追求着音律的美，努力使新诗成为跟旧诗一样可以'吟'的东西。押韵是当然的，甚至还讲究平仄声。"[5]他所写的《雨巷》正是凭借其富有魅力的音律开辟了一个诗歌新的时代，赢得"雨巷诗人"的称号。但是，戴望舒稍后把兴趣点转向了后期象征主义，在他的批评理论中重新反思甚至颠覆了早期象征主义的不少美学原则。在《望舒诗论》中，戴望舒宣称：

---

〔1〕 梁宗岱：《论诗》，《梁宗岱文集》第2卷，第36页。
〔2〕 梁宗岱：《保罗·梵乐希先生》，《梁宗岱文集》第2卷，第24页。
〔3〕 梁宗岱：《谈诗》，《梁宗岱文集》第2卷，第85页。
〔4〕 梁宗岱：《新诗底纷岐路口》，《梁宗岱文集》第2卷，第157页。
〔5〕 杜衡：《〈望舒草〉序》，《现代》第3卷第4期。

"诗不能借重音乐，它应该去了音乐的成分。""韵和整齐的字句会妨碍诗情，或使诗情成为畸形的。""诗不是某一个官感的享乐，而是全官感或超官感的东西。"[1]戴望舒还引用了安德烈·纪德的话并以此反对早期象征主义诗歌中对音乐韵律的过度追求："语辞的韵律不应是表面的，矫饰的，只在于铿锵的语言的继承；它应该随着那由一种微妙的起承转合所按拍着的，思想的曲线而波动着。"[2]戴望舒之所以把音乐、韵律、节奏等构成早期象征主义诗歌的因素驱逐出去，原因之一是戴望舒意识到后期象征主义更具有现代性社会的特质，更能适应现代社会繁复多变的情绪，早期的象征主义已经难以传导出现代人的微妙感觉。而且从艺术手法来看，后期象征主义与前期象征主义也有很多不同，音乐的因素已经被大多数诗人抛弃，他们更加理智，追求的是思想的客观对应物，玄思的成分大大增加。"这种象征只唤起，或混杂着感情的观念。"[3]而这些恰巧应和了以戴望舒、施蛰存等为代表的诗人要求新诗能传达现代观念的呼唤：诗歌只要具有了完美的肌理和现代情绪就是现代诗，并不需要整齐的音节和整齐的形式，所以戴望舒极力反对林庚当时在新诗上"四行诗"所进行的实验，认为是披着新诗外衣的旧诗，是"新瓶装旧酒"。[4]这些论点和梁宗岱所看重的音乐性以及重建诗歌格律的主张近乎南辕北辙。

　　戴望舒走向后期象征主义诗学的另一个原因则是对新月派的反叛。新月派诗歌极力体现闻一多的音乐美、绘画美、建筑美"三美"理论，而戴望舒认为这已经成为畸形的理论，如果按照这样的理论来创作倒不如退回到中国旧诗词之中，显然这种诗歌的路径是反现代的。为此，戴望舒提出诗不能借重绘画的色彩和文字的美，也不能借助整齐的形式，这些形式的不同并不是构成新现代诗歌的重要元素，现代诗歌的生命更在于它的内容："所谓形式，决非表面上字的排列，也决非新的字眼的堆积。"[5]真正的好诗应该如同后期象征主义诗人耶麦那样"抛弃了一切虚夸的华丽、精致、娇美，而以他自己的淳朴的心灵来写他的诗"。[6]不用说，戴望舒这些论点也和梁宗岱某种程度支持新月派完美形式论的主张相差甚远。

----

[1]　戴望舒：《望舒诗论》，《戴望舒全集·散文卷》，第127、128页。
[2]　戴望舒：《诗论零札》，《戴望舒全集·散文卷》，第188页。
[3]　叶芝：《诗歌的象征主义》，《象征主义·意象派》，第92页。
[4]　戴望舒：《谈林庚的诗见和"四行诗"》，《戴望舒全集·散文卷》，第173页。
[5]　戴望舒：《望舒诗论》，《戴望舒全集·散文卷》，第128页。
[6]　戴望舒：《耶麦诗歌译后记》，《戴望舒全集·诗歌卷》，第674页。

　　尽管梁宗岱和戴望舒的诗论都从不同的侧面回应了中国新诗的某些问题，但是从中国新诗理论的影响和地位来看，却不能将二者等同对待。梁宗岱对象征主义进行了较为科学、系统的阐释，对纯诗、宇宙意识、崇高、契合等关键概念均有较为深入的探讨，《诗与真》和《诗与真二集》构成了他相对系统的诗学体系，也奠定了梁宗岱中国现代重要批评家的位置。而戴望舒的诗论往往更多地是真知灼见与谬误共存，尤其是他全面否定新月派"三美"的理论主张一直被视为偏激之论，还有一些批评理论含混不清，有误读、相互矛盾的成分。此外，戴望舒的诗论缺乏严密的逻辑性，更多以零散、感悟的方式表达，总体来看理论性很弱，其影响当然无法和梁宗岱并肩。如果说梁宗岱批评理论成就远远超过了其本人诗歌创作的话，而戴望舒则恰恰相反，批评只是他创作之余的一些个人心得与经验，远远不如他的诗作显赫。当然，正是这些众声喧哗的不同声音，共同推进了中国新诗现代化的进程，见证了中国新诗的一个繁盛、不可复制的黄金时代。

第九章
左翼文学批评史案研究

第一节　红色文艺光环下的丁玲解读
——以钱杏邨、冯雪峰、茅盾的评论为中心

1927 年,丁玲以其处女作《梦珂》登上文坛,不久《莎菲女士的日记》等作品也陆续刊出,迅疾在文坛刮起了一阵旋风。正如当时一篇评论所指出的那样:"丁玲女士是一位新进的一鸣惊人的女作家。自从她的处女作《梦珂》《莎菲女士的日记》《暑假中》《阿毛姑娘》等在《小说月报》上接连发表之后,便好似在这死寂的文坛上,抛下一颗炸弹一样,大家都不免为她的天才所震惊了。"[1]从此,围绕丁玲的评论大量出现。值得注意的是,左翼文学批评界对丁玲始终给以了极大的关注,丁玲在很长一段时间一直是左翼批评界注意的焦点,这些批评中蕴含的红色经典意义逐渐形成和清晰,这种情形在早期重要的几位左翼文学批评家阿英(钱杏邨)、冯雪峰和茅盾的评论中表现得尤为明显。他们对丁玲的评论既有合理的历史内核,展示了左翼文学理论和批评的成绩、特点,但很多时候也带有早期左翼文学批评的幼稚和偏颇,对丁玲颇多误读,留下了很深的"左"的痕迹。而这种批评模式在后来的文学实践中更带来了不少消极影响,深刻的历史教训值得人们反思。

---

〔1〕 毅真:《丁玲女士》,载《妇女杂志》第 16 卷第 7 期,1930 年。

一

钱杏邨早年是"太阳社"的重要成员,他曾经以《死去的阿Q时代》一文而在批评界一鸣惊人。钱杏邨在这一时期的文学思想深受当时国际上流行的"拉普"和"纳普"理论的影响,用所谓无产阶级文学教条理论来剪裁丰富的文学现象,在对许多作家的评论中都体现出典型的"唯我独革"的心态,而《死去的阿Q时代》这篇文章也集中反映了钱杏邨激进而又偏颇的文学理论。他武断地把文化批判从思想领域引入文学领域,以作家的阶级意识和阶级立场来划分阵营,把以鲁迅为代表的"五四"文学看成革命文学的对立面,宣称:"不但阿Q时代是已经死去了,《阿Q正传》的技巧也已死去了……这个狂风暴雨的时代,只有具着狂风暴雨的革命精神的作家才能表现出来,只有忠实诚恳情绪在全身燃烧,对于政治有亲切的认识,自己站在革命的前线的作家才能表现出来!"〔1〕然而这样一篇充斥许多错误观念的文章竟然被当时的"太阳社"吹捧为"实足以澄清一般的混乱的鲁迅论,是新时代的青年第一次给他的回音"。〔2〕可见钱杏邨的批评在当时已有相当的影响。随后钱杏邨在对茅盾、叶绍钧、陈衡哲、凌叔华、苏雪林、白薇、庐隐等许多作家的评论中都沿袭了这样的批评模式,即把作家的阶级立场放置在首要的位置,要求作家遵循唯物辩证法的创作原则,他对丁玲的评论自然也无法跳出这样的模式。

当丁玲刚刚在文坛产生影响的时候,她就进入了钱杏邨的批评视野,丁玲作品的时代性和独特性引起了他的特殊兴趣。1929年,钱杏邨在《海风周报》上发表《〈在黑暗中〉——关于丁玲创作的考察》一文,这篇文章也是关于丁玲研究的最早一篇论文,着重对丁玲刚刚出版的第一部小说集进行了评论。在此基础上,钱杏邨又在稍后以"钱谦吾"的笔名发表《丁玲》一文,此外,钱杏邨还曾经在《一九三一年中国文坛的回顾》《关于〈母亲〉》等文章中对于丁玲的小说《水》和《母亲》做过评论。在这些评论中,钱杏邨一方面展现出了他敏感的文学嗅觉,比较准确地指出了丁玲创作的独特价值;但另一方面,他某些地方流露的文学感悟能力又常常被他信奉的机械唯物论观念所窒息、扼杀,呈现出"扭曲现实"的脸谱主义,因而他对丁玲的评价很多时候是不客观的,对作家更

---

〔1〕　钱杏邨:《死去的阿Q时代》,载《太阳月刊》3月号,1928年3月1日。
〔2〕　《〈太阳〉月刊编后》,1928年3月号。

多的是责难而不是理解,这种盛气凌人的批评自然难以经受历史的考验。

在钱杏邨看来,丁玲之所以迅速在文坛上崛起,取代了以前冰心、庐隐等女性作家的位置,很重要的一点是她的《莎菲女士的日记》等作品贡献了一群性格独异的新女性。他说:"这几部创作,是一贯的表现了一个新的女性的姿态,也就是其他的女性作家的创作中所少有甚至于没有的姿态,一种具有非常浓重的'世纪末'的病态气分的所谓'近代女子'的姿态。"[1]对于丁玲出色的描写能力和把握人物精神世界的能力,钱杏邨颇为欣赏,他说:"作者似长于性欲描写。那种热情的,冲动的,大胆的,性欲的,一切性爱描写的技巧,实在是女作家中所少有的。"[2]他进而把丁玲笔下女主人公的精神特点概括为:"她们的生活完全是包含在灵与肉,生与死,理智与感情,幸福与空虚,自由与束缚,以及其他一切的这样的现象的挣扎冲突之中,而终于为物质的诱惑所吸引,在苦闷的状态的内里,陷于灰心,丧志,颓败,灭亡……"[3]这些语言是作者在直接感悟作品、进入作家心灵世界后的真实显露,也从一个侧面验证了钱杏邨作为一个评论家毕竟有着不同于一般人的眼光。就像有的学者指出的那样:"作为最早一位新兴文学的研究者和批评者,钱杏邨这一时期的理论研究视野并不狭窄,他的批评尝试涉足于一个相当广的范围……这种广泛的研究和阅读培养了他的艺术鉴赏力。"[4]因而,我们看到,当稍晚丁玲因为创作的长篇小说《母亲》而遭到某种指责,批评这部作品主题"太模糊,不亲切"等诸多缺陷时,钱杏邨倒是站出来为丁玲辩护,批评他们"理解太机械,没有理解得'艺术形象化'的意义"。钱杏邨还以少有的宽容说:"《母亲》虽然有缺点,但这缺点并不能掩饰它的优点,在 1933 年的中国文坛中,毕竟是一种良好的收获。"[5]钱杏邨对丁玲的这些评论,无疑是评论家在某种程度忠实于客观生活,忠实于艺术感受、一定程度冲破"左"倾观念束缚所获得的成就,在丁玲研究中自有其应有的价值。

但是,此时的钱杏邨无论就其批评观念还是批评体系总体来说,都带有浓重的"左"倾文艺理论基调,是机械唯物论的代言人,庸俗的社会学评论成为其

[1]　钱谦吾(钱杏邨):《丁玲》,《现代中国女作家》,北新书局,1931 年。
[2]　钱杏邨:《〈在黑暗中〉——关于丁玲创作的考察》,《海风周报》1929 年第 1 期。
[3]　同上。
[4]　艾晓明:《中国左翼文学思潮探源》,北京大学出版社,2007 年,第 127 页。
[5]　钱杏邨:《丁玲的〈母亲〉》,原载《现代》第 4 卷第 4 期,1933 年 11 月 1 日。

理论出发点，他对丁玲的评论中更是时时表现出了这些典型特征。在革命文学刚刚萌发的时期，钱杏邨就提出了"力的文艺"的口号，"我们不能不应用Marxism 的社会学的分析方法"。[1] 但"力的文艺"在他这里只是"阶级"的代名词而已。后来他进一步发挥说："一个普罗列塔利亚作家要想在一切方面都坚强起来，他一定要能够把握得普罗列塔利亚的人生观与世界观。他应该懂得普罗列塔利亚的唯物辩证法，他应该用着这种方法去观察，去取材，去分析，去描写。"[2] 在这种观念指导下，钱杏邨在评论作家时就经常把落脚点放在作家的阶级意识和作品的社会内容上，把文学和生活的复杂关系简单化，文学作品和批评家先入为主的观念是否吻合以及吻合的程度成为衡量作品成败的标尺。钱杏邨这些批评理论在他对丁玲的评论中得到了充分的实践，这一切都使得钱杏邨的作家评论在很大程度上成为自己批评观念的附庸，失去了应有的活力，成为"左"倾机械唯物论批评泛滥时期的代表。

钱杏邨认为，丁玲固然为中国新文学贡献出了一些独特的元素，然而她早期的几部作品因为描写的对象是受到"五四"影响的新女性。这些女性在当时的社会中已被视为落后时代的产物，其存在没有任何积极的意义，是彻底失去理想的颓废者，应该全盘否定。这种观察的出发点和他当年批判鲁迅如出一辙。他为此激烈批评丁玲笔下的这群女性："反映在丁玲的创作里的女性姿态，就是这样的一群姿态：她们拼命追求肉的享乐，她们把人生看得非常阴暗，她们感受性非常的强烈，他们追求刺激的心特别的炽怪……""在每一篇里，都涂着很浓厚的伤感的色调，显示出作者的对于'生的厌倦'而又不得不生的苦闷灵魂。"[3] 很显然，钱杏邨的这些指责是非常过火的，完全不承认在中国历史进程中起过积极作用的小资产阶级知识分子的历史地位。这样，丁玲早期作品中最富有生命力、最为人们所熟悉的叛逆型女性形象的意义被钱杏邨一笔勾销了。不仅如此，钱杏邨还处处要求作家去表现所谓进步的阶级意识，在题材上去写所谓的"尖端题材"，把有机的、丰富的现实主义内涵凝固为公式化的创作模式。他这样批评丁玲的作品："《在黑暗中》只表现了作者的伤感，只表现了这一种人生。作者对于文学本身的认识，仅止于'表现'，没有更进一步的提到文学的社会意义……作者只认识'文学是人生的表现'的一个原

---

〔1〕 钱杏邨：《关于文艺批评——力文艺自序》，《海风周报》1929 年第 9 期。
〔2〕 钱杏邨：《中国新兴文学中的几个具体问题》，原载《拓荒者》创刊号，1930 年 1 月 10 日。
〔3〕 钱谦吾（钱杏邨）：《丁玲》，《现代中国女作家》。

则,忘却了'尖端的题材'的摄取。"〔1〕其实,钱杏邨这里所念念不忘的"文学社会意义""尖端题材"正是庸俗社会学批评最常使用的名词,这样的后果必定使文学成为宣传的工具,把所有作家的创作绑在公式主义的战车上。从这样的观念出发,他极力批评丁玲落后的阶级意识导致了作品灰色的格调:"作者不曾指出社会何以如此的黑暗,生活何以这样的乏味,以及何以生不如死的基本原理,而说明社会痼疾的起源来。"〔2〕作家的世界观和创作方法被钱杏邨完全等同起来,文学直接变成了诠释社会意识形态的工具。

正是抱着这样偏激的批评观念,当丁玲后来逐渐放弃了早期的文学理想,走上"革命与恋爱"模式的创作道路时,钱杏邨倒反而大加赞赏。因为在他看来,丁玲的这些作品代表了一种进步的革命立场,是作家世界观转变的标志。钱杏邨对丁玲的《韦护》评论道."这 一部长篇的上旨,很显然的,是'革命的信心'克服了'爱情的留恋',这一个概念就是很正确的概念,是她在前期所绝对不会如此主张的概念……这是她思想的发展。"〔3〕这分明是用政治标准代替了艺术本身的标准,客观的效果必然是从根本上否定了艺术自身。对于丁玲抛弃"革命恋爱"模式后创作的《水》,钱杏邨将其视为当时左翼文艺运动最优秀的成果:"作为反映这一题材的主要作品,那是丁玲的中篇小说《水》。《水》不仅是反映了洪水的灾难的主要作品,也是左翼文艺运动 1931 年的最重要的成果……作者深刻地抓住了在洪水泛滥中的饥饿大众的,在实际生活的体验中逐渐生长的,一种新的斗争的个性,辩证法的描写了出来。"〔4〕钱杏邨之所以推崇《水》,就是因为《水》展示了丁玲运用唯物辩证法的创作方法,成为他心目中最符合革命文学规范的样本。

特别应当指出的是,钱杏邨此时的文学批评因为常常搬用国际流行的无产阶级文学话语,以激进、革命的姿态出现,再加上当时中国左翼文艺理论的水平普遍不高,很容易被当时的左翼文学界奉为经典。可以看到,20 世纪 30年代不少评论丁玲的文章都或多或少受到钱杏邨观点的影响,甚至在新中国成立后的相当一段时期内,仍能在丁玲评论中见到类似模式的批评。但实际上,这种批评模式是建立在十分错误的理论基础上,如冯雪峰所批评的那样:

---

〔1〕　钱杏邨:《〈在黑暗中〉——关于丁玲创作的考察》,《海风周报》1929 年第 1 期。
〔2〕　钱谦吾(钱杏邨):《丁玲》,《现代中国女作家》。
〔3〕　同上。
〔4〕　钱杏邨:《1931 年中国文坛的回顾》,《北斗》第 2 卷第 1 期,1932 年。

"将具体生活现象变成了概念，将意识形态看成简单的抽象的东西，也将生活和意识形态的关系看成机械的简单关系。"[1]"钱杏邨的文艺批评，自他的开始一直到现在，都不是正确的马克思主义的批评。"[2]因而它在文学实践中带来的危害也越大，这一点越到后来愈清楚。

二

冯雪峰早年是一个痴迷文学创作的诗人，他从事丁玲评论的工作虽然略晚于钱杏邨，但较为清醒的头脑、扎实的理论功底使得他的批评比起钱杏邨要客观得多。在冯雪峰的心目中，丁玲具有非同寻常的地位，他们之间深厚的友情使得冯雪峰在很长一段时间都在关注丁玲的创作道路。从1932年他发表《关于新的小说的诞生——评丁玲的〈水〉》，到新中国成立后的《〈太阳照在桑干河上〉在我们文学发展上的意义》，冯雪峰对丁玲创作中出现的许多现象都及时给予揭示，这些文章在丁玲研究中自然也占有不可替代的地位。

左翼文学兴盛时期的冯雪峰与"左"倾机械唯物论的代表人物钱杏邨有着不少的区别。冯雪峰虽然支持"创造社""太阳社"对革命文学理论的倡导，但又十分不满他们对于文学简单、机械的理解；更不满意他们在批评中粗暴的态度和关门主义倾向。因而冯雪峰在"左"倾文学理论泛滥、甚嚣尘上之时，却能够冷静思考，甚至给予一定程度的抵制，是十分难得的。如冯雪峰1928年发表的《革命与知识阶级》一文就充分显示了其在重大理论问题上的独立思考，对于极端"左"倾批评理论抱有警惕和怀疑。他很不赞同钱杏邨等那种动辄否定反封建意义、否定"五四"时代知识分子的做法，坚持认为中国反封建革命的任务并未完成，也为鲁迅的价值进行辩护："在'五四''五卅'期间，知识阶级中，以个人论，做工做得最好的是鲁迅。"[3]对于丁玲创作中出现的"革命与恋爱"模式的作品，冯雪峰虽然也肯定它是作家创作道路的一次重要转变，但并没有像钱杏邨那样把《韦护》《一九三〇年春上海》等作品抬到那样高的地位，他甚至认为丁玲的《田家冲》"至多不能比蒋光慈的作品更高明"。[4] 这说明冯雪峰对当时盛行的这种模式化文学的弊端是有所认识的。对于丁玲投身左

---

〔1〕 冯雪峰：《论民主革命的文艺运动》，《雪峰文集》第2卷，人民文学出版社1983年，第130页。

〔2〕 冯雪峰：《"阿狗文艺"论者的丑脸谱》，《雪峰文集》第2卷，第349页。

〔3〕 画室（冯雪峰）：《革命与知识阶级》，《无轨列车》1928年第2期。

〔4〕 何丹仁（冯雪峰）：《关于新的小说的诞生——评丁玲的〈水〉》，原载《北斗》1932年第2卷第1期。

翼文学运动后创作的《水》，冯雪峰也没有像其他评论家那样无限夸大它的意义，认为"这还只是新的小说的一点萌芽"。[1]

随着冯雪峰马克思主义文艺理论水平的逐步提高，他对"左"倾机械唯物论危害的认识越来越清晰，后来能够站在更宽阔的视野对其前期评论的不足进行反思和修正。这一点在他1947年所写的《丁玲文集·后记》中就表现出来。在这篇带有总结丁玲创作道路的文章中，冯雪峰对"莎菲型"女性的评价比起早年的激烈指责要温和一些，他肯定丁玲的《梦珂》"闪耀着作者的不平凡的文艺才分，惹起广大读者的注意，却也更透明地反射着那时代的新的知识少女的苦闷及其向前追求的力量"。"第二篇问世的《莎菲女士的日记》，是《梦珂》的一个发展，艺术手段也高得很远了。"[2]同时，对于他自己和钱杏邨都曾经高估的《水》，也更能清醒地发现其隐含的问题所在："《水》，以艺术对现实对象的深度和艺术的精湛而论，反而大不及以前的《莎菲女士的日记》。""它的不满人意的地方，照我看来，是在于以概念的向往代替了对人民大众的苦难与斗争生活的真实的肉搏及带血带肉的塑像……这作品是有些公式化的，同时也显见作者的生活和斗争经验都还远远地不深不广。"[3]丁玲小说《水》存在的这些问题实质上是作者片面理解文学与政治、文学与作家世界观、创作方法等关系带来的结果，作者往往生吞活剥地从概念出发，而不是从具体生活的真切感受中，通过艺术手段所自然达到的。丁玲创作中的这些问题在当时左翼作家中是普遍存在的，冯雪峰的这些评论，一定程度上触及了"左"倾唯物论的要害，对于纠正左翼作家创作中的概念化倾向起到不可低估的作用。

对于包括丁玲曾经受到热捧的"革命恋爱"小说，此时冯雪峰也能冷静地剖析其致命的弱点。"仅仅千篇一律地在所谓小资产阶级分子的一些意识上的纠纷上兜圈子，并没有深掘到这些小资产阶级的意识上的冲突实在反映着时代的矛盾根源和阶级关系。"[4]这可以看作冯雪峰站在历史的高度，对于这种概念化创作模式的一次较为彻底的清算。对于后来丁玲曾经遭受很多非议的小说《我在霞村的时候》，冯雪峰也力排众议，给以充分肯定："《我在霞村的时候》，作者所探究的一个'灵魂'，原是一个并不深奥的，平常而不过有少许特

---

〔1〕　何丹仁（冯雪峰）：《关于新的小说的诞生——评丁玲的〈水〉》，原载《北斗》1932年第2卷第1期。
〔2〕　冯雪峰：《〈丁玲文集〉·后记》，《雪峰文集》第2卷，第205页。
〔3〕　同上，第209页。
〔4〕　同上，第208页。

征的灵魂罢了；但在非常的革命的展开和非常事件的遭遇下，这在落后的穷乡僻壤中的小女子的灵魂，却展开了她的丰富和有光芒的伟大。"〔1〕冯雪峰认为，小说之所以达到这样的效果，就是因为作者长久体验生活、拥抱生活，进而用形象的方式来塑造人物。考虑到冯雪峰这篇文章的写作已经是在延安文艺座谈会之后，当时的绝大多数革命知识分子普遍接受了党的领导者对文艺问题的权威论断，他仍然能从复杂人性的角度来切入，显示了自己的独立思考精神。到了后来，他在评论丁玲的著名小说《太阳照在桑干河上》时，已经能够较为纯熟地运用恩格斯典型性理论来分析作品，从而对作品巨大的社会意义和现实主义特征做了很好的阐释。他说："我认为这一部艺术上具有创造性的作品，是一部相当辉煌地反映了土地改革的、带来了一定高度的真实性的、史诗似的作品；同时，这是我们社会主义现实主义的在现时的比较显著的一个胜利，这就是它在我们文学发展上的意义。"〔2〕

但冯雪峰文学批评的复杂之处在于：虽然冯雪峰曾经较早从事马克思主义文艺理论的翻译和介绍工作，虽然他不认同"创造社""太阳社"的理论主张，也能够在一定程度上对当时盛行的机械唯物论进行抵制和批评。但总体来说，他并没有能够完全摆脱"左"的教条理论束缚，在反"左"的同时自己也陷入"左"的理论怪圈，因而在对不少文学理论问题的理解上亦有明显的失误，这些失误在他对丁玲的评论上都一一暴露了出来。冯雪峰早年的《革命与知识阶级》尽管与钱杏邨等人的观点有明显的分野，但不能否认的是也有不少"左"的论调，比如对知识分子在反封建时期的先进作用估计不足，认为他们只能充当革命的"附庸"。同时也错误地认为五卅以后"国民主要（次要当然要继续与封建势力斗争）是应该生活在工农阶级与资产阶级的斗争中的"，〔3〕进而混淆了社会性质。站在这样的立场上，冯雪峰在评论丁玲转向革命文学之前的作品时，对作者描写的一群小知识分子就充满了排斥和否定，甚至由此来批评作家所谓错误的政治立场："丁玲在写《梦珂》，写《莎菲女士的日记》，以及写《阿毛姑娘》的时期，谁都明白她乃是在思想上领有着坏的倾向的作家。那倾向的本质，可以说是个人主义的无政府性加流浪汉的知识阶级性加资产阶级颓废的和享乐而成的混合物。"他指责《莎菲女士的日记》中的知识女性流露的是一种

---

〔1〕 冯雪峰：《〈丁玲文集〉·后记》，《雪峰文集》第 2 卷，第 212 页。

〔2〕 冯雪峰：《〈太阳照在桑干河上〉在我们文学发展上的意义》，原载《文艺报》1952 年第 10 期。

〔3〕 画室（冯雪峰）：《革命与知识阶级》，原载《无轨列车》1928 年第 2 期。

"苦闷的,无聊的,厌倦的不健康的心理状态。"〔1〕这样的论点和钱杏邨对丁玲的评论并没有什么本质的区别。其实这种过火的、以作家政治立场划线的做法恰恰和他曾经流露的较为正确的观点处于无法调和的矛盾中,冯雪峰很长一段时间就这样来回摇摆。

由于冯雪峰此时的文艺评论模式在整体上无法完全与钱杏邨划清界限,也无法超越自己所处的时代,那种他所批判的钱杏邨式的机械唯物论痕迹在其评论丁玲的文章中也经常可以见到。例如,当时盛行着的"唯物辩证法的创作方法"就一再被冯雪峰当作评判作家的工具,其实质就是片面夸大"唯物辩证法"的思想方法对创作起着直线式的决定作用,鲜明地强调作家作品的政治性和阶级性倾向;要求作家选取所谓的重大题材,突出工农大众的历史作用等。这些倾向在冯雪峰左联时期写作的《关于新的小说的诞生——评丁玲的〈水〉》一文中表现得尤其明显,很大程度上带有早期左翼文学批评的通病。丁玲参加左翼文学活动后,急于要摆脱以前的创作模式,于 1931 年发表了小说《水》。这篇小说在艺术上虽然很粗糙,存在很多缺陷,因而谈不上有多少艺术的创造。但因为它直接选取了当时中国南方洪水泛滥的重大事件,在作品中讴歌了农民觉醒、反抗的斗争生活。这些在钱杏邨、冯雪峰甚至茅盾等不少左翼批评家看来,标志着唯物辩证法的创作方法开始被作家自觉运用,不仅是丁玲创作也是左翼文学上的重大事件,于是《水》就被赋予了特殊且重要的地位。为此,冯雪峰认为丁玲的《水》意味着作家在思想上有了巨大的飞跃,同以前的旧意识彻底决裂,成了"新的小说家"。冯雪峰理解的新小说家只是就作家的世界观来谈的,根本没有涉及任何文学内在因素:"新的小说家,是一个能够正确地理解阶级斗争,站在工农大众的利益上,特别是看到工农劳苦大众的力量及其出路,具有唯物辩证法的方法的作家!"〔2〕冯雪峰还总结出《水》在文坛上出现的价值:"第一,作者取用了重要的巨大的现实的题材……第二,在现象的分析上,显示作者对于阶级斗争的正确的坚定的理解。第三,作者有了新的描写方法。"〔3〕到了 20 世纪 40 年代,冯雪峰依然坚持认为从《莎菲女士的日记》到《水》,是作家思想进步的表现,"《水》依然是作者发展上的一个标志,同时也

---

〔1〕 何丹仁(冯雪峰):《关于新的小说的诞生——评丁玲的〈水〉》,原载《北斗》1932 年第 2 卷第 1 期。

〔2〕 同上。

〔3〕 同上。

是我们新文艺发展上的一个小小的标志。"〔1〕这些都是从阶级论出发，把艺术视作政治附庸的产物。

冯雪峰特别看重作家世界观的改造，特别看重作品中表现出的阶级意识。在他看来，只要一个作家"从观念论走到唯物辩证法，从阶级观点的朦胧到走到阶级斗争的正确理解"，马上就会成为一个"新的作家"，〔2〕至于作品艺术上的成败得失则被放在了无足轻重的地位，这都证明冯雪峰一旦涉足具体的文学对象时也会深深地陷入他所否定的"左"倾机械论的泥淖。因此，人们惋惜地发现，一个并不缺少美的感受和创作经验的批评家，一个并不缺少丰富理论素养的批评家，在对《水》的评论中竟然出现了让人难以接受的，也被历史证明是错误的结论。即使在后来冯雪峰总结历史教训，对早期左翼文艺理论思潮开始系统反思的背景下，在涉及评论丁玲时，这种机械、生硬套用政治理论术语、主题先行，忽视对作品进行精细美学分析的模式仍很严重。如他动辄批评丁玲早期作品主人公只是"空虚""绝望""没有拥有时代前进的力量"〔3〕，动辄把是否能反映出较广、较深的社会内容作为人物典型化的唯一尺度，甚至把典型性和阶级性当作同一概念而误用。他批评《太阳照在桑干河上》的黑妮"没有完全写好"。"这个人物和小说中故事的联系虽然是有机的，但说到以她的性格去和她的环境、事件及别的人物相联系，则其有机性就不够充分和深刻。"〔4〕事实上，黑妮恰恰是人们公认的一个较为成功的人物形象，冯雪峰的审美判断在这里出现了严重的偏差。可见，冯雪峰的文学批评始终是矛盾的统一体，在丁玲评论中，他惊人的才华和平庸的见解常常交织在一起。在当时中国马克思主义文艺理论尚未成熟、独创性理论匮乏且"左"倾观念根深蒂固的情况下，冯雪峰也无力摆脱这样的悲剧宿命。

三

在左翼文学批评家中，茅盾的文学批评是很有个性的。由于茅盾从事实际的文学批评很早，积累了十分丰富的文学经验，而且对西方的各种文学理论

〔1〕 冯雪峰：《〈丁玲文集〉·后记》，《雪峰文集》第 2 卷，第 210 页。
〔2〕 何丹仁（冯雪峰）：《关于新的小说的诞生——评丁玲的〈水〉》，原载《北斗》第 2 卷第 1 期，1932 年。
〔3〕 冯雪峰：《〈丁玲文集〉·后记》，《雪峰文集》第 2 卷，第 205 页。
〔4〕 冯雪峰：《〈太阳照在桑干河上〉在我们文学发展上的意义》，原载《文艺报》1952 年第 10 期。

和思潮涉猎很广,因此并不像钱杏邨那样对新兴的无产阶级文学理论充满狂热、亢奋,态度较为审慎。即使在"左"倾唯物论大行其道的时候,他也有不同程度的抵触,宁愿保持一种距离。同时,茅盾在进行具体的文学评论时,更多的是从文学的角度而不是政治的角度来考察,对文学本质的见解比起钱杏邨和冯雪峰来都更准确、更贴近文学本体;对作家的态度也较为宽容和温和,远远没有钱杏邨的粗暴和冯雪峰的严厉。因此,当茅盾评论丁玲的时候,自然就带来一些特别新鲜的元素,显示出了左翼文学批评的实绩和高度。

　　茅盾深受"五四"新文化运动思潮的影响,他是带着"五四"现实主义文学的传统而跨入左翼文学的批评阵营。当钱杏邨把国际上的"拉普"和"纳普"那套理论拿来当作至高无上的原则,并把火力对准鲁迅等"五四"时代的作家时,茅盾本能地挺身而出,捍卫着以鲁迅为代表的现实主义精神,批评钱杏邨的那套头脚倒置的所谓新写实主义理论,和钱杏邨展开激烈的论战。茅盾坚持认为作家应该遵循描写客观存在的现实,现实是具体可感的历史过程而不是干巴巴的主观理念,否则必定造成对现实的歪曲。他说:"慎勿以'历史的必然'当作自身幸福的预约券,且又将这预约券无限止地发卖……把未来的光明粉饰在现实的黑暗上。"〔1〕茅盾对于忽略艺术美感、片面夸大文学宣传作用的观点也十分反感,批评倡导"革命文学"的作家"有革命热情而忽略于文艺的本质,或把文艺也视为宣传工具"〔2〕,这不啻对钱杏邨等的棒喝,在庸俗社会学面前亮出了鲜明的反对大旗。同时茅盾还认识到,"五四"新文学的反封建意义是不能简单否定的,它在中国社会的进程中曾经扮演着积极、进步的角色。所以茅盾1933年发表的《女作家丁玲》对丁玲早期作品《莎菲女士的日记》的评论,就能从反封建的历史环境中揭示莎菲等角色充满叛逆和反抗传统礼教的精神,敏锐发现这些女主人公和"五四"时代的精神关联。茅盾说:"她的莎菲女士是心灵上负着时代苦闷创伤的青年女性的叛逆的绝叫者。莎菲是一个个人主义者,旧礼教的叛逆者。"显然,茅盾认为评论人物不能离开其具体的历史环境。莎菲虽然是"五四"时代的青年女性,但当时中国反封建的历史进程并没有结束,而且有时还在激烈进行,莎菲们的反抗当然具有积极的意义。茅盾的这些见解比起钱杏邨甚至冯雪峰都更加符合实际。对于莎菲等遭人非议

---

〔1〕　引自艾晓明:《中国左翼文艺思潮探源》,北京大学出版社,2007年,第124页。
〔2〕　茅盾:《从牯岭到东京》,原载《小说月报》第19卷第10期,1928年10月。

的恋爱生活方式，茅盾也不是简单地否定，更不是像钱杏邨那样动辄上纲上线，斥责其"堕落"；也没有像冯雪峰那样斥责她们是一群追求资产阶级生活方式的"恋爱至上主义者"。他更多的是一种理解和同情："她要求一些热烈的痛快的生活；她热爱着而又蔑视她的怯弱的矛盾的灰色的求爱者，她终于从腼腆拘束的心理摆脱，从被动的地位到主动……这是大胆的描写，至少在中国那时的女性作家中是大胆的。莎菲女士是'五四'以后解放的青年女子在性爱上的矛盾心理的代表者！"[1]茅盾把左翼批评家常常从政治角度切入评价"莎菲型女性"的做法还原到社会和文化心理的层面，将其解读为"性爱矛盾心理的代表者"，可谓别出心裁，更有说服力。

综观 20 世纪 30 年代的左翼文学批评，能够像茅盾这样精细入微地从作品入手，进而恰如其分地总结出作家作品的创作特色以及文学史意义，并且是以一种和作家平等的姿态而不是居高临下的姿态，确实非常罕见。在批评家和作家的关系中，李健吾曾经发表过很好的见解："一个作者不是一个罪人，而他的作品更不是一片罪状……在文学上，在心灵的开花结实上，谁给我们一种绝对的权威，掌握无上的生死？"[2]批评家的角色更多的是用心灵去咀嚼和体味杰作的魅力，而不是法官和裁判。显然，茅盾的文学批评实践很接近李健吾的这种理想，他对丁玲《莎菲女士日记》的这些评论历来被人们视为权威和经典是很有道理的，它一扫当时的那种死抱僵硬文学理论、执着于政治功利批评的做法，把文学审美的主动权真正交给了读者。到了之后茅盾对丁玲的小说《母亲》的评论，也依然延续了这样的模式。丁玲在转向革命文学后虽然告别了《莎菲女士的日记》时代，不仅创作了带有浓厚"革命加恋爱"题材的作品《韦护》《一九三〇年春上海》等作品，也创作了诸如《水》《田家冲》此类凸显革命和反抗的作品。这些作品虽然一时赢得了左翼文学界的喝彩，但丁玲也深深地陷入困惑之中，作为一个很有天分的作家，她当然知道这类紧跟左翼文艺潮流的作品是难以获得长远的生命的。带着矛盾的心理，她有意把笔触拉回自己熟悉的生活，创作了和时代保持一定距离的小说《母亲》。然而小说刚刚问世，那些信奉唯物辩证法创作方法的批评家马上就横加指责，如署名"犬马"的作者批评《母亲》描写的时代太模糊，缺乏时代精神，"所以在下笔的时候，不自觉

---

〔1〕 茅盾：《女作家丁玲》，原载《文艺月报》第 2 号，1933 年 7 月 15 日。
〔2〕 刘西渭（李健吾）：《边城——沈从文先生作》，《李健吾文学评论选》，第 50 页。

的会怀着感伤的情调,多作'开元盛世'的追忆,以及关于这破落大户的叙述,而不能实际把握住那一时代,为那一时代的运动与转变画出一个明显的轮廓"。[1] 他也同时批评《母亲》很多描写日常生活的篇章是刻意模仿《红楼梦》。对于这种盛气凌人、缺少宽容精神的批评,茅盾十分反感。他认为这对于丁玲过于苛刻,完全是从抽象观念出发而不是从真实的艺术感受出发得出的错误结论。茅盾反驳说:"这些真是具体地(不是概念)地描写了辛亥革命前夜'维新思想'的决荡与发展。并不是一定要写'革命党人'的手枪炸弹才算是'不模糊'地描写了那'动荡的时代'!"[2] 茅盾这里所致力的是建立批评家和作家之间互相理解、彼此尊重的平等关系,这对于文学批评而言,是一种更具建设性的做法。

　　然而,茅盾的文学批评道路也不是一条直线,有时会出现微妙的变化,呈现出不平衡甚至矛盾的状态。特别是 20 世纪 30 年代茅盾实际参加"左联"组织从事文学批评时,"左"倾的文学理论也不可避免地影响到他,留下了时代的烙印,他的批评成就和特色都有所减弱。如茅盾早期所写的作家论:"比较尊重作家创作的选择及其特殊的艺术追求,也比较注意审美的判断……这时茅盾的批评是比较宽容和切实的。"[3] 但是到了 1933 年他所写的《女作家丁玲》,茅盾也在很多方面附和流行的"左"倾理论,从作家世界观的转变来机械地理解丁玲创作的转向。作家的阶级立场、生活道路等非文学因素越来越受到重视,他原来较少关注的题材、主题等也逐渐排斥了对作品美感的咀嚼和欣赏。如茅盾把丁玲的创作道路划分为《莎菲女士的日记》时期、"革命与恋爱"时期和以《水》为代表的时期,这样的划分显然是以丁玲思想的历程而不是以文学本身的逻辑进程作为依据。他认为作家思想的进步必然造成文学世界的进步,其结果自然在无形地把《水》提高到和作品自身不相称的位置:"《水》在各方面都表示了丁玲的表现才能的更进一步的开展……可是这篇小说的意义是很重大的。不论丁玲个人,或文坛全体,这都表示了过去的'革命与恋爱'的公式已经被清算!"[4] 这样的评论基调人们都似曾相识地在钱杏邨、冯雪峰那里见到过。在"唯物辩证法的创作方法"像无物之阵那样无处不在的时候,即

〔1〕　犬马:《读〈母亲〉》,原载《申报·自由谈》,1933 年 6 月 28 日。
〔2〕　茅盾:《丁玲的〈母亲〉》,载《文学》第 1 卷第 3 期,1933 年。
〔3〕　温儒敏:《中国现代文学批评史》,第 87 页。
〔4〕　茅盾:《女作家丁玲》,原载《文艺月报》第 2 号,1933 年 7 月 15 日。

使茅盾这样出色的批评家也无法独善其身，真正与其划清界限。直到晚年，茅盾对这些现象才能做出较为彻底的反思，认为这是左翼文学批评整体上水平的贫弱所导致："健全正确的文艺批评尚未建立起来，批评家尚未摆脱旧的习惯。"[1]

钱杏邨、冯雪峰和茅盾都是中国左翼文学较有影响的批评家，在血与火的年代，他们都以极大的热情投身到中国左翼文艺运动，扩大了左翼文艺的影响。在对著名左翼作家丁玲的评论中，他们几乎同时发现了这位作家的文学生命，并以自己的批评方式做出了阐释，不少地方充满真知灼见，构成了丁玲研究历史链条的重要一环。但也应该看到，钱杏邨、冯雪峰、茅盾的丁玲评论存在的缺陷也是无可避免的，他们都企图通过具体的文学形象来图解意识形态领域的抽象概念，文学审美的中介几乎消失了，文学被封闭地焊接在政治、阶级等的标签上，因而丁玲一定意义上成了他们发挥这种批评理念的传声筒。人们看到的是，在丁玲批评红色意义凸显的背后却是文学本体的迷失，中国左翼文学批评由此也面临着严重的危机和挑战。钱杏邨、冯雪峰和茅盾在评论丁玲中的成败得失、经验教训在中国左翼文艺思潮中是带有共性的，在今天仍不失为供人们反思的典型范例。

第二节　红色经典是如何生成的

——对冯雪峰关于丁玲评论的一种阐释

自从发表了《梦珂》《莎菲女士的日记》等作品之后，丁玲便取代了冰心、庐隐等人而一跃成为当时中国最知名的女性作家。其后在漫长的文学生涯中，她不仅一步步地跻身中国现代最有影响的作家之一，而且很大程度上成为中国革命文学的代表性符号，和红色经典具有了不可分割的关系。在丁玲及其作品红色经典化的过程中，作为左翼文学理论家和批评家代表的冯雪峰起到了至关重要的作用。冯雪峰长期关注丁玲的创作，他在无产阶级革命文学理论的观照下，一方面极力否定丁玲早期作品的思想倾向和小资产阶级知识分子的意识，进而拔高丁玲"左"转后的创作成就。同时他也以盛行的唯物辩证

---

[1]　茅盾：《〈春蚕〉、〈林家铺子〉及农村题材的作品》，《新文学史料》1981年第1期。

法的创作方法来规范乃至训诫丁玲的创作,把丁玲的创作完全纳入左翼文学的场域。除此之外,冯雪峰还高度关注丁玲作品中的革命现实主义问题,后来更是把丁玲的《太阳照在桑干河上》视为社会主义文学的标杆。在冯雪峰的权威诠释下,丁玲及其作品红色经典的特征和价值不断凸显出来,成为 20 世纪中国左翼文学的重要组成部分。

一

众所周知,丁玲早期的作品是以成功塑造新女性的形象而蜚声文坛的,钱杏邨曾称丁玲"最擅长表现所谓'Modern Girl'的姿态,而在描写的技术方面又是最发展的女性作家"。[1] 这些新女性多半是受到"五四"思想影响的知识女性,她们对于中国传统的伦理道德有着强烈的反叛精神,追求灵肉一致的爱情生活,"她们需要感情,她们需要享乐,她们需要幸福,同时也需要自由。"[2]很显然,这是和冰心、庐隐等作家笔下很不相同的一群女性。这群新女性的出现对文坛到底意味着什么? 应该如何看待她们的人生态度和理想? 不同的批评家显然有着不同的回答。

冯雪峰是中国早期最有影响的左翼文学理论家之一,很早就从事马克思主义文艺理论的翻译和介绍工作,显示出自己较为扎实的理论素养。正因为如此,在"创造社"和"太阳社"发起的关于无产阶级文学的论争中,他能够冷静分析,保持较为理性和科学的态度。如冯雪峰在如何看待"五四"时代知识分子的问题上,就明确反对"太阳社""创造社"以阶级出身、阶级意识来划分阵营、进而否定鲁迅等"五四"知识分子作用的极端观点。冯雪峰不遗余力为这些知识分子辩护,肯定他们曾经所产生的历史作用。他说:"他们多是极真实的,敏感的人,批评的工夫多于主张的,所以在这时候,他们常是消极的,充满颓废的气氛。但革命是不会受其障害的,革命与其无益地击死他们,实不如让他们尽量地在艺术上表现他们内心生活的冲突的苦痛,在历史上留一种过渡时的两种思想的交接的艺术的痕迹。"[3]对于这些知识分子身上常常流露出的人道主义思想,冯雪峰也十分宽容,"革命在它的手段上,因为必要,抛弃了

〔1〕 钱杏邨:《丁玲》,《中国现代女作家》。见袁良骏主编:《丁玲研究资料》,知识产权出版社,2011年,第 193 年。

〔2〕 同上。

〔3〕 冯雪峰:《革命与知识阶级》,《无轨列车》1928 年第 2 期。

人道主义；但是在理想上，革命是无论如何都不肯抛弃彻底的人道主义的"。[1] 为此，他特别强调革命阵营要去团结一切反封建的力量，扩大自己的同盟军。这些观点的提出是十分宝贵的，有着很紧迫的现实意义，这是他的理论视野和见地高人一等的地方。

然而此时的冯雪峰并非一个十分成熟的马克思主义文艺理论家和批评家。他虽然一方面挣脱了某些"左"倾教条的束缚，坚持从中国社会现实自身的特点出发，力图靠近真实的无产阶级文学理论。但由于主客观等诸多因素的限制，冯雪峰对"左"倾错误文学理论和观念的抵制是不彻底的，而且在很多时候迎合甚至发挥了"左"倾机械唯物论的观念。例如，他在总的倾向性问题上主张对"五四"知识分子采取团结的态度，但在涉及一些具体的文学批评实践中时，他却往往把正确的主张抛在脑后，表现出较为激进和偏颇的形式。冯雪峰对丁玲早期作品的评价就十分典型地采取了这样的方式，在早期左翼文学批评中很有代表性。在他看来，唯有对作者笔下的知识女性全盘否定，唯有对作者创作倾向的全面清算，才能使作者和过去的自我彻底决裂，一步步走向红色文艺的通途，成为真正的无产阶级革命作家。

冯雪峰虽然没有专门撰文评价丁玲早期的创作，但他在对丁玲的《水》的评价以及后来为《丁玲文集》所写的后记中，却都涉及对丁玲早期作品的论述，从中可以清晰地看出冯雪峰的态度。在 1932 年所写的《关于新的小说的诞生——评丁玲的〈水〉》一文中，冯雪峰采用的方法就是把丁玲前期的作品和《水》来进行对照，以否定丁玲早期的作品来达到肯定《水》的目的，进而肯定丁玲的红色转向。在这种意图的左右下，丁玲早期的作品乃至作家本人都遭到了冯雪峰十分严厉的清算。冯雪峰指责说："丁玲在写《梦珂》，写《莎菲女士的日记》，以及写《阿毛姑娘》的时期，谁都明白她乃是在思想上领有着坏的倾向的作家。那倾向的本质，可以说是个人主义的无政府性加流浪汉的知识阶级性加资产阶级颓废的和享乐而成的混合物。她是和她差不多同阶级出身（她自己是破产的地主阶级官绅阶级出身，'新潮流'所产生的新人——曾配当'忏悔的贵族'。）的知识分子的一典型。"[2] 在这里可以看出，冯雪峰对于丁玲转

---

〔1〕 冯雪峰：《革命与知识阶级》，《无轨列车》1928 年第 2 期。

〔2〕 冯雪峰：《关于新的小说的诞生——评丁玲的〈水〉》，原载《北斗》第 2 卷第 1 期，1932 年 1 月 20 日。

向之前的这种类型的知识分子采取了极端不信任的态度,从而否定了他们身上的任何积极意义,他把审查作家的阶级意识和阶级立场作为首要任务,这种论点和"太阳社""创造社"的观点如出一辙。"创造社"和"太阳社"曾经受到日本福本和夫"左"倾观点的影响,福本和夫虽然也承认知识分子的作用,但却又同时拔高知识分子的思想意识,让他们具有无产阶级的觉悟,进而洗刷掉他们曾经的负罪感。而判断一个作家是否属于革命阵营的标准就是看他们是否与自身的阶级决裂,凡是具有小资产阶级意识的知识分子都被排除在革命阵营之外。李初梨曾经说:"我以为一个作家,不管他是第一第二……第百第千阶级的人,他都可以参加无产阶级文学运动;不过我们先要审查他的动机。看他是'为文学而革命',还是'为革命而文学'。""假若他真是'为革命而文学'的一个,他就应该干干净净地把从来他所有一切布尔乔亚意德沃罗基完全地克服,牢牢地把握着无产阶级世界观——战斗的唯物论,唯物的辩证法。"[1]显然,这种片面强调作家纯洁革命动机的做法必然导致文学上的关门主义,鲁迅曾写文章批评过这种"不革命便是反革命"的思维方式。事实上,在现实中人们的所谓思想意识是十分复杂的,并非完全由所谓的阶级出身所决定。而冯雪峰当年在为鲁迅辩护时恰恰肯定了这类知识分子在反封建历史进程中所发挥的作用,只要中国反封建阶段的任务没有完成,这些知识分子的作用就没有消失。他说:"知识阶级底起点是所谓'五四'运动……到了'五四'运动的时期,国民解放运动积极地开始进行着与封建势力的必要的斗争。从这时期以后,中国国民可以说是全体生活在与封建势力的斗争中的。"[2]冯雪峰在这里对于中国社会的性质作了符合实际的判断,正因为如此,冯雪峰才屡屡批评"左"倾机械主义的关门倾向,指出他们这种态度的危险性。然而,在面对丁玲这样一个经历"五四"时代、但出身于所谓地主官绅阶层的知识分子时,他不仅没有看到其在新文学中起到的正面作用,反而动辄指责其思想意识的堕落。正是在这种思维方式的支配下,冯雪峰对丁玲早期作品几乎全盘否定,认为这些作品反映了"作者自己的离社会的,绝望的,个人主义的无政府倾向。"[3]冯雪峰的进步性比起他 1928 年写作《革命与知识阶级》一文时大大后退了,历史和冯

〔1〕　李初梨:《怎样地建设革命文学》,原载《文化批判》第 2 号,1928 年 2 月 15 日。
〔2〕　冯雪峰:《革命与知识阶级》,《无轨列车》1928 年第 2 期。
〔3〕　冯雪峰:《关于新的小说的诞生——评丁玲的〈水〉》,原载《北斗》第 2 卷第 1 期,1932 年 1 月 20 日。

雪峰开了一个大大的玩笑。

不仅如此，即使多年之后，冯雪峰在看待丁玲早期作品的倾向时，仍然没有从根本上改变这样的思维定式。1947年，冯雪峰为出版的《丁玲文集》写了一篇后记，试图对丁玲20年来的创作道路进行总结。虽然对于《莎菲女士的日记》等作品的评价较他以前的评价客观一些，肯定了其艺术上的成就，但是他对于以"莎菲"为代表的新女性仍然持排斥、否定的态度。冯雪峰认为这些新女性的核心价值就是把所谓的恋爱自由视为人生追求的神圣的或唯一的目的，这样的价值追求在资产阶级上升阶段虽然有一定的合理性，但伴随着资产阶级的没落，"所谓恋爱至上主义却只是资产阶级和小资产阶级中某些所谓厌倦于生活者的'逃避所'了，这些'厌世'者在这里寻求所谓刺激、麻醉、自杀，或玩世、颓废，——一句话，从资产阶级的社会空虚和堕落逃到所谓醇酒妇人的空虚和堕落。"[1]莎菲等新女性的理想和追求被冯雪峰冠以"恋爱至上"的代名词，因而被他视为堕落和空虚，她们在"五四"浪潮影响下追求个性解放的进步意义随之也被一笔抹杀了。冯雪峰说："梦珂与莎菲所追求的热情，虽然都很朦胧，但实质上可说她们都是恋爱至上主义者……她们在主观上是和当时的革命的社会力隔离的……而她们所臆想的恋爱至上主义却已经是带着颓废和空虚性质的东西。"[2]冯雪峰显然认为这群新女性已经成为时代的落伍者，没有了存在的意义："莎菲的空虚和绝望，恰好在客观上证明她的恋爱理想固然也是时代的产物，却并没有拥有时代前进的力量，而她更不能依靠这样的一种热力当作一种桥梁，跑到前进的社会中去，使自己得到生活的光和力。"[3]可以看出，冯雪峰对早期丁玲及其作品中人物的评论完全是站在阶级意识和阶级立场的角度，呈现出二元对立的简单化倾向。这是一种执着于政治的功利化批评，富有建设性的文学理论还比较匮乏，这也说明他这时对马克思主义批评的理解和运用还停留在较为肤浅而狭窄的层面。而就在冯雪峰这篇文章发表的前两年，他刚刚出版了《论民主革命的文艺运动》一书，对早年左翼文学中的各种错误倾向进行了较为系统的清算。他也特别提到："我们理论中曾有过将不革命的作家也几乎和明白地反革命的作家同视的错误。我们常常不仅没有将作家的社会意识之曲折复杂的反映加以细心的谨慎的分析，并且无视

---

〔1〕 冯雪峰：《〈丁玲文集〉后记》，《雪峰文集》第2卷，第206页。

〔2〕 同上，第207页。

〔3〕 同上，第207页。

了一般不和我们一道的作家之从别的路径或别的方式和人民与革命的接近……我们几乎否认了许多不属于革命文艺阵营的作家之进步性和革命性，虽然他们进步很慢，要求很小，但总在进步着，不满于现状的。"〔1〕这种颇为矛盾、让人困惑的状况在冯雪峰的文学评论中经常存在，从一个侧面验证了"左"倾观念在文艺思想界的影响是何等深远和顽固。

二

　　冯雪峰在几乎全盘否定了丁玲早期的创作倾向后，开始极力肯定和拔高丁玲转向后的创作道路。在冯雪峰的不断阐释下，丁玲参加左翼文学组织后创作的叙事范式成为无产阶级革命文学全新的叙事范式，具有无可争辩的时代价值，对其后的革命文学创作产生了深远的影响。而丁玲本人也一步步褪去个性主义作家的色彩，成了红色光环笼罩下的经典作家，在一长串革命作家队伍中始终占据着突出的位置。

　　20 世纪 30 年代，是世界范围内无产阶级文学异常活跃的年代，国际上的各种无产阶级文学思潮都纷纷被介绍、翻译到中国，其中也不乏庸俗社会学理论。作为信奉无产阶级文学的理论家，冯雪峰此时也还没有能力对此作出科学的鉴别和评判，如他对苏联文学理论家弗里契的推崇就是突出事例。冯雪峰不仅翻译了弗里契的一些文章，而且还特别介绍弗里契能够"依据社会潮流阐明作者思想与其作品构成，并批判这社会潮流与作品倾向之真实否，等等，这才是马克思主义批评家的特质"，主张在中国发展这种"峻烈的批评"。〔2〕事实上弗里契的观点恰恰是庸俗社会学的理论。冯雪峰还翻译了苏联作家法捷耶夫的演说《创作方法论》，而这篇文章就是公开要求作家掌握所谓唯物辩证法的创作方法，经过冯雪峰的翻译后，法捷耶夫论唯物辩证法的创作方法被完整地引入中国。

　　弗里契和法捷耶夫的这些论调基本上都是夸大作家世界观的作用，甚至直接用世界观替代作家的创作方法，把文学封闭地拼贴在阶级、意识形态等的标签上，根本上抹杀文学的审美特性，对中国现代左翼文艺运动产生过十分消极甚至有害的影响。就像后来周扬在《关于"社会主义的现实主义与浪漫主

<hr />

〔1〕　冯雪峰：《论民主革命的文艺运动》，《雪峰文集》第 2 卷，第 132 页。
〔2〕　冯雪峰：《〈社会的作家论〉》，《雪峰文集》第 2 卷，第 753、754 页。

义"》一文中对"唯物辩证法的创作方法"全面清算时指出的那样："'拉普'的批评家们常常用'唯物辩证法的创作方法'这个抽象的烦琐哲学的公式去绳一切作家的作品。他们对于一个作品的评价并不根据于那作品的客观真实性，现实主义和感动力量之多寡，而只根据于作者的主观态度如何，即：作者的世界观（方法）是否和他们的相合。""这个口号是一个错误的口号，因为它太简单，它把艺术的创造和意识形态的意义之间的细密的关联，艺术的创造对于意识形态的意义的依存，艺术家对于他的阶级的世界观的复杂的依存，转化为呆板的，机械作用的法则了。"[1]冯雪峰在评价丁玲转向后的作品《水》所显示的论点无可置疑地受到这些理论的影响，唯物辩证法的创作方法成为他评价作家创作得失的唯一尺度，甚至在多年之后他重新审视丁玲的创作时，也没有完全跳出这样的窠臼。

1931年，丁玲发表了小说《水》。这部描写灾民反抗的作品虽然很多方面还停留在速写的层面，很难称得上什么成功的小说，就像有的批评家所严厉批评的那样："《水》是一篇极端紊乱的故事，手法笨拙不堪。"[2]但因为这部作品是丁玲思想转向后的新作，更是触及革命题材的红色小说，在当时的左翼文学阵营看来就具有了非凡的意义。如钱杏邨认为《水》"不仅是反映了洪水的灾难的主要作品，也是左翼文艺运动1931年的最优秀成果"。"作者深刻的抓住了在洪水泛滥中的饥饿大众的，在实际生活的体验中逐渐生长的，一种新的斗争的个性，辩证法的描写了出来。"[3]连一向态度较为持重、谨慎的茅盾也认为这篇小说意义重大："表示了过去的'革命与恋爱'的公式已经被清算！"[4]而在冯雪峰看来，《水》是一部真正体现了唯物辩证法创作方法的小说，具备了所有红色经典作品的要素，是新小说的萌芽和开端，在文学上具有前所未有的价值。按照冯雪峰的理解，新小说必须是新小说家所创作的作品，而新的小说家就必须能够和过去的自我隔断一切联系，完成世界观的彻底转变。他说："新的小说家，是一个能够真正理解阶级斗争，站在工农大众的利益上，特别看到工农劳苦大众的力量及其出路，具有唯物辩证法的作家！这样的作家所写

〔1〕 周起应（周扬）：《关于"社会主义的现实主义与革命的浪漫主义"》，原载《现代》第4卷第1期，1933年11月1日。
〔2〕 夏志清：《中国现代小说史》，复旦大学出版社，2005年，第192页。
〔3〕 钱杏邨：《1931年中国文坛回顾》，载《北斗》1932年第2卷第1期。
〔4〕 茅盾：《女作家丁玲》，原载《文艺月报》第2号，1933年7月15日。

的小说,才算是新的小说。"〔1〕冯雪峰还认为,作家仅从概念上完成转变是远
远不够的,至多是一个"半新的作家",而要成为一个新作家就必须"从观念论
走到唯物辩证法,从阶级观点的朦胧走到阶级斗争的正确理解,特别是从蔑视
大众的,个人的英雄的捏造走到大众的伟大的力量的把握"。〔2〕在冯雪峰的
心目中,丁玲正是这样的一个作家,她从表现个性主义的《莎菲女士的日记》到
"革命加恋爱"的《韦护》《一九三〇年春之上海》再到表现革命题材的《水》,最
终完成了自身角色的巨变。丁玲之所以能够创作出《水》,当然是作家抛弃自
我,接受新的世界观带来的必然结果,对其他作家具有典型的示范意义,因此
冯雪峰反复地对丁玲世界观的转变大加赞赏。他说:"丁玲所走过的这条进步
的路,就是,从离社会,向'向社会',从个人主义的虚无,向工农大众的革命的
路。""丁玲的《水》,如果它确是新的小说的一点萌芽,对于我们就还有另外的
重要意义。首先,它将要证明一个进步的知识分子的作家,可能成为我们所需
要的新的作家。"〔3〕可以看到,冯雪峰这里完全是用阶级分析的方法来评断作
家的立场和创作倾向,把作家和文学的联系简单化地变成了脱离现实、也脱离
艺术的直线关系,文学的审美中介作用完全被取消。正因为这样,尽管后来冯
雪峰也看到了《水》的艺术粗糙,还是没能从根本上反思。他说:"《水》,以艺术
对现实现象的深度和艺术的精湛而论,反而大不及以前的《莎菲女士的日记》,
当然更不及后来的她的一些更坚实的作品⋯⋯这作品是有些公式化的,同时
也显见作者的生活和斗争经验都还远远地不深不广。"〔4〕这本来是冯雪峰作
为艺术理论家忠实于自己内心艺术感受而得出的极有创见的观点,然而可惜
的是,由于总体上"左"倾文艺思想的制约,他最终没有在真理的道路上再往前
一步。

　　冯雪峰坚持认为,《水》是作家在正确的世界观指导下创作出来的作品,价
值是不能否定的。而且正是作家世界观的不断进步,才能使作家后来的创作
呈现新的面貌,世界观又一次被冯雪峰拔高到前所未有的位置:"从意识或思
想上说,一个革命者必须见诸实践,才能证明他的世界观上的改造和到达。从

---

〔1〕　冯雪峰:《关于新的小说的诞生——评丁玲的〈水〉》,原载《北斗》第 2 卷第 1 期,1932 年 1 月
　　　20 日。
〔2〕　同上。
〔3〕　同上。
〔4〕　冯雪峰:《〈丁玲文集〉后记》,《雪峰文集》第 2 卷,第 209 页。

实践上说，一个革命者必须有思想意识的真实的改造和成长，才能证明他的实践的真实。"〔1〕从这样的理念出发，冯雪峰认为丁玲延安时期创作的《新的信念》《我在霞村的时候》等作品超越了《水》。冯雪峰说："《新的信念》，不免使读者感到有革命浪漫主义的色彩……这革命浪漫主义恰正就是最真实不过的战斗的现实。""贞贞自然还只在向远大发展中的开始中，但她过去和现在的一切都是真实的，她的巨大的成长也是可以确定的。""《夜》，我觉得最成功的一篇，仅仅四五千字的一个短篇，把在过渡期中的一个意识世界，完美地表现出来了。"〔2〕然而冯雪峰把这些作品的成功简单归咎于政治的因素，即它们是作家不停改造世界观并付诸实践的结果，作家的世界观水平和作品水平的高低是直线型的决定关系。但事实上，这些作品的成功原因是很复杂的，很多时候是作家冲决创作戒律、遵循严格现实主义的结果，甚至作品呈现的真实意图也是作家事先所无法预料的。就像王德威评论《我在霞村的时候》所指出的那样："不论丁玲的文字如何简单粗糙，政治意图如何直截了当，《我在霞村的时候》很意外地透露了她对妇女问题的深切体验。尤其在连锁政治、道德与性别的畛域时，丁玲揭发了革命的阶级斗争或前进的意识形态时，依然男女有别，而女性的遭遇亦无法化约为'人民'或'国家'的境况。"〔3〕

然而，过于强调文学的党性、阶级性、政治性等色彩，强调作家世界观的制约因素，不仅是冯雪峰，也是钱杏邨、瞿秋白等左翼文艺理论家共同的特点。像瞿秋白就曾经一再强调："如果他不在政治上和一般宇宙观上努力了解革命和阶级意识的意义，那么，他客观上也会走到出卖灵魂的烂泥坑里去，他的作品客观上会被统治阶级所利用。或者，客观上散布着麻醉群众的迷药。"〔4〕因而，冯雪峰对丁玲作品阶级意识的要求十分严苛，哪怕作家在这方面稍微有点偏离都会遭到他的批评。他甚至不无遗憾地认为《水》尽管呈现了新小说的特征，但仍有不少缺点："《水》里面灾民的斗争没有充分地反映着土地革命的影响，也没有很好地写出他们的组织者和领导者，这是一个巨大的缺点。"〔5〕可以想见，这种模式的必定使作家的创作呈现出公式化的弊端，也是对现实主义

〔1〕 冯雪峰：《〈丁玲文集〉后记》，《雪峰文集》第 2 卷，第 210 页。
〔2〕 同上，第 21、212 页。
〔3〕 王德威：《做了女人真倒楣？》，见《想像中国的方法》，三联书店，1998 年，第 177 页。
〔4〕 瞿秋白：《马克思文艺论底断篇后记》，《瞿秋白文集》（文学编）第 3 卷，第 128 页。
〔5〕 冯雪峰：《关于新的小说的诞生——评丁玲的〈水〉》，原载《北斗》第 2 卷第 1 期，1932 年 1 月 20 日。

的严重曲解。

冯雪峰除了夸大作家世界观转变的意义，还结合当时盛行的唯物辩证法的创作方法剖析丁玲《水》具有的典型意义，认为《水》一定程度上体现了唯物辩证法的创作原则，因而把《水》作为左翼文学的方向标。比如他高度肯定《水》所反映社会内容的真实性和进步倾向，肯定《水》建构的宏大社会图景，肯定《水》所采用的群像式的描写方法等等。冯雪峰把《水》的特点做了这样的概括："作者取用了重要的巨大的现实的题材……第二，在现象的分析上，显示作者对于阶级斗争的正确的坚定理解。第三，作者有了新的描写方法。"当然，他认为《水》最高价值却是"在首先着眼到大众自己的力量，其次相信大众会转变的地方"。[1] 冯雪峰所指出的这些恰恰是唯物辩证法创作方法的核心所在。

冯雪峰在1931年翻译了法捷耶夫的《创作方法论》，这是一篇最能体现唯物辩证法创作方法宗旨的文章，对冯雪峰的影响是不能低估的。法捷耶夫说："做一个为辩证法的唯物论者的艺术家——这是什么意思呢……要能够做到在最大限度地传达出的程度上，从'偶然性的斑点'之下证明现实的客观的辩证法。""和过去的伟大的写实主义者不同……普罗艺术家是比过去的任何艺术家，都更其不但只说明世界，而且有意识地服务世界的变革的工作的。"[2] 法捷耶夫的这些观点固然有些地方有对拉普错误理论的反思，但总体而言并没有触及艺术创作的深层规律，只是把艺术当作图解政治的工具，生硬地在新的创作方法和传统创作方法之间划下一条鸿沟。在马克思、恩格斯关于现实主义的著名书信发表前，它几乎成了中国左翼作家所遵循的金科玉律。作为党性极强的文艺理论家，冯雪峰在评论《水》时，完全是不折不扣地按照法捷耶夫的观点来评论，他紧紧盯着作品所反映的内容是否具有进步的意义，作品是否反映了阶级对立的现实，是否反映出革命最终取得胜利的历史趋势等，甚至有时他连语言都直接套用了法捷耶夫的术语。

冯雪峰把唯物辩证法的创作方法视为一切作家创作的圭臬，凡是偏离了这样的原则都遭到了他的激烈批评，因而他把一些曾经产生过历史作用的艺术如布尔乔亚式的艺术、浪漫主义的艺术等等都视作了新小说发展的阻碍力量。按照冯雪峰的看法，一个真正的革命作家应该时时在作品中都能凸显出

---

〔1〕　冯雪峰：《关于新的小说的诞生——评丁玲的〈水〉》，原载《北斗》第2卷第1期，1932年1月20日。

〔2〕　法捷耶夫：《创作方法论》，冯雪峰译，原载《北斗》第1卷第3期，1931年。

党的领导力量，把握历史的必然规律。所以他认为《水》虽然取得了一定的成功，但并不算完美。冯雪峰说："《水》只能是新的小说的一点萌芽，而不能有更高的评价。"〔1〕冯雪峰在这里是用抽象的文学理论教条来规范和训诫丁玲的创作，作者只能被动式地、按部就班地依他的理论来画瓢，虽然冯雪峰一再声明他的意图并不在于此。而在实际上，作家如何驾驭作品是一种十分复杂的精神现象，受到许多因素的制约。可以想见，如果按照冯雪峰这种批评理论去剪裁，其结果必然使作家的创作严重脱离自己的艺术实践而拥挤在同一创作模式上，很难有自己的创作个性。而真实的情景是，20 世纪 30 年代的左翼文学到处都可以看见类似丁玲《水》这样粗糙、概念化的作品。"这一时期左派作家所写的无产阶级小说，几乎都是《水》的翻版，以无甚变化的乡村、工厂及军队作背景。"〔2〕不用说，这样的作品当然会引起一些批评家的不满，当时的韩侍桁在批评沙汀的小说时剖析过这类作品："很少可疑，这作者是追随新写实主义的理论而写作。他企图在他的笔下强调起集团生活的描写，于是在他的作品里，不但没个人生活的干骼，就连个性的人物都没有，而且他也没有像一向的小说中所取的材料——即以某一事作为中心的故事的发展——而只有社会的表面的观察。"〔3〕这种批评是一针见血的，即使换成丁玲的《水》也是完全恰当的。由此可见当时的唯物论创作方法给文坛带来的后果多么严重。

所以，丁玲这样红色经典作品的出现一定程度上是冯雪峰机械唯物论指导的产物，因为它违反了艺术创作的规律，注定难以在历史的长河中经受起考验。后来，连丁玲本人也感到《水》的创作模式难以为继，因而转而去写自己所熟悉的生活去了，在客观上也验证了冯雪峰这种批评理论的尴尬和困窘。作为一个批评家，冯雪峰并不缺乏对艺术的感觉，对美的感觉，然而由于僵硬文学教条理论的制约和束缚，他对丁玲的评论很大程度上偏离了艺术的本质。从这一点来说，冯雪峰评论丁玲的价值不如同时期对丁玲作品更加侧重社会文化心理和美学方面评论的茅盾。茅盾固然也强调作家对现实的认识，但这种认识更多的是基于艺术而不是观念，不是把文学当作生活的简单翻版，而是在其中也熔铸着作家的血肉和情感。他说："文学是我们意象的集团之借文字

〔1〕 冯雪峰：《关于新的小说的诞生——评丁玲的〈水〉》。
〔2〕 夏志清：《中国现代小说史》，第 194 页。
〔3〕 韩侍桁：《文坛上的新人》，原载《现代》第 4 卷第 6 期，1934 年 4 月。

而表现者,这样意象是先经过了我们的审美观念的整理与调谐而保存下来的。"〔1〕可惜的是,冯雪峰当时对丁玲的评论完全忽略了这一点,这是他的批评理论的一个重大缺失。

三

进入 20 世纪 40 年代和 50 年代,冯雪峰对于自己早年信奉的唯物辩证法创作方法有了较为深刻的反思,转而把重点放在革命现实主义理论的思考上。冯雪峰参照苏联社会主义现实主义理论对当时出现的一些文学作品进行评析,把作品反映生活的广度、深度以及是否遵循了典型化的原则作为最重要的原则。他对丁玲后期作品的评论中也时时套用这些理论,特别是丁玲的长篇小说《太阳照在桑干河上》,在冯雪峰的阐释下不仅成为反映土改运动的经典作品,而且标志着革命现实主义文学的巨大胜利。这对后来新中国的文学创作模式和评论模式都产生了巨大的影响,丁玲的红色作家身份则更为显赫,直至成为革命的化身。

1932 年,瞿秋白把马克思主义关于现实主义的批评理论介绍到中国,随后周扬发表《关于"社会主义现实主义与革命浪漫主义"》一文,把苏联的社会主义现实主义理论作为无产阶级革命文学的基石。他把社会主义现实主义文学特征诠释为:"真实性——是一切大艺术作品中所不能缺少的前提。""社会主义的现实主义是在发展中,运动中去认识和反映现实的。""社会主义的现实主义还有一个重要的特征,就是,它的大众性,单纯性。"〔2〕在这种历史环境下,冯雪峰的文学理论思想必然打上这样的时代烙印,他要求创作要真实而具体地反映出以人民为主体的现实生活,揭示出时代变化、发展的趋势和规律,体现人民和时代的主体地位。冯雪峰说:"在艺术,客观现实的真实性这艺术的根本的意义决定着艺术形象性的根本意义……艺术同样要探索生活的现实的本质和全面的关系,要认识社会的、历史的矛盾斗争及其原动力和发展,发掘在现象和事实里面或背后隐藏的秘密。"〔3〕所以冯雪峰在他的具体文学评论中是严格按照这样的主旨来论述的,如他认为丁玲的小说《新的信念》虽然有

〔1〕　茅盾:《告有志研究文学者》,见艾晓明:《中国左翼文艺思潮探源》,第 156 页。

〔2〕　周起应(周扬):《关于"社会主义的现实主义与革命的浪漫主义"》,原载《现代》第 4 卷第 1 期,1933 年 11 月 1 日。

〔3〕　冯雪峰:《论形象》,《雪峰文集》第 2 卷,第 51、52 页。

革命浪漫主义色彩,但因为它植根于现实之中,所以这样的浪漫主义仍然是真实的现实反映。而丁玲的小说《夜》成功的原因就在于"新的人民的世界和人民的新的生活意识,是切切实实地在从变换旧的中间生长着的"。[1]

当然,最能体现冯雪峰这种特点的是他为丁玲的《太阳照在桑干河上》所撰写的评论。丁玲的《太阳照在桑干河上》是作者参加延安文艺座谈会讲话之后,深入河北农村的土改生活而创作的作品,无疑受到了讲话精神的直接影响,因而发表后引起了前所未有的关注。冯雪峰认为这部作品无论在反映的时代内容、典型塑造还有人物形象、艺术描写等方面都取得了重大的成就,堪称红色文艺的经典。他说:"这部作品的这个现实主义的成就,主要表现在这几点上:第一,从对于人民的生活与斗争的深入的观察、体验与研究出发,对于社会能够在复杂和深广的基础上进行具体和比较全面的分析……第二,从写真实的生活和社会的要求出发,对社会的内在的矛盾斗争的复杂关系进行具体的分析…第三,艺术的表现能力已达到相当优秀的程度。"[2]当然,冯雪峰最为关心的首先还是作品所反映社会生活的真实性问题。在他看来,这部作品在复杂交错的人物关系中展示了当时社会的真实情景,完全遵循了现实主义的原则:"她在社会的、历史的深广基础上和生活的复杂关系中,去看阶级斗争及农民自身的思想斗争的展开,于是农民群众的面目及其很实际的力量就亲切地展开在我们面前了,使我们只觉其真实,而找不出其夸张或虚假的地方。"[3]冯雪峰还特别指出,《太阳照在桑干河上》不仅真实地描写了客观的社会生活,真实的阶级斗争,而且还真实地把党的领导和农民自身的斗争有机地联系在了一切,而不是孤零零地只是把党作为一种外在的力量,因而反映了历史前进的必然趋势,一定程度上具有了史诗的性质。他说:"只要能够反映我们伟大的时代,则这样的作品将都有史诗的意义……我认为这一部艺术上具有创造性的作品,是一部相当辉煌地反映了土地改革的、带来了一定高度的真实性的、史诗似的作品;同时,这是我们社会主义现实主义的在现时的比较显著的一个胜利,这就是它在我们文学发展上的意义!"[4]从冯雪峰的这些论点可以看出,他对现实主义等问题的思考始终是把真实性、客观性等放在最核心

---

[1] 冯雪峰:《〈丁玲文集〉后记》,《雪峰文集》第 2 卷,第 212 页。
[2] 冯雪峰:《〈太阳照在桑干河上〉在我们文学发展上的意义》,《文艺报》1952 年第 10 期。
[3] 同上。
[4] 同上。

的层面,也始终是按照 20 世纪 30 年代瞿秋白翻译的马克思、恩格斯等的经典及苏联社会现实主义精神来阐释的,丁玲的作品成了他图解这些理念的最好范本。不过,他自己独到的理解和发挥则非常有限,这一点和胡风对现实主义的理解有着很大的差别。

其实,20 世纪 40 年代的冯雪峰曾经在现实主义的内涵上一度和胡风一样发表过不少有价值的意见,他也反对对现实主义作狭隘的、机械的理解。他批评过创作中的公式主义现象:"由于不敢承认那和概念相违背的现实生活中的矛盾和复杂的东西,也不能不将生活现象单纯化,于是即作材料看,也将生活的矛盾、复杂、丰富和深刻的内容抛弃了。"[1]因而对于胡风为反对公式主义而提倡的主观战斗精神,冯雪峰表示了一定的理解和认同:"在具体的作品上,所谓'向精神的突击',如果是指的作家被自己的对人民的热情的和生活的理想所推动而燃烧一般地从事写作,以及向人物的所谓内心生活或意识生活的探求,那么这正是我们所要求。"[2]可见,冯雪峰在这里还是比较清醒、理性的。而到了新中国成立后,由于胡风的文艺思想已经遭到严厉清算,冯雪峰也有意识地改变了自己以前的某些看法,在对于现实主义的理解上明显印上了时代的标记,这使得他在评论《太阳照在桑干河上》时未敢逾越一步。

除了强调现实主义的真实性原则,冯雪峰也十分重视典型和艺术形象问题,始终把典型问题与现实主义的问题联系在一起,他在这个问题上的得与失、超越与局限在其评论中常常是交织的。冯雪峰不同意把典型的问题仅仅理解为共性的问题,认为那样塑造的典型并不能获得丰满的生命,作者必须在历史的真实性和思想深度上下功夫。他说:"正是社会的,世界的,历史的矛盾的斗争和在这斗争中的人的实践,给予了典型的种子,雏形,并给予滋长和展开的条件。只有在这种斗争和在斗争中的人的实践中,典型才能获得它的生命。"[3]冯雪峰这里强调的"社会的、世界的、历史的矛盾"正是典型问题复杂化的体现,是无法仅仅用共性可以概括的,这是冯雪峰超越一般文艺理论家的地方。典型的创造虽然艰巨,但是并非没有规律可循,冯雪峰这样归纳:"典型的这种创造过程,是一切艺术家大抵相同的,是一种战斗的过程,艺术家和他的人物搏斗,他的人物和艺术家搏斗,在这种搏斗中艺术家又将他的人物送回

---

〔1〕　冯雪峰:《论民主革命的文艺运动》,《雪峰文集》第 2 卷,第 145 页。
〔2〕　同上,第 154 页。
〔3〕　冯雪峰:《论典型的创造》,《雪峰文集》第 2 卷,第 45 页。

到实生活或历史中去和他们自己的命运搏斗，而且艺术家也跟着一同去搏斗。"[1]冯雪峰在评论丁玲的作品时，也常常把是否达到典型化的高度作为衡量艺术成就的重要标准。如他认为丁玲早期的《水》之所以没有达到《莎菲女士的日记》的高度，在于作者概念化地去理解人物，而没有创造出典型的人物形象。他说："它（指《水》——作者注）的不满人意的地方，照我看来，是在于以概念的向往代替了对人民大众苦难与斗争生活的真实的肉搏及带血带肉的塑像，以站在岸上似的兴奋的热情和赞颂代替了那真正在水深火热的生死斗争中的痛苦和愤怒的感觉和感情。"[2]冯雪峰在这里正确地指出了《水》失败的深层原因，也说明如果只是把典型泛泛地理解为共性和个性的问题，仍然无法创造成功的典型来，它还必须依赖于作者对生活和艺术的感受程度。相反，他认为丁玲的小说《我在霞村的时候》之所以成功，恰恰是这部作品出现了丰满的人物典型形象："这在落后的穷乡僻壤中的小女子的灵魂，却展开了她的丰富和有光芒的伟大。"[3]至于他评论《太阳照在桑干河上》时更是处处在思考作品描写的人物和环境是否具有典型性。冯雪峰认为作品中的钱文贵这个地主形象是非常典型的，因为作者没有把这个复杂的人物关系简单地脸谱化。"作者既没有把他丑角化，也没有把他写得非常的穷凶极恶。作者只是依照这一类型的恶霸地主原有的实际情况来处理，同时在描写中也尽力守着严格的现实主义态度。作者写这个人物写得成功，证明她对于农村有深刻的观察与分析。"[4]冯雪峰还特别提到丁玲写到的地主李子俊老婆也是比较成功的典型，这是冯雪峰典型理论很有价值的发现，肯定了丁玲在塑造人物典型上的艺术创造和贡献。

但同时，冯雪峰在典型问题上没有能够冲破文艺从属于政治观念的束缚，在整体上仍然有着严重的"左"的倾向。如很多时候冯雪峰把典型化和政治化混淆在一起，在强调典型的同时往往却在大谈所谓思想性，而典型的美学价值被放在了次要和从属的位置，甚至完全被搁置。他说："我们都知道伟大的典型艺术都有伟大的思想性和明确的历史性，而且思想力越大，历史性越明确，

---

〔1〕　冯雪峰：《论典型的创造》，《雪峰文集》第2卷，第42页。
〔2〕　冯雪峰：《〈丁玲文集〉后记》，《雪峰文集》第2卷，第209页。
〔3〕　同上，第212页。
〔4〕　冯雪峰：《〈太阳照在桑干河上〉在我们文学发展上的意义》，《文艺报》1952年第10期。

则这艺术的价值越高,越久。"〔1〕这种所谓的思想力很多时候又被泛泛理解为政治态度和立场。到了新中国成立后,冯雪峰的这一趋向更加明显,时刻根据政治任务的要求去突出人物,他把典型性、政治性、阶级性这样的名词捆绑在同一辆战车上。如他曾说:"根据实际生活,即根据实际生活中的具体的人的性格要求去描写人物,和根据政治任务的要求把人物加以突出化,是完全统一的。"〔2〕复杂的典型问题被他简单地政治化了。坚持根据政治任务来把人物加以突出,掩盖了生活的复杂性,按照这种标准创造的典型既缺乏历史的深度,也缺乏人性的维度,甚至成为政治的传声筒,不用说也只能是昙花一现。冯雪峰对丁玲的评论同样有着这样的范式,在对典型的分析上很多时候过于僵硬,过于突出典型中的共性。如他在 20 世纪 40 年代的丁玲评论中就过分强调把人物拥有时代的前进力量作为典型的关键,丁玲凭借丰富生活实感塑造的莎菲形象也遭到冯雪峰的激烈排斥。到了《太阳照在桑干河上》,冯雪峰的这一立场更加明晰,丁玲在作品中花了很大心血创造的艺术典型黑妮又一次被冯雪峰所否定,他说:"钱文贵的侄女黑妮,我却觉得没有完全写好。对于这个人物,作者的注意力似乎有一点偏向,好像存有一点儿先入之见,要把这个女孩子写成为很可爱的人以赢得人们(书中人物和我们读者都在内)的同情,但同时,关于她和钱文贵的矛盾的联系和这个性格的社会根据及其本身的矛盾,却不够加以充分的注意和深刻的分析。"〔3〕而黑妮被冯雪峰排斥的原因无非是她的身上没有体现出鲜明的阶级倾向来。但实际上,研究者却普遍认为黑妮恰是这部作品中塑造得最为成功的人物形象,和早年丁玲笔下的莎菲、贞贞、陆萍等富有个性色彩的女性一样,因为她冲破了单纯的阶级属性而被赋予了极为丰富的人性色彩。相反,作品中的一些工农干部和群众形象如程仁、张裕民、董桂花等其实并不鲜明,很难说具有多大的典型性,然而因为他们身上体现出鲜明的阶级色彩反而得到了冯雪峰很高的评价,甚至一些被丁玲当成阶级标签和符号去描写的地主形象如李子俊、江世荣等也被冯雪峰所肯定。这样,丁玲的《太阳照在桑干河上》异常丰富的历史内涵就被冯雪峰抽象成社会主义现实主义的经典,而作品的艺术特征也只是被冯雪峰作为思想内容的

---

〔1〕　冯雪峰:《论典型的创造》,《雪峰文集》第 2 卷,第 45 页。
〔2〕　冯雪峰:《关于人物及其他》,《雪峰文集》第 2 卷,第 655 页。
〔3〕　冯雪峰:《〈太阳照在桑干河上〉在我们文学发展上的意义》,《文艺报》1952 年第 10 期。

附庸简单地提及，他始终未能找到历史和美学评价相契合的突破口。这对于并不缺乏审美感觉的冯雪峰而言，的确是一个不应该有的失误。

作为一个文学批评家，冯雪峰有很好的艺术素养和理论素养，在文学的理论问题上提出了不少宝贵的意见，对新文学的健康发展起到过积极作用。但毋庸讳言，冯雪峰又是一个极为自觉的、常常把党性原则看得高于一切的革命理论家，在很多的时候是把作家和文学的政治倾向性放在主要的位置，他对丁玲的评论这样的痕迹尤为醒目。冯雪峰在把丁玲塑造成革命经典作家、把其作品也一步步红色经典化的同时，却对丁玲作品涉及文艺自身的许多规律性问题或轻描淡写，或避而不谈，造成其文学批评内在体系的混乱和逻辑的断裂，这也是他的丁玲阐释在今天看来缺乏生命活力的重要原因。冯雪峰在一次次试图冲破"左"倾观念藩篱的同时又一次次把自己紧紧封闭在一个狭窄而局促的文学视野中，这不仅对批评家本人来说是重大损失，对于整个中国左翼文学批评来说，也同样如此。

第三节　《大众文艺丛刊》事件与中国
知识分子的自我救赎

新中国即将成立的前夕，即 1948 年，在香港由中共南方局文委领导了一场批判自由主义知识分子和小资产阶级知识分子文艺观的运动。当时参与这场批判的主要人物比如乔冠华、胡绳、邵荃麟、郭沫若、茅盾、丁玲、林默涵、夏衍等都是左翼文艺的著名人物，他们的批判文章主要发表在一份并不起眼的刊物《大众文艺丛刊》上。尽管此时的刊物规模不大，但其在很短的时间内（一共只出版了六期，存在了大约 1 年）却仍然掀起了不小的波澜，对不少知识分子的心理产生了巨大的震撼，甚至很长时间左右了他们的命运。应当说这份刊物不能被单纯地视为一份普通的学术刊物的，它带有鲜明的集团利益的特征，也可以看作延安文艺整风运动的延伸，其使用的语言、采用的方式、产生的影响都是不应忽视的。

一

20 世纪 40 年代，随着国内战争的空前激烈，共产党与国民党在意识形态领域的争夺也日渐激烈。特别 1942 年延安文艺整风运动后,在解放区人们已经普遍认同和接受了《在延安文艺座谈会上的讲话》所表达的观念,但在国统区人们的认识并不一致。在这里,有些知识分子信奉和坚守自由主义理想,追求所谓文学的独立性,排斥文艺的党派观念;还有些左翼知识分子如胡风、舒芜等人也时不时地发表和延安主流文艺不尽相同的观念。这些情况当然引起了左翼文艺阵营的重视,而《大众文艺丛刊》就是在这种背景中诞生的。据当事人之一的林默涵回忆说:"领导文艺工作的,是党的文委,由冯乃超负责。在文委领导下,出版了《大众文艺丛刊》,由邵荃麟主编。这是人民解放战争正在激烈进行而面临全国解放的前夕。香港文委的同志们认为需要对过去的文艺工作作一个检讨,同时提出对今后工作的展望。经过交换意见,遂由荃麟执笔,写了《对于当前文艺运动的意见》一文,发表在《大众文艺丛刊》第一辑上。"[1]从林默涵这里透露的信息可以见出,《大众文艺丛刊》绝非是由少数人所创办的一份同人刊物,也不能视作所谓的纯学术刊物,而是代表了中共领导者的意愿,是党的文艺意识形态和政策的表现。因为从当时的时代背景看,随着国民党在军事上的节节败退,其在政治上的总崩溃只是一个时间的问题,即使在一些自由知识分子眼中如储安平、朱光潜等看来也是如此。伴随着共产党在政治上全面胜利的来临,其需要在意识形态领域建立和巩固合法性的地位。"社会制度和文化秩序的正当性论证及其实在形态的建构,总是由知识人承担的。"[2]由此可以看出,由当时左翼文艺阵营著名人物所创办的这份刊物承担着重大的历史使命,即使其由个人署名所发表的文章也不能简单视作个人的行为,其后来的实践也证明了这份刊物对中国现代文学乃至新中国成立后文学形态的潜在影响。

从这份刊物的主要撰稿人名单来看,它的主体主要是由生活在国统区的左翼文艺作家组成的,如郭沫若、茅盾、夏衍、邵荃麟、乔冠华、胡绳、林默涵等。这些知识分子虽然大都没有直接参加 1942 年的延安文艺座谈会及文艺整风运动,但讲话的主要精神何其芳早已传达给他们,因此这些知识分子对延安文艺座谈会讲话的精神是心悦诚服的。他们在很多的场合也都自觉运用延安文艺座谈会讲话的精神来进行文学批评工作,比如对"战国策"派、对沈从文和梁

〔1〕　林默涵:《胡风事件的前前后后》,载《新文学史料》1989 年第 3 期。
〔2〕　刘小枫:《现代性社会理论绪论》,上海三联书店,1998 年,第 285 页。

实秋等人的批评都是如此。甚至有时他们对自己阵营中所流露的文艺观点和倾向也毫不留情地给予批评，在对胡风的主观论以及夏衍的剧本《芳草天涯》的批评上都能发现他们是自觉地向延安文艺观念靠拢。

但从另一个方面看，他们毕竟是知识分子，延安文艺整风中所出现的知识分子的自我忏悔、自我贬损的情景不能不对他们产生一定的影响，和那些出身纯正的工农兵比较起来，他们总有低人一头的感觉。为了洗刷自己身上旧时代的烙印和痕迹，他们首先做的就是对自己知识分子身份的忏悔和清算。因此在《大众文艺丛刊》第 1 辑以《大众文艺丛刊》同人署名、邵荃麟所执笔的文章《对于当前文艺运动的意见》就带有了纲领性和方向性的性质，在立场问题上非常明确。它在文章的一开头就用自我检讨的笔调说："对于这现象，我们今天再不应回避或缄默，我们应该坦白承认，并且应该勇敢的检讨和批判自己的错误和弱点，向社会群众毅然承认我们的责任。"那么所谓的错误和弱点有哪些呢？作者接着从许多方面来举例，比如他说："我们忽略了对于两条路线斗争的坚持，在克服'关门主义'的倾向时，却也不自觉地削弱了我们自己的阶级立场，甚至这种观念在许多人的头脑中久已模糊了。因此，我们的文艺运动中就缺乏一个以工农阶级意识为领导的强旺思想主流，缺乏这种思想的组织力量。""我们以为今天文艺思想上的混乱状况，主要即是由于个人主义意识和思想代替了群众的意识和集体主义思想。""1942 年以后，正当延安开始文艺思想的一个新的发展的时候，大后方的文艺运动却停留在一种非常黯淡和无力的状态之中。许多右的倾向都是从那个时候发展起来的。特别是诗歌散文上一种流行的忧郁气氛，以及戏剧上的市侩倾向，这都是被人们批评过的。"[1]从这些话语中所透露的信息看，此时的这些国统区的知识分子已经清楚明白他们以前所持有的观念、立场和延安文艺观念的差距，因此更加自觉把《在延安文艺座谈会上的讲话》视作自己从事文学运动的准则和标杆，对自己的道路进行反思和自我批判，甚至连他们所使用的语句都是照搬延安根据地的批评话语。钱理群先生曾对这一点做了独到的分析，他说："请注意这里所着意强调的'坚持''阶级''立场''领导''主流''组织''引导'等词语、概念，这些词语此刻对非解放区的作家、知识分子尚是陌生，因而又是他们正在努力学习的，但很快就成为'共和国文化'（我们姑且用这个概念）的主导性词语。而这些词

---

[1] 荃麟：《对于当前文艺运动的意见——检讨·批判·和今后的方向》，《大众文艺丛刊》第 1 辑。

语、概念的中心意义即在：要'坚持'集中体现了工农'阶级利益'与意志的'党'的'思想'与'组织'的'领导'（'引导'）；这就是党在文艺上的'立场'，也即'文艺的阶级性与党派性'的原则——'党派性'也是这个文件着意强调的，以后简称为'党性原则'，并成为共和国文化的核心概念和原则。"〔1〕其实话语并非个人的简单言说，它实质上折射出的是一种社会文化心理现象，他们大量使用这些陌生而充满阶级特征的话语和词汇，无非表明了其主体精神世界所发生的显著变化。

　　毛泽东的《在延安文艺座谈会上的讲话》在文艺与政治、文艺与生活、知识分子与工农兵等一系列关系上的论述在此后便成为国统区知识分子进行自我批判的标准范式，即使在批评话语的使用上，诸如"工农兵""集体主义""个人主义""大众文艺""阶级"等也具有特定的政治含义。如果把邵荃麟执笔的这篇文章与毛泽东《在延安文艺座谈会上的讲话》或周扬的一些文章对照来看，其在不少方面有着内在的联系。这一点如果把邵荃麟稍晚写的另一篇文章《新形势下文艺运动上的几个问题》拿出来分析就看得更加清楚，他对文艺功能的阐释与《在延安文艺座谈会上的讲话》是高度吻合的。比如他说："我们承认文艺有它独特的性能，是一种独特的意识形态，但我们也不要忘记这意识形态是建立在政治基础之上和作为下层建筑的经济关系之上的，不要忘记它是整个革命的一个环节。它的运动必须是从属于整个政治的运动，才能发挥独有的性能，好比一个齿轮是跟着整个机器的运动，才能发挥其作用的。"〔2〕这正是对毛泽东关于文艺和政治关系论述的直接套用。从这些表述不难看出，在20世纪前期曾经在无数知识分子心中所向往的"自由""独立""精神启蒙""个性解放"等词语悄悄让位给了诸如"集体主义""齿轮""机器"等阶级属性异常鲜明的词汇，这种转换实质上是中国现代知识分子心态乃至身份的一种巨大转变。

　　《大众文艺丛刊》的出现显然不是偶然的现象。因为就在它在南方掀起了一场针对自由知识分子和所谓小资产阶级知识分子的批判运动之时，东北的解放区也发动了一场针对萧军的批判运动，这两者之间表面看来似乎没有什么太大的关联，其实它恰好验证了《大众文艺丛刊》的高度政治性、组织性的特征。在当时已经掌握了党的意识形态的领导者的眼中，解放区的萧军虽然参

〔1〕　钱理群：《1948：天地玄黄》，中华书局，2008年，第30页。
〔2〕　荃麟：《新形势下文艺运动上的几个问题》，原载《大众文艺丛刊》第6辑，1949年3月。

加了延安的文艺整风运动，但他并未像何其芳、丁玲等人那样完成向组织的皈依和靠拢，他身上的倔强、个性张扬及独立思考有时更多地表现为自由知识分子的特点，在这一点上他和国统区的胡风惊人地相似。因此，当萧军在主编《生活报》、继续发表所谓自由言论的时候，他的悲剧命运也由此决定了。1949年东北文艺协会在批评萧军所犯错误时说："萧军的错误虽然带有许多个人的特点，但是从它的本质上说，却不是一个偶然的个别的现象……因此，对于萧军的批评，应该在整个文艺界首先是进步文艺界中作为一个重要的问题来进行。自从社会分裂为阶级以来，文学和艺术就不是什么别的东西，而是一种阶级斗争的工具，是社会上各种互相敌对的阶级借以表示自己的思想感情和意见，以反对自己的敌对阶级的一种工具。对于萧军的批评，正应当作为阶级斗争中的一种现象来进行，并由此而得到有益的教训。"〔1〕很清楚，《大众文艺丛刊》的创刊及其活动在本质上和东北局对萧军采取的方式都是为了保证把坚守民间立场、带有自由职业角色特点的知识分子纳入一种行政化的组织当中，并进而保证其在思想上的高度一元化。

二

在接受了革命文学的话语体系、完成了自我批判后，《大众文艺丛刊》的作者便开始了对自由知识分子和小资产阶级知识分子的猛烈开火。由于自由知识分子在现代中国曾经对左翼文艺存在偏见，双方发生过激烈的论战，再加上自由知识分子往往排斥政治和党派利益、追求所谓纯正的文艺理想，这在《大众文艺丛刊》作者看来是十足的堕落的文艺，他们甚至将其视为大地主、大资产阶级的帮凶和帮闲的文艺，而这其中尤以朱光潜、沈从文、梁实秋、萧乾等人为代表。《大众文艺丛刊》第1辑的文章便集中火力对这几位所谓"反动作家"的代表人物进行了极为严厉的批判，其在批判的逻辑思维方式甚至语言上都惊人的相似。比如，他们对这些自由知识分子几乎完全否定，把他们的文学观念和创作统统视为反动阶级的东西。郭沫若在《大众文艺丛刊》第1辑发表的《斥反动文艺》一文就采取了一种极为简单的思维方式："凡是有利于人民解放的革命战争的，便是善，便是是，便是正动；反之，便是恶，便是非，便是对革命的反动。我们今天来衡论文艺也就是立在这个标准上的，所谓反动文艺，就是

---

〔1〕《东北文艺协会关于萧军及其〈文化报〉所犯错误的结论》，原载《东北日报》，1949年4月1日。

不利于人民解放战争的那种作品，倾向，和提倡。"他用"红""黄""蓝""白""黑"等几种颜色来标识所谓的"反动文艺"。他说："什么是红？我在这儿只想说桃红色的红。作文字上的裸体画，甚至写文字上的春宫，如沈从文的《摘星录》《看云录》……特别是沈从文，他一直是有意识的作为反动派而活动着。"他把朱光潜比作"蓝色"，他把萧乾比作"黑色"："这是标准的买办型。"他甚至用非常激动的情绪说："就和《大公报》一样，《大公报》的萧乾也起了这种麻醉读者的作用。对于这种黑色反动文艺，我今天不仅想大声疾呼，而且想代之以怒吼：御用，御用，第三个还是御用/今天你的元勋就是政学系的大公！/鸦片，鸦片，第三个还是鸦片/今天你的贡烟就是大公报的萧乾。"[1]

　　沈从文从 20 世纪 30 年代起就不断地发表文章倡导文学的独立与自由，他的这些观点在抗战中曾经受到左翼文艺阵营的批评，而在《大众文艺丛刊》的作者看来，沈从文无疑是反动阶级的代言人，因而对他的批评也大大升级，语气的严厉程度也是前所未有的。如邵荃麟针对沈从文的言论发表了《二丑与小丑之间：看沈从文的"新希望"》，把沈从文视作帮闲文人的代表："从目前一些伪自由主义的报刊上，正可以看出一些他们搔首弄姿的风采。他们显然是想拾起那幅破烂的'中间路线'旗帜，来'粘合'一些对'中间路线'尚存幻想的份子。而沈从文则在这里不过是扮演一个二丑以下的角色。但是由于他技术的低劣，却反而更清楚地露出他们的嘴脸了。"[2]冯乃超更不客气，这位曾经在 1928 年革命文学论争中与成仿吾、郭沫若等人一起围攻鲁迅的红色作家对沈从文无限上纲，仅仅根据沈从文的一篇散文《芷江县的熊公馆》就指责说："沈从文之所以写这作品，并且安置这样的主题，显然并不是无意义的。土地改革运动的狂潮卷遍了半个中国，地主阶级的丧钟已经敲响了。地主阶级的弄臣沈从文，为了慰娱他没落的主子，也为了以缅怀过去来欺慰自己，才写出这样的作品来；然而这正是今天中国典型地主阶级的文艺，也是最反动的文艺。"[3]虽然《大众文艺丛刊》的这些作家也一再宣称要扩大文艺统一战线，但是在实际的文学批评中，他们早已忘得一干二净。从他们批判沈从文、朱光潜、萧乾等人所使用的词汇如"帮凶""弄臣""凶残""怯懦""无耻""阴险""狠毒"等等不难看出他们的情感取向，这种语言实际上也和后来在新中国成立后

〔1〕 郭沫若：《斥反动文艺》，载《大众文艺丛刊》第 1 辑，1948 年 3 月 1 日。
〔2〕 原载《华商报》，1948 年 2 月 2 日。
〔3〕 冯乃超：《略评沈从文的〈熊公馆〉》，原载《大众文艺丛刊》第 1 辑，1948 年 3 月 1 日。

历次文艺运动中所使用的语言有着惊人的暗合之处。

不仅对待所谓资产阶级自由知识分子如此，就是对待同一阵营中的所谓异己分子，《大众文艺丛刊》的作者也是挥舞着批评的大棒，把文坛搅弄得天昏地暗。比如胡风、舒芜、路翎、臧克家、骆宾基等在这一时期也都不同程度地受到了《大众文艺丛刊》的围攻。其实，早在抗战时期，何其芳、邵荃麟、黄药眠、乔冠华等人对胡风所谓的主观现实主义进行了批评，但那时的批评如果说还较多停留在学理层面、带有学术论争性质的话，那么到了《大众文艺丛刊》时期，胡风的问题也跟着升级了。胡风等人的观点开始被视作对马列主义和毛泽东思想的曲解，是离经叛道的学说。邵荃麟在《论主观问题》一文中对胡风的观点进行了系统的批评，而他所依据的理论则是正统的马列学说和毛泽东的观点，其在文章中多处大段引用马克思、列宁、斯大林、毛泽东的语句，以增加自己文章的权威性和合法性，置对手于死地。邵荃麟说："马列主义者，既然是首先从客观实践出发，所以在文艺上，毛泽东就以'为群众与如何为群众'作为文艺的一个根本问题……从这个根本问题出发，便提出了为工农兵服务，普及与提高，作家与工农兵结合，向群众学习诸任务，而在解决这些任务的基础上去解决作家的主观问题。"

在对待知识分子的作用问题上，《大众文艺丛刊》的作者已经完全接受了知识分子是不干净的、需要向工农兵学习的观念，因此他们对于类似胡风这样念念不忘发挥知识分子启蒙作用的言论特别反感，屡次警告胡风等人转变自己的所谓小资产阶级思想。邵荃麟说："一般地说，小资产阶级作家，带着他原来的思想感情，走向劳动人民的世界，他的感觉往往是并不正确的，并不健全的，仅仅凭借其强烈感性机能去进行对现实的搏斗，这可能会产生危险的结果。叶赛宁的自杀，可以说是一个很好的例子。"《大众文艺丛刊》的作者深知胡风等人一直把鲁迅视为自己的精神导师，因此他们明白地告诉胡风，鲁迅的精神在现实的语境中需要重新诠释，进而否定胡风等人理论的合法性基础。邵荃麟说："鲁迅先生在《文化偏至论》和《摩罗诗力说》中所表现的思想，实际上是和主观论者的理论颇相近的……但是鲁迅却明白指出，这是叔本华，尼采等的学说，而主观论者，俨然以马列主义自命，这是他们真伪不同之点；其次，鲁迅先生思想正如瞿秋白所说'在当时尚有革命意义'，而主观论者今天重来提倡此种思想，则就远落于现实要求之后,而和鲁迅先生整个的精神是相反的了。"[1]应当说,《大众文艺丛刊》作者对于当时思想界、文艺界的动态是非常清楚和敏感的。毛泽东在延安文艺座谈会上的讲话已经对鲁迅的精神遗产给予了权威的解析,他一方面高度肯定了鲁迅的斗争精神,但另一方面对于鲁迅精神在解放区所可能引起的问题却是清醒的,比如他明确排斥了在解放区使用所谓的鲁迅杂文笔法。《大众文艺丛刊》的作者对于胡风的离经叛道思想非常不满,因此他们频频借用政党领袖的权威话语对胡风施压,迫使其缴械投降。不仅如此,他们还开始有意识地强化阶级阵营意识,处处把胡风视作敌对的小资产阶级阵营的靶子。钱理群先生在其著作中多次谈及《大众文艺丛刊》所使用的主语称谓不是单数的"我"而是复数的"我们",这一称谓的变化一方面是"五四"文学所确立的"个性主义"的消退和"集体主义"的盛行,另一方面也明确表达了他们和资产阶级自由知识分子、小资产阶级分子泾渭分明的阵营意识。因此在他们打着合法、权威意识形态话语咄咄逼人的攻势面前,其对手的处境是不言而喻的。胡风曾经在1948年与《大众文艺丛刊》的作者进行了激烈论战,并把自己的这些文章结集出版,此时的他已经隐约地有了一种不祥的预感,为此他在《论现实主义的路》中引用了诗人但丁的诗句:"谁知道哪一方面有较平坦的山坡,可以不用双翼而攀登上去么? 我跑到一个沼泽里面,芦苇和污泥绊住我,我跌倒了,我看见我的血在地上流成一个湖。"胡风后来的命运不幸被这句话所言中。

三

1948年由左翼文艺阵营创办的《大众文艺丛刊》及其随后发动的对资产阶级自由知识分子和小资产阶级知识分子的批判运动,在中国现代思想史和文学史上不是一个孤立的事件。它有着内在的逻辑,其既可以看作延安文艺整风运动的延续,也与新中国成立后紧接着发生的对知识分子的思想改造运动呈现出前后的关联。这一切都只能放置在现代中国的这个大舞台上才能寻找出前因后果。

1942年发生的延安文艺整风运动开启了知识分子自我批判、自我忏悔的思想改造先河,也取得了明显的效果。解放区知识分子首先面临的问题就是

---

[1]　荃麟:《论主观问题》,原载《大众文艺丛刊》第5辑,1948年12月。

解决身份的转换,他们清楚地明白走向革命的唯一出路就是在原罪意识支配下消解个性意识,只有坚定地抛弃自我才能在断裂的精神世界中完成救赎,克服自身的精神危机。丁玲、何其芳、艾青等著名作家都在此时完成了由自由知识分子向革命文艺战士的转换。但这些对于革命的领导人来说,还是远远不够的,因为作为支撑知识分子独立意识的土壤还没有完全清除。在革命政党看来,知识分子虽然并不构成独立自主的阶级,而是隶属于不同阶级,但他们一经形成,仍然具有某种相对独立性,在社会生活中发挥重要的影响。而在现代中国社会,这种知识分子更多地具有现代知识分子的特性,比如他们追求所谓的独立思想和独立人格,在职业上也大都具有自由职业者的性质,其在思想和行为上更容易扮演公共知识分子的角色。按照葛兰西的观点,这些人文知识分子往往对世俗利益不太关心,而是把精力放在社会的基本理想和中心价值上,甚至对现存秩序和现实进行挑战,他们常常以孤军作战的方式出现。而鲁迅在不少文章中亦表达出类似的观点,他认为知识分子往往和现实政治处在冲突、矛盾之中:"他们对于社会永不会满意的,所感受的永远是痛苦,所看到的永远是缺点,他们预备着将来的牺牲……"〔1〕因此在一些领导人眼中,这对于把知识分子的意见统一到政党和组织中来是很不利的,这种针对知识分子的思想运动必须推广到国统区,为国统区的知识分子所接受。《大众文艺丛刊》在 1948、1949 年的举动可以看作即将成为执政党的文艺领导者对知识分子的一次规训和惩戒。就像邵荃麟所告诫的那样:"第一,坚决进行自身意识的改造,加强群众的观点,发扬自我批评的精神,放弃智识分子的优越感,克服宗派主义的倾向。第二,努力学习马列主义与毛泽东的文艺思想……第三,无论为了意识的改造或学习,我们必须把积极参加实际社会斗争作为基本的前提……我们应该坚决承认文艺服从政治的原则,承认文艺的阶级性与党派性,反对艺术独立于政治的观点。"〔2〕《大众文艺丛刊》的这种举动旨在向一切知识分子表明:在中国现代社会的历史进程中,革命不仅具有无可置疑的合法性,而且也是知识分子实现自我救赎的唯一途径。

在这种背景中,《大众文艺丛刊》所批判的知识分子为了和执政者保持一致,纷纷开始了自我批判和自我救赎,认同革命的理想。这里面的原因很复

---

〔1〕 鲁迅:《关于知识阶级》,《鲁迅全集》第 8 卷,人民文学出版社,1981 年,第 191 页。
〔2〕 邵荃麟:《对于当前文艺运动的意见》,《大众文艺丛刊》第 1 辑。

杂，但其中很重要的一个原因是：在现代中国社会中，革命常常和自由、公正、平等的理想联系在一起，被赋予了合法性和正义性的价值尺度，有着一种近乎乌托邦的完美想象，而这些对知识分子产生了强烈的吸引力。当时的一些出身高贵、条件优越的知识分子参加革命的动机就是如此的晶莹和单纯。杨刚在 1943 年所写的一篇反思自我道路的文章中说："我放逐了那些无谓的自我感伤、晦暗的探索，放逐了一些花眉绿眼、机灵巧诈的字句，放逐了晦涩，放逐了轻灵，我放逐了那种为将来写作，而把眼泪流在背脊上面的罪恶欲望。我生在今天的人民中间，虽然我微弱到不能够理解他们，可是，我要尽力组织我的生活与感情，一分一厘也不要浪费在人民以外的东西身上。"[1]这种情感和身份转换的心态无疑是真实的。即使像沈从文、朱光潜、萧乾等这样的知识分子，他们也大都抱有这样的心态，留在了大陆。在 1949 年的最初几个月，沈从文经历了他一生中最严重的精神危机，他发现自己并不为新政权所欢迎，内心的恐惧到了顶点。这一时期沈从文的文字、书信多次表明了自己惶恐、错乱的心理。沈从文自杀未遂后不久，和当时许多被视为落后知识分子一样，被送到华北革命大学进行思想改造。1951 年 11 月沈从文在《光明日报》上发表了《我的学习》的长文，这篇文章可看作他思想上的分水岭。在长达数千字的长篇检查中，他责备自己"始终用的是一个旧知识分子的自由主义观点立场，认为文学从属于政治为不可能，不必要，不应该"。而自己的作品"孤立的、凝固的用笔方式，对旧政治虽少妥协，但和人民革命的要求，不免日益游离，二十年来写过许多文章，犯过不少错误"。最后他满怀激情地感慨着："时代太伟大了，五万万人民解放了的双手和头脑，都将在中国共产党和伟大人民领袖毛泽东旗帜下而活用起来，进行史无前例的文化生产建设。我即活在这个光荣时代里，和所有中国人民共同为这个象征中国新生的伟大节日——中国共产党三十周年，而意识到个人的新生！"[2]

在他们中间，朱光潜的自我清算也很有代表性。朱光潜曾担任国民党中央监察委员，被郭沫若冠以"蓝色"的标记，但朱光潜仍选择留在了大陆。他在 1949 年底就发表了《自我检讨》，批评自己"脱离了中国现实时代"，他还说："从国民党的作风到共产党的作风简直是由黑暗到光明，真正是换了一个世界。

〔1〕　杨刚：《一个知识分子的自白》，载《中原》创刊号，1943 年 6 月。

〔2〕　沈从文：《沈从文全集》第 12 卷，北岳文艺出版社，2002 年，第 361、373 页。

这里不再有因循敷衍，贪污腐败，骄奢淫逸，以及种种假公济私卖国便己的罪行。任何人都会感觉到这是一种新兴的气象。""从对于共产党的新了解来检讨我自己，我的基本的毛病倒不是我过去是一个国民党员，而在我的过去教育把我养成一个个人主义者，一个脱离现实的见解偏狭而意志不坚定的知识分子。我愿意努力学习，努力纠正我的毛病，努力赶上时代与群众，使我在新社会中不至成为一个完全无用的人。"[1]不久他又开始了对自己美学思想的清算。从沈从文、朱光潜等自我批判的用词来看，几乎和当时的国家权力意识形态完全一致了。

其他如萧乾、舒芜、路翎、姚雪垠等被《大众文艺丛刊》点名批评的作家也都以自己的忏悔和虔诚完成了自我的救赎，甚至还出现了像舒芜那样为了保全自己不择手段构陷他人的事件，即使倔强如胡风者也在巨大的压力下进行了不同程度的自我批评。胡风在 1954 年写给党中央的信中说："当我逐渐明确地感到了我的体会同时也是对应着我身上的自由主义因素，这才真正打痛了我自己，也终于解放了我自己……正因为这，当正视到由于我身上的自由主义因素所造成的失败和失责，无论是对于党或是对于年青一代，我所感到的负债的痛苦是无法表达的。"[2]以延安文艺整风和《大众文艺丛刊》创刊为标志，历经 20 世纪 50 年代初期的知识分子思想改造运动、批电影《武训传》、批俞平伯的《红楼梦研究》及所谓"胡风反革命集团"等事件，葛兰西所说的那种"有机知识分子"逐渐分化和退场，作为执政者所期盼的整齐划一的时代终于来临。

现在回头来看《大众文艺丛刊》的创办者所发起的这场文学批判运动，虽然旨在构建一个高度统一的国家意识形态和文学话语方式，但奇怪的是，他们对于依附于国民党权力集团充当"官吏"和行使"强制"职能的少数御用文人并没有表现出太大的兴趣。相反，他们主要的火力对准的是沈从文、朱光潜、萧乾等更具独立色彩的自由知识分子以及左翼阵营内部的异己力量，而且采用了暴风雨式的粗暴方式。从革命政党的角度看，这些自由知识分子和自己阵营的所谓异己力量仍然属于统战的对象，只能通过温和的、团结的、教育的手段来征服、同化，任何粗暴、过激的手段都会妨害革命集团的利益。正因为如

---

[1] 朱光潜：《朱光潜全集》第 9 卷，安徽教育出版社，1993 年，第 537 页。
[2] 胡风：《关于解放以来的文艺实践情况的报告》，《胡风全集》第 6 卷，湖北人民出版社，1999 年，第 94、95 页。

此,毛泽东在当时写了一系列文章主张对这些自由知识分子采取教育和团结的方式。但《大众文艺丛刊》的作者们却在指导思想上犯了左派幼稚病,采取的是"不革命即反革命"的极端思维方式,更多的是用政治批判代替正常的学术批判,用意识形态话语替代学术话语,不仅难以让人信服,而且形成了学术和权力结盟的恶性循环,这对于文学艺术的繁荣极为不利。这场由《大众文艺丛刊》作者发起的运动在中国现代文艺思潮史上留下了深刻的烙印,产生了相当负面的影响。应该值得深思。

后　记

　　站在大学的讲堂，从事学术研究对我而言很长一段时间都是遥不可及的梦想。我自幼因为父亲身上背负"右派"名分的荣光，生长在豫南淮河边上一个相当贫困的乡村。童年的记忆中永远是饥饿，是父亲为了几块钱的学费而奔波于亲朋好友之间的疲惫与无奈，是老师课堂上对我用正反两面白纸作为练习本的嘲笑……记得家乡当时有一种芒果牌香烟，看到烟盒上绘有芒果的图案，我无法想象这是怎样的一种水果，更无法想象它充满诱惑的滋味，只能猜测它一定是世界上最贵、最好吃的东西。等到真正第一次吃到这种水果，已经是几十年以后的事情了。如果那时有人问我最大的理想是什么？我一定回答是赚钱，成为富有的人，永远不再担心贫穷所带来的心灵上的恐惧。

　　所幸自己还是赶上了时代。1978年底，父亲戴了20余年的"右派"帽子被摘，平反后他重新回到原来所在城市的学校教书，我们全家也得以从乡村迁居到城镇。那时中国改革开放的大潮已经涌动，大学生成为天之骄子，陈景润、杨乐、张广厚等科学家以及中国科技大学的神童成为我少年时代的偶像。拼命学习，考上好学校成了我人生另一个驱动器。坦白地说，当时我的成绩在班级中是相当不错的，尤其是在文科方面所表现出的某些"天分"：比如六七岁时我已经可以说出中国所有的省会名字，初中时可以说出大多数国家的首都，甚至和一个同学比赛，背出了当时世界政坛很多政要的名字：阿拉法特、贝林格、马歇、波尔布特、霍梅尼、契尔年科、布热津斯基、日夫科夫、铁托、昂纳克、霍查、谢胡……至于伊朗人质危机、辛克利刺杀里根、英阿马尔维纳斯群岛战争等事件更是讲得头头是道。更让大家不可思议的是，我对年份有着异乎寻常的敏感，那些王朝建立和灭亡的年份对很多同学是噩梦，对我而言则成了乐趣。这当然不全是什么天分，主要是因为家庭的熏陶罢了。父亲是中学的历史和地理教师，在我很小的时候就教我认识地图，拿一根竹筷根据比例尺计算家乡到北京的距离；再加上当时我父亲的单位订阅了不少报刊，因为他是工会主席的缘故，经常拿到家里。《参考消息》《羊城晚报》《南方日报》等始终伴随着我的学生时代。谁能想到，住在一个十分狭窄拥挤的房间，我们父子几个经常煮酒论英雄，纵谈天下大事呢。

然而现实毕竟是残酷的：当班级里所有同学几乎都认为我是学校最有可能考上重点大学的苗子时，父亲终于有一天表情严肃地告诉我："家里经济实在困顿，全家 4 口人只有我一个人工作，而且你的哥哥在读高中，我每个月 65元的工资根本无力再支持你求学，你必须初中毕业报考一所中等师范学校，尽早毕业工作，减轻家里的负担。"我相信，这肯定是父亲考虑多日才做出的艰难决定，对此我虽然心不甘，但也只能接受了。当我把所有填报志愿都填上那所师范学校时，伙伴们无不为我惋惜，从他们的眼神中我读懂了一切。Ade，我的少年时代！Ade，我的大学梦！

当代作家中，我一直比较喜欢路遥和史铁生这两个作家。路遥的《人生》我当时是通过河南人民广播电台收听的，后来才找来小说阅读。我在为主人公高加林命运感到悲伤的同时又为自己的命运而庆幸，因为我毕竟通过自我奋斗找到了人生的归宿，没有再回到风沙扑面的乡村。中等师范毕业后，又受到友人的鼓励而燃起了报考研究生的愿望，这一次倒是得到了年迈父母的支持，硕士、博士、大学教师这样一路走来。后来的我成为家乡那家单位励志的"典型"：知识改变了命运。

近些年来，我的研究重点转向了现代文学批评领域，起因大致有两个：一个是自己从事京派文学研究时，总是会涉及他们的文学批评，因为李健吾、沈从文、梁宗岱、李长之、叶公超、朱光潜等人的文学批评占有重要的地位，是无论如何难以绕开的。另一个是受到原同事夏中义先生的影响，他一直认为中国现代文学研究存在重作家作品研究而忽视文论研究的现象，两者之间严重失衡，本人也很愿意以实际的行动响应他的呼吁。于是这些年下来，就积累了若干文学批评研究的文章。这些文章是自己心灵艰难跋涉历程的记录，也是自己不敢懈怠于学术的自我警醒。在写作期间，有幸申请到了国家社科基金重大、一般、上海哲社等有关中国现代文学批评项目的资助，这可以看作学界对现代文学批评研究价值的一种肯定，促使我在这个领域继续深耕下去。

文学与我有着某种难以分割的情感，或者说是一种宿命，我愿意像守灵人一样守护着文学所放射的光亮。堆满书房的书籍对我而言是真正的人生逍遥：当外面充满喧嚣、浮躁的尘世杂音时，我一如既往地沉浸在"隔断红尘三十里，白云红叶两悠悠"的世界；当现代人四处奔波、身心俱疲地辗转于旅游景点时，我仍静静待在书斋，向往着"杏花疏影里、吹笛到天明"的境界；当周围的朋友刚在学术上作出一点成就马上跻身官场，成为学人、官人的两面人时，我总是发出"竹杖芒鞋轻胜马，谁怕？一蓑烟雨任平生"的感慨……在台湾大学访学时，台湾高等人文研究院院长黄俊杰先生的一席话对我刺激很大：他指着自己所著的一堆著作时说，一个学者，真正的生命就在这里。我愿意把这句话作为自己人生的座右铭。

书稿的完成，既是自己一段学术经历的总结，更是友情的一种凝聚和证明。感谢在求学道路上所遇到的师长陆文采、彭定安、陈鸣树诸先生，是他们首先把我引入学术研究的天地，陆文采和陈鸣树先生均已辞世多年，但先生温暖的话语有时还常常飘荡在耳际。彭定安先生已经95岁的高龄，仍然笔耕不辍，和我时有学术交流，这当是无言的鞭策。感谢刊发这些文章的诸位编辑朋友，是他们的热心帮助才能使文章顺利发表。感谢我多年的朋友、东方出版中心张爱民编审的大力帮助使本书得以顺利出版。感谢多年的挚友王杰、黄昌勇、刘平清、王坤、彭玉平、朱志荣、张生、曾军、文贵良等诸位的关心，他们有的担任繁重的行政职务，有的是学术界执掌牛耳的大人物，但总是热情地鼓励我在学术道路上探求。感谢台湾大学梅家玲、洪淑玲、葛永光及成功大学苏敏逸等教授的盛情，他们或邀请我做客，请我品尝台北的美食，或领我游玩，欣赏台北郊外阳明山的樱花，让我时时回想起那段宝贵而难忘的访学时光，台湾大学的椰林大道和悠扬的钟声成为我生命中的一道独特风景。浙江大学求是特聘教授王杰兄更是慷慨写序，为拙著增辉。同时也感谢我所在单位的王宁院长、汪云霞副院长及系领导的支持，他们都知道我是一个比较超脱恬淡之人，一般也不以琐事相扰，让我能最大限度保持心灵那片宁静的天空。

最后，要感激的是多年陪伴我的亲人们，尤其是已经离世多年的父母亲。虽然你们静静长眠在地下，但相信你们仍能感受到文字所传递的热和光。没有你们的关爱，我的人生将是怎样一段幽暗和压抑的时光，更无法想象自己怎样在凄风苦雨的世界上独自前行。

文学武

2024 年夏